『경성일보』문학·문화 총서 ⑪
시나리오 및 영화 평론 선집

〈『경성일보』 수록 문학자료 DB 구축〉 사업 수행 구성원

연구책임자

    김효순(고려대학교 글로벌일본연구원 교수)

공동연구원

    정병호(고려대학교 일어일문학과 교수)

    유재진(고려대학교 일어일문학과 교수)

    엄인경(고려대학교 글로벌일본연구원 부교수)

    윤대석(서울대학교 국어교육과 교수)

    강태웅(광운대학교 동북아문화산업학부 교수)

전임연구원

    강원주(고려대학교 글로벌일본연구원 연구교수)

    이현진(고려대학교 글로벌일본연구원 연구교수)

    임다함(고려대학교 글로벌일본연구원 연구교수)

연구보조원

    간여운 이보윤 이수미 이훈성 한채민

주관연구기관

    고려대학교 글로벌일본연구원

일본학 총서
55

『경성일보』
문학·문화 총서
11

시나리오 및 영화 평론 선집

강태웅·함충범 편역

역락

〈『경성일보』 문학·문화 총서〉 기획 간행에 즈음하며

본 총서는 고려대학교 글로벌일본연구원에서 한국연구재단 토대연구사업(2015.9.1~2020.8.31)의 지원을 받아 〈『경성일보』 수록 문학자료 DB 구축〉 사업을 수행하는 과정에서 발굴한 『경성일보』 문학·문화 기사를 선별하여 한국사회에 소개할 목적으로 기획한 것이다.

조선총독부의 기관지로서 일제강점기 가장 핵심적인 거대 미디어였던 『경성일보』는, 당시 정치, 경제, 문화, 사회 지식, 인적 교류, 문학, 예술, 학문, 식민지 통치, 법률, 국책선전 등 모든 식민지 학지(學知)가 일상적으로 유통되는 최대의 공간이었다. 이와 같은 『경성일보』에는 식민지 학지의 중요한 한 축을 구성하는 문학·문화의 실상을 알 수 있는, 일본 주류 작가나 재조선일본인 작가, 조선인 작가의 문학이나 공모작이 다수 게재되었다. 이들 작품의 창작 배경이나 소재, 주제 등은 일본 문단과 식민지 조선 문단의 상호작용이나 식민 정책이 반영되기도 하고, 조선의 자연, 사람, 문화 등을 다루는 경우도 많았다. 본 총서는 이와 같은 『경성일보』에 게재된 현상문학, 일본인 주류작가의 작품이나 조선의 사람, 자연, 문화 등을 다룬 작품, 조선인 작가의 작품, 탐정소설, 아동문학, 강담소설, 영화시나리오와 평론 등 다양한 장르에서, 식민지 일본어문학의 성격을 망라적으로 잘 드러낼 수 있도록 구성하였다. 아울러 본 총서의 마지막은

〈『경성일보』 수록 문학자료 DB 구축〉 사업을 수행하는 과정에서 발굴된 문학, 문화 기사를 대상으로 식민지 조선 중심의 동아시아 식민지 학지의 유통과정을 규명한 연구서 『식민지 문화정치와 『경성일보』: 월경적 일본문학·문화론의 가능성을 묻다』(가제)로 구성할 것이다.

본 총서가 식민지시기 문학·문화 연구자는 물론 일반인에게도 널리 읽혀져, 식민지 조선의 실상을 바라보는 새로운 시각을 제시하고 동아시아 식민지 학지 연구의 지평을 확대시킬 수 있기를 기대한다.

2020년 5월

〈『경성일보』 수록 문학자료 DB 구축〉 사업 연구책임자 김효순

1부

중일전쟁 이전 시기
영화 시나리오 및 평론

편역 강태웅

순영화극 「지옥의 무도(地獄の舞踏)」

(1)

최근 습작 「지옥의 무도」 전6권을 썼다. 구태의연하고 저속하다는 비난은 감수한다. 다만 간절히 바라는 바는 최근 장족의 발전을 보인 조선영화예술의 동호인 여러분으로부터 매우 고상하고 진정으로 의의 있는 영화극의 신경지가 개척되고 진전되었으면 하는 점과, 조선의 소재를 다룬 신영화를 통하여 있는 그대로의 조선의 모습이 소개되었으면 하는 점이다. 전체의 기조, 경위 일체를 통하여, 견고하고 두텁게 사실적으로 그려 인생의 한 단면을 엿봄과 동시에 슬픈 사랑에 넘치는 눈물을 그려내어, 그 파국은 끝이 없다. 이번에 시험 삼아 전6권 중의 제1권 연애편을 시사(試寫)하니, 부디 동호인 선배들의 계도(啓導)를 부탁드린다.

=배역=

아오야기 긴이치(青柳欣一) (25세)

아오야기 이쿠조(青柳郁造) : 긴이치의 숙부 (50세)

모리타 히데오(森田英男) (27세)

시미즈 쓰루코(清水鶴子) : 이쿠조의 조카 (20세)

다도코로 요시코(田所欣子) : 쓰루코의 친구 (20세)

가와카미 아야코(川上綾子) : 쓰루코의 친구 (18세)

간다 시게코(神田繁子) : 긴이치의 연인 (22세)

구보타 데쓰야(久保田哲也) : 히데오의 친구 (30세)

구보타 긴조(久保田謹三) : 데쓰야의 아버지 (60세)

=시대=

1923년

=장소=

조선

제1권 : 연애편

⑴ 서극

(자막) 창망한 인생은 흘러간다.

그대는 무엇을 추구하여 마음 아파하는가.

그대는 무엇을 원해서 마음 아파하는가.

① 돋아나는 새싹으로부터 저 멀리, 멋진 사방정(四方亭)의 벤치에 앉아 꿈꾸는 듯한 눈동자를 하늘로 향하는 여주인공. (화면 좁아진다) 여주인공만을 남긴다.

② (이중노출, 화면 다시 넓어진다) 조선은행 앞의 번잡한 세상. 우왕좌왕하는 군중. 전차, 자동차, 인력거의 격심한 왕래.

③ (이중노출) 하트 속에 클로버 꽃을 비춤. (접사) 이어서 빛나는 훈장을 보여줌 (접사) 완전히 없어지기 전에 수많은 지폐를 수백 개의 크고 작은 손이 다투면서 가져가려고 함.

④ (근사) ①로 돌아감 (화면 좁아진다)

(자막) 다이쇼 12년 신록의 계절, 인천 월미도에서 일어난 사회극이다.

⑵ **인천 월미도**
① 인천월미도를 근사로 찍다가 점차 섬을 클로즈업해서 완전히 사라지기 전에 벚꽃을 찍음.(흐릿하게 찍음)

(자막) 이 섬에 세상의 때가 묻지 않은 순정의 처녀가 있다. 시미즈 쓰루코.

⑶ 아오야기의 별장

① 시미즈 쓰루코는 어린 시절 부모를 잃어 숙부 이쿠조의 부양으로 평화로운 나날을 보내고 있다. 긴이치는 이쿠조로부터 학자금을 받아 경성 예과대학에 재학 중이다. 숙부 이쿠조는 앞으로 이 조카들을 결혼시키려고 생각하고 있지만, 긴이치는 하숙집 딸 시게코를 사랑하고 쓰루코와의 결혼 운운하는 문제는 가능한 피하려고 하여 좀처럼 인천으로 돌아가려 하지 않는다. 가끔 돌아갈 때 아무것도 모르는 쓰루코가 친절하게 대하지만, 긴이치에게는 고통으로 밖에 느껴지지 않는다.

⑷ 아오야기 별장의 현관

② 정월 3일 긴이치는 신년인사를 겸하여 친구 히데오, 데쓰야, 시게코, 아야코 등과 같이 왔다. 모두 바닷가를 보고 기뻐하며 문을 들어간다.

⑸ 별장의 안쪽 거실

③ 많은 손님은 쓰루코와 하녀의 환대를 받으며 우르르 거실로 들어온다. 긴이치는 숙부 이쿠조에게, 유키코, 아야코는 쓰루코에게 인사한다.

　이쿠조 : (보조자막) "모두 잘 와주었다. 온천에 들어가 몸을 덥히고 오도록 해라."

유키코 : "아야코씨, 실례지만 잠깐 들어갔다 오지 않을래요? 시게 코씨는 어때요?"

이쿠조 : "그게 좋지."

다섯 명의 손님은 들뜬 기분으로 욕탕으로 향한다. 이쿠조는 긴이 치와 이야기하면서 자신의 서재로 간다.

⑹ **욕탕**

④ 히데오는 계속 골똘하게 그가 반해버린 시게코에게 접근하려 고 한다.

히데오 : "시게코씨, 당신은 아오야기군과 이 집의 쓰루코 사이가 어떻게 되는지 알지 못하나요?"

살짝 그녀의 반응을 살핀다. 시게코 의심스럽다는 듯이 눈썹을 찌 푸리며

시게코 : "모리타군, 긴이치씨가 그럴 리 없어요. 긴이치씨는 아오 야기가를 상속하는 것을 싫어하세요."

히데오는 그녀가 한결같이 믿고 있음을 가엾게 여기는 듯이, 그리 고 타이르듯이

히데오 : "그러나 그 정도로 긴이치군을 신뢰하고 있는 당신은 1년 안에 환멸의 쓴 맛을 볼 겁니다."

시게코 : "아니요, 신에게 맹세하건데 그럴 일은 없습니다."

시게코는 불쾌함을 보이며 나쁜 생각을 떨쳐내기 위해서 가슴에 십자가를 긋는다.

⑺ **숙부의 서재**

⑤ 이쿠조는 조카 긴이치에게 이 집을 상속시킬 생각이다. 쓰루코에게 차를 가져다달라고 하고 이야기를 한다.

이쿠조 : "어떤가, 학교는."

긴이치 : "예, 3월에 드디어 시험입니다."

이쿠조 : "음, 그런가. 훌륭하게 졸업해주게. 나뿐 아니라 쓰루코도 그걸 기다리고 있어."

긴이치 살짝 쓰루코를 본다. 쓰루코 창피한 듯이 볼을 붉히며 긴이치를 올려다본다.

(1923. 7. 3)

(2)

이쿠조 : "그럼 내일 아침에 천천히 이야기를 하지. 나는 좀 은수(銀水)의 연회에 얼굴을 내비치고 올 테니까. 쓰루코, 오랜만에 긴이치가 돌아왔으니 옷을 가지고 오렴. 긴이치 옷을 갈아입고 오는 게 좋겠네."

라 말하고 나간다. 긴이치는 혼자 뒤에 남는다. 무언가 멍하니 생각하고 있는데, 쓰루코, 기모노를 가지고 들어온다.

쓰루코 : "긴이치씨, 갈아입으세요."

긴이치 : "고마워요."

⑧ **이쿠조의 서재**

⑥ 쓰루코, 긴이치의 뒤에서 옷 입는 것을 도와준다.

긴이치 : "쓰루코씨."

쓰루코 : "네."라 하며 수줍어한다.

무슨 말을 할지 잊어버린 듯이 긴이치 지그시 쓰루코를 본다. 긴이치 기모노를 입는다.

긴이치 : "앉아서 기다리면 되겠죠. 좀 있으면 모두 올라오겠지요."

이 때 복도에 데쓰야와 시게코, 커튼너머로 이 모습을 보고 있다. 둘은 알아채지 못한다.

쓰루코 : "긴이치씨, 식기 전에 드세요." (화면 좁아진다)

⑨ **이쿠조 서재의 복도**

⑦ 향기롭게 핀 모란처럼 아름다움을 가진 시게코. 데쓰야는 수건을 손에 들고 다가간다. 문뜩 안쪽 소리를 들은 데쓰야, 발을 멈춘다. 시게코를 불러 세운다. 커튼 사이로부터 데쓰야, 안쪽을 엿본다.

⑩ **같은 복도**

⑧ ⑦이 사라지기 전에 ⑥의 이중노출. 데쓰야 질투하는 듯이 응시하며 쓴 웃음을 흘리고, 시게코를 손짓해서 부른다.

히데오: (보조자막) 시게코씨, 당신은 꿈을 꾸고 있는 겁니다. 이거보세요.

(11) 같은 복도

⑨ 시게코, 믿을 수 없다는 듯이, 그래도 궁금하여 말하는 대로 데쓰야와 교대해서 엿본다. 시게코, 실신할 것처럼 하늘을 보고 가슴에 십자가를 긋는다.(화면 좁아진다)

(12) 이쿠조 서재

⑩ 시게코는 몹시 실망했지만 긴이치를 만나 진상을 확인하고 싶어 서재의 문을 두드린다. 답이 없어서 문을 열자 긴이치는 쓰루코와 이야기에 빠져있다. 긴이치 깜짝 놀라 창백한 얼굴을 하고 있는 시게코를 응시하고 곤혹스러워한다. (화면 좁아진다)

(13) 안쪽 거실에서 카루타 모임

⑪ 히데오, 데쓰야, 유키코, 아야코 등이 카드를 배열하고 있다. 긴이치는 모두의 추천으로 읽는 역할이 되었다. 겐페이(源平) 두 파로 나뉘어 쓰루코는 시게코와 마주하였다. 시게코는 왠지 매우 긴장하고 있다. 첫 번째 게임의 중반까지 진행되었을 때, 시게코는 아까부터 초초했기 때문에, 오늘따라 잘 안 되는 듯 카드를 따지 못한다. 쓰루코는 다섯 장을 따서 12장이 되었다. 대각선에 앉은 히데오가,

히데오 : "간다씨, 무슨 일 있으세요? 너무 안색이 안 좋은 것 같아요."

시게코, 자신 없고 히스테릭해져서,

시게코 : "어차피 저는 다 잃게 되어요."

긴이치, 히데오, 유키코, 아야코 미심쩍게 그녀의 얼굴을 쳐다본다.

(화면 좁아진다)

(자막) 초열지옥(焦熱地獄, 펄펄 끓는 지옥)

⑷ 정원의 사방정(四方亭)

① 시게코는 밤새 생각하며 괴로웠다. 어떻게 해서든 긴이치를 만나고 싶다고 생각했지만, 기회를 얻지 못했다. 다음날 아침 쓰루코가 부엌에서 준비를 하고 있는 것을 기회로 시게코는 정원으로 나간다. 수풀 속의 사방정에서 무언가 생각에 빠져있는 긴이치의 모습을 찾아내고 거기로 간다. 시게코는 흥분하여 눈물을 흘리고 있다.

긴이치 : "시게코씨."

시게코 : "……"

변함없이 계속 울고 있다. 시게코는 단지 큰 한숨을 내쉰다.

긴이치 : "어찌된 일이요, 시케코."

시게코 거의 절망적으로 흥분하면서 눈물에 빛나는 눈동자를 들어 그를 응시하며,

시게코 : (보조자막) "긴이치씨, 저를 속이고 있으셨네요. 아니요, 저는 ……."

이후의 말은 눈물로 지워진다. 긴이치 깜짝 놀라 온갖 수단으로 위로한다. 시게코는 쉽사리 들어주려 하지 않는다.

긴이치 : "당신과 내 결혼의 실현은 단지 시간문제입니다."

시게코 : "그래도, 그래도, 전……"

말이 막힌다. 긴이치 너무나 곤혹스러워한다. 열심히 그녀의 오해를 풀려고 한다.

긴이치 : "그래도가 아니에요, 시게코씨. 아니면 당신은 히데오군과……"

시게코 눈동자를 크게 뜨고 반발하듯이,

시게코 : "그러면 역시 저는 속고 있었군요. 당신은 역시 쓰루코씨와 결혼하는 거군요."

⑴⑤ 별장정원

② 히데오는 사방정의 수풀 속에서 가만히 엿보고 있다. 그리고 길을 돌아서 아야코와 함께 두 사람에게 다가간다. 그는 시게코의 울다가 부은 눈동자를 미심쩍게 바라보고 위로하듯이,

히데오 : "시게코씨, 어찌된 일입니까?"

시게코, 눈동자를 들어 험하게 긴이치를 응시하고 아야코쪽으로 다가가면서,

시게코 : "가와카미씨, 제 기분이 안 좋아서 참을 수 없네요. 바닷가에 산보가지 않을래요?"

(1923. 7. 4)

(3)

시게코, 아야코, 사립문을 통해 바닷가로 간다. 긴이치, 히데오는 서로 다른 생각을 하며 배웅한다. 둘이 보이지 않게 되자 약간 서로 불쾌한 듯이 쳐다보고 아무렇지도 않게,

히데오 : "어찌된 거야. 자네. 간다씨가 너무나 울적해 하잖아."

긴이치는 자신 마음속이 훤히 들여다보이는 듯한 생각이 들었지만, 애써 태연히,

긴이치 : "음, 오늘 좀 이상한 것 같아."

둘은 말없이 의자에 기대어 있는데, 쓰루코, 유키코가 등장한다.

쓰루코 : "어머 여기 계셨군요. 식사 준비가 되었습니다. 어서 식당으로 오세요."

(16)

③ 식사를 끝낸 일동은 떼 지어 큰방으로 오고, 별일 없다는 듯이 아야코는 피아노를 치기 시작한다. 시게코는 결국 이렇게 되는 것이 자신의 숙명이라고 생각한다. 그렇다 해도 그녀는 노래 부르거나 말하고 싶은 생각이 들지 않아 혼자 빠져나와 베란다로 온다.

(17)

④ 시게코는 수심에 잠겨 거기 있던 의자에 몸을 맡긴다. 즐거웠던 과거의 추억을 그려보고는 현실의 차디찬 자신의 처지에 고민하고

있다. 이곳에 긴이치가 따라온다.

긴이치 : "시게코씨."

시게코 : "……"

긴이치 : "당신은 화가 나셨나요?"

시게코 : "아니요."

시게코는 무관심하고 차갑게 답한다. 긴이치는 그녀의 너무나도 차가운 태도에 문득 불길한 연상을 떠올렸지만 애써 태연히,

긴이치 : "그렇다면 되었네요. 하지만 시게코씨, 당신은 무언가 오해하고 있습니다."

시게코 : "아니요, 저는 신에게 기도하고 있습니다."

긴이치 : "저는 언젠가 말한 대로 이 아오야기의 집을 상속하거나 쓰루코와의 결혼 따위를 꿈에라도 생각하고 있지 않습니다."

시게코, 쓸쓸하게 하늘을 보며 미소 짓고 고민스러운 듯이,

시게코 : "네, 당신 마음은 잘 알고 있습니다. 하지만 긴이치씨, 당신을 의지하고 있는 숙부님과 아직 아무것도 알지 못하는 쓰루코씨를 당신은 어쩌실 셈인가요?"

긴이치 : "그런 말은 하지 마세요."

시게코 : (보조자막) "그러나 긴이치씨, 숙부님이 쓰루코씨를 당신에게 시집보내려는 것은 당연하십니다. 저는 당신을 배은망덕한 사람으로 만들고 싶지 않습니다!"

바다에 이어진 햇빛을 받은 물가에서 두 사람은 눈물 흘리고 싶은 기분으로 드넓은 바다 쪽을 쳐다본다.

⒅ 같은 해안

⑤ 쓰루코, 히데오와 함께 숙부의 분부로 긴이치를 찾아 해안으로 온다. 멀리서 두 사람을 발견하고 이유 없이 가슴이 두근거린다. 훨씬 더 다가가서 약간 아양 떠는 듯이,

쓰루코 : "긴이치씨, 숙부님이 일이 있다고 서재로 오라고 하십니다."

긴이치, 쓰루코와 멀어져 간다. 히데오는 살짝 시게코의 모습을 살펴보고, 자신의 속내를 밝히기에는 적당한 기회라고 생각하여 시게코에게 다가가며,

히데오 : "간다씨."

시게코 : "네."

히데오 : "역시 아오야기씨는 긴이치군과 쓰루코씨를 결혼시킬 생각이군요."

시게코, 쓸쓸한 얼굴을 하며 조그만 목소리로,

시게코 : "네, 어찌해도 그렇게 되겠지요."

시게코의 눈에는 이슬이 맺힌다. 히데오 동정하며,

히데오 : "있잖아요, 간다씨. 일전에 제가 주의한 적이 있잖아요. 그 때는 저는 진정으로 당신에게 동정하고 있었습니다. 지금도 아직 저는 당신의 마음속을 헤아리고 있습니다."

시게코 : "고마워요. 이제 저는 실례를 하고 경성으로 돌아가겠습니다."

⑩ 같은 해안

⑥ 시게코, 히데오와 걸으면서 이야기한다.

시게코 : "저는 왠지 이 세상이 암흑이 된 것 같아요."

히데오 : "시게코씨."

무언가 이야기하고 싶은 듯이 히데오는 주저한다. 시게코는 쓸쓸히 돌아본다. 히데오 말을 잇는다.

히데오 : "당신은 음악을 잘 하시니까 그걸로 위로받을 수 있을 겁니다."

시게코 쓸쓸히 미소 지으며 내뱉듯이,

시게코 : "음악도 할 기분이 안 듭니다. 저에게는 과분한 일이에요." (화면 좁아진다)

(자막) 소박한 축연(祝宴)

⑳ 간다가의 거실

① 긴이치의 졸업식날이 되었다. 시게코는 어머니와 같이 부엌에서 일하고 있다. 사람 좋은 어머니는 딸과 얼굴을 마주하며 미소 짓는다. 현관에 긴이치가 돌아온다. 시게코는 나가본다.

시게코 : "지금 어머님과 식사하고 있었어요. 딱 시간이 맞으니 바로 점심 드세요."

시게코 부리나케 탁상의 보자기를 치운다. 준비가 제대로 되어있다.

시게코의 어머니 : "긴이치씨, 저희들의 마음 뿐 차린 건 없어요."

긴이치 : "감사합니다, 아주머님. 오랫동안 신세졌습니다. 덕분에 무사히 사회에 나갈 수 있게 되었습니다."

시게코는 기쁜 마음으로 술을 따른다. 이때 히데오, 데쓰야가 들어온다.

(1923. 7. 5)

(4)

두 사람 : "시작했네. 축하해."

시게코 ; "어서 오세요."

데쓰야는 만사에 걱정 없는 쾌활한 청년으로 박복한 간다 모녀의 처지에 깊은 동정을 하고 있다. 시게코 모녀가 독실한 기독교 신자인 것처럼 그도 깊은 신자이다. 그는 시게코의 어머니에게,

데쓰야 : "아주머니, 정성을 들인 보람이 있으시네요."

시게코의 어머니 : "네, 저도 이렇게 기쁜 일은 없습니다. 젊은 분이 출세하는 모습을 보는 것이 무엇보다도 기쁩니다."

데쓰야 : "아오야기군, 다음은 드디어 결혼 축하군."

시게코, 긴이치, 히데오는 3인3색으로 서로 다른 표정을 하고, 잠깐 조용해진다. 최근의 사정을 모르는 어머니는 시게코가 멍하니 있는 것을 혼내며 술을 따르라고 한다.

⑵ **같은 시각 같은 집 현관**

② 화려한 옷차림을 한 쓰루코, 나이든 하녀와 같이 자동차에서 내려, 간다가의 현관으로 향한다. 시게코가 나온다. 쓰루코 살짝 인사하고,

쓰루코 : "긴이치씨는?"

시게코 : "무슨 용건이신지?"

쓰루코 : "죄송하지만 불러주시지 않겠습니까?"

시게코, 긴이치를 부른다. 조금 취한 긴이치 나와 보고 놀란다. 쓰루코, 긴이치에게 무언가 속삭인다. 긴이치, 곤혹스러운 표정. (화면 좁아진다)

(자막) 마음의 소용돌이

⑵ 간다가의 현관

① 긴이치 거실에 들어온다. 어머니는 무슨 일이냐고 묻는다. 긴이치, 말하기 어렵다는 듯이 시게코의 모습을 살피며,

긴이치 : "인천에서 숙부님이 와계십니다. 실은 오늘밤 숙부님이 친한 분들을 호텔로 초대했다고 지금 연락을 주셨습니다. 제가 잠깐 가봐야 할 것 같습니다."

라 하고 일어난다. 어머니는 대단한 일이라고 기뻐한다. 시게코는 깊은 불안이 엄습한다.

⑵ 같은 현관

② 시게코 불안한 생각을 하며 긴이치를 쳐다본다. 긴이치 자기 방

에 들어간다. 시게코, 그 뒤를 따라 들어가,

시게코 : "긴이치씨, 가지 않으면 안 되나요?"

긴이치 설득하며,

긴이치 : "잠깐 갔다 오겠소."

시게코 왠지 불안하여 뒤에 남아 고민에 빠진다. 히데오 이 모습을 엿보고 들어온다. 정처 없이 하늘을 쳐다보고 있는 시게코에게,

히데오 : (보조자막) 시게코씨, 제가 언젠가 말씀드린 것이 불행히도 실현되었습니다.

시게코, 의심을 억누르지 못하는 얼굴로,

시게코 : "어머, 히데오씨, 무슨 말씀이세요?"

히데오 목소리를 낮춰 동정에 가득한 말투로,

히데오 : "오늘밤 긴이치군이 호텔에 간 것은 졸업 축하 이외에 쓰루코씨와의 결혼 피로연이 있기 때문입니다."

시게코 자신의 귀를 의심하며.

시게코 : "히데오씨, 그거 정말인가요?"

시게코 비통한 표정, 눈물이 하얀 볼을 타고 떨어진다.

(자막) 의외 또 의외. 숙부의 기쁨, 긴이치의 흔들림

⑵⑷ 호텔 연회장

① 전기등이 눈부시게 빛나는 조선호텔의 대식당에서 이날 밤 초대받은 손님이 앉아있다. 이쿠조 때를 보아 일어난다. 박수가 있고 이

쿠조 인사한다.

　이쿠조 : (보조자막) 이번 긴이치가 학교를 졸업했고, 조카 쓰루코와 결혼하게 되었습니다. 모쪼록 앞으로 잘……

　② 숙부를 사이에 두고 쓰루코와 좌석을 점하고 있던 긴이치는 숙부가 말하는 인사가 너무나도 갑작스러워 허둥거리며 놀란다. 그의 가슴은 부르르 떨고 심장이 고동친다.

⑵⑸ 호텔 후원의 육각정

　① 쓰루코와 데쓰야가 이야기하고 있다. 쓰루코는 갑자기 언짢아 하며 침묵과 생각에 빠진 긴이치를 걱정한다.

　쓰루코 : "구보타씨, 긴이치씨가 설마 시게코씨를 생각하고 계신 것 아닐까요?"

　가벼운 불안에 떨면서 묻는다. 구보타는 아오야기 가문의 속사정을 잘 알고 있기 때문에, 여기서 모든 걸 밝혀버릴까라고 생각했지만, 그녀의 놀라움을 더하는 것도 딱하여서, 오히려 위로하는 듯이,

　데쓰야 : (보조자막) "그런 거 아닙니다. 숙부님이 아까 말씀하셨지요. 걱정하지 않는 게 좋다고."

⑵⑹ 간다가의 거실

　① 같은 날 오후 11시경 어머니와 시게코, 히데오가 긴이치의 귀가를 기다리고 있다. 밤은 점점 깊어 간다. 어머니는 씻으러 가고, 시게코와 히데오가 남는다. 시게코는 점점 기운이 빠진다. 히데오는 기운 빠진 시게코를 지그시 보며,

히데오 : "시게코씨, 긴이치군은 돌아오지 않아요. 아마도 영원히 돌아오지 않을 겁니다. 안됐군요. 전 완전히 동정합니다."

시게코 : "……" (무언)

히데오 초조한 듯이,

히데오 : "시게코씨, 저는 일찍부터 이렇게 될 것을 예상하고 있었어요. 저는 일찍부터 당신에게 부탁하고 있었어요. 시게코씨, 당신도 괴로울 테지만, 저도 괴롭습니다. 당신의 진실한 대답을 들려주시지 않겠습니까?"

시게코 : "……"

히데오 정열적으로 꽉 시게코의 손을 잡는다. 거의 실신한 시게코는 저항하지 않고 손을 맡긴다. 히데오는 이것을 승낙의 뜻이라고 해석하고 쓴 웃음을 짓는다.

(1923. 7. 6)

(5)

(27) 같은 거실

① 어머니 돌아와 이 모습을 보고 놀란다. 히데오는 급하게 자세를 고친다. 어머니는 시게코의 태도를 미심쩍어하며,

어머니 : "긴이치씨는 아직 돌아오지 않았니?"

시게코 : "……"

히데오는 어머니와 대좌한다.

슬며시 긴이치의 돌아오지 않는 이유를 설명한다.

어머니 반신반의로 갈피를 못 잡는다.

12시 종을 치자 히데오는 돌아간다.

어머니는 딸 시게코에게 시선을 옮겨 불쌍히 여기며,

어머니 : "시게코, 히데오씨가 말하는 것을 진짜로 받아들이면 안된다. 그런 일 있을 리 없어."

시게코 아까부터의 슬픔이 복받쳐 올라 어머니의 무릎에 얼굴을 묻고 엉엉 운다. 긴이치는 돌아오지 않고 쓸데없이 밤이 깊어간다. (화면 좁아진다)

(자막) 악마의 속삭임—그로부터 며칠 뒤에 생긴 일

⒄ 장충단 공원

호텔에 간 긴이치는 히데오가 말한 대로, 오늘은 오겠지 내일은 오겠지라는 어머니의 말과 달리 돌아오지 않는다. 시게코는 바로 인천에 편지를 보냈지만 답장은 없다. 매일 시게코의 의혹과 불안은 깊어만 간다.

① 초여름 수목이 우거져 그늘진 벤치에 히데오와 시게코가 앉아있다. 얼마 후 히데오는 시게코를 공원 내의 바(bar)로 가자고 하여, 2층의 일본식 방으로 들어간다. 웨이트리스가 기본 안주를 가져온다. 히데오는 맥주를 마시면서 시게코에게 권한다.

히데오 : "시게코씨, 이제 돌아오지 않는 긴이치군 따위 생각지 말고 좀 마셔 보세요. 몸이 쇠약해진다고 어머니는 그것만 걱정하고 계세요."

시게코 창백해진다. 깊은 한숨을 쉬듯이, 쓸쓸은 미소를 지으며 자포자기한 듯이,

시게코 : "히데오씨는 어째서 그렇게 생각하세요?"

시게코는 잔을 손에 들고 입술을 댄다.

히데오 : "사실 저는 싫증났습니다. 시게코씨, 당신도 너무 심하세요."

시게코 : "당신, 무슨 말이에요?"

히데오 : "아니, 당신은 그날 밤 양해해 주지 않았습니까?"

시게코 : "무언가 당신의 오해겠지요."

⑵⑼ 공원 카페의 내부

② 히데오, 시게코의 담담한 태도에 점점 흥분한다.

히데오 : "저는 이전부터 당신의 몸에 주의하고 있는데, 당신 몸은 정상이 아니에요."

시게코, 아픈 곳에 손이 닿은 듯이 놀란다. 그리고 빠른 말로 차단하듯이,

시게코 : "어머."

점차 술기가 돈 히데오, 비틀거리며 시게코에 다가가 포옹하려 한다. 시게코는 놀라고 무서워

몸을 떨면서 뿌리치려고 한다. 날카로운 목소리로,

시게코 : "무슨 짓이세요?"

(30) 아오키도(青木堂)의 3층

③ 시게코는 긴이치에 대한 사랑을 잊을 수 없지만, 히데오의 집념 깊은 뱀과 같은 수단에 점차 흔들려 간다. 히데오와 시게코, 식탁을 끼고 맥주를 마시고 있다. 시게코는 이전의 정숙함은 완전히 잃어버렸다.

조금 취해있는 히데오, 자연스럽게 시게코에 다가간다.

히데오 : "시게코씨, 당신의 냉담한 일면이 긴이치군을 순정한 쓰루코씨에게 빼앗긴 하나의 이유입니다. 열애는 누구라도 같은 정도로 상대의 전폭적인 사랑을 요구합니다. 오늘까지 저는 고통 받아 왔습니다. 한마디라도 좋습니다. 저는 당신의 진실한 마음이 듣고 싶습니다."

시게코, 감상적이 되어 간청하는 듯이,

시게코 : "그래도 저는 두려워요. 만일 그렇게 된다면 긴이치씨를 볼 면목이 없습니다. 히데오씨, 당신의 마음은 잘 알고 있습니다. 저는―저는 어떻게 하면 좋을까요?"

히데오 지그시 시게코의 모습을 쳐다본다. 시게코, 주변을 신경 쓰며 작게 오열할 때마다 그녀의 어깨가 조금씩 들썩인다. 히데오는 상냥하게 손을 얹어 위로하며,

히데오 : "시게코씨, 나쁜 일만 생각하지 마세요. 오늘은 조금 마셔 보세요."

히데오, 잔에 페퍼민트를 따라준다. 그리고 시게코의 입술에 대면서,

히데오 : "계속 그 일만 생각하면 당신은 병에 걸릴 겁니다. 어머님은 매우 걱정하고 계십니다. 좀 있다가 제가 바래다 드릴 테니 조금 마셔 보세요."

시게코 조금 풀린 얼굴로 히데오가 권한 잔에 입술을 댄다.

(31) 아오키도의 별실

④ 히데오 꽤 취하였고, 시게코도 아까부터 조금씩 마시는 사이에 꾸벅꾸벅하고 있다. 결국 식탁 위에 엎드린다. 히데오 일어나,

히데오 : "시게코씨, 감기 걸리면 안 되니까 돌아가죠."

시게코 기척도 않고 대답도 없다. 히데오, 시게코의 창백한 얼굴을 보고 놀라 웨이트리스를 부른다. 보이와 함께 고통스러워하는 시게코를 별실로 옮겨 침대로 눕힌다. 시게코는 의식 없이 자고 있다. 히데오 얼음주머니를 얹어주고, 걱정스러운 듯이 시중든다. 곧 있어 병원 구급차가 와서 히데오와 같이 아오키도를 나와 병원을 찾지만 답이 없어 모리타의 하숙집으로 이동한다. (화면 좁아진다)

(자막) 함정(陷穽)

(32) 히데오의 하숙집

① 히데오 미닫이를 열고 미소 지으며 방안을 둘러보고, 복도로 나와 미닫이를 닫고 화장실로 간다.

(1923. 7. 7)

(6)

(33) **전 장면과 같음**

② 시게코 이불 속에서 딱 눈을 뜨고, 기억해내려는 듯이 눈을 가늘게 뜨며 생각에 빠진다. 점차 의식이 확연해진다. 갑자기 방안을 둘러본다. 히데오의 학생 모자, 양복이 눈에 들어온다. 그녀는 이불에서 몸을 일으킨다. 주변이 전부 눈에 들어오자 그녀는 정신을 잃는다. 뜨거운 눈물이 끝없이 흘러나온다. 그녀는 몸 둘 바를 모르며 몸치장을 하고, 허둥지둥 일어나 복도로 나간다. 얼굴을 씻고 온 히데오와 마주친다. 히데오 미소 지으며 허물없이,

히데오 : "시게코씨, 어디 가는 거예요?"

시게코 아찔해하며 격노하는 표정, 입 주변에 경련이 일면서,

시게코 : (보조자막) "히데오씨, 당신 참 무례하군요. 사람도 아니에요."

(34) **전 장면과 같음**

③ 격분해서 히데오를 나무란다.

히데오 가볍게 떨면서,

히데오 : "당신은 무슨 말을 하시는 겁니까. 어리석은 소리 하지 마세요. 당신은 어디까지 저를 조롱할 겁니까?"

시게코 어쩔 도리가 없다는 생각에 분해서 눈물을 계속 흘리며,

시게코 : "아아, 저는 아무 것도 몰랐습니다. 신이시여, 저를 구원해주십시오."

⑶₅ **전 장면과 같음**

④ 시게코, 꽉 손을 끼고 기도를 계속한다. 히데오 조금 엄숙한 느낌에서 바뀌어, 억지로 억누르는 듯한 태도로 말을 허투루 하며,

히데오 : "시게코 이제 와서 울어도 소용없어."

히데오 쓴 웃음을 지으며 박새처럼 공포와 분노에 몸을 떨고 있는 시게코를 쳐다본다. 시게코 이윽고 눈물을 닦고 매무새를 가다듬고, 말없이 밖으로 나가며 미닫이를 격하게 닫아 버리고 떠난다.

⑤ 히데오 회심의 미소를 흘린다.

(자막) 1개월 뒤

⑶₆ **남산 공원**

① 시게코는 오랜만에 만난 긴이치로부터 그동안의 사정을 들었지만, 약 한 달 동안 남자의 무정한 처사가 분하여, 조금도 이전과 같이 공손하지 않다. 둘 사이에는 깊은 골이 패였다. 긴이치는 시게코의 무정한 모습을 보고, 새삼스레 자신의 무정을 반성한다. 가슴속 깊이 무언가를 느끼면서, 둘은 벤치에 앉는다.

긴이치 : "시게코, 당신은 화가 났군요."

시게코 : "……"

긴이치는 비통한 표정으로,

긴이치 : (보조자막) "나는 쓰루코를 좋아해. 그러나 쓰루코는 여동생으로 좋아하는 것이고, 그녀를 사랑한다는 생각은 들지 않아. 실은

나는 다시는 그 집으로 돌아가지 않을 생각으로 집을 나왔어."

⑶⑺ 전 장면과 같음

② 시게코는 깜짝 놀라서 남자의 얼굴을 쳐다보고, 새삼스래 무정히 대하던 자신을 반성하며,

시게코 : "용서해주세요, 긴이치씨. 저는 당신을 오해하고 있었습니다."

이어서 무언가를 말하려고 주저하는 그녀는 깊은 한숨을 내쉰다. 소나무 잎사귀를 통하여 푸르른 달빛이 둘을 비추고 있다. 계속 깊은 고민에 빠져있던 시게코는,

시게코 : "저는 긴이치씨에게 죄송스러운 일을 했습니다."

긴이치 : "무슨 말을 하는 거요. 나야말로 정말로 오랫동안 걱정을 끼쳐서 미안하오."

⑶⑻ 전 장면과 같음

달빛에 비친 경성의 시가지, 흐릿한 북한산을 바라보며 둘은 한동안 황홀하게 꿈 세상을 뛰노는 듯이 옛 추억에 빠져있다.

시게코 : "그러나 저는 어떻게든 긴이치씨를 포기하지 않으면 안됩니다. 그건 저의 숙명입니다. 숙부님을 위해서도, 쓰루코씨를 위해서도……"

긴이치 말을 막으며,

긴이치 : "당신이 진실로 나를 사랑한다면, 당신은 더욱 강해지지

않으면 안 되오. 그런 건 생각하지 않는 편이 좋소."(화면 좁아진다.)

(1923. 7. 11)

동아를 둘러싼 사랑(東亜をめぐる愛)

(「파도치는 반도(潮鳴る半島)」의 개제(改題))

바바 아키라(馬場明) 작
나카니시 이노스케(中西伊之助) 각색
다케다 미노루(武田讓) 그림

(1)

아침안개사이로 관부(関釜)연락선의 웅장한 모습이 나타난다(F·I) 갑판 위에서 부산항을 보여주고, 그 부근의 씬(F·S) 조선반도의 지도, 화살표가 배의 항로를 따라 부산항을 보여준다.

교키치(恭吉, 낡은 학생복), 정백영(鄭白英, 한복), 겐지(謙二, 양복) 레이코(禮子, 기모노), 갑판 위에 서서 이쪽저쪽을 바라보고 있다.

히로코의 남편이 될 구사노 교키치는 오니와 가문으로부터 학자금을 받아 올해 제국대학 법학과를 우등으로 졸업하였다.

교키치는 동생 겐지, 여동생 레이코, 마찬가지로 오니와 가문의 도움을 받은 조선인 처녀—그의 애인인 정백영 등과 함께 처음으로 조선의 산하를 바라보는 것이었다.

파도 위에는 갈매기 한마리가 날아간다. 그것을 바라보는 백영의 쓸쓸한 얼굴(C·U). 새장 속의 흰 비둘기

사랑하는 애인과 그리운 고향으로 돌아가는 백영의 가슴에 안타까운 고민이 있다.

교키치, 백영의 어깨에 손을 올린다.

"백영, 당신은 아직 나를 의심하고 있군.……내가 재산과 결혼하는 남자라고 생각하고 있어?"

백영, 얼굴을 감싼다. 교키치, 얼굴을 대며 위로한다. 객실 창문에서 몰래 쳐다보는 얼굴.

선객 두 명 정도 반대쪽에서 산보해서 온다. 둘은 떨어진다.

겐지와 레이코, 뱃전에 기대어 쳐다본다. 어선, 주황색 섬과 파란 하늘의 스카이라인. 갈매기. 창공(F·S)

"어머, 너무나 아름다운 경치에요! 하늘을 봐요, 비만 내리는 내지(內地)에서는 볼 수 없어요."

하늘을 올려다보는 둘.

"왠지, 여기까지 오니까 벌써 대륙 기분이 드네. 대륙적인 활동 기분이 들어. 불경기 따위는 어디론가 가버린 듯해. 하하하" 유쾌하게 웃는 겐지(C·U) 겐지 두 팔을 벌려 심호흡을 하다가, 등 뒤에서 두 사람의 모습을 보고 빙긋 웃고 있던 한 명의 선객의 배에 팔꿈치가 닿는다. 선객은 깜짝 놀라고 둘은 서로 당황한다.

교키치와 백영—교키치 『명승안내기』를 꺼내본다.

"나는 우선 경주를 보고 싶어. 백영 같은 여성을 낳은 민족의 고대

예술을 연구하고 싶어. 그리고 금강산과 평양의 모란대에 가고 싶어."

백영은 미소 짓는다.

"그렇게 이곳저곳 다 가고 싶으세요."

교키치 조선 지도를 꺼낸다. 전면에 한가득 가고 싶은 장소에 표시를 더덕더덕 붙여놓았다.

백영 놀란다.

"이 정도로…… 난 일생동안 조선을 다 돌아다닐 생각이야. 조선은 고대 동양문화의 꽃이니까."

보이가 둘의 등 뒤를 지나간다. 교키치가 불러세운다.

"보이님, 이 배와 연결되는 기차로 경주에 가고 싶은데, 시간이 어떻게 될까요?" 보이, 주머니에서 시간표를 꺼낸다.

조선지도─부산역부터 철도선을 따라 화살표가 경주를 가리킨다─항로에서 부산을 가리켰을 때 '오전 8시 도착'이라고 나타나고, 다음으로 '오전 9시10분발 봉천 급행'─'차량 교체'─'오후 12시15분발 학산행'─이 열차는 경주에 선다─'오후 2시 55분 경주 도착'

교키치, 보이에게 감사를 표한다.

"고마워요."

보이, 시간표를 주머니에 넣으면서

"천만에요. 딱 시간이 맞으시네요. 거기서 하루 주무셔도, 아니면 바로 돌아오셔도 열차는 있습니다."

백영, 걱정스러운 얼굴을 한다.

"당신, 먼저 경성으로 가지 않으면 그쪽이 걱정할거에요."

교키치의 고민스러운 얼굴

"백영, 나는 1분이라도 1초라도 오니와 가문 사람들의 공기 속에 있고 싶지 않아. 그 이유는 난 아무에게도 말하고 싶지 않아. 내가 조선에 온 것은 백영이 돌아가고 싶다고 해서……"

교키치와 백영, 쓸쓸이 갑판 위에 선다.

"타인으로부터 학자금을 받는 비애는 백영도 잘 알면서……."

작은 새를 보고 기뻐하는 사람. 갈매기에 먹이를 주는 사람.

"인간은 작은 새와 갈매기와는 다르니까……."

갈매기, 나풀나풀 하늘과 바다를 난다.

"우리들도 저렇게 되고 싶어요……."

(1933. 11. 26)

(2)

봉천급행열차의 식당—교키치, 백영, 겐지, 레이코 등 식사한다.

창밖의 풍경. 농가, 농사짓는 농부, 목우(牧牛), 목동, 백로, 그 밖의 로컬 컬러(F·S)

"만주, 일본 모두 새로워졌다. 일 년에 한번 정도는 이렇게 유쾌한 여행을 해보고 싶어."

식당으로 소탈한 외눈 안경을 쓴 젊은 신사 나타난다. 교키치를 보고 놀라며 악수한다.

"어, 의외의 장소에서 만났네."

백영, 레이코 등에게 인사하는 신사.

"부인들을 데리고 만몽(滿蒙)시찰인가. 만몽은 이제 일본자본의 활약을 필요로 하는 시대가 왔어. 자네는 눈이 높네."

교키치, 불쾌한 얼굴을 한다.

"그런데 자네는 어디로 가는 중인가?"

의기양양한 신사.

"나말인가, 나는 시대에 뒤쳐져서 외무성 관리가 되었어. 시베리아를 경유해서 파리에 부임하는 길이지."

겐지, 힐끔 신사의 얼굴을 본다.

"그거 축하하네. 난 이제부터 조선의 시골에서 마구간이라도 만들어 평생을 보내려고 생각하고 있어. 자네는 고작 파리 미인의 입맛이나 다시게나."

신사 웃는다. 다시 악수를 하고 사라진다.

겐지, 쓴웃음을 짓는다.

"형님, 저런 아니꼬운 녀석이 외교관이 되니까 일본의 외교가 연약한 거라고요. 녀석들은 댄스와 프랑스어가 외교라고 생각하고 있어요."

교키치, 쓴웃음을 짓는다.

"저런 세상물정 모르는 샌님이 10년이나 15년 지나면 공사나 대사가 되니까, 큰일을 만나면 겁부터 내지. 남 이야기가 아니야."

3등실—조선인 승객이 많은 사이를 교키치 등이 지나간다(F·S)

"레이코. 여기 기차는 내지와 달라 광궤(廣軌)라서 여유가 있어. 마치 미국의 횡단철도에 탄 것 같아. 3등이라 해도 내지의 2등보다 편해."

3등 침대차

"와, 이게 3등침대차야. 어때 넓잖아. 이 정도면 2등침대를 살 필요가 없지…… 봉천까지 한숨자자."

쿄키치, 침대에 누워본다.

"어이, 보이, 이 아래는 얼마지? 뭐라고, 1원 80전……그거 싸네……"

레이코, 쿄키치의 소매를 끈다.

"오빠……뭐해요, 큰 소리를 내고 꼴불견이에요……"

겐지, 크게 웃는다.(C·U)

"너희들은 부르주아 이데올로기의 소유자라서 말이야……어때, 아까 아니꼬운 외교관에 결혼 신청해보면……하하하……"

레이코, 뾰로통해진다.(C·U)

경성역―플랫폼에서 쿄키치 등을 맞이하는 많은 사람들. 오니와 가문의 주인 주시치로, 딸 히로코.

히로코는 작년 도쿄의 여자대학 영문과를 졸업하였다. 그녀는 자산 500만이라고 일컫는 오니와 상사주식회사의 사장 오니와 주시치로의 외동딸이다. 그녀는 조만간 약혼중인 쿄키치와 결혼할 예정이다.

히로코, 시크한 양장, 정성들인 첨단 화장, 화려한 장식(C·U) 유모인 오토모와 나란히 서서 기쁜 얼굴.

"아가씨, 이 많은 환영인파 중에 가장 기쁜 것은 당신일거에요……

호호호……"

　회사 지배인인 야마시타 헤이키치가 경박한 태도로 가볍게 히로코의 어깨를 친다. 히로코 째려본다.

　"심술궂은 야마시타씨……"

　야마시타 웃는다.(C·U) 오토모, 야마시타의 등 뒤에서 엉덩이를 꼬집는다.(C·U)

　"아야야야야……"

　야마시타 얼굴을 찡그린다. 히로코와 오토모는 웃는다.

　"지금 해가 뜨는 기세를 가진 오니와 가문에 추종하는 자가 많아, 주시치로의 얼굴도 모르는 사람이 교키치의 마중을 나왔어."

　주시치로, 한 남자로부터 명함을 받는다. 남자 굽실굽실 머리를 숙인다. 주시치로 살짝 고개를 갸웃한다.

　남자, 비굴한 웃음을 짓는다.

　"헤헤, 저는 앞으로 알고지내기를 부탁드리고, 잘 돌봐주시면……헤헤헤……."

　주시치로는 쓴웃음을 지으면 끄덕인다.(C·U)

(1933. 11. 28)

(3) 결혼

(1933. 11. 29)

(4)

주시치로 갑자기 비애에 찬 얼굴이 된다.

"교키치, 자네는 히로코가 불쌍하다고 생각하지 않는가? 자네가 히로코와의 결혼을 거부하면 어찌될지 알고 있나?"

주시치로와 교키치.

"그 점은 알고 있습니다."

주시치로와 교키치

"그 점을 알고 있다면, 히로코와 결혼하게. 회사일이 싫다면 그것도 괜찮아……"

주시치로와 교키치

"제 기분이 그렇게 될 때까지 기다려 주십시오."

주시치로 울컥한다.

"바, 바보……나를 우롱하는 거냐."

주시치로의 방 창가에서 전전긍긍하는 히로코. 교키치의 침통한 얼굴(E·V)

히로코의 의심에 가득한 얼굴.(E·V) 점차 확대되어 클로즈업이 되어

"……그 기분은 아버님도 마음속으로 잘 알고 있을 거라고 생각합니다"라 비추어 진다.(F·O)

히로코의 의심에 가득한 얼굴.(F·O) 뒷 정원에서 울고 있는 백영. 교키치는 몰래 다가간다. 백영, 교키치의 모습을 보고 매달린다.

"구사노씨. 저, 이제 이별이에요……"

울고 있는 백영의 어깨에 손을 올리는 교키치

"이제 쫓아내겠다는 경고를 받았지만……뭐, 걱정할 것 없습니다……그런 일로 우리의 사랑이 파괴될 리 없어요."

교키치와 백영

"당신이 대구에 돌아간다면, 제가 배웅하겠습니다. 그리고 어디에서 하루 놀면서 영원한 추억을 만듭시다."

교키치와 백영

"헤어져 있어도, 당신 영원히 저를 사랑해주시는 거죠?"

교키치와 백영

"물론입니다."

방에서 우울해하는 히로코. 주시치로가 들어온다.

"그렇게 걱정하지 마라. 기분전환 할 곳에 놀러가자. 만사는 아버지에게 맡겨라."

경성역—상행 플랫폼 '온양 행'이라고 표찰이 걸린 열차, 주시치로, 히로코, 오토모, 커다란 트렁크를 든 붉은 모자 짐꾼이 다른 승객과 함께 1등실로 탄다.

역의 1,2등의 대합실. 승객을 향해서 역원이 소리친다.

"온양온천 행—" "온양온천 행—"

발차한다.

"부산 행"이라는 표찰이 걸린 열차가 달린다—그 3등실에는 교키치와 백영. 교키치, 명승안내를 쳐다본다.

"백영, 대구까지 가는 도중에 노는 곳은 어디가 가장 좋을까?"

백영, 생각에 빠진 얼굴

"음, 그렇지. 온양온천으로 가요. 살짝 프티 부르주아 취향이지만, 사치하지 않으면 괜찮아요. 프롤레타리아라고 온천에 들어가면 안 된다는 법은 없으니까요."

1등실의 주시치로, 히로코.

3등실의 교키치, 백영.

1등실의 주시치로, 히로코.

"있잖아 히로코, 조만간 너와 교키치가 이렇게 신혼여행 할 수 있게 해줄게, 걱정 마."

1등실의 주시치로 히로코

3등실의 교키치, 백영

"백영, 어서 결혼해서 이런 여행을 해보고 싶어."

경부선 천안역. 상행 플랫폼에 부산행 열차가 들어온다. 역원이 소리친다.

"천안, 경부선 천안 환승……"

"천안, 온양온천행 환승……"

3등실로부터 교키치와 백영 내린다.

"백영, 마음을 가라앉혀. 이럴 줄 알았으면 경성에서부터 온양온천으로 직행기차를 타면 좋았을 걸," 교키치와 백영. 역 앞의 버스에 탄다. (F·S)

버스 출발한다. 천안 거리. 길거리의 풍경.

주시치로, 히로코 등이 탄 온양온천행의 직행열차. 천안을 발차한

다. 아산가도의 자동차에 교키치, 백영

　"사적(史蹟)을 가볼까……."

　차창으로 보이는 연도의 풍경. 가도를 가는 자동차.

　"백영, 나는 김옥균을 좋아해. 김옥균의 애인은 일본여성이었어.
그리고 그도 일본을 좋아했기 때문이지."

(1933. 11. 30)

(5)

　"김옥균은 조선시대의 우국지사였지. 청나라의 괴웅(怪雄) 원세개
가 조선공사로 경성에 부임하고 나서, 그의 한국병합 야심을 안 김옥
균은 조선의 원호를 일본에 요청했지."

　"그러나 당시의 일본정부는 조선을 두려워해 김옥균의 요청에 응
하지 않았어. 그래서 그는 망명한 일본에도 있을 수 없어, 결국에는
청나라 북양대신 이홍장의 간계로 상하이에서 죽임을 당했지."

　"세월 흘러 벌써 40여년, 그의 슬픈 영혼은 지금 조선 온양군 온양
을 떠나 풀무성한 아산의 묘에 잠들어 있어. 양식 있는 사람들이여!
여기를 찾아 슬픈 영혼의 위령을 애도하라!"

　김옥균의 묘, 교키치와 백영, 묘 앞에서 예를 올린다.

　온양온천역 플랫폼에 열차가 도착하여, 주시치로, 히로코, 오토모
가 내린다. 온천여관 신정(神井) 앞에 자동차 멈춘다. 여종업원이 방으

로 안내한다.

방. 히로코, 오토모, 주시치로는 양복을 벗고 있다.

"조용하고 좋은 곳이네. 히로코, 여기서 느긋이 요양해라. 그러면 네 신경쇠약도 반드시 나을 거야."

오토모, 히로코의 옷을 갈아입힌다. 여종업원이 차를 내온다. 히로코 시종일관 내키지 않는 얼굴. 오토모, 창가의 등의자 옆에 서서 창밖을 가리킨다.

"아가씨, 저기에 저렇게 좋은 아이들 놀이터가 있네요. 그러니까 반드시 어른들 놀이터도 잘 구비되어 있을 것 같아요. 이번에는 아무 생각도 마시고 요양하세요."

창밖의 전망.

여종업원 오토모와 함께 주시로와 히로코가 벗은 옷을 정리하고 있다.

"종업원, 여기에는 경치 좋은 곳이랑 놀기 좋은 곳이 있다고 하든데."

무릎을 꿇은 애교 있는 여종업원의 모습.

"있고말고요. 동쪽 공원에는 테니스코트가 있고, 바로 옆에는 변천(弁天)연못이라 하여 경치가 좋은 곳이 있습니다. 그리고 조금 더 가면 유명한 명승고적이 많이 있어 결코 지루할 일은 없습니다."

주시치로, 욕조에서 첨벙첨벙하고 있다.

"아, 좋은 물이네. 이 정도면 딸의 히스테리도 나을 거야."

히로코, 옷을 갈아입고 욕실로 간다.(F·S)

복도에 멈춰서 멍하니 반대쪽 하늘을 우울하게 올려다본다.(F·O)

주시치로, 히로코는 식당에서 식사를 하고 있다.

어린이 운동장에서 놀고 있는 어린이들

천진난만한 모습을 가만히 보며 생각에 빠진 히로코.

정원의 화단. 여러 꽃.

낚시터에서 흥겨워하는 사람들.

술집에서 술을 마시는 사람들, 레코드가 돈다.

"……술은 눈물인가 탄식인가, 마음의 울적함을 버리는 곳……"

레코드가 돈다.

"……먼 인연의 그 사람에 대해, 매일 밤 애달픈 꿈만 꾸네……"

주시치로, 히로코 등이 있는 식당. 히로코 갑자기 주시치로가 마시던 위스키 컵을 가로채서 꽉 쥐고 신음한다.

주시치로, 오토모 놀란다.

"아가씨, 어찌된 일이에요?"

히로코, 여종업원에게 위스키를 따르라고 명한다. 그것을 계속해서 마신다. 주시치로 이를 제지할 수가 없다.

레코드가 돈다.

"……술은 눈물인가 탄식인가, 마음의 울적함을 버리는 곳……"

취해서 흔들흔들하는 모습으로 복도를 걷는 히로코.

댄스홀에서 젊은 모던모이와 춤추는 히로코.

히로코와 모던보이, 복도로 간다.

"변천연못으로 드라이브 갑시다."

히로코의 모던보이에게 아양 떠는 자태.

변천연못 주변을 장난치며 걷는 히로코와 모던보이.

경성역 앞에서 신문 호외가 뿌려진다.

"만몽문제의 중대화……"

"만보산(萬寶山)의 중일관헌 충돌……"

온양온천공원에 있는 히로코와 모던보이

"그러면 또 만나죠, 경성에서……"

자동차 온다. 모던보이 탄다.

"그럼 잘 가세요……"

히로코 손키스를 한다. 자동차 간다. 히로코 멀거니 생각한다.

"난, 역시 교키치씨가 그리워……"

(1933. 12. 01)

(6)

신정관의 대휴게실에서 신문을 보고 있는 사람들

"실로 중국은 난폭해…… 한번 꽝 때리지 않으면 안 된다. 그 녀석들은 점점 더할 거야."

사람들은 쥔 주먹을 흔들며 분개한다.

"재만동포를 위해서도 일전(一戰)을 시도해야지……"

만주 초원에 농사짓는 조선인.

그리고 커다란 검은 손을 거칠게 움켜쥔다.

방에서 생각에 빠진 히로코. 주시치로가 걱정스러운 얼굴로 들어온다.

"히로코, 너 또 무언가를 생각하고 있구나?"

히로코, 저주하듯이 아버지를 올려다본다.

"아버지, 저 물어볼 것이 있어요……"

주시치로의 불안한 얼굴.

"새삼스레 무얼?"

히로코, 지그시 주시치로를 응시한다.

"아버님, 저는 아버님과 교치키씨 사이에는 무언가 어두운 그림자ㅡ깊은 비밀이 반드시 있다고 생각해요."

주시치로의 씁쓸한 얼굴.

"뭔가 비밀이 있다고……"

히로코의 저주하는 듯한 얼굴.

"네……그렇지 않으면 그렇게 상냥했던 교키치씨가 지금처럼 냉랭한 마음으로 되셨을 리가 없어요……"

주시치로 고개를 젓는다.

"그렇지 않아. 너도 말했잖아. 교키치가 그렇게 된 것은 그건 백영에게 마음을 빼앗겼기 때문이라고."

히로코 고개를 젓는다.

"아니요. 그렇게 된 것도 아버지와 교키치씨 사이에 무언가 어두운 비밀이 있기 때문이에요."

주시치로, 강하게 고개를 젓는다.

"바보 같은 소리마라. 그런 것이 있을 리가 없어. 녀석은 은혜를 모르는 거야!"

히로코, 강하게 고개를 젓는다.

"아버님은 은혜, 은혜라고 말하셔도, 요즘 청년들에게 그런 것을 강요해도 누구도 받아들이질 않아요."

주시치로 화낸다.

"넌 부모에게 무슨 말을 하는 거냐!"

히로코의 슬픈듯한 얼굴.

"그래도 아버님. 교키치씨는 자신이 아버님의 은혜에 거역하게 된 이유를 아버님도 마음속으로는 잘 알고 있다고 말하시지 않으셨어요?……"

주시치로 격노한다.

"너 아버지의 이야기를 몰래 들었구나! 괘씸한 녀석!"

히로코 휙 일어나 방밖으로 나간다.

온천부근, 조선 농민의 풍년 춤(계절에 따른) 화류(花柳 조선인의 피크닉)

한정한 풍경 속에 히로코의 창백한 모습. 이를 진기한 듯이 쳐다보는 조선 농민들.(F·O)

변천연못가, 수중누각. 교키치와 백영.

"저기 백영, 나는 이번 달 말까지 반드시 대구의 당신 오빠네 집으로 당신을 보러 가겠소. 그때까지 기다려주시오……"

백영의 쓸쓸해 보이는 얼굴.

"네, 기다리고 있겠습니다. 언제까지라도 기다리고 있겠습니다."

교키치와 백영.

"난 오니와 가문에서 쫓겨난 당신과 같이 가고 싶소. 하지만 어쨌든 10년간 신세를 진 사람이니까 난 잠시 동안 경성에 있으면서 기회를 기다리겠소."

백영은 수중누각의 난간에 기대어 안타까운 한숨을 쉰다. 하늘에 하얀 구름이 흐른다.

"전 왠지 이걸로 영원한 이별이 될 것 같은 생각이 들어요."

교키치와 백영. 백영 잘못해서 물 위로 하얀 장미모양 비녀를 떨어뜨린다. 그것은 물위로 떠오르는듯하다 가라앉는다.

"저것처럼……"

백영은 손수건으로 눈물을 훔친다.

"바보 같은 생각을 하면 안 되오. 백영, 우리는 만약 어떠한 장애를 만나도 강하게 살아가야해요."

교키치와 백영, 달콤한 포옹. 저 먼 곳의 가도로부터 자동차가 질주해서 온다.

교키치와 백영을 태운 자동차. 히로코의 앞을 지나쳐 온양 역 방면으로 질주한다.

"앗, 교키치씨!"

질투에 불타는 히로코의 얼굴. 자동차가 떠나간다. 입술을 깨물며 서있는 히로코.

"역시 나는 패배했어!"

(1933. 12. 02)

(7)

빈 자동차가 온다. 히로코 불러 세워서 탄다. 자동차가 온양온천역에 왔을 때, 기차 발차한다.

"아깝다! 운전기사님, 저 기차를 추월해서 천안까지 가주세요! 난 지지 않겠어요!"

기차 속의 교키치와 백영. 백영은 걱정하는 얼굴

"그곳에 히로코씨가 있으리라고는 생각지도 못했습니다. 당신, 형편이 좋지는 않죠?⋯⋯"

교키치 시계를 보고 가만히 백영의 손을 쥔다.

"시간이 매우 늦었소. 백영, 천안에서 헤어집시다⋯⋯"

백영, 말없이 끄덕인다.

천안역의 상행열차 차창에 백영, 플랫폼에 교키치. 대합실 창을 통해 둘의 모습을 바라보는 히로코.

발차.

"잘 가세요⋯⋯"

"잘 가요⋯⋯"

손수건을 눈에 대는 백영.

"반드시 빨리 오세요⋯⋯"

떠나가는 백영을 배웅하는 교키치.

"바로 갈게요. 기다리고 있어요⋯⋯"

떠나가는 기차(L·S) 히로코, 플랫폼으로 나간다.

"교키치씨, 애통하시겠네요……".

히로코의 비꼬는 미소.

"아버지가 꼭 온양으로 오라고……자동차에서 기다리고 있어요……"

우울하게 플랫폼을 걷는 교키치. 뒤에는 히로코.

"싫으세요?……"

"싫지 않습니다……"

교키치와 히로코. 자동차에 탄다. 발차. 주시치로, 온천여관의 방에서 전보 한 통을 쥐고 응시하고 있다. 히로코 들어온다.

"교키치가 왔구나. 좋을 때 왔다. 히로코, 이 전보를 봐라. 교키치의 어머니가 교키치가 회사 일을 싫어하고, 너와의 결혼을 미루고 있는 것을 고통스러워하며 자살했다는군. 이걸로 교키치는 이제 이쪽 사람이야."

히로코, 창백한 얼굴에 기쁜 미소—가슴 주변에 "나는 이겼다"라고 자막을 비춘다.

X X

경성호텔의 연회장. 교키치와 히로코의 결혼피로연. 남녀 다수의 내빈. 관기, 기생들이 서비스한다. 주인 주시치로 일어나서 인사한다.

"여러분 오늘 저녁은 공사다망하신데 이렇게 많이 와주셔서……"

히로코의 교만한 얼굴. 우울한 교키치의 얼굴.

"부부는 학교를 갓 졸업하여 아직 미숙한 점이 많습니다. 앞으로 여러분의 간절한 지도를 부탁드립니다."

교키치의 우울한 얼굴.

히로코, 슬쩍 교키치의 모습을 본다.

주시치로의 유쾌한 얼굴. 의자에 앉는다.

내빈 중의 한 명 일어난다. 유머러스한 노신사.

"에헴, 불초서생인 제가 내빈을 대표하여, 에헴, 에헴!"

노신사 유머러스한 모습으로 계속 연설한다.

부인들과 게이샤들, 키득키득 웃는다.

노신사.

"에헴 그러면 미래의 행복을 바라며 건배를 합시다."

샴페인 병에서 술이 따라진다.

주시치로, 기뻐하며 다시 일어나 말한다.

"여러분 감사합니다. 여러분을 위하여 건배하겠습니다."

일동 다시 건배한다.

우울한 교키치의 얼굴―자살할 때의 그의 어머니의 모습, 그와 매우 닮은 17,8세의 모자에 백선(白線)이 들어간 한 학생의 침통한 표정을 한 얼굴 등이 그의 얼굴에 떠오른다(D·F)

여흥장. 기생의 무용. 내빈으로 이루어진 관객. 교키치, 호텔의 루프가든에서 혼자 서있다.

겐지, 가만히 온다.

"형님, 또 무언가를 생각하고 있군. 밑에서 아버님이 찾고 있어."

기생의 무용.

교키치, 지그시 겐지의 얼굴을 쳐다본다.

"겐지, 너는 무사태평이구나. 너는 오니와로부터 모욕을 느끼지 않니?"

"형님은 왜 그렇게 센티멘탈한거야. 학자금을 대주어 대학을 졸업했다고 해서 그렇게 깊은 모욕을 느끼지 않아도 되잖아. 백영씨도 좋지만 어머니가 그 때문에 자살하신 거잖아……"

(1933. 12. 03)

(8)

교키치, 가만히 겐지의 손을 잡는다.

"겐지 너는 아무것도 몰라. 나는 너와 히로코를 괴롭히지 않기 위해서 지금까지 추한 비밀을 감추어왔다……그러나"

겐지, 의아한 얼굴을 한다.

"그러나 나는 오늘로써 오니와 가문을 떠날 결심을 하였다. 그래서 너에게만 그 추한 비밀을 밝히겠다……"

"형님, 오늘로써……"

"나는 그런 일을 너에게 말하고 싶지 않다. 그러나 너는 내가 오니와 가문을 떠나면 반드시 나를 원망할 테니까……"

창백해진 겐지. 교키치에 다가선다.

"형님, 그게 정말이에요?"

"내가 그런 거짓말을 하리라고 생각하느냐? 어머니가 최후에 생명까지 희생하지 않으셨느냐?

겐지, 벤치에 쓰러져 얼굴을 감싸고 운다.

교키치, 옆으로 다가가 똑같이 얼굴을 감싸고 운다.

"겐지, 나는 지금까지라도 다소의 의심을 갖고 있었다. 그러나 설마라고 생각해서 추한 상상을 일부러 지우고 있었는데, 최근 우리에게는 오니와를 아버지로 하는 우리들의 동생이 있음을 알고 나는 전신이 찢어지는 듯하였다……"

겐지, 벌떡 일어나 교키치에게 기댄다.

"형님, 저는 꿈을 꾸고 있는 것 같아요……"

"응. 나도 꿈을 꾸고 있는 것 같지만 그건 꿈이 아니라 현실이다, 겐지……"

교키치, 비통한 얼굴에 불쾌한 기억을 하는 표정.

"그건 지지난달. 내가 애국학생연맹을 위해서 센다이에 만몽문제 강연회에 갔던 때의 일이었다……"

모 고등학교의 정문. 문기둥에 '만몽문제 대강연회'라는 입간판.

문 안으로 밀어닥치는 청중.

회장 안, 변사 연설을 한다.

백선(白線)이 들어간 제복 모자를 쓴 학생. 갑자기 일어나 장내에 삐라를 뿌린다. 연령 17-8세.

경찰관, 학생을 검거한다.

경찰서 문 앞, 대학제복의 교키치 등이 자동차에 타고 문안으로 들어간다.

서장실. 서장 직무를 한다. 교키치 등이 들어간다. 서장에게 검거된 학생의 선처를 부탁한다.

"좋아. 제군이 책임을 진다면 석방하겠소."

서너 명의 검거된 학생을 데리고 교키치 등은 경찰서를 나온다.

"차라도 한잔 하지."

찻집의 바깥, 교키치 등이 들어간다. 실내의 테이블, 서로 명함을 교환한다.

삐라를 뿌린 백선 모자의 학생, 교키치의 명함을 본다.

"나도 구사노라고 합니다……"

다른 학생들, 둘의 얼굴을 비교한다.

"얼굴도 닮았네. 형제처럼."

백선 모자의 학생, 가만히 생각에 빠진다.

(C·U)

교외 길을 걷는, 백선 모자의 학생과 교키치(FS)

"전 당신에게 묻고 싶은 게 있습니다. 저는 그걸 저를 위해서라고 생각하지 않습니다."

앞 장면과 같음.

"저는 어머니의 성(姓)인 구사노를 쓰고 있는 사생아입니다. 그러나 저에게는 아버지가 다른 동성의 형이 둘 있다고 합니다. 제 아버지는 오니와라 하여 지금 조선에 있는 대자본가라고 합니다……"

교키치의 놀라움을 억누르는 얼굴.

"오니와……그리고 자네의 어머니 성함은 뭐라고 합니까?"

"미즈코라합니다."

교키치의 놀라움에 창백해진 얼굴.

"…………."

백선 모자 학생의 의미심장하게 교키치를 올려보는 얼굴.

"저는 한번 그 형들을 만나고 싶습니다……제 어머니는 형들을 교육시키기 위하여 희생하였고 저를 낳은 아버지에게 농락당했습니다. 저는 추악한 아버지의 죄의 결과, 사생아로 태어났습니다……"

백선 모자 학생의 슬픔이 떠도는 얼굴.

"저는 황금의 힘으로 여성을 농락한 아버지를—남성을 저주합니다! 저는 그러한 일을 하지 않고는 아이를 양육할 수 없었던 어머니를—여성이 가엾습니다. 저는 그런 사회를 증오합니다!"

교키치, 격정적으로 상대의 손을 쥔다.

"자네, 잘 알았소! 지금 자네의 사상은 자네의 처지가 낳은 것일세. 난 마음속으로부터 자네를 동정하오."

포옹하는 둘.

"저는……저는 당신이 저의 진짜 형이 아닐까라고 생각했습니다. 당신은 저의 어머니와 매우 닮았기 때문에……"

(1933. 12. 05)

(9)

경성호텔 루프가든의 교키치와 겐지. 겐지, 흥분한 모습.

"형님, 난 오니와가 그런 죄악을 범했음을 몰랐어. 형님! 우리는 어쩌면 좋을까……"

굳은 결심을 보이는 교키치의 얼굴.

"앞으로는 오니와 가문의 물적 지원을 거절하고 어디까지나 독립적으로 생활을 해나가자!"

대구의 백영의 집.

몰락한 양반 같은 조선 가옥의 내부, 담뱃대를 손에 든 백영의 나이든 아버지―흰 수염에 마른 몸의 양반 같은 풍채. 앞에 백영. 나이든 가장은 탄식한다.

"오니와라는 놈은 꽤 의협심이 있는 녀석이라고 생각했는데, 내가 잘못 봤다. 더 이상 그쪽 일은 기억하지 말고 이제부터는 느긋이 지내도록 해라……"

백영의 쓸쓸한 얼굴―가슴에 그리는 교키치의 모습. 천안역에서의 이별과 말.

"벌써 그 이후로 한 달 가까이 된다.……그런데 그 사람은 모습을 보이지 않아……"

생각에 빠지는 백영.

"즐거웠던 온양온천의 추억……"

생각에 빠지는 백영―그녀의 가슴에 그려지는 온양온천 변천연못 주변의 두 사람. 하얀 장미 모양의 비녀가 물 위로 떨어져 가라앉는다.

"혹시?……"

아버지의 말하는 모습.

"그 오니와라는 녀석이 조선에 처음 왔을 때, 나는 꽤 힘이 있었다. 녀석이 은혜에 보답한다고 해서 너와 네 오빠를 도쿄의 학교에 보냈는데, 오빠는 네가 아는 대로 행방을 알 수 없다. 너는 돌아왔으니, 나도 마음이 든든하다. 서둘러 사위라도 얻어서 나를 안심시켜줘라……"

백영의 불안한 얼굴.

"사위라니요, 아버지……"

백영, 쑥스러워 옆에 있는 신문을 집어 든다.

노인 미소 짓는다.

"하하하 부끄러우냐."

백영, 무언가를 말하려고 주저한다―문득 손에 있는 신문지 위에 못이라도 박힌 듯 시선을 고정한다.

"어머!"

백영, 기절할 듯이 되어 망연자실하며 신문지 위로 눈길을 보낸다.

신랑 신부의 사진에 신문기사―"오니와 상사 주식회사 사장 오니와 주시치로씨의 장녀 히로코는 동아권업 은행장 야마사와 요시스케씨의 중매로 법학사 구사노 교키치씨와 혼약하여, 7월 △일 조선신궁에서 화촉의 연을 올렸다. 신랑은 작년 제국대학 법학과를 졸업할 때 시계를 받은 수재. 신부는 일본여자대학 영문학과 졸업의 재원."

백영, 신문지를 껴안고 그 자리에서 기절한다.

아버지는 놀라서 백영을 껴안는다……

"아, 난 역시 속았구나……"

몽롱하게 침대 속에서 자는 백영.

힘없이 침대 옆에서 간호하는 아버지.

아버지, 눈꺼풀을 문지른다.

"이런 때 죽은 엄마라도 있었으면……"

아버지, 결혼기사가 실려 있는 신문지를 집어 든다.

보고나서 끄덕인다.

'포기할 수 없는 것을 포기한 백영의 며칠이 지났다.'

방황하는, 때 묻은 한복을 입은 청년. 지팡이를 짚고 고통스럽게 집안의 모습을 살핀다. 개, 짓는다.

아버지와 백영. 문 앞을 주시한다.

아버지, 가보라고 백영에게 눈짓한다. 백영 사라진다. 곧 돌아온다.

"아버님, 오라버니가……"

아버지, 자신의 귀를 의심한다.

"뭐라고, 오빠가?……"

백영의 흥분한 모습.

"오라버니가 돌아왔습니다."

아버지 멍하게 있다.

"영석이가 어쨌다는 거냐?……"

백영, 초조해한다.

"돌아왔어요, 아버님……"

나이든 아버지, 급히 일어난다.

"어디, 어디에?"

창백하고 피로한 상태로 지팡이를 짚은 영석, 집안에 모습을 드러낸다.

"아버님……"

영석, 고통을 참으면 나이든 아버지를 올려다본다.

"건강하시니 다행입니다……"

아버지, 멍하니 자기 자식의 변한 모습을 쳐다본다.

(1933. 12. 06)

(10)

영석, 고통을 못 참고 온돌 바닥에 쓰러진다. 백영, 오빠를 지탱한다.

아버지, 영석의 옆으로 다가온다.

"음, 역시 영석이군……"

대구역에 하차한 교키치. 편지 봉투를 꺼내 순회하는 순사에게 백영의 집을 묻는다. 차에 탄다.

오니와 가, 주시치로의 방. 주시치로는 안절부절못하며 탁상전화를 걸고 있다.

히로코, 히스테릭한 모습으로 주시치로의 방으로 뛰어든다. 오토모 이어서 뛰어서 들어왔다가, 히로코에게 혼나고 나간다. 집사 노인, 지배인 야마시타, 그 밖의 양복옷의 남자가 들어오거나 나가거나 분주하다.

고양이가 정원의 분재를 뒤집어놓고 도망간다.

부엌의 식기 씻는 곳에서 하녀가 강아지에게 물을 끼얹는다.

자동차 속의 교키치.

백영 집 앞. 화려한 조선의 혼례 행렬이 지나간다.

자동차 속의 교키치.

백영 집의 온돌, 병상에 누워있는 영석, 간호하는 백영, 걱정하는 아버지. 영석의 한쪽 다리에는 중상을 입어 감은 붕대.

교키치, 백영 집 문 앞에서 차를 내리고, 좀 주저하다가 결심하고 문안으로 들어간다.

문안에서는 백영이 마당에서 더럽혀진 붕대를 빨고 있다.

둘의 시선이 마주친다.

"백영, 기다렸죠?……"

백영, 석상처럼 움직이지 않는다.

(C·U)

교키치, 백영에게 다가간다.

"백영, 어찌된 일이요?"

교키치, 백영의 손을 잡으려고 한다.

백영, 이를 뿌리친다.

교키치, 우울하게 고개숙인다.(C·U)

"당신은 무언가 오해하고 있는 거죠?……"

백영, 고개를 젓는다.

"아니요……"

교키치, 가만히 그걸 쳐다본다.

"그럼 왜 이전처럼 상냥하게 대해주지 않소?"

백영, 호주머니로부터 신문지를 꺼내 신랑신부의 사진이 실린 부분을 내민다.

"전 당신에게 배신 당했어요……"

교키치, 가만히 고개 숙인다.

백영, 집으로 들어가려한다.

교키치, 허둥지둥 멈춰 세운다.

"백영, 잠깐 기다려주시오……"

백영, 돌아본다. 그리고 손수건으로 눈물을 닦는다.

"저는 당신에게 용건이 없습니다……"

교키치, 걸어서 다가가며

"당연합니다. 그래도 제 마음을 들어 주세요……제 어머니는 자살했습니다."

백영, 놀란다.

"네? 어머님이!"

백영, 새파래지며 멈춰 선다─도쿄 유학시절에 교키치의 어머니로부터 사랑받았던 그리운 추억이 가슴에 그려진다.(D·F)

교키치, 손수건으로 눈물을 닦는다.

"어머니는 우리 형제를 위하여 모든 것을 희생하셨습니다. 제가 자신의 사랑을 희생하는 것 정도는 아무것도 아니라고 생각합니다……"

백영, 조용히 서서 눈물을 닦는다.

"그 상냥하셨던 어머님이 어째서 자살 같은 것을 하셨나요……그 때문에 저는 당신에게 배신당한다면 만족하겠습니다."

교키치, 백영의 손을 잡는다.

"아니요 백영. 저는 한때의 흥분으로 그런 기분이 든 것입니다. 저는 저의 생명이 약동하는 한, 당신을 사랑하지 않고서는 있을 수 없습니다……"

백영, 손수건을 쥐고 고개 숙이고 있다.

교키치, 갑자기 흥분한 안색이 된다.

"그래서 말입니다. 오니와는 나를 매우 비난하며 어머니를 책망하였습니다. 그 때문에 어머니는 사이에 끼어 자살했습니다. 어머니를 죽인 것은 저와 오니와입니다."

교키치, 격하고 정열적인 태도로 백영의 손을 쥔다.

"백영, 저는 어머니를 희생하더라도 당신을 사랑하고 싶습니다. 지금까지의 죄를 용서해주시오."

(1933. 12. 07)

(11)

백영, 격정적으로 운다. 교키치, 어깨에 손을 얹는다.

"백영, 용서해 주겠소?……"

백영, 조용히 끄덕인다.

"그렇군. 고맙소, 백영······"

백영과 교키치, 손을 잡고 눈물을 닦는다.

백영의 아버지, 가만히 통곡의 장면을 엿본다.

"백영, 손님이냐?······"

백영과 교키치, 놀라며 몸이 떨어진다.

반신을 내민 아버지.

"손님이라면, 안으로 들어오시라고 해라."

백영, 결심한 듯 아버지 옆으로 간다.

"아버지, 제 친구 분입니다."

아버지, 가만히 교키치의 모습을 쳐다본다. 교키치 고개 숙인다.

아버지, 고개를 갸우뚱한다. 신문 속의 사진이 가슴에 그려진다.(D·F)

"백영, 넌 그 친구와 사귀어도 좋느냐?······"

백영, 고개 숙인다.

아버지 조금 흥분한다.

"나는 내지인을 신용하지 않는다······"

백영, 아버지에게 매달린다.

"아버님, 신용할 수 있는 사람과 할 수 없는 사람은 내지인이라도 조선인이라도 마찬가지이에요."

오빠 영석, 온돌방 문 안에서 창백한 얼굴을 내밀고 문밖의 모습을 살핀다.

아버지, 고개를 젓는다.

"무슨 소리냐, 넌 아까만 해도 가슴에 굳은 결심을 한 것을 잊었느냐?……"

백영, 야무진 얼굴을 들어올린다(C·U)

"그래도 아버님, 저는 이 분이 말한 것을 믿습니다."

영석, 교키치를 가만히 험악한 얼굴로 째려본다.

"백영, 너는 젊은 처자다. 언변 좋은 남자에게 속지마라……"

백영, 놀라서 오빠 영석 쪽을 돌아본다.

"오라버니! 구사노씨를 잘 아시지 않으세요?"

영석, 냉소한다.

"난 그런 부르주아 앞잡이 따위의 지인은 없어!"

백영, 갑자기 안색을 바꾼다.

"그런 오라버니도 오니와로부터 학자금을 받았잖아요……"

영석, 다시 냉소한다.

"그 남자는 5천이나 1만의 돈을 우리에게 주었다고 해서 손해 보지 않아. 너에게는 그런 걸 알리가……"

백영과 교키치, 오도카니 서있다.

중국인 남녀 서너 명에 아이를 안은 여자 등이 섞여 문안으로 뛰어들어 온다. 중국인들 아버지 앞에 무릎을 꿇는다.

"선생님! 도와주세요. 지금 조선인들이 우리들을 죽인다고……"

아버지가 미간을 찌푸린다.

"유씨가 아닌가. 조선인들이……죽인다고?……"

영석, 방문을 밀어제치고 중국인들을 부른다.

"알겠소. 이쪽으로 들어오시오."

중국인들 허둥지둥 온돌방으로 들어간다.

영석, 툇마루로 기어 나온다.

"아버님, 만주의 만보산에서 조선인이 중국인 군벌에게 학대당하고 있으니까, 이곳의 조선인이 흥분하고 있습니다. 제 상처도 군벌의 앞잡이 녀석에게 당했으니까요."

문 앞에 조선인 군중이 쇄도한다.

"이 집에 도망쳐 들어갔다! 어이, 중국인을 내놔라!"

아버지, 아연실색하여,

"이런, 잘못된 생각을 하는 사람들이군. 어디 내가 말해보도록 하지."

아버지, 가보려고 한다. 영석과 백영이 말린다.

"아버님! 위험해요! 제가 가겠습니다."

군중 성내어 소리 지른다.

"어이, 어서 여기로 중국인을 내놔!"

앞 장면과 같음.

"내놓지 않으면 용서치 않겠어!"

앞 장면과 같음.

"중국인을 숨기는 녀석은 중국의 개다!"

교키치, 결연히

"제가 가겠습니다. 아버님은 나이도 있으시고, 형님은 부상을 입으셨습니다. 제가 가겠습니다, 백영, 통역해주시오."

(1933. 12. 08)

(12)

교키치, 늠름하게 군중 앞에 선다. 백영, 교키치 옆에 선다.

"여러분, 조용히 하시고 제 말을 들어주세요."

백영, 통역한다.

군중, 의외의 인물을 쳐다보며 웅성거린다.

"뭐야, 이건 내지인이잖아!"

군중 속에서 손을 들어 외치는 사람이 있다.

"중국인을 내놔라!"

교키치, 연설한다.

"여러분 이렇게 오신 기분은 잘 알겠습니다. 그러나 이 조선에 건너와서 일하고 있는 중국인은 아무런 죄가 없습니다."

백영, 통역한다.

군중 속에서 외치는 자가 있다.

"무슨 소리냐, 조선에서 일하고 있는 중국인도 모두 증오할만한 중국인임에 틀림없다!"

교키치, 연설을 계속한다. 그는 오른손을 들어 다섯 손가락을 벌려본다.

"여러분, 이 손의 다섯 손가락을 보시오. 이 다섯 손가락 중에서 하나가 나쁜 병에 걸려 부패했다고 합시다. 그 경우 여러분은 다섯 손가락을 모두 잘라도 좋겠습니까?"

백영, 똑같이 손가락을 보이며 통역한다.

군중 속에서 웃는 사람이 있다. 갑자기 고개를 갸웃하는 사람이 있다. 마구 흥분하여 소리치는 사람도 있다.

"바보! 우리는 소학교 학생이 아니야!"

소리치는 걸 제지하는 사람도 있다.

"조용히 하고 들어!"

슝하고 돌멩이가 날아와서 교키치의 머리에 맞는다. 피가 흐른다. 백영, 놀라서 손수건으로 막으려고 한다. 교키치, 거부하고 의연히 연설을 계속한다. 군중 속에서 교키치에 동정하여 외치는 사람이 있다.

"왜 난폭한 짓을 하지? 죽이든 살리든 이야기를 듣고 해라!"

군중, 찬성하며 박수를 친다.

교키치, 앞 장면처럼 한손의 손가락을 가리키며 용감하게 연설을 계속한다.

"여러분 이 다섯 손가락 중에 하나만이 부패했다고 해도, 다른 네 손가락은 훌륭합니다. 그러나 다섯 개 모두 손가락임에는 틀림없습니다. 이와 마찬가지로 같은 중국인이라도 마음이 부패한 중국인도 있지만 마음이 훌륭한 중국인도 있습니다."

백영, 아까와 같이 통역한다. 군중 점점 모여들고, 박수를 치는 사람도 있다.

"휴—."

교키치, 연설을 계속한다.

"부패한 손가락은 가차 없이 잘라버려야 합니다. 그러나 같은 손가락이라고 해서 훌륭한 손가락을 잘라 버리면 안 됩니다. 조선에 와서 근면하게 일하고 있는 중국 사람들은 실로 훌륭한 손가락입니다. 조선의 산업개발을 위하는 훌륭한 손가락입니다."

백영, 통역한다. 군중, 감동한다.

"이 남자가 말하는 말이 맞다!"

교키치, 연설을 계속한다.

"그러면 부패한 손가락은 누가 잘라버리느냐? 이건 의사가 할 일입니다. 일반인이 하면 안 됩니다. 여러분은 자신의 부패한 손가락을 자기 집에 있는 야채 칼로 잘라버리면 큰일 납니다."

백영이 통역하자 군중 와 웃으며 박수친다. 교키치, 연설을 계속한다.

"병에 걸려 부패한 손가락을 자르는 것은 의사의 일입니다. 모두 자기 손으로 해선 안 됩니다. 현재 중국인 중에는 물론 마음이 부패한 자도 있겠지요. 부패한 마음을 고치는 의사는 여러분의 정부입니다. 정부가 전부를 떠맡아서 치료해줍니다. 여러분이 소란피울 필요가 없습니다."

백영, 통역한다. 군중, 경청한다.

교키치, 통역을 계속한다.

"그럼 여러분, 이 이치를 이해하셨으면 조용히 해산해주십시오. 부패하지 않은 손가락끼리는 전부 훌륭한 사이가 좋은 형제입니다. 중국민족도 조선민족도 일본민족, 아니 세계만국의 사람들은 모두 형제입니다……"

백영, 통역한다. 군중, 박수친다.

"세계동포 만세!"

군중, 해산한다.

군중 속에서 두세 명의 청년이 나와서 명함을 건네며 악수한다.

(1933. 12. 09)

(13)

백영, 기뻐하며 교키치에게 다가간다.

"당신, 기뻐요! 그런데 머리 아프시죠?"

교키치 늠름하게 미소지으며, 백영과 악수한다.

"뭐, 괜찮아요. 당신이 통역을 잘해서 대성공이었소."

백영, 교키치의 손을 감싼다.

"아니에요! 저는 정말로 당신의 비유가 뛰어난 연설에 감동했어요. 당신은 대단한 대중지도자이에요!"

교키치, 쓸쓸히 미소 짓는다.

"이런 말하면 조선의 좌익운동가로 매도당할 거야……"

백영, 지그시 교키치의 얼굴을 올려본다.

"그래도 어쩔 수 없지요……"

온돌방에서 중국인들 나온다. 쿄키치의 앞에 허리를 굽힌다.

"감사합니다."

교키치, 중국인들과 악수한다.

"대수롭지 않은 걱정을 하셨네요. 이제 괜찮습니다. 어느 곳의 국민이라도 대중은 정직하니까 바로 이해합니다."

백영의 아버지, 기뻐하며 교키치와 악수한다.

"아니 훌륭한 연설이었다. 난 감동했다네. 딸에게 이런 친구가 있었군. 백영, 이 친구에게 성심껏 교제를 부탁드려라. 자네, 아까의 무례는 용서해주게……"

백영, 기쁜 듯이 고개를 숙인다.

영석, 툇마루로 나와 교키치에 악수를 청한다.

"구사노씨, 아까의 폭언을 용서해주시오……"

교키치, 기분 좋아한다.

"아까 당신의 말은 당연했습니다……그리고 당신은 만주에서 부상을 입으셨다고 들었습니다."

영석, 의젓해진다.

"중국 군벌은 실로 광폭하기 그지없는 일을 저지릅니다. 나는 조선 농민을 위하여 그들과 싸워왔습니다! 회복하면 만주에 가서 그들과 싸울 작정입니다."

교키치, 다시 영석과 악수한다.

"제발 잘 해주십시오. 저도 만주동포를 위해서 이제부터 만주로 가서 싸우겠습니다."

영석, 잡은 손을 강하게 흔든다.

"어이, 동지, 구사노군!"

백영, 영석에게 매달린다.

"오라버니, 기뻐요!"

영석, 백영의 어깨에 손을 올린다.

"백영, 넌 좋은 친구―아니, 애인을 획득했네. 하하하."

영석은 쾌활하게 웃는다. 백영은 부끄러운 듯이 고개 숙인다.

"참, 오라버니도! 획득이라니요……"

영석, 교키치에게 또 한 번 악수를 청한다.

"구사노씨, 동생은 불행한 여자입니다. 사랑해주세요."

세 명, 서로 마음을 터놓고 기쁜 모습.

신정관의 객실. 욕실가운을 입은 영석, 등의자에 앉아있다. 그 앞에 교키치와 백영. 영석, 상처를 보고 있다.

"두드러지게 좋아졌네. 상처에는 온천물이 좋네."

영석의 감사에 넘치는 얼굴.

"구사노씨 덕이지."

교키치의 기쁜 얼굴.

"뭘, 그런 말씀하시면 몸 둘 바 모르겠습니다. 그럼 이제 산책하실 수 있죠?"

백영의 기쁜 얼굴.

"셋이서 변천연못을 산책하시죠."

교키치와 백영, 눈을 마주치고 미소 짓는다. 레코드 돌아간다.

"사람을 저주하고, 애달픈 번민을 온천물로 치유하네. 단풍든 시오하라(塩原)……"

교키치와 백영, 가만히 듣고 있다.

"어머, 너무나 슬픈 노래네요……"

영석, 미소 짓는다.

"그래도 황금에 눈이 멀어 사랑을 팔지 않은 사람을 애인으로 가진 것은 행복……"

백영, 기쁜 듯이 가만히 영석을 째려본다.

"또 그런 말을……"

여종업원이 들어온다.

"손님 세 분이 오셨습니다."

교키치와 백영, 불안한 얼굴을 한다.

"누굴까요? 오니와 가문 사람일까요?"

(1933. 12. 10)

(14)

겐지와 레이코, 그리고 백선 모자를 손에 든 학생(앞에 나왔던 인물)이 뒤따라 들어온다.

교키치, 이를 보고 놀란다.

"어, 자네는……"

학생, 교키치에게 매달린다.

"형님! 당신은 역시 저의 형님이었습니다!"

학생, 운다.

"형님! 어머니는……어머니는 자살하셨습니다……자살하기 전날 밤, 저를 불러 형님들에 대해서 알려주셨고, 저에게 조선으로 가라고 하며 여비를 주셨습니다. 제가 도쿄를 떠난 후에 어머니는 자살하셨습니다……"

겐지, 레이코, 교키치, 백영 등 모두 운다.

"형님, 어머니는 저의 아버지가 죽인 겁니다. 어머니는 저에게, 제 아버지 같은 사람을 믿었던 것이 잘못이라고 말했습니다. 어머니는 아버지에게 학대당해서 몸 둘 곳이 없다고 말하셨습니다……"

교키치, 학생을 안고 운다.

"내가 나빴다! 자네, 용서해주게……"

모두 계속 운다.

"아닙니다. 아버지입니다. 아버지가 나쁩니다……"

경남선 무창포해수욕장―백사장 멀리 푸르른 바다로 펼쳐져 있고, 물가에서 수영하는 남녀들로부터 멀리 떨어진 모래언덕을 영석과 레이코가 걷는다.

"이제 완전히 건강해졌습니다. 당신 남매 덕입니다. 이 몸으로 다시 만주로 가서 분투하겠습니다."

둘, 모래언덕 위에 선다.

"그렇게 빨리 가시나요?……"

영석, 저 멀리 수평선으로 시선을 주며 감상에 빠진다.

"이 바다 건너편에는 고향을 잃은 불행한 백만의 우리 동포가 고생하고 있습니다. 그걸 생각하면 나는 이렇게 유유히 놀고 있을 수 없습니다."

모래언덕 위의 두 사람.

"다음에는 오라버니도 당신과 함께 가고 싶다고 말씀하세요."

모래언덕 위의 두 사람.

"꼭 부탁드립니다. 오라버니 같은 훌륭한 사람이 그곳에서 우리 민족을 위해서 일해주면 큰 보탬이 될 것입니다."

멀리 해안선을 따라 뛰어오는 남녀 두 명(S·L)

영석과 레이코 걸어간다.

오니와 가문의 주시치로의 방. 주시치로 편지를 보고 있다. 허둥지둥 집사 노인과 오토모 들어와서, 무언가를 말한다. 주시치로 눈이 둥글해진다.

"뭐라고, 히로코가 지난밤부터 돌아오지 않는다고. 음, 은밀히 경찰서에 부탁해서 전 조선의 경찰서에 전보로 수색을 부탁하면……"

주시치로, 전화를 듣는다…….

"경남선(京南線) 웅천역 경찰로부터 닮은 젊은 남녀가 오늘 아침 무창포 해수욕장으로 향했다는?……"

주시치로, 성을 내며 일어선다.

"자동차다! 그 젊은 남녀라는 것은 히로코임에 틀림없다. 바로 내가 가겠다!"

집사 노인이 무언가 말한다. 주시치로 화낸다.

"뭐라고? 지금 바로 가도 시간 맞는 기차가 없다고? 바보, 비행기라는 편리한 것이 있잖아! 우리 회사 비행기를 바로 준비해라!"

경성 남대문 역 앞에서 호외가 날린다.

"나카무라 대위 중국 군인에게 학살당하다!"

"만몽문제의 위험 다가오다!"

거리에 흩뿌리는 호외, 거리, 역 안의 군중의 흥분.

경남선 웅천역 플랫폼에서 남행열차가 도착한다.

교키치, 백영, 겐지, 다카시(백선 모자의 학생) 등 네 명이 내린다. 바로 역 앞의 택시에 탄다.

"무창포 해수욕장으로 가주게."

네 명을 태운 자동차 도로를 달린다.

백영, 호외를 집는다(F·S)

"오라버니, 아직 아무것도 모르시죠. 이걸 보면 절대 참으실 수 없을 거예요."

앞 장면과 같다.

"오라버니는 열혈적이니까요. 우리들도 그런 사람을 동지로 같이 일하는 것이 든든합니다."

해수욕장의 해안선을 달리는 남녀(C·U)

그 중에 창백한 얼굴로 목숨을 걸고 도망가는 여자가 히로코이고, 늑대처럼 미친 듯이 단도를 번쩍이며 좇아가는 남자가 모던한 불량 청년.

"살인자! 누군가 와주세요!"

모래언덕을 향해 걷는 남녀 둘—영석과 레이코의 모습(L·S)

(1933. 12. 12)

(15)

교키치 등을 태운 무창포행 자동차(F·S)

비행기 격납고 앞의 비행사와 주시치로. 다투고 있다.

"무창포 해수욕장에 한 번도 가보지 않았고 착륙하는 것은 위험하기 때문에……"

주시치로, 흥분한다.

"자네! 그런 미온적인 말을 하면 어쩌자는 거야? 군인이라면 그런 말을 해서는 전쟁을 할 수 없어."

비행사, 쓴웃음 짓는다.

"전쟁의 경우와는 다릅니다."

주시치로, 성을 낸다.

"나는 지금 딸이 위험한 상황이라서 전쟁하고 있는 것과 마찬가지야. 자네도 전쟁할 생각하지 않으면 안 돼! 그렇지! 1만원! 자네에게 1만원 줄 테니까 결사의 태도로 가주게!"

비행사, 놀란다.

"1만원……"

주시치로, 주먹 쥔 손을 강하게 흔든다.

"응, 1만원 줄게!"

비행사, 단호하게

"좋습니다! 가겠습니다."

도망가는 히로코, 좇아가는 불량청년.

"살인자! 누군가 와주세요!"

영석과 레이코의 뒷모습(L·S)

네 명을 태운 자동차.

구름 사이로 비행기(L·S)

도망가는 히로코, 좇아가는 불량청년.

"살인자! 누군가 와주세요!"

히로코와 불량청년, 영석과 레이코 쪽으로 다가간다(F·S)

"살인자! 누군가 와주세요!"

영석과 레이코, 외치는 소리에 돌아본다.

영석, 그 쪽으로 달려간다. 레이코 떨어져서 쳐다본다.

영석과 불량청년의 싸움이 시작한다. 레이코 소리친다.

"당신! 위험해요!"

레이코 근처로 히로코가 달려온다.

"어, 히로코씨다!"

히로코, 모래밭에 기절한다. 레이코 뛰어서 다가간다.

영석과 불량청년의 모래밭에서 싸움이 이어진다.

네 명을 태운 자동차(F·S)

하늘의 비행기, 다가온다.

레이코, 히로코의 옆을 붙잡는다.

"히로코씨! 다치지 않으셨어요? 어찌된 일이에요?"

영석과 불량청년의 싸움 이어진다. 영석, 단도에 베인다. 피나 난다.

멀리 큰 길에 네 명을 태운 자동차 멈춘다. 네 명, 둘의 격투를 보

고 쏜살같이 달려온다.(F·S)

비행기, 상공을 선회한다.

죽은 듯이 있는 히로코. 이를 돌보는 레이코.

모래밭을 뛰어오는 교키치, 겐지, 다카시.

비행기, 저공으로 난다. 비행기로부터 지팡이, 신발 등이 폭탄 투하처럼 둘이 격투하는 위로 떨어진다.

다카시, 맨 앞에서 달려온다. 여름 모자 바람에 날린다. 격투하는 둘에게 다가가려는 찰나, 모터 수선용의 큰 스패너가 비행기로부터 투하되어 다카시의 머리에 맞는다. 다카시, 기절한다. 교키치, 놀라서 다카시를 끌어안는다.

달려온 겐지, 불량청년에 몸으로 부딪친다. 불량청년 기절한다.

주시치로 달려온다.

"히로코, 히로코 무사 하느냐?"

주시치로, 히로코를 끌어안는다. 레이코를 알아차리고,

"딸을 구해준 사람은 네가 아는 사람이지 않느냐?"

영석, 겐지, 히로코 부자 옆으로 온다.

"무사합니까?"

주시치로, 기뻐서 악수한다.

"고맙소! 고맙소!"

겐지, 영석을 가리킨다.

"히로코씨를 구한 것은 이 사람입니다. 그 때문에 상처도 입으셨습니다."

주시치로, 영석을 알아차리고 놀란다.

"자네는 정군이 아닌가? 자네가 히로코를 구해준 건가!"

영석, 주시치로와 악수한다.

"오니와씨. 오랫동안 연락 못 드려 죄송합니다."

주시치로, 고개를 젓는다.

"죄송하기는커녕 자네는 딸의 생명의 은인일세. 그리고 자네는 만주에 있다고 소문을 들었는데……"

(1933. 12. 13)

(16)

겐지, 주시치로에게 설명한다.

"아버님, 정군은 만주에서 재만동포를 위하여 중국의 군벌과 싸우고 있습니다."

주시치로, 다시 영석과 악수한다.

"음, 그건 훌륭한 일이야. 잘 해주게."

교키치와 백영, 다카시의 시체를 안고, 모두를 부른다. 주시치로, 레이코, 영석, 겐지 등 달려온다.

주시치로, 교키치를 보고 화를 낸다.

"음, 자네는 교키치잖아. 자네가 히로코를 이렇게 타락시켰어!"

교키치, 냉정하게 다카시의 시체를 가리킨다.

"아버님, 이 청년의 얼굴을 기억하지 못합니까?"

주시치로, 다카시의 시체를 보고 경악한다.

"아!"

주시치로, 다카시의 시체를 껴안는다.

"다카시! 다카시!"

주시치로, 시체를 흔든다.

"너는 어째서 여기에 왔냐!"

교키치, 비통하고 엄숙한 태도로 말한다.

"아버님, 우리들은 모두 알고 있습니다. 이 청년이 우리들의 형제라는 것도 이미 알고 있습니다."

주시치로, 놀란다. 교키치, 말을 잇는다.

"어머니의 자살은 이 불행한 동생과 우리들을 이어주었습니다."

교키치, 큰 스패너를 주워올린다.

"동생은 아직 얼굴도 모르는 여동생을 구하려다가, 이 커다란 스패너로 머리를 맞아 죽은 것입니다……"

주시키로, 더욱 경악한다.

"그, 그 스패너는 내가 불량청년에게 던지려고 했던 것이다.……내가 히로코를 구하려다가 다카시를 죽였구나."

주시치로, 히로코를 안는다.

히로코 조용히 운다.

"히로코, 나는 너에게 이제까지 숨겼지만, 이 사람은 네 동생이다. 너를 구하려다가 이 녀석은 죽었어."

히로코, 울며 쓰러진다. 모두 운다.

주시치로, 다카시를 안고 운다.

"나는 이제 아무것도 없다. 모두 내 죄다. 나는 모두에게 사죄한다……"

주시치로, 모래에 머리를 댄다.

"사과의 증명으로 나는 재산 일체를 너희들의 공동사업에 제공하고 은퇴하겠다. 그 재산으로 교키치가 생각하고 있는 사회가 되도록 일을 해주게……그것이 죽은 다카시와 다카시의 어머니의 명복을 비는 길이지."

일동의 엄숙, 비장한 침묵, 때마침 하늘에서 육군 비행기 서쪽으로 날아간다.

교키치, 비행기를 올려다보고 꽉 영석의 손을 잡는다.

"만주를 향해서 전투기가 날아간다! 정씨, 우리들은 구구한 감상에 사로잡혀서는 안 되오. 만주에 갑시다. 빛을 구하는 백만의 동포가 기다리고 있는……"

일동 서쪽 하늘을 바라본다. 아득한 수평선 저쪽으로 비행기는 날아간다.(F·O)

경성역 플랫폼에 봉천행 급행열차. 열차 속에 교키치와 백영, 영석과 레이코.

그들을 배웅하는 주시치로, 히로코, 겐지 그리고 그 밖의 다수.

'즐거운 신혼의 꿈에서 깨기 전에, 풍운이 센 만주로……젊은 부부들의 웅대한 계획은 어찌될 것인가?……'

발차한다.

"그리운 조선이여, 안녕!"

침대차에 잠자는 교키치.

"꿈에서 동경하지만 아직 보지 못한 경주로……"

침대차에서 잠자는 교키치―경주 불국사. 돌계단을 지팡이를 짚고 오르는 조선의 노인(D·F)

"금강산으로……"

외금강의 경치.

"평양 모란대로……"

모란대, 을밀대, 연광정, 배에 탄 기생(F·I)

"그리고 국경을 넘어서……"

압록강의 개폐식 철교. 철교를 건너는 급행열차. 침대에서 잠자는 교키치(I·O)

(1933. 12. 14)

〈끝〉

취직행진곡(就職行進曲)

아마야 겐지(天谷健二)

(1)

〈서언〉

이 시나리오는 쇼와 9년 5월 내무성 도쿄 지방 직업소개 사무국장 시절에 소년 직업지도 소개에 관한 실화를 소재로 하여 엮은 것으로, 마침 소학교 졸업 시기라서 취업하려는 소년도 많을 것이기 때문에, 직업선택에 참고가 되었으면 하고 생각한다.

〈1〉

도쿄에서 그리 멀지 않은 이 마을,

조용하고 그리고 평화롭던 이 마을도,

점점 교통이 발달하여 모든 것이 도회화해 간다.

훌륭한 상점가가 생겼고, 공장 굴뚝이 늘어났고,

이윽고 철근 콘크리트의 훌륭한 소학교도 건축되었다.

생기 넘치는 학생들이 빛나는 아침 해를 맞으면서 교문을 들어간다.

〈2〉

소학교 2학년 매화 반

기무라 긴야(木村欣也)

요시카와 쇼타로(吉川庄太郎)

가와노 고이치(河野幸市)

〈3〉

긴야는 이 마을에서 개업한 변호사이고,

마을의 유력자이며 또한 본교의 후원회 부회장으로

마을사람의 존경을 받고 있는 기무라 다카아키의 장남이다.

쇼타로는 도쿄만에서 배를 가지고 험난한 바다 일을 하는,

일개 어부에서 성공하여 오늘날에는 업계에서 이름을 알아주는

선주 요시카와 쇼헤이의 장남이다.

고이치는 트럭 한대를 자본으로 매일 이 마을에서 도쿄 방면으로

화물을 운반하며

성실히 일하고 있는 가와노 쇼지로의 동생이다.

〈4〉

셋은 다른 사람들이 부러워할 정도로 사이가 좋았다.

학교에 갈 때도

돌아갈 때도

공부할 때도

열중해서 놀 때도

떨어진 적이 없다.

그렇게 함께

학교에 이별을 고할 날이 다가왔다.

〈5〉

교정의 매화가 필 무렵 어느 날의 오후,

교장실을 찾은 한 명의 부인이 있다.

그것은 긴야의 어머니였다.

"언제나 자식이 신세를 지면서, 제대로 인사를 못 드렸네요……"

"그런 말씀 마십시오. 학생들을 많이 맡고 있어 제대로 신경써주지 못하고 있어서요."

"정말로 수고가 많으십니다. 그런데 긴야도 덕분에 얼마 안 있어 졸업하게 되었습니다.

제 생각으로 꼭 중학교 보내고 싶습니다만, 교장 선생님의 의견을 묻고 싶어서요……"

"지당하십니다. 잘 찾아오셨습니다."

교장은 끄덕이며 생활기록부를 응시한다.

"어떠신지요? 긴야의 성적으로 입학시험을 보게 해도 괜찮겠습니까?"

"글쎄요. 지금까지의 학업성적은 우선 보통이라고 할 수 있어 상급학교로 진학하고 싶다고 한다면 앞으로 조금 더 공부해야할 것 같습니다."

"교장 선생님의 말씀대로입니다."

때마침 들어온 수험지도 교사도 동의한다.

"감사합니다. 조금 더 공부해서 합격할 수 있다면 본인에게도 본격적으로 공부하도록 시키겠습니다."

"그렇지만 너무 무리를 강요하여 건강에 해를 끼치지 않도록 부탁드립니다."

수험지도 교사는 인사하고 나간다.

교사의 뒷모습을 배웅하고 나서 기무라 부인은 자세를 바로잡고―

"실은 교장선생님에게 긴히 부탁드릴 일이 있어서요……"

"어떤 일인지 모르겠습니다만 제가 할 수 있는 것이라면……"

"실은 긴야를 중학교에 넣는 것에 아버지가 완고하게 반대하고 있어서 제가 곤란한 처지입니다."

"남자 아이는 그 아이 하나라서 할 수 있는 것은 해주는 것이 저희들의 의무라고 생각하고 있습니다. 하지만 남편도 나름의 생각이 있는 것 같아서, 한번 교장선생님이 말씀을 해주시면 생각을 돌릴 수도 있지 않을까 해서요······"

"기무라 씨가 잘 생각하시고 내린 결심이라고 사료됩니다만—아니, 알겠습니다. 조만간 찾아뵙고 강하게 추천해보도록 하겠습니다."

"잘 부탁드리겠습니다."

어머니는 기쁘게 교문을 나간다.

(1937. 3. 26)

(2)

〈6〉

돌아오는 길에 중학생의 제복을 입은 아이를 보고 기쁜 듯이 돌아보며,

'긴야도 좀 있으면 저런 모습으로 중학교를 다니게 되겠지.'

그녀는 자식의 등교 모습을 가슴에 떠올리고, 기쁜 감정으로 발길을 서두른다.

〈7〉

기무라씨의 서재이다.

"당신에게 양해도 구하지 않고, 게다가 당신의 뜻에 어긋나므로, 정말로 죄송합니다만,

오늘 학교를 찾아가서 긴야의 중학교 수험에 대해서 상담하고 왔

어요.

저는 어찌해도 포기할 수 없어서요……"

"교장 선생님은 뭐라고 말하셨나?"

"네, 그 아이의 성적은 나쁘지는 않기 때문에 조금 더 공부하면 가능성이 있다고 말씀하셨습니다."

"역시 그렇지? 내 예상대로군."

"그래도 조금의 노력을 기울이면 된다고 하니 그렇게 하면 안 될까요?

교장선생님에게도 돈독하게 부탁드리고 왔어요.

입학여부를 떠나서 적어도 시험을 보는 것만이라도 허락해주시지 않겠습니까?"

"그건 쓸데없는 짓이야."

"왜 쓸데없는지요? 시험보고 나서 갈 수 없다면 본인도 저도 납득할 수 있습니다.

저희 집 정도가 자식 하나있는 거 중학교조차 시험보지 못하게 했다면 체면이 서지 않습니다.

게다가 지금 학비에 쪼들린다 할 정도 생활도 아니니, 제발 저 아이를 위해서 다시 생각해 주십세요."

모친은 눈물을 흘리며 부친에게 간청하였다.

"다시 생각해야할 것은 당신이다. 당신이 말 안 해도 긴야는 나에게 유일한 자식이다.

중학교가 아니라 대학교에 넣는 것도 그 녀석에게 힘만 있다면 아무런 반대가 없다.

하지만 학교는 허영과 체면치레로 들어갈 수 있는 곳이 아니야.

나는 본인의 장래를 생각해서 중학교에 들어가는 것을 반대하는 것이다.

당신은 나의 진의를 이해하지 못하는군."

기무라는 자애에 가득한 표정으로 달래는 듯이 말한다.

-응접실-

수화기를 귀에 댄 기무라가 말하고 있다.

"교장 선생님이십니까, 호출해서 죄송합니다만,

방금 전 아내가 가서 큰 폐를 끼쳤다고 해서……

아무튼 여자는 어리석어서요.

제가 긴야를 중학교에 넣을 수 없다는 것에 대해서 무언가 오해를 하고 있는 듯 해서요……

그래서 선생님에게까지 걱정 끼쳐드린 듯 합니다만,

네, 배려해주셔서 감사합니다.

오시겠다고요……?

아니, 그거 죄송합니다.

하지만 긴야를 중학에 보낼 수 없다는 것에는 저에게 하나의 생각이 있어서입니다만……

뭐라고요? 후원회 일로……말입니까?

네……그러시다면 언제라도 오시죠.

요즘은 바쁘지 않으니까요……"

하지만 긴야 일이라면 너무 저를 책하지 말아주십시오.

선생님도 나무라시면 저도 힘들어지니까요……

그럼, 기다리고 있겠습니다.

아니, 저야말로 실례하였습니다."

(1937. 03. 27)

(3)

〈8〉

기무라의 응접실―남편과 교장이 대좌하고 있다.

"조금 전 전화를 주셨지요."

"바쁘신데 실례하겠습니다.

그런데 말씀드린 후원회입니다만, 학부형들의 열렬한 요구도 있
으므로

조만간 총회를 열고자합니다. 그 상담과 더불어 아드님의 중학교
수험에……

"그 일이라면 아무 말도 하지 않으시겠다고 약속하셨는데."

"그러나 부인께서 부탁을 하셔서요……"

거기에 부인이 차를 들고 들어온다.

"잘 오셨습니다.

아까 실례가 많았습니다.

그런데 선생님, 그 일은 어떻게 되었나요?"

"그 일에 대해서 지금 말씀드리던 중이었습니다."

"그렇습니까, 모쪼록 잘 부탁드립니다."

"기무라씨, 부인의 소망을 받아들이셔서 어떻게 재고해주실 수 없으십니까?"

"교장 선생님도 이렇게 말씀해주시는데,

당신, 부탁이니까 재고해줄 수 없나요?"

"＿＿"

기무라는 팔짱을 끼고 말이 없다.

"단 하나뿐인 아들을 중학교에 보내지 않고

도대체 당신은 그 아이를 어찌하려고 생각하는 겁니까?

내 유일한 즐거움은 아들이 훌륭하게 성인으로 자라주는 것인데,

그 희망조차 이룰 수 없는 것인가요?"

눈물을 흘리며 모친은 말을 한다.

"아니, 학교는 이 정도로 끝내고,

이제부터는 무언가 적당한 직업을 가졌으면 하고 나는 생각하는 거야."

기무라의 이 말에 부인은 놀라서,

"어머 불쌍하게도……

어째서 그런 생각을 하시는거죠?

우리들 신분으로 그런 일을 하면 세상 사람들은 반드시 비웃을 거예요."

"그리고 저는 아들을 세상의 풍파를 맞게 하고 싶지 않아요.

제발 그것만은 단념해주세요."

"당신은 무슨 말을 하는 거요? 당신은 죽음의 고통을 맛본 내 반평생을 잊은 것이요?

선생님! 들어주세요.

제가 아들의 진학에 반대하는 것은 결코 한때의 변덕 때문이 아닙니다.

누구라도 부모 된 이가 자식의 입신출세를 원치 않는 자가 있겠습니까?

게다가 지금 우리들의 처지로는 필요한 학비를 대지 못할 이유도 없습니다.

가능하다면 중학교, 고등학교, 대학교 등 최고의 학문을 배우게 해주고 싶습니다.

그것은 아내의 생각과 조금도 다름이 없을 뿐더러,

제 지금의 사회적 지위와 신분으로 보아도,

또한 일의 후계자를 얻는다는 점에서 생각해도

그것은 무엇보다도 바라는 일입니다.

하지만 이 일만은 부모의 힘으로 어떻게 될 수 없습니다.

또한 세상의 이목을 신경 써서 결정될 일도 아닙니다.

어디까지나 본인의 능력과 적성을 기초로 하여 생각해야 되지 않을까요?

　부모의 허영을 위해서나 부모의 입맛에 맞추기 위해서,

　아이에게 무리하게 원치 않는 학문을 강제한다면 그건 죄악이라 할 것입니다.

　중학교로의 입학은 조금 무리하면 가능할지도 모르겠습니다.

　그러나 그 이후가 문제입니다.

　아마도 대학을 끝내지 못하고 그는 자멸할 것임에 틀림없습니다.

　부모로서 그것을 강요하는 것이 과연 자식에 대한 자애라고 할 수 있겠습니까?”

　기무라는 여기까지 말하고 감정이 고조되었다.

　“제 과거는 실로 고통스러운 것이었습니다.

　고통스러운 경험을 다시금 육친의 자식에게 반복시키고 싶지 않습니다.

　그건 너무나도 가혹한 일이 아니겠습니까?”

(1937. 3. 30)

(4)

〈9〉

젊은 날의 회상은 이어진다.

"제 가정은 경제적으로 혜택 받지 못했습니다.

그런 와중에 제 양친이 먹을 것도 먹지 않고

저를 중학교에 보내주었습니다.

그래서 저는 온 힘을 다해 중학교를 졸업하고

큰 꿈을 안고 상경한 것입니다.

물론 도쿄로 나왔다고 달마다 학비를 송금 받는 처지가 아니었습니다.

어느 때는 신문배달을 하거나

어느 때는 서생이 되어 야학을 다녔습니다.

결국 고난의 날은 보답 받아,

저는 모 관청의 직원으로 채용되었고

수년 후에는 하급관리에 임용되었습니다.

어찌어찌해서 야간대학을 졸업했습니다.

하지만 제 최종목적은 변호사시험에 합격하는 것이었습니다.

그렇지만 저는 시험 운이 따르질 않아서 몇 번이고 떨어졌습니다.

하지만 저는 결코 절망하지 않았습니다.

뼈를 깎는 노력을 하며 공부에 힘을 쏟았습니다.

건강했던 신체도 눈에 띌 정도로 쇠약해져갔습니다.

요즘 위약을 가까이하는 날이 많은 것도

원인은 멀리 그 당시에 있는 것입니다.

수험의 고통이라는 것은 보통 일이 아닙니다.

그건 경험한 사람만이 알 수 있습니다.

이리하여 간신히 합격 증서를 쥐었을 때는

이미 인생 40의 경계를 넘었을 때입니다.

이것이 비참이 아니라면 무엇이 비참이겠습니까?

그래도 저의 시절에는 아직 행복했습니다.

어떻게든 이 마을에서 개업을 하여,

사람들 덕에 이처럼 일가를 이룰 수 있었지만,

앞으로는 힘들 것입니다."

기무라는 정신을 가다듬고,

"그러니까 가시밭길을 다시 내 자식에게 걷게 하고 싶지는ㅡ사랑하기 때문에ㅡ않습니다.

소위 수재형이라서 고생하지 않고 일이 착착 진행된다면 문제없지만,

긴야는 부모의 눈으로 보아도 중학교 입학시험조차도 쉽지 않습니다.

그 앞길이 걱정되지 않겠습니까?

선생님, 이러한 이유로 저는 눈물을 머금고 자식의 진학을 단념한 것입니다.

잘 이해해 주십시오."

부인은 흐느껴 울고 있다.

주객 모두 고개 숙이고 잠시 말이 없다.

〈10〉

이윽고 교장은 고개를 들어

"귀하의 이야기를 듣고

저도 너무나 감복하였습니다.

이야말로 진정한 부모의 마음이라 할 수 있을 것입니다!

부인! 이건 남편분의 말하시는 대로

무리를 해서까지 학교에 넣기보다는

이 시기에 적당한 직업을 찾는 것이, 보다 인생을 의미 있게 보낼 수 있을 것이고,

그것이 본인을 위해서도 좋은 결과가 되리라 생각합니다만—"

부인은 말없는 채로 동조했다.

기무라도 만족스러운 듯이

"찬성하시니 이걸로 저도 안도하였습니다.

이런저런 걱정을 끼쳐드려 죄송하기 그지없습니다.

그래서 제가 선생님께 부탁드릴 일이 있습니다만—"

"네?"

"부모 입으로 말하는 것은 좀 그렇습니다만,

긴야는 명랑하고 붙임성이 있고, 정말로 친절한 아이입니다.

그에게 적당한 직업이라고 한다면 어떤 것이 있을까요?"

"그 질문에 대해서라면 충분히 답할 수 있다고 생각합니다."

자신 있는 듯이 대답한다.

사실은 교장은 직업지도의 권위자였던 것이다.

(1937. 4. 01)

(5)

〈11〉

매년 고등과를 졸업하는 자의 90%까지는 직업전선에 서고,

나머지 10%가 상급학교로 진학한다.

학교에서는 지도에 많은 노력을 기울이고 있다.

각 고학년의 교실에서는

직업의 선택,

성능과 직업,

적재적소,

직업지식의 배양

등에 대해서

담임교사가 훈화를 한다.

학생에게 직업조사를 하게하여

그 결과를 발표, 보고 시키는 등

직업지식 배양에 주의를 기울인다.

'백문은 불여일견'이라고 하니까 각종 직업 현장으로 견학을 가기
도 한다.
또한 직업체험을 쌓아
직업선택을 잘못하지 않도록
직업소개소와 연락하여
직업실습을 할 수 있도록 한다.
실제 직업시장의 상황은
직업소개소장이 기회 있을 때마다 설명한다.

취직에 대해 알아야할 것
직업이 요구하는 개성
그 밖의 직업 상담에는
직업소개소장이 대응하고 있다.

이런 식으로
학교를 떠나는 학생에게
직업상의 지식을 유감없이 전달한다.

직업 알선이란,
직업소개소를 통해
적재적소를 소개받아
취직하는 것이다.

〈12〉

"제 학교에서는 끊임없이 직업소개소와 연락하여

지금 말씀드린 것과 같은 일을 하고 있습니다.

그래서 긴야군에게 적당한 직업 구인도 반드시

직업소개소에 있을 것이라고 생각합니다.

소장님께 잘 전달해놓겠습니다."

교장은 이렇게 말하고 입을 닫았다.

"감사합니다.

꼭 그렇게 부탁드리겠습니다.

조만간 아내에게 아들을 데리고 찾아뵙도록 시키겠습니다……

그 직업소개소에서는 먼 곳으로의

취직에 대해서는 알아봐주시지 않는지요?

ー소중한 자식에게는 여행을 시켜라ー

라는 격언도 있듯이,

긴야도 도쿄방면으로 보내보고 싶다고 생각합니다."

"당신 그것만은 참아주세요.

세상 물정 모르고 자란 그 아이를

서쪽도 동쪽도 모르는 다른 고장으로

혼자 보내는 것은, 그건 너무도 불쌍해요.

적어도 이 마을에 있으라고……."

"무슨 말을 하는 거요?

그런 식으로 자식교육을 시킬 수 있다고 생각하는 것이오?"

기무라는 나무라고,

"선생님 어떻겠습니까?"

"그곳은 전국 방방곳곳에 연락이 닿아있어

어느 곳이라도 지망하는 대로

알선 할 수 있는 곳이라고 알고 있습니다."

이윽고 기무라 부부의 배웅을 받으며 교장은 떠난다.

(1937. 4. 02)

(6)

〈13〉

그 후 며칠이 지나 긴야 등의 학교에서

학부형 간담회가 열린다.

이번 여름, 학교를 떠나는 아이들을 위하여…….

매우 긴장한 학부형의 얼굴이 몇몇 보인다.

연단에 선 교장은 엄숙한 어조로 인사한다.

"얼마 안 있어 여러분들의 아이들은

이 학교를 졸업합니다.

졸업 후의 취직, 그 밖의 진로에 대해서

가능한대로 말씀을 드리겠습니다.

오늘 일부러 중학교 교장선생님과

직업소개소의 소장님에게 참석을 부탁드려
여러분들에게 말씀드릴 기회를 갖게 되었습니다."
중학교 교장이 소개를 받고 일어나,
중등학교의 입학시험을 치루는 학생의
학부형으로서 알아야할 점을 세세히 설명한다.

이것이 끝나자 교대하여,
이 마을의 직업소개소장이 연단에 서서,
진지한 태도로 이야기를 시작한다.
"이 마을 직업소개소는
이 마을에서 경영하고 있는 것으로,
즉 여러분들을 위해서 마을의 경비로 세워져
직업 상담과 소개를 하고 있는 곳입니다.
따라서 직업소개소의 업무는 모두
절대 무료를 원칙으로 하여,
어떠한 경우라 하여도 한 푼의 보수도 받지 않고
언제라도 기꺼이 상담에 응하고,
또한 이 마을에서 취직하고 싶은 분들은 이 마을에서,
도쿄, 오사카, 후쿠오카, 홋카이도 등에서 취직하고 싶은 분들에게는
가능한 희망하는 곳에서 취직할 수 있도록 도와드리고 있습니다.

내무성에 중앙 직업소개 사무국이라는 전국을 총괄하는 관청이

있고,

그 밑에 일곱 개의 지방 직업소개 사무국이 있고,

전국을 통틀어 500개 이상의 직업소개소가 생겼습니다.

큰 도시에는 물론, 어떤 시골이라고 필요한 곳은 거의 설치되어,

일본 구석구석까지 연락이 되어, 홋카이도 끝부터 규슈의 끝까지

취직할 수 있습니다."

그리고 직업소개소가

직업을 소개하는 경우에는

우선 본인의

신체검사

지능검사

성능검사

그리고

본인과 학부형과

직원이 면담하여 희망을 듣는다.

소학교 졸업생에 대해서는

그 소학교 선생의 의견을 들어

적당한 직업을 선택한다.

그리고 취직 때문에

여행하는 자에게는

기차, 기선 운임이 반액으로 할인되는 특전이 있다.

취직해서도

직업소개소는

취직한 곳을 방문하여

또는 서면으로

취직 후의 상황을 조사하여

상담에 응하고 있다.

"이처럼 직업소개소는

소년, 소녀를 위해서는,

특히 갖은 노력을 다하고 있으니까

소중한 자식들의 장래에 대해서도

주저 없이 언제라도

상담을 위해 찾아주시길 간절히 부탁드립니다."

소장은 이렇게 결론짓고 연단을 내려온다.

청중은 감사에 가득한 얼굴로 열렬히 박수를 보낸다.

교장의 폐회 인사가 있고나서

학부형 모임은 끝난다.

(1937. 4. 03)

7

〈14〉

교장이 방으로 돌아오자

바로 그 뒤를 따라 문을 밀고 들어오는 노인이 있다.

그는 쇼타로의 아버지 쇼헤이였다.

"교장 선생님!

갑자기 상담을 와서 정말 죄송합니다.

쇼타로가 졸업하면 제 가업을 물려주려고 합니다만,

본인이 그다지 내켜하지 않는 것 같아

실은 그 일로 선생님의 힘을 빌리려고 생각해서……"

"그런 일이라면 잘 오셨습니다.

귀댁의 아이는 글쓰기, 그리기, 만들기 등의 과목을

좋아하기도 하고 잘하기도 하니까,

귀댁의 가업에는 혹 적당치 않을지 모르겠습니다."

"그래서 실은 고민스럽습니다만……

제가 오늘날까지 말할 수 없는 수고를 참으며

저 범선을, 저 그물을

끌어올려온 것은

딱 그대로 쇼타로에게

물려주고 싶었기 때문입니다.

그런데……

그런데……

지금 그 아이가 거부하니까,

이 모든 게 물거품이 되었습니다."

"당신의 우려는 당연하십니다.

하지만 본인이 싫어하는 것을 무리하게 강제하는 것도 어떨까 싶

습니다.

난처하네요……

뭐, 일단 제가 아드님의 희망을 들어보고 나서,

가능한 당신의 의사에 맞추어보도록 제가 추천해 보겠습니다."

"모쪼록 그렇게 힘써 주도록 부탁드리겠습니다."

쇼헤이는 반복해서 슬픈 심정을 호소한다.

〈15〉

그 다음날

쇼타로는 교장실에 불려갔고, 교장은 의자를 권하면서

조용한 어조로 말을 건다.

"드디어 졸업식도 얼마 남지 않아 기쁘겠구나.

그런데 자네는 외동아들이라고 들었는데,

이제부터는 아버님의 일을 도와드릴 거냐?

아니면 무언가 달리 희망이라도 있는 거냐?"

"네, 가능하면—

저는 글쓰기와 그리기와 만들기를

가장 좋아하기도 하고

잘하기도 합니다.

그러니까 그런 일을 하고 싶습니다만,

허락을 받을 수 있을지,

분명 아버님은 반대하시리라 생각합니다."

"그렇다.

아버님은 자네가 훌륭한 후계자가 될 것을

마음속으로 원하고 있다.

그래서 별달리 가업이 싫다고 할 정도만 아니라면,

그 의사에 따르는 것이 무엇보다도 아버님을 안심시키고,

그리고 그것이 자식으로서 충분히 효도를 할 수 있는 것이 아닌가

라고,

선생님은 생각한다."

"잘 알겠습니다.

선생님의 말씀대로 하겠습니다.

저는 아버님을 마음 아프게 만들면서까지,

제 뜻을 관철하고 싶지는 않습니다."

그는 순순히 가업을 이을 것을 납득한다.

하지만 그 눈동자는 조금 눈물로 흐려져 있다.

(1937. 4. 03)

8

〈16〉

운전석의 형제

도쿄 교외 포장도로를 미끄러져 질주하는 한 대의 화물자동차

가와노 고이치가 조수석에,

핸들을 잡고 있는 것은 그의 형이다.

둘의 대화

"고이치, 이렇게 일요일마다 너를 조수석에 태워서 일하러 가는,

형의 기분을 너는 알아주겠지.

훌륭한 대학을 나온 사람조차도

일이 없어서 놀고 있는 요즘이다.

이런 때 고작 소학교정도 졸업했는데 도대체 어떤 직업이 너희들을 받아주겠냐고 생각하지?

그 대신에 이 장사는 어때?

이제부터는 자동차의 시대,

운전사에게 실업은 없다.

형이 말하는 것만 들으면 반드시 편하게 살 수 있어.

그런데도 너는 이 일이 싫으냐?"

"형님, 저는 마음이 약해서 도저히 운전사는 될 수 없다고 생각합니다."

"그렇지 않아.

누구라도 시작은 어느 정도 위험해서 신경 쓰이는 일이라고 생각
하지만,

익숙해지면 별것 아니야.

내가 보기엔 이렇게 편안한 직업은 없어.

매일 부르주아라도 된 기분으로 드라이브하는,

완전히 사치가 아닐까.

그리고 고이치,

거기에 운전면허만 있으면 어디라도 고용되어 상당한 급여를 받
을 수 있고,

형처럼 혼자서 일하면 보다 더 좋은 수입이 들어와.

자기 직업을 자랑하는 듯하지만,

이렇게 유리한 직업은 달리 많다고는 생각 안 된다.

(1937. 4. 08)

(9)

"어때, 힘을 내서 해볼 생각이 들지 않냐?

특히 너는 기계를 만지는 것을 좋아하는 것 같으니,

그쪽이라고 해도 되지 않겠니?

게다가 형제 둘이서 사이좋게

이 일을 해나가면

돌아가신 아버님에 대한 공양도 되고

어머님도 얼마나 기뻐해주실지 몰라.”

“형님, 그런 말 들으니,

왠지 운전사가 되고 싶다는 기분이 듭니다.

하지만 제 성격, 능력이라는 것을 고려하면,

주제넘은 말일지 모르지만, 아무리해도 무리라고 생각합니다.

효도도 하고 싶고

수입도 많았으면 하지만,

그것만으로 자신의 일생의 직업을 정하는 것은 당치않지 않을까

요?”

“음, 잘 생각해봐라.”

형은 조금 언짢아졌고, 그 사이 트럭은 집 앞에 도착한다.

〈17〉

차량의 청소를 하면서 둘의 대화는 이어진다.

“형님, 제가 너무 제멋대로라서 화나셨죠.”

“아니, 화 따위 나지 않았지만,

형이 말하는 대로 되어준다면—이라고 생각할 뿐이야.”

“취직문제에 대해서입니다만,

형님 실은 일전에 교장선생님으로부터

어떤 직업을 희망하느냐고 질문 받았을 때

저는 그때 숙련직공이 되고 싶다고 대답했습니다.

그랬더니 교장선생님은

그건 자네의 능력을 보아도 적당하다고 말씀하셨습니다.

그래서 저는 어머님과 형님의 허락을 받아

숙련공이 되고 싶다고 결심하였습니다.

형님 허락해주시지 않겠습니까?

저는 열심히 일해서 반드시

어머님과 형님을 안심시킬 테니까……"

"교장 선생님이 좋다고 말씀하신다면

혹 그쪽이 너를 위하는 것이 될지 모르지.

그러나 숙련공이 되고 싶다고 해서

그렇게 들어갈 곳을 바로 찾을 수 있을까?"

"그건 일전에 학교에 말씀하신 직업소개소의 소장님이

적당한 곳을 안내해주겠다고

약속해주셨습니다."

이리하여 형의 기분도 점점 풀려서

고이치 소년은 숙련공을 지망하게 되었다.

〈18〉

직업소개소의 창구, 대기실, 복도에

귀여운 직업전사가 가득 넘쳐난다.

오늘은 도쿄 M백화점으로부터의 모집이 있어

올봄 소학교를 졸업하는 소년의 채용 전형일이었기 때문이다.

긴야의 얼굴도 그 중에서 찾을 수 있다.

어머니도 동석하였다.

지능검사

성능검사

신체검사가 행해지고

다음으로 구두시험이 있다.

긴야는 많은 지원자로부터

순조롭게 선발되어

어머니와 더불어

기쁜 얼굴로 바로 이 사실을 아버지에게 알린다.

〈19〉

여기는 모 공업사의 접수처,

형과 함께 온 고이치가

직업소개소의 소개장을 보이고

견습공 시험을 보러 왔음을 수위에게 알리자

곧바로 안내받아 둘은 안으로 사라진다.

며칠 뒤 회사로부터

채용통지표가 그들에게 배달된다.

고이치는 어머니와 형에게 그걸 보이고 같이 기뻐한다.

(1937. 4. 09)

(10)

〈20〉

　학교 졸업식이 엄숙하게 거행되고 있고

　교장이 대표자에게 졸업증서를 수여한다.

　웃음 가득한 학생들이 교문을 좌우로 갈려서 나간다.

　긴야, 쇼타로, 고이치 세 명이 가장 마지막으로

　손을 잡고 나온다.

　"우리 모두 이제부터 큰 인물이 되자."

　"응, 그리고 다음에 만날 때는 훌륭하게 성공하자."

　셋은 굳은 악수를 나눈다.

　긴야, 고이치가 기운 넘치는데 반하여

　쇼타로는 왠지 시무룩한 얼굴이다.

　"요시카와군, 어디 안 좋아?"

　"아니, 아무것도 아니야."

　"그래도 안색이 안 좋잖아?"

　"나, 너희들이 부러워.

　너희들은 좋아하는 방면으로 가지만,

　나만은 어부의 아들로 살지 않으면 안 되잖아."

　"그런 것 비관할 일이 아니잖아.

　자신의 직업에 충실한 것이 가장 존경받을 사람이아.

　그러니까 너도 일본 제일의 어부가 되면 되는 거지."

둘은 계속 쇼타로를 위로한다.

〈21〉

그 후로 셋은,

긴야는 백화점에서 물품을 나르거나

전화를 받거나 일사불란하게 일하고 있다.

고이치는 기계가 돌아가는 공장의 한구석에서

선배의 지도를 받으면서 열심히 노력한다.

단지 한명 쇼타로는

주어진 일에 대해서 여전히 집중을 못했다.

그리고 틈만 있으면 그림붓에 매달리는 그였다.

쇼헤이도 이 딱한 모습을 보고는

마음이 아프지 않을 수 없었다.

"원하는 일을 하게 해주자."

그렇다. 역시 내 생각이 틀렸던 것이다.

"쇼타로, 아버지가 미안했다."

사랑하는 자식에게 그는 이렇게 사과하지 않을 수 없었다.

그리고 전직을 기쁘게 허락하였다.

아들의 기뻐하는 얼굴을 보고

아버지도 즐겁게 웃었다.

그러나 당장 취직할 곳이 있을 리가 없었다.

쇼타로의 기쁨은 바로 사라졌다.

그가 다시 우울해지려할 때,

문득 머리에 떠오른 것은

언젠가 학교에서 들은 소개소장의 말이었다.

그는 직업소개소로 서둘러갔다.

(1937. 4. 10)

(11)

〈22〉

=직업소개소의 한 방=

쇼타로와 상담하고 있는 사람은 그 때의 소장이다.

"이렇게 시기가 늦어서는

바로 적당한 취직자리를 찾는 것은 곤란합니다.

하지만 낙담해서는 안 됩니다.

지금 바로 자리가 없어도

제가 책임을 지고 적당한 곳을 찾아드릴 테니

잠시만 기다려주십시오."

〈23〉

소년을 실망시키지 않겠다고
너무나 쉽게 받아들이고 돌려보냈지만,
소장은 곤란하지 않을 수 없었다.
그 아이의 특기를 살리는 직업이란
도대체 어떤 직업일까?
고민의 나날을 보낸다.

〈24〉

어느 날 우연히 지나가던
간판집 앞,
"음, 여기서 한번 물어보자."
주인에게 명함을 건넸다.
"현재 일손은 충분하신지요?"
"아니, 그 점은 잘 알고 있습니다.
하지만 방금 말씀드린 대로의 사정이라서요,
그걸 어떻게 무리지만 부탁드려서,
시험적으로 한 명 채용해 주셨으면 합니다만……
그 아이라면 반드시 도움이 될 것이라고 믿습니다……"

소장의 간절한 태도에
주인도 마음을 바꾸어

"그럼 일단 본인을 만나보죠."

"그러면 바로 내일 아침 데려오겠습니다."

"귀하의 열의에 제가 졌습니다."

"아니, 그런—."

"이건 농담입니다, 하하하……"

"하하하……"

〈25〉

다음날 아침

쇼타로는 주인과 만난다.

주인은 당사자와 그 작품을 비교해보고,

"음, 이정도면 대성할 것 같다.

소장님, 우리 가게에서 착실하게 키워보겠습니다.

안심하십시오."

"그 한마디로 제 짐을 내려놓는 것 같습니다.

잘 부탁드리겠습니다."

소장은 자기 일처럼 기뻐하며 그곳을 떠난다.

〈26〉

그로부터 수년의 세월이 지난 어느 날,

직업소개소의 현관으로 많은 청년들이 들어간다.

"어이, 가와노군이잖아?"

"어이, 기무라군이군. 오랜만이야. 잘 지냈나?"

"고마워. 덕분에 매우 건강하네.

계속 백화점에서 일하고 있어.

그런데 자네는—"

"건강히 그 공업회사를 다니고 있지."

"그렇군, 그거 잘되었네."

거기에 쇼타로도 온다.

"요시카와군!"

"기무라군, 가와노군, 같이 왔어?"

"아니, 방금 전 여기서 만났어.

자네도 오늘 위로회 때문에 왔나?"

"그렇지. 꽤 오랜만이지. 그리웠어."

"응, 감개무량이란 것이 이런 것이겠지."

뜻밖에 왕년의 사이좋은 동무들이 여기서 해후한 것이었다.

(1937. 4. 13)

〈27〉

=위로회 회장=

소장이 일어나 인사를 한다.

"오늘 여기에 본 직업소개소 개설 10주년 기념을 겸하여,

본 소개소에서 취직시킨 분들의 근속자 표창식을 행하고,

더불어 위로회를 열고 싶어 각기 안내를 보냈는데,

이렇게 많이 오셨음은, 주최자로서 기쁨을 참을 수 없을 정도입니다.

직업소개소 일은 실로 곤란한 일입니다.

특히 요즘처럼 일하고 싶은 사람은 많고,

채용하고 싶다는 사람은 매우 적은 때는 더욱 그렇습니다.

그러나 한 명이라도 두 명이라도 취직시킨 분들이 성실히 근속하여,

점점 출세해 가는 모습을 볼 때,

저희들에게 그 이상의 만족과 기쁨은 없습니다.

오늘 여기에 모여주신 제군 중에서도 기무라, 요시카와, 가와노,

세 명은 같은 해에 학교를 졸업하여, 각각의 직업에 취직하였는데,

그 직업 선택을 매우 잘하였다고 할 수 있다할까,

기무라군은——"

긴야, 일어나 상냥하게 인사한다.

일동 박수를 보낸다.

"기무라군은 유명한 M백화점에 들어가

개근한 결과 지금 한 부서의 부주임이라는 위치를 얻어낼 수 있었고,

요시카와군은—"

쇼타로, 일어나 목례한다.

일동 박수.

"일단 가업을 계승하였으나,

마음을 바꾸어 자기의 타고난 재질을 살리려고

이 마을 굴지의 자산가, S간판가게로 입사하여

현재는 그 노력이 보답 받아 지배인이 되었습니다.

그리고 가와노군은—"

고이치, 일어나 정중히 인사를 한다.

일동 박수.

"가와노군은 모 대공업회사에 입사하여

게으름 피우거나 싫증내지 않고 공부하였기 때문에,

그 연구열이 인정받아

현재 회사의 모범직공이 되었습니다.

이처럼 우리들의 노력이 꽃이 피고 열매를 맺어

지금 이처럼 많은 5년 이상 근속자를 초청할 수 있었다는 점은

뭐라 할 수 없는 기쁨입니다.

모쪼록 여러분은 건강에 유의하면서

금후 더욱 발전하여

국가사회를 위하여 일 할 수 있도록

마음속으로 기원합니다."

자애로운 아버지같은

직업소개소 소장의 인사.

일동은 벅찬 감동으로 경청하고 있다.

이어서

교장선생의 정다운 축사가 있고

상장과 기념품이 각자에게 전달된다.

위로회가 시작한다.

여흥.

다양한 요리가 나온다.

기념촬영을 한다.

그들은 하루를 이렇게

유쾌하게 보내고

저녁 가까이에 폐회.

직업소개소의 문 앞.

긴야, 고이치, 쇼타로 셋은

굳은 악수를 나누고 있다.

"이 다음은 몇 년 후에 만날 수 있을까?"

"또 5년 후에는 반드시 이곳으로 오자."

"그럼 건강하길 빌어."

그들은 이별을 아쉬워하며 떠난다.

셋의 모습이 어렴풋이 사라져
보이지 않게 될 때까지 배웅하던
직업소개소 소장의 눈에는
감격의 눈물이 맺혀있다.

(1937. 4. 14)

-끝-

무음영화에 대한 일고찰

다구치 사다오(田口貞雄)

(상)

무음영화가 이전부터 획득해 온 표현 예술적 기술에 대해서, 특히 무음영화가 가지는 청각적, 심리적 표현에 대해서 (이를 통해서 작가는 관객에게 감정의 전달을 기획한다) 정밀하게 말하면, 제작자가 고조된 감정의 연소를 어떻게 여실하게 그리고 어떻게 있는 그대로, 즉 예술적으로 관객의 가슴에 도달시켜, 관객의 공감을 불러일으킬까에 대한 형식적 방법, 이를 영화미학적 시각에서 살펴보려 한다. 이를 통하여 무음영화가 개척한 특이한 표현분야의 특성을 밝혀, 무음영화의 미래와 음향 제작—예술로써의—의 예비적 기초로 삼고 싶다.

◇ 무음영화는 음향 표현에 대해서 완전히 무력한 것인가? 화면 밖의 실제 음향을 시각적으로 변환시키는 것은 무음영화에게 완전히

불가능한 영역일까?

　무음과 침묵은 무음영화에게 운명적인 것이다. 무음영화는 침묵 속에서 발생하여 발전해왔다. 그것은 명확히 시각적 표현에 의해서만 현실을 반영해내려는 예술이고, 청각적 표현과는 거리가 먼 예술이다. 음향 표현의 결함. 이것이 무음영화의 표현상 부자유와 제한, 치명상이다―라고 생각되어 왔다.

　무음영화는 침묵 표현형식 속에서 자신의 사명과 진로를 발견하였다. 제한된 영역에서 모든 가능한 청각표현을 모색하여, 현실의 시각과 청각을, 보다 정밀하게 말하면 현실의 반영으로써의 시각과 청각을―모든 감각을 셀룰로이드 위에 각인하려는 노력을 아끼지 않았다. 운명적으로 부여된 표현상 제약에 무음영화의 재능 있는 제작자들의 노력이 결집되었다. 그 결과 무음영화는 부여된 제약 속에서 자신의 표현력을 풍부하게 만들었고, 또한 장벽을 넘어 표현분야의 확대와 역동감 있고 효과적인 기술 획득에 성공하였다. 운명적인 제약과 장벽을 역으로 이용하여, 그것에 순응함으로써 역동감과 박력이 가득한 표현형식을 무음영화는 획득하였다. 그것은 기술의 발견이었다. 카메라 이동, 클로즈업, 컷백(cutback), 그리고 상식적인 몽타주 방법의 발견, 이들은 제약의 역이용이었고, 제약을 뛰어넘어 '현실보다도 더욱 현실적인 비현실'을 셀룰로이드 위에서 부각시켰다.

　이는 '눈의 승리'임과 동시에 영화예술의 탄생이다. 하나의 비약이기도 하다.

　클로즈업에 의한 음향표현은 재능 있는 영화작가들이 많이 이용하였고, 수많은 영화에 그 사례를 볼 수 있다. 좋은 예시는 〈파리의 여인(A Woman of Paris)〉이다.

그것은 마지막 부분의 장(Jean)의 자살 장면이다. 서있는 장의 가슴으로 피스톨을 쥔 손이 올라간다. 과묵한 영화작가 채플린(Chaplin)은 이 장면을 근사(近寫), 접사(接寫), 그리고 클로즈업 세 가지로 연결하였다. 연기가 피어오르는 순간의 클로즈업은 관객의 귀에 발사된 피스톨의 소리를 명확히 전달하였다. 이는 관객의 눈앞에서 발사된 것과 완전히 똑같은 박력을 지녔다. 그건 장의 운명적인 연애와 굴절 많은 반평생의 결말에 상응하는, 애수에 가득하고 적막한 소리였다. 작가는 클로즈업이라는 기술을 영화 장면에 써서, '소리' 표현에 숨겨있는 깊은 의미를 포착하여 관객에게 전달하였다. 이 경우 소리는 '현실보다 더욱 현실적'인 절박함을 동반하여, 관객의 가슴에 무거운 돌을 던진다. 비현실적인 셀룰로이드 위의 소리가 현실의 소리보다 강력한 힘으로 관객의 마음을 뒤흔드는 영화 〈마지막 웃음(Der Letzte Mann)〉에서도 몇 가지 뛰어난 '음향'을 찾아낼 수 있다. 에밀 야닝스(Emil Jannings)가 허리에 힘을 주고 뺨을 크게 부풀려 구름 낀 베를린 하늘을 향해 내부는 나팔, 혹은 아파트의 차가운 공기를 흔드는 나팔, 그의 연기로 음향을 살려낸 좋은 사례이다. 나이든 호텔 도어맨은 사랑하는 딸의 결혼식 날 밤에 나팔을 분다. 약간의 술에 취하여 입에 대고 부는 나팔 소리가 아파트의 차가운 공기를 흔들어, 밤의 바깥 공기에 리듬을 만들며 사라져 간다. 이 때 카메라는 소리의 리듬처럼 흔들리면서 이동한다.

(1930. 8. 7)

(중)

몽타주 형식에 의한 음향표현이야말로 더욱 결정적이다. 영화 〈킨 (Kean)〉은 이를 실증하는 영화다. 밤에 술에 취한 사람들. 춤추며 바닥을 리드미컬하게 두들기는 발. 춤추는 사람의 얼굴. 팔짱낀 팔. 흔들리는 어깨. 진동으로 흔들리는 탁자. 탁자 위의 술병. 이러한 것들이 매우 빠르게 한 컷 혹은 세 컷의 순간적인 클로즈업의 연결로 알렉산더 볼코프(Alexandre Volkoff)는 색채 있는 리듬을 명료하게 표현한다. 리듬 있는 소리의 강약과 억양. 고조되어 가는 디오니소스적인 흥분, 광기적인 감정이 표출되어 볼코프는 〈킨〉에서 '눈의 승리'를 드높게 구가하였다.

무음영화는 직접적으로 말하지 않는다. 필름으로는 직접 고막을 진동시켜 전달하는 소리를 재현할 수는 없다. 하지만 그는 필름을 통해서 현실 이상으로 소리를 모사하였다.

현실의 음향처럼 고막을 통해서가 아니라, 직접적으로 관객의 심장에 말한다. 셀룰로이드 위에 표현된 형상은, 개발된 다양한 기술의 힘을 빌려 우선 시각적으로 묘사하고, 다음으로 시각을 통하여 청각을 불러일으키는 것을 가능케 하였다. 음향의 세계를 명시하지 않고 암시—고도의 박진감을 가지고 암시할 수 있다.

그렇다면 과연 음향의 구체적인 표현 결함이 영화예술 형식에 결정적인 타격을 주었는지 아닌지를 살펴보아야한다. 무음영화는 그 노력에도 불구하고, 음향을 갖지 않은 탓에 예술로써의 미래를 갖지 못하는 것일까.

예술이 목적으로 하는 것은 감정의 전달이다. 복잡한 감정의 음영을 높은 시적 역동감을 가지고 인상지우는 것이 목적이다. 그것은 현실의 재현과 모사이면 안 된다. 현실 그대로의 재현이 아니고, 현실 반영의 재생이어야 한다. 기쁨도 고민도 현실의 것이 아니라, 예술이라는 프리즘을 통과한 기쁨과 고민이어야 한다. 현실의 고민을 모사하는 게 아니라 현실의 고민의 반영을 '표현'한 것이라는 점에 의미가 있다. 이 의미는 예술적으로 진실에 가깝다는 것은 비진실에 가깝다는 것이 된다. 무음영화는 현실의 물질을, 음향을 셀룰로이드에 더해진 예술적 조작, 기술에 의한 환원을 통해 표현하였다는 의미에서, 무음영화에 표현된 소리는 미학적으로 가장 진실하고 현실적인 소리라 할 수 있다.

무음영화는 영사된 영상을 매개로 관객에게 감정을 전달하려 한다. 시와 소설과 음악은 개념을 공간에 산란시킴으로써 하나의 감정을 전달하려 한다. 무음영화의 예술이란 심리적 경과는 다르지만, 상대에게 전달하려고 하는 것이 감정이라는 점에서 완전히 같다. 이는 명확한 사실이다. 무음영화는 '감정의 표현'에 자유로울까? 물론 자유롭다. 자유롭고 강력하다. 다른 예술보다도 더욱 그러하다. 셀룰로이드의 몽타주에 의하여 다양한 감정을 구성한다. 몽타주 구성을 매개로 다채롭고 다각적인 감정을 정화한다. 감정으로부터 관념을, 사상을 만들어나간다.

"시각은 인간의 감각기능 중에 가장 예리한 것이다"(플라톤) 이 철인의 뛰어난 관찰은 오늘날에도 맞다. 시각이야말로 가장 정확히 미세한 감정표현을 받아들이고, 감정을 일정 방향으로 조종하는 것이다.

(1930. 8. 8)

(하)

카메라는 실재하는 것을 광학적으로 셀룰로이드 위에 옮기기만 하는 것이 아니다. 형상의 표면 속에 감추어진 음영을, 사물의 '진실성'을 카메라 눈이 너무나도 소박하게 들여다보는 것이다. 섬세하고 미묘한, 그리고 드높고 깊이 있는 것을 직접적으로 물체로부터 찾아낸다.

구체적인 실증을 찾아본다면,

〈파리의 여인〉의 첫 장면. 롱숏으로 전원의 낡은 2층집이 보인다. 가을, 가을밤이다. 근사(近寫)로 카메라는 창문유리를 통하여 여자의 상반신을 찍는다. 이 세 가지 장면은 가을 같은 정숙함을 가지고 있다. 가을의 한숨과 호흡이 장면을 연결한다. 장면전환의 템포는 조용한 무게와 질척한 어둠을 가지고 있다. 운명적인 비극의 조용한 발걸음을 생각나게 만든다. 여성의 상반신 장면은 이 여성의 현재와 과거 생활 일체를 관객에게 보여준다. 밤의 공기를 응시하며 무표정한 여성의 심리를, 화면에 서있는 그녀 자신도 눈치 채지 못할 심리를 카메라는 포착한다. 좋은 사례를 이 영화는 또 가지고 있다. 역의 차가운

의자 위에서 여자는 남자를 기다리고 있다. 산간의 적적한 작은 역의 밤. 초침만이 시간의 경과를 알려준다. 남자는 오지 않는다. 여자는 일어나서 혼자 개찰구를 지나 플랫폼에 그림자로 보이는 기차에 탄다. 둘이 타려 했던 기차다. 이러한 심리의 추이는 그녀가 생애의 정점에 서있기 때문에 중요하고, 작가는 심리추이의 경과를 영화적 심리묘사로 해부하였다. 〈파리의 여인〉은 무음영화에 상응하는 심리적 해부를 곳곳에 실행하였다. 마지막 부분은 담담한 수법 속에 섬세한 심리를 부각시켰다. 무음영화의 심리표현의 전형적 작품이라 할 수 있다.

또한 중요한 점은 강력한 심리해부의 기술을 무음영화는 제공한다는 것이다. 그것은 몽타주에 의한 심리표현이다. 이는 무음영화에 결정적으로 중요하다. 이에 대해서는 구체적인 사례를 접하기 힘들다. 근소하게 표도르 오체프(Fyodor Otsep)의 〈살아있는 시체(Zhivoy trup)〉가 있다. 전체적으로 본다면 〈살아있는 시체〉는 표현기술에 신선함도 첨단성도 찾을 수 없다. 하지만 이 영화에서는 제작자들의 진지한 태도와 함께, 소비에트 영화의 기술적 세례를 받은 몽타주 구사를 찾을 수 있다. 마샤를 중심으로 하는 집시 여자들이 발라라이카를 연주하며 춤을 춘다. 화려하고 슬픈 소리이자 춤이다. 그것을 보고 듣고 있는 표도르의 텅 빈 마음이 화면에는 황량하고 쓸쓸하고 적막한 풍경으로 묘사된다. 관객은 이 몇 가지 필름 층으로부터 발라라이카의 소리와 바닥을 밟는 발의 음률과 함께, 표도르의 심경을 순간적으로 느낀다. 여기에 청각과 시각의 완전한 일치가 있다. 프도프킨

(Pudovkin)은 〈어머니(Mat)〉에서 하나의 감정을 분석하였다. 오랫동안 음울한 교도소에서 갇혀 있다가 석방되는 사실을 아는 순간에 느끼는 기쁨을 필름 조각의 조합으로 표현하였다. 봄이 온 들판—백조—흐르는 물—아이들의 웃음, 이러한 조합으로 환희라는 감정이 구성되었다.

무음영화는 현실 소리의 재생과 모사에 의해서 얻어지는 것 이상의 '음향'을 관객에게 전달한다. 무음영화가 표현할 수 있는 분야는 다른 예술과 비교해도 협소하지 않다. 무음영화는 토키에 자리를 양보하지 않으면 안 된다는 토키 지지자의 말은, 무음영화의 기술적 발달과 독특한 역동감을 도외시한 말이거나, 또는 무음영화의 표현을 받아들일 만한 감수성이 부족해서 하는 말이다.

무음영화는 그들이 말하는 것처럼 그 단계를 끝낸 것도 아니고, 그 기능을 끝낸 것도 아니다. 티모센코(Timoshenko), 클레쇼프(Kuleshov)의 손에 의하여 시작하여, 푸도프킨, 에이젠쉬테인(Eisenstein)과 같은 유능한 인사들에 의하여 몽타주 기술은 강력함을 더하였다. 몽타주의 장래는 바로 무음영화의 장래이다. 몽타주 수법은 앞으로 나타날 새로운 가능성과 새로운 문제를 미개척인 채로 남겼다. 또한 빅토르 투린(Victor Turin)은 주제와 형식의 선택과 관련하여 새로운 문제를 제공하였다. 토키는 몽타주 수법과의 관련되어 고찰해야 한다.

무음영화는 머나먼 미개척지를 앞에 두고 있는 것이다.

(1930. 8. 9)

영화와 문예의 문제

다구치 사다오(田口貞雄)

(1)

영화와 문예의 본질을 대비하고 비교 검토하는 일, 다시 말하면 하나의 예술분야인 영화와 문예가 어떠한 점에서 어떠한 형태로 접속하고 교류하고 교차하는지, 또한 어떻게 나뉘고 반목하고 반발하는지를, 예술학적 내지 미학적 견지에서 살펴보려는 시도는 소위 문예영화시대를 맞이하려는 오늘날, 헛수고는 아니라고 믿는다. 그리고 그것을 명확히 함으로써 영화는 영화일 뿐이고 다른 것이 될 수 없다는 초보적이고 쉽고 비시대적이지만, 많은 사람들이 명확하게 인식하고 파악하지 못하는 명제에 대해서 강조하는 것으로 시작해보자.

영화는 다음과 같은 점에서 문예와 유사하다고 한다. 필름 조각의 통제적인 연속에 의하여 성립하고 있다는 점, 초시간적인 표현이 가능하다는 점, 그리고 제3자에 주어지는 이미지가 표상성을 가지고 있다는 점.

필름 조각은 문예에서는 하나의 문자와 동등하다. 개개의 문자는 하나하나로써는 의미 없고, 생명 없는 기호에 불과하다. 마찬가지로 한 조각의 필름도 하나만으로는 무의미하고 생명 없는 셀룰로이드 조각에 지나지 않는다. 기호에 지나지 않는 문자가 단어가 되고 구가 되고 절이 되고 비로소 한 편의 작품을 구성하는 것처럼, 셀룰로이드에 각인된 '사진'에 지나지 않는 필름 한 조각이 통제적인 연결을 통하여, 생명을 얻어 하나의 작품을 형성한다. 개개의 독립된 조각으로써는 무생명의 문자와 필름은 일단 형식이 주어진 후에는 완성된 모습으로, 문자 하나의 가감이나 조각 하나의 이동도 허용치 않을 정도로, 각 문자와 각 조각 사이에는 유기적인 관계와 밀접한 연결이 생겨난다. 문예에서는 문자의 선택과 배열이 문예작가의 뇌리를 통해 행해지고, 영화에서는 작가의 뇌리를 통해서 작가의 손—외부적인 조작에 의해서 행해진다는 차이가 있지만, 둘 다 작가의 재능이 형식면에서 기능하는 것은 마찬가지이고, 이 점은 양자의 본질에 영향을 미치지는 않는다.

하나는 필름의 조각으로부터 하나의 작품으로, 다른 것은 하나의 문자로부터 하나의 작품으로, 이와 같은 중간과정에서는 동일한 구성방법에 따르고 있다고 볼 수 있지만, 미학적으로 유사하다고 단정하는 것은 인식의 착오일 수밖에 없다. 왜냐하면 구성의 형식은 동일하지만 구성의 단위를 이루고 있는 최소 인자는 양자 사이에 현저한 차이를 인정하지 않을 수 없다. 하나는 필름 조각 하나가 기초이고, 다른 것은 문자 하나가 단위이다. 구성의 기초인 단위 사이에 차이가 있는 이상, 예를 들어 동일한 구성형식을 통하여 성립한 작품이라 하여도, 양자 사이에는 구성의 기초적 인자의 차이가 확대되는 것은 필연적이다.

문예와 영화란 표현의 초시간성이라는 점에서 상통한다고 한다. 영화의 각 장면이 몽타주 기술에 의하여 연결되어, 장면전환에 의한 리듬이, 그리고 리듬에 의해 촉발되는 스타일이 영화작가에 부여되는 것과 마찬가지로, 문예에서는 이야기의 각 장면의 연결에 대해서는 콤포지션이라는 것이 고려될 수 있고, 콤포지션과 리듬이 작가에게 특색 있는 스타일을 부여한다.

(1930. 10. 17)

(2)

그 결과 푸도프킨의 뛰어난 말을 빌리면, 시간과 공간의 집약성이라는 점이 영화와 문예의 표현적 특징이라고 한다. 문예와 영화는 둘다 조각의 몽타주 구성에 의하여, 각각의 특유한 시간과 공간을 현실과 거리가 있으면서도 현실보다 더욱 현실적인 공간과 시간을 자기특유의 세계에서 전개한다. 초현실적인 공간과 시간을 현실의 시간과 공간으로부터 재조직하여, 그곳에 각각의 독특한 분위기와 세계를 창조한다. 그것은 현실세계 밖에 영화 자신의 세계와 문예 자신의 세계의 전개와 창조가 가능함을 보이는 것이다.

양자가 각각의 특성을 가지고 있다는 말은 맞다. 더불어 각각의 특수성을 대비해 보았을 때, 양자 사이에 본질적인 차이가 엄연히 존재하는 것도 인정할 수밖에 없다. 마찬가지로 외부의 공간과 시간을 그 자신의 세계로 환원하여 표현하면서, 영화는 카메라의 눈에 의하여 그 자신의 세계를 창조하지만, 문예는 문자를 계기로 하여 현실을 문예 자신의 세계로 환원한다. 영화에서 공간과 시간은 카메라의 눈에 의해 모아진 후, 선택되고 구성된 시간과 공간이다. 영화에서 시간이 공간으로 전이하고 공간이 시간으로 치환되는 것은 얼핏 문예에서 시간과 공간의 치환과 비슷하지만, 현실적 존재인 필름 혹은 문자가 새로운 다음 세계의 구성인자로 변화할 때의 매개가 되는 것은, 영화에서는 셀룰로이드에 각인된 '영상'이고, 문예에서는 다른 문자와의 연속으로 인하여 처음으로 의미를 갖게 되는 하나의 문자에 숨겨진 '의미'이다. 구성의 기초단위에서 카메라의 눈이 자리하고 있고, 마찬가지로 시간의 극복성을 가지고 있다는 점, 숨겨진 '의미'를 포함하고 있는 문자의 연속에 의해서 시간을 극복하는 문예와 영화는 확연히 구별되지 않으면 안 된다.

모든 예술은 예술인 이상, 하나의 세계의 창조이고, 창조된 세계— 이미지를 통해서 제3자의 정서를 환기하는 점에서, 또한 이미지를 강렬하게, 명료하게, 심각하게 창조하는 점에서—단적으로 말하면 예술성을 가지고 있다는 점에서 공통된다. 때문에 각각의 예술을 각각의 시야와 위치에 특징짓는 것은 제3자에게 어떠한 이미지를 환기하는가, 어떠한 심리적 추이를 통해서 정서를 불러일으키는가이다.

(1930. 10. 19)

문예에서 작품이 제3자에게 던지는 이미지는 단순한 정서, 단순한 감정이라기보다도 직접적으로는 오히려 사상이라고 보는 것이 맞다. 회화와 음악에 비하여 언어의 연속에 의해 성립하는 이상, 제3자에게 다가가는 이미지는 항상 어떤 '의미'를 지니고 있다. 이 사상의 표현 이라는 것이 다른 예술보다 두드러진 특질을 문예에게 부여해준다. 표현된 사상이 고원하고 심원하면 할수록, 사상이 농후하면 농후할 수록 문예는 그 자신의 특질에 빛을 더한다.

영화는 사상을 말하지 않는다. 적어도 문예정도로 직접적으로 자 유롭게 제3자에게 말하지는 않는다. 문예와 마찬가지로 다양한 감각 적 이미지를 모아, 제3자의 뇌리에 하나의 개념을 환기하고 정서를 빚어내려하지만, 영화는 하나의 개념을 표현하기 위하여 우선 시각 적으로 구상적인 영상을 보이고, 구상적인 것을 통해서 하나의 감정 을 표현하고, 표현한 감정의 집적 위에 개념을, 또는 하나의 사상을 환기하려 한다. 반면 문예는 기호적인 문자의 배열에 의하여 직접 제 3자의 사상적 이미지에 호소하여, 그것을 통하여 개념을 전달하고, 개념이 제3자의 뇌리로 분석될 때, 처음으로 감정으로써 제3자의 정 서에 호소한다. 즉 똑같은 표상적인 이미지에 의존하면서, 영화는 구 상적인 이미지에 의하여 직접적으로 사상에 호소한다. 문예는 구절 이 부분적 감정을 표현하는 경우에도 그것은 전체적인 사상적 이미 지를 구성하기 때문에, 이상적으로 전체를 강조하기 위한 이미지의 일시적 변질이고, 만약 구절이 나타내는 감정이 그것 자체가 독립하여 전체의 사상의 구성에 기여하지 않는 때는 전면적인 사상적 이미지는 분열하여, 거기에 문예는 문예임을 그만두지 않으면 안 된다.

이상으로 문예와 영화의 관계가 얼핏 유사하다고 생각되는 점을 살펴보았고, 그것이 표면적으로 유사하여도 근본적으로는 양자 사이를 구별 짓는 확연한 선이 존재함을 지적하였다. 이상의 각 경우를 통하여 양자 사이를 분명하게 하는 선은, 본질적으로는 공통됨이 이해되었을 것이다. 이 경우를 통하여 공통적인 구획선이야말로, 문예와 영화의 본질적 차이를 명료하게 하는 것이다.

즉 문예의 본질은 그 묘사형식이 문장—언어에 의한 것이다. 작가의 뇌리에서 취사선택된 문자가 적당히 배열되었을 때에, 그 문자를 통해서 제3자에게 이미지를 전달하려고 하는 점, 이 점이야말로 문예를 다른 예술과 구별 짓는 커다란 특성이다. 따라서 문예가 표현하려는 대상은 직접적으로는 항상 사상이라고 말할 수 있다. '감정'보다도 '사상'의 표현에 보다 적절하고 풍부하고 유리하여, 다른 예술이 따라올 수 없는 스스로의 영역을 견지하는 문예의 본질이란, 극히 넓은 범위에서 파악한다면, 선택된 문자의 나열에 의하여 하나의 사상을 서술한다는 점이 용이하고 분명한 해답이 될 것이다.

(1930. 10. 21)

(4)

영화의 본질은 그것이 한 조각 한 조각 필름의 유기적이고 계획적인 연결에 의하여 성립한다는 점이다. 또한 필름에 드러난 영상 속에 카메라의 눈이 숨어있다는 점이다. 외계의 현상을 카메라의 눈을 통하여 광학적 조작에 의하여 셀룰로이드 위에 포착한 영상이 제3자에게 이미지를 전달하는 매개체가 된다. 사물의 운동 그 자체를 카메라의 눈이 포착하는 것이 아니다. 셀룰로이드에 카메라가 포착하는 것은 개개의 정지된 영상이고, 그것을 연속적으로 일정한 속도로 움직이는 것으로 필름의 영상은 생명을 얻고 전면적으로 리듬과 템포가 부여되어, 감정을 제3자를 향하여 뿜어낸다는 점에 영화의 특수성은 응집된다.

문예와 영화의 대비를 표면에 집중한다면, 시간과 공간의 집약성, 기초적인 구성단위로써 구상적이고 시각적인 기호를 가지는 점, 또한 표상적인 이미지라는 점에서 유사해 보인다는, 표면적 유사에서 영화와 문예의 교착과 교류를 볼 수 있다. 이점에서 양자는 서로 반영하고 투영하고 있다. 특히 현저한 교류를 보이는 것은 공간성과 시간성의 집약이라는 점이고, 문예와 영화는 이 점에서 서로의 표현 기술을 배우고 있다.

문예와 영화는 본질적인 차이가 있다. 양자 사이를 구획 짓는 깊은 골을 넘어서 하나의 문예작품을, 그것을 특징짓는 문예적인 맛을— 리듬과 스타일을 그대로 영화의 영역에 옮기는 것은 절대 불가능하다. 하나의 영화작품 완성을 위하여 소재의 하나로 어쩌다 문예작품이 선정되었다 하여도 문예작품이 영화제작 과정에 관여하는 순간, 이미 그것은 문예작품이 아니다. 일단 영화제작이 개시되면, 모든 소재는 제작과정의 흐름 속에서는 영화의 완성이라는 목적을 위하여, 변질하고 전화(轉化)하여 하나의 순수한 영화로 귀결되지 않으면 안 된다. 완성된 영화에서는 문예는 충분히 경멸될 필요가 있고, 문예적 요소는 연기에 부속되는 연극적 요소와 더불어, 경감되어 해소되지 않으면 안 된다. 그렇지 않으면 영화는 그 자신의 이미지와 세계에 불순한 오점을 남기게 된다. 원작은 영화의 제작과정에서는 일단 분석되어 다시 영화적으로 재구성되고, 거기서 처음으로 영화의 소재로써의 역할을 지닌다. 영화의 원작으로써의 문예작품은 그렇기 때문에 소재 이전의 소재에 지나지 않는다.

영화는 영화이지 어떤 다른 것도 아니라는 점에 대해 왈가왈부하는 것은, 현재는 어리석은 노력에 지나지 않는다. 하지만 지금 많은 사람들이 이 간단한 사실에 대해서 큰 착오를 범하고 있다. 영화 〈수난화(受難華)〉 중에 (우선 사례를 들어보면) 관객은 기쿠치 칸(菊池寬)의 묘사와 이야기의 맛을 기대하고, 제작자도 또한 그 안에서 기쿠치 칸의 문예적인 존재를 담는데 노력한다. 하지만 어떻게 충실하게 〈수난화〉의 이야기와 구상을 영화화했는지는 영화의 문제가 아니다. 〈수난화〉의 문예적 요소가 영화 속에서 경멸되고 말살되어야 영화 〈수난화〉가 빛나는 탄생을 하는 것이다. 영화가 될 수 있는 소재는 문예춘추가 발행한 『수난화』에 있는 것이 아니고, 저 멀리 생생한 현실 속에 〈수난화〉를 낳은 리얼한 인생 속에 존재한다.

문예작품의 영화화는 문예적 요소를 어떻게 충실히 넣는가라는 소극적인 의의가 아니라, 영화로써 어떻게 유효한가라는 적극적인 의의가 문제시 되어야 한다. 중요한 점은 어떻게 원작을 다시 한 번 셀룰로이드 위에 반복할 것인가가 아니라, 한 편의 영화를 완성시키기 위하여 어떻게 원작을 의식적으로 개작하느냐는 점에 있다.(끝)

(1930. 10. 22)

전위영화의 미학적 소묘 구주(歐洲)편

우치다 지카오(内田近夫)

(1)

이 글을 프롤레타리아 시네아스트에게 바친다.

"이 쓸쓸한 말은 내가 말하고 있는 것이 아니다."

―뒤아멜(Duhamel)

말할 필요도 없이 영화적 표현의 무한한 가능성을 믿기 때문에, 문학적 요소와 극적 요소를 '영화'에서 거부하는 순수·절대영화운동도 프롤레타리아 이데올로기에 기반을 둔 비평관점에서 본다면, 문예운동에서 추상주의와 마찬가지로 자본주의 말기에 인텔리겐치아가 따라간 현실도피의 필연적 결과와 비슷하다. 하지만 프롤레타리아 이데올로기로 영화가 가득하다고 하더라도, 영화적 기교에서 인간의 지식과 심적 요구에 응할 가능성 측면에서는, 양적으로 질적으로 상당한 답습과 섭취가 이루어졌다.

"항상 이성적이다"는 소비에트가, 가장 순수주의적 측면을 보여주는 '키노 아이(Kino Eye)' 운동의 주재자 지가 베르토프(Dziga Vertov)를 허용한 것은 무엇 때문일까.

그의 충실한 반려자, 카우프만은 베르토프가 소비에트의 좋은 동반자로 건설적인 임무에 노력하고 있다고 말하였다. 또한 최근작 〈카메라를 든 사나이(Chelovek s kino-apparatom, Man with a Movie Camera)〉에 관한 기록을 보아도, 그가 무엇을 목표로 하는지가 명확하다. 그는 임의의 길이를 임의의 필름 조각에 부여하려는 작업을 방해하는 모든 것을 거부한다. 작업에서는 항상 흥미를 끄는 소재가 촬영되고, 바로 몽타주로 옮겨지며, 배우도 인공광선도 시나리오도 부정된다.

정해진 주제조차도 〈카메라를 든 사나이〉에서는 거부되어, 흥미를 끄는 소재의 무질서한 촬영으로 끝나버린다. 그의 유일한 구체화된 건설이라 할 수 있는 것은 다른 어떠한 조건으로부터도 완전히 자유로운 리듬이다.

(1930. 10. 22)

(2)

그처럼 베르토프가 소비에트에서 허용된 것은, 그 나라가 기술에서 배워야할 것을 이해하고 있기 때문이다. 『키네마준포(キネマ旬報)』(387호 110쪽 가모 교지(加茂喬二))로부터의 인용이다.

소비에트, 그렇다!

현재에 또는 미래에 영화적 기교를 탐구할 때, 순수절대영화운동의 '전개'에 대한 소묘적인 회고를 시도하는 것이 결코 쓸데없는 일은 아닐 것이다.

과거 각 시대의 예술번영기에서 우리가 획득한 시각적인 미의식은 주로 미술작품(회화) 또는 조형적인 건조물을 통해서 형성되어 왔다.

19세기부터 20세기에 걸쳐 기계 발명과 더불어, 영화는 새로운 예술형식으로 등장하였고, 새로운 미의식을 보다 효과적으로 받아들였다.

정지의 미에서 운동의 미로!

공간의 시간적 구성과 시점의 자유로운 이동에서 생겨나는 리듬의 아름다움으로!

이제는 이것이 완전히 완성된 형태로 나타났다. 게다가 새로운 예술(토키)의 탄생을 맞이한 현재, 영화예술에 거대한 이정표를 남긴 유럽을 통하여 미학적이고 역사적인 탐구를 하고, 기술적인 부분에 대한 '영화적 해석'을 더하는 것은, 여러 사람들에게 무언가를 알려주는 초석이 될 것이라고 생각하기 때문이다.

현재로부터 약 30년 전, 뤼미에르 형제(프랑스)가 시각관념에 의하여 운동 단계의 조각을 나누고, 시간적 흐름에 따라 운동을 재현시킨 시네마토그라프라는 기계를 발명하였다.

당시에는 시네마토그라프가 '기계'이기 때문에, 그 '기계'가 완전히 새로운 예술을 창조하리라고는 아무도 생각하지 못했다. 그 효과가 충분히 알려지지 않았을 때에는 기계 사용자 자신도 의문을 품었을 것이다. 이러한 심리가 시네마토그라프 사용자 자신에게도 작용한 것이다. '기계—비예술적 산물'이라는 당시의 잘못된 미학이, 관료적 예술가 사이에서 성장한 '기계현실의 비속함과 조악함의 권화(權化)'라고 매도하는 목소리처럼, 이데올로기에 매몰된 사람들의 기계에 발산하는 증오가 새로운 반항적인 시네마를 거부하고 시네마의 가치를 과하게 낮게 평가하였다.

(1931. 1. 22)

(3)

시네마가 탄생할 때 명예로운 세례를 받았다.

러시아의 전원시인 예세닌(Yesenin)이 읊은 것처럼

푸른 벌판의 오솔길로

이제 곧 기차 손님이 나와

그의 검은 손으로 아침노을이 가득 찬

귀리 대를 수확하리라

산 것이 아닌 낯선 손바닥들

우리 노래는 당신과 함께 살 수 없다

혐오하는 '기계'도 결국에는 부정될 것이 아니라 정복되어야 한다 (톨러 Toller)고 하여, "기계, 우리는 처음에는 그것을 경멸하였고, 다음에는 그것으로부터 예술을 떼어내려고 시도하였지만, 그 기계가 지금은 새로운 생활을 건설하는 일을 우리에게 가르쳐주고 있다(긴스부르크)"는 것을 알게 되었다.

"항상 발전하고 멈추지 않는 문화의 영위를 위해서 항상 새로운 가치를 창조하는 문화가치 체제는 닫혀서는 안 된다. 항상 열린 체제여야 한다."

먼 추상 세계로 나아간 리케르트(Rickert)의 문화가치론조차도, '기계미'를 받아들이기 위한 역사적, 철학적 기초를 남겼다.

처음에 "그것은 단지 복사였다. 사진을 찍는 것처럼 영화를 찍었다. 그러한 순수 기술적인 사실"이 고려되었다. 그것이 비약하여, 예술형식에 있어서 기계가 가지는 수학적 정확성, 합리성, 실용성을 기초로 하는 과학적 구성의 필연성이 인정되었던 것이다.

기계는 법칙적인 구성미를 예술에 주었다. 기계는 '주관주의적 관찰의 정점에 군림하는 신비적 영감'이 예술의 왕위를 독점하는 것을 허용하지 않았다.

영화예술은 기계예술이고, 이는 현대예술양식의 헤게모니를 획득하였다.

우리는 기계예술 중에서 보다 진전된 영화에서 카메라 테크닉의 발생을 보았다.

클로즈업, 컷백, 롱샷, 바스트샷, 팔로잉, 망원경, 현미경 촬영, 뢴트겐 사진, 저속촬영 등등.

영화는 테크닉을 최대한 구사함으로써 육안보다도 정확하게 카메라 렌즈의 대상이 된 실재를, 과학적 특성에 의하여 각인하고 여과해 나갔다.

이러한 "20세기 기계문명은 증기와 전기에서 동적인 조화를 추구할 수 있는 최초의 수단을 찾아냄"과 동시에, 과학적 이해와 예술적 감각을 융합한 "운동의 예술" "또한 그리스 시대의 비극, 중세의 사원건축과 동등하고, 현대에서 가장 사회적인 예술', 즉 영화가 발견된 것이다.

19세기에 산업혁명, 구미의 자본주의적 조직의 확립과 전체 산업 부문의 기술수준의 상호적 약진이 영화에 크고 결정적인 변화를 가져왔다.

자본주의적 공업의 '자본'과 '공업', 이 두 가지 강력한 시대적 무기가 독자적이고 활발하게 전개하기 시작한 것이다.

(1931. 1. 23)

(4)

예술적 시야에서 영화는 '근대성'과 '대중성'이라는 강력한 시대적 무기에 의하여 승리하였다. 첨단을 밑돌고, 제자리 걸음을 하였지만, 새로운 예술의 강력한 매력은 '근대정신의 표현'(장 테데스코 Jean Tedesco)이라고 칭송받기에 이르렀다.

하지만 자본주의하에서의 영리사업, 즉 시네마가 상품으로 시장에 판매되는 불가피한 성격때문에 제2의 수난의 날에 조우할 수밖에 없다.

이러한 경향이 필연적으로 영화의 순수 예술적 발달을 저지하고 있음은 말할 필요도 없다.

자본가는 처음에 기성 예술에서도 비교적 '대중'에게 이해가 잘 되는 예술적 측면을 영화에게 요구하였다. 예를 들면 문학, 희곡, 연극 등이었다.

"촬영된 사물이 감독에 의하여 규정되었다. 하지만 그것은 거의 지금까지 무대극 그대로의 연출이었다. 무대 위에서 좋은 것은 영화로 하여도 좋다는 전제 하에," 또한 "마찬가지로 예술적으로, 특히 연기요소, 공간요소에서 연극과 매우 유사한 영화가, 이미 많은 성취를 해온 연극으로부터 얼마간 배우지 않으면 안 되는 것은 당연하였다. 단지 연극에 제한하지 않고, 문학, 음악, 미술에 대해서도 거의 이와 마찬가지라 할 수 있다." (『키네마준포(キネマ旬報)』 387호 109쪽 가모 교지)는 것도 무리가 아니었다.

시네마에 문학적인 내용이 구비되고, 유사한 드라마에 대한 관념이 자리 잡자, 연극의 노예지위를 시네마에 부여하였다.

연극배우의 시네마로의 등장—에밀 야닝스(Emil Jannings), 콘라드 파이트(Conrad Veidt) 등—이 계속되었다.

이러한 영화 제3기 말에도 그리피스(Griffith)에 의하여, 영화만의 독특한 구성 및 표현이 만들어졌다. 하지만 우리는 여전히 "연극을 보는 것이다. 특히 시각요소를 중시하는 드라마가 연출되기는 하지만 무대극 드라마는 아니다."(아돌프 베네 Adolf Behne)라고 일컬어졌다.

레옹 무시나크(Léon Moussinac)의 시네마의 〈행정(行程)〉에 의하면,

1895년 : 리옹(Lyon)시 뤼미에르 공장 입구

1915년 : 세실 드밀(Cecil DeMille) 〈속임수(Cheat)〉, 채플린(Chaplin) 〈키드(Kid)〉

1916년 : 토마스 인스(Thomas Ince) 〈그의 종족을 위하여(Civilization)〉

1917년 : 빅토르 쇤스트롬(Victor Seastorm) 〈무법자와 그의 아내(BERG EJVIND OCH HANS HUSTRU)〉

1918년 : 채플린 〈개의 생활(A Dog's Life)〉〈어깨 총(Shoulder Arms)〉〈양지바른 쪽(Sunnyside)〉

1919년 : 그리피스(Griffith) 〈흩어진 꽃잎(Broken Blossoms)〉

1920년 : 제르멘느 뒬락(Germaine Dulac)이 제작한 〈스페인 축제

〈La fête espagnole)〉

1921년 : 마르셀 레르비에(Marcel L'Herbier) 〈엘 도라도(El Dorado)〉

1922년 : 장 엡텡(Jean Epstein) 〈충실한 마음(Coeur fidèle)〉

1923년 : 루푸 피크(Lupu Pick) 〈제야의 비극(Sylvester)〉

〈행정〉에서 알 수 있는 것처럼, 가장 최근에 뮤즈의 일곱 번째 자식으로 등장한 시네마는 짧은 시간 동안 급속한 속도로 '연극을 흉내'내야한다는 강요라는 '근본적인 제약'에서 벗어나려고 하였다. 영화적 영화라는 길로—완전치는 않지만—나아가고 있는 것이다.

그러나 다른 예술에서는 볼 수 없는 시네마의 '유동성'과 '시간성'이라는 특질은 지금 이상으로 인정받아야 한다.

이를 대신할 것은 없다. 연극적이라고 밖에 할 수밖에 없지만, "시각적인 연극을 순화하여 순수한 직관적 방향으로 발전"(아돌프 베네 Adolf Behne)하려는, 자신의 미학과 예술법칙을 가지지 않으면 안 된다. 무목적적이고 자연발생적 성장에 의한 카메라 기술은 인정받는다 하여도, 양심 있는 예술가가 시네마토그라프를 사용하면서부터 더욱 시네마가 가지는 특질의 중요성이 분명해졌다.

배우의 연기와 플롯에 '극장'의 영향과 '자막'과 같은 문학적 힘이 존재하고, 장면 구성에도 원초적인 회화의 지배에 무릎 꿇은 상태로부터, 급진적인 시네아스트에 의하여 '영화적 영화'—시각적인 빛과 그림자의 교향악—로 나아가려는 운동과 한쪽에서는 상업주의 중압감에서 벗어나려는 시도에 의하여, '예술과 자유'라는 이름하에 절대

(순수)영화운동이 시작하였다.

그것은 두 가지 길로 진행되었다. 즉 영화를 본질적으로 개척해 나가는 것과, 절대적이고 형이상학적인 것을 동경하는 회화로부터 화가 칸딘스키(Kandinsky), 음악가 알렉산더 스크랴빈(Alexander Skryabin), 과학자 월레스 리밍톤(Wallace Rimington)에 의한 '색채음악론'의 이름으로 실험된 것이 입체파의 화가 페르낭 레제(Fernand Leger)에 의해 주장된, '회화는 운동과 생명을 온 힘을 다해 구체화한다'는 것이 영화에 유입되어 그 출발점이 된 것이 있다.

전자에 대해서는 이후에 서술하겠다. 영화와 회화의 교류에 대해서는 거슬러 올라가 서술해보자. 이는 중대한 의의를 가짐과 동시에 '영화운동'과 불가분의 관계이기 때문이다.

(1931. 1. 24)

(5)

이론적 근거를 이루는 색채음악론에서 칸딘스키는 예술품을 해부할 때, 다음의 세 가지 필연적 요소를 발견하고 또한 서로 밀접하게 결합시킬 것을 주장하였다.

(1) 개성의 요소 : 모든 예술가는 창작자로서 무언가 표현할 자기 특유의 것을 가진다.

(2) 시대의 요소 : 모든 예술가는 그 시대의 것으로 무언가 표현할 만한 시대 특유의 것을 가진다.

(3) 순수한 영원의 예술요소 : 모든 예술가는 예술적 자아로 무언가 표현할 예술 일반에 특유한 것, 즉 모든 인간과 민족, 시간을 관통하여 존재하는 어딘가의 국민, 어느 시대의 작품에라도 표현되는 예술의 주요소로써의 시간, 공간 등을 초월하는 것을 가진다.

개성의 요소인 '개성'은 이미 과거부터 이야기되어왔고, 시대의 요소인 '양식'에 관해서도 미래에는 다양하게 논해질 것이다. 그러나 그것들이 중요한 가치를 지닌다 하여도, 긴 역사 속에서 점차 첨단성과 중대성이 엷어져가서 결국에는 무가치하게 될 것이다. 순수하고 영원한 예술성 요구만이 영구하게 생명이 있을 것이다.

(1), (2)의 요소를 작품에 넣었을 때, 그 작품은 그 시대 사람들의 마음에 쉽게 도달할 수 있다. 그 점은 찬성한다. 그러나 그 작품이 영원성을 갖지 못할 때, 또한 그 요소가 많지 않을 때, 세월이 감에 따라 존재가 멸실될 운명에 처한다. 혹은 시대적인 존재물로써의 가치밖에 가지지 못할 것이다. 때문에 (3)의 요소가 사람들의 심금을 울릴 때는 몇 세기 후라도 작품의 위대함을 보여줄 수 있다.

칸딘스키는 이러한 논의를 통해 다음과 같은 결론을 말하였다.

―개성양식―

국민성을 추구해서는 결국 그 목적을 달성할 수 없을 뿐더러, 사실 오늘날 고려될 정도까지의 중요성을 가지지 못한다. 몇 세기의 시간이 흘러도 쇠퇴하지 않고, 그리고 반복적으로 도량을 증가시켜 예술품의 일반적인 혈족관계는, 외면적인 사회관계, 개성관계에서의 존재 이상으로 근본의 근본―예술의 미스테릭한 내용―에 존재하고 있음을 알게 되었다.

게다가 칸딘스키는 소위 그의 유토피아적이고 순수한 회화적인 구성의 제작을 위하여, 회화의 재료가 갖는 문학적 내용을 탈피하여, 회화만의 독특성을 가지는 절대표현수법인 '색'과 '형태'의 두 가지 수법에만 의존하였다.

칸딘스키는 회화와 음악 사이의 깊은 혈연관계를 설명하고, 마찬가지로 음악과 동등한 추상적 의미를 가지는 예술로 회화를 끌어올리려는 운동을 하여, '색채음악'이라고 호칭하였다.

한편 이러한 색채음악 연구는 음악가, 과학자들의 손에 의해서도 실험되었다. 그들은 스크랴빈(Scriabin), 리밍톤(Rimington) 및 라스코였다.

라스코는 칸딘스키 회화를 비난하고, "그의 회화는 그가 희망한 효과에는 도달하지 못했다. 칸딘스키 정도의 재능을 가진 화가라 해도, 이러한 시도는 그가 시간적으로 사고할 수 없었고, 또한 집요하게 순형상성을 고집했기 때문에 좌절되었다"고 말하고, 이러한 화가

들에 의하여 시도된 색채음악의 실패—비시간적, 공간적인 질료 및 과학적 색채—는 화가들이 말하는 '색채'를 '광채'로 변형시킴으로써 구원받을 수 있다. 따라서 '광채(光彩)음악'이야말로 추상적 회화의 결점을 보완하는 것이라고 말하며 '채광(採光) 피아노'를 만들었다. 그것은 각광장치에 의하여 광선을 반사하고, 작곡가(여기서는 화가)의 규정에 따라 채광곡을 발표하는 장치였다.

리밍톤도 "라스코보다는 간단한 색채음악기를 발명하였다. 이것은 건반이 있는 영채기(映彩機)로, 건반을 누르면 반대쪽 스크린에 환등으로 색이 비추어지는 것이다"라고 서술하였다.

(1931. 1. 25)

(6)

이렇게 색채음악은 색채음악가의 실험과 연구에 의하여 '색채'가 '채광'으로 변환함으로써, 유효한 예술적 효과를 얻을 수 있었지만, 거기에는 곤란한 점도 있었다. 그 곤란함은 칸딘스키, 라스코, 리밍톤을 패배시켰다. 그리고 그것이 '새로운 색채음악가'의 '새로운 색채음악'으로 전개되었다.

즉 1909년 마리네티(Marinetti)에 의하여, '속도의 다이너미즘'의 미술적 표현에 출발한 미래파 '선언'이 발표된 것이다.

"우리들은 세계의 영광은 하나의 새로운 아름다움 즉 속도의 아름다움에 의하여 풍요해졌다고 선언한다. 폭발적인 숨을 내뱉는 뱀을 닮은 두꺼운 관으로 장식된 자동차, 총알에 타고 달리는 듯이 포효하는 자동차는 '사모트라케의 니케'보다도 아름답다."

"전기가 난폭한 달밑의 병기창과 조선소의 밤의 진동, 연기를 뿜는 뱀을 삼킨 탐욕스러운 정거장, 연기가 동쪽 구름까지 이어지는 공장, 체조선수처럼 태양에 빛나는 강의 흉포한 칼날을 뛰어넘는 교량, 수평선을 냄새 맡으며 가는 모험적인 우편선, 긴 통으로 연결된 강철의 거대한 말과 같은 레일 위를 도약하는 커다란 가슴의 기관차, 프로펠러의 헐떡이는 소리와 열광한 군중의 갈채와도 닮은 비행기의 이륙을, 나는 노래할 것이다."

"기계형식은 시대의 진실한 정신을 표현하는, 우주의 건설과정에서의 미적특징이다."

"각각의 문명이 독자적 예술형식을 갖고 있음은 확실하다. 그 독자적 형식을 표현하기 위해서 예술가는 그의 시대에 속하는 사물과 기능을 연구하고 이해하지 않으면 안 된다. 기관차, 비행기, 인쇄기의 아름다움이 그것이다."

"근대인은 갈수록 문명의 기하학적 질서에 영향 받는다. 기계적 사물은 형식, 색채, 운동의 미의 선에 따라 발전하는 오늘날에" '기계예술', '미, 리듬, 다이너미즘'이 발견된 것이다. 이는 시네마에게 복음이었다. 왜냐하면 시네마는 완전히 기계에 의한 생산물이기 때문이다. 신성한 예술의 범주에 들어가는 것을 거부하는 구태의연한 관념을 지진 미학자(여전히 타성에 젖은!)의 부당함과 과장을, 시네마는 타파하면서 새로운 예술 창조, 미래의 형성으로 "돌진과 열광, 질주와 박력의 폭풍과 같은 행동'으로 행진할 것이다.

(1931. 1. 27)

(7)

미래파가 제창하는 다이너미즘, 속력, 운동의 미학은 캔버스 위에 마이코(舞子)를 그려도 캔버스 자체는 전혀 진동하지 않기 때문에 미래파 스스로를 파멸시켰지만, 시네마는 그러한 미학을 구현하는 그 자체라는 것에 대해서 서술하겠다.

'색채음악가'인 라스코는, 민게톤은, 그리고 칸딘스키는 얼마나 유치했던가.

시네마의 풍부한 테크닉은 다음과 같다.

클로즈업, 롱 샷, 바스트 샷 등의 새로운 영역의 정복.

카메라 앵글에 의한 새로운 공간의 형성과 이동촬영에 의한 공간의 접속표현의 성공.

리듬과 템포의 몽타주

시네마는 매우 빠른 템포로 지금까지의 어떠한 예술도 몰랐던 힘을 가지고 진전하였다.

영화는 회화로부터 나와 회화를 능가하였고, 완전히 독자적 형식을 획득하였다.

미래파, 입체파에서 '동시성' '동존성' '순간성'의 문제도 영화의 테크닉 획득과 함께, 효과적인 감정의 조직화에 성공하였고, 보초니(Boccioni)의 회화 〈결별〉의 표현형식은 영화에서 너무나도 상식적인 것이 되었다.

필름 상의 물리적, 화학적인 반응은 알려진 바이다. 필름에 의하여 세세한 분위기, 즉 죽는 장면과 사는 장면의 유동적 혼합이 도달할 수 있는 가치를 생각할 때, 모든 것이 가능해지고 생각하는 것 이상의 놀라움을 던져준다.

영화의 테크닉은 다른 예술이 열심히 노력하는 "생활의 평범한 주제"에 몇 만 배나 독자적인 발전을 공급하고 있다.

우리는 사실 시네마의 새로운 색채음악 즉 '새로운 빛의 묘사' 가능성을 암시하는 몇 가지 사례를 이미 보았다.

〈바퀴(La Roue)〉(아벨 강스 Abel Gance)에서 플래쉬백의 놀랄만한 사용법. 첫 장면의 바퀴가 오버랩하는 리듬. 기관차가 시지프에 의해 궤도 위로 올라가는 순간의 긴장. 8-4-8-4. 8-4-4-2-2의 리듬. 시지프가 눈을 다쳤을 때 나타나는 시그널의 환영.

〈나폴레옹(Napoleon)〉(아벨 강스)에서 하나의 스크린이 세 개의 스크린으로 확대.

〈환영(Le Vertige)〉(마르셀 레르비에 Marcel L'Herbier)에서 모터보트의 다이너미즘.

〈살아난 파스칼(Feu Mathias Pascal)〉(마르셀 레르비에)에서 레일 촬영. 파스칼이 귀향할 때의 오버랩. 축제의 회전목마, 고속촬영의 효과적 사용.

색채음악이 실패하고, 영화적 영화—영화의 중점을 대상보다 대물렌즈로 이행하였다—로의 움직임과 더불어, 무회화적, 무연극적, 무문학적으로 순수한 시각적 상태에서 영화교향곡—새로운 색채음악의 가능성이 열린 것이다. 물론 그것은 시네마토그라프 자체가 선천적으로 가장 정교한 색채음악기이기 때문에, 환언하자면 색채음악의 이론, 실천에 의한 영화적 영화의 출현, 이것이 상호작용을 일으킴으로써 드디어 순수(절대)한 영화가 출현한 것이다.

(1931. 1. 28)

(8)

순수영화에 대해서 우선 서술하자.

심리적, 관념적 세계를 배제한 감각 세계의 창조—그것이 시각예술이다.

카메라가 파악하는 시각적 세계 위에 구성된 예술의 요소는, 빛과 그림자의 교차, 구성과 형태의 운동미.

빛과 그림자에 의해 생겨나는 시각적 심포니.

빛과 그림자를 시간적으로 연결하는 오케스트레이션.

다른 시각예술과 대립하는 형태의 운동미―시간적 차원의 소유―가 영화의 가장 중요한, 또한 특징적인 예술요소로 강조되었다.

영화적 물질의 표현가능성에 새로운 표현법칙을 구축하고, 미학적 연구가 영화라는 물질 위에 발견한 것은 다음과 같다.

⑴ 평면으로서의 세계

⑵ 빛과 어둠의 세계

⑶ 운동으로서의 세계

(몽타주 화면의 내부에 포함된 형태의 운동과 몽타주에 의한 운동의 창조)

순수영화론의 근본을 상세히 설명하면, 제일 먼저 그것은 평면세계로서의 영화, 즉 공간적 시각예술로서의 영화는 첫 번째로 회화와의 대립 측면에서 고찰되었다. 색채형성을 하는 회화에 비하여 영화는 무색채이지만, 공간적 시각예술인 회화에 비해서 영화는 시간적 시각예술임은 분명하다. 시각성과 시간성이 영화의 가장 특질적인 요소이다. 시간성은 스피드, 템포의 표현능력을 영화에 부여함으로써, 회화 이상으로 영화를 끄집어 올렸다. 결점을 보충해야할 음악과 결부됨으로써 영화는 시각성과 감각성의 동일어가 되었다.

시간적인 감각예술로서 영화의 근본요소로 요구된 것이 리듬이다.

"만약 시네마가 조형적이기 때문에 공간예술이고, 그 아름다움의 일부를 이미지의 질서와 형식으로부터 끄집어내는 것이라면, 시네마는 동시예술이기도 하다. 따라서 그것은 미의 보정을 모든 이미지의 표현에서 끄집어낸다."

"하나하나의 장면은 분명히 사진이다. 좋은 풍경, 좋은 무대장치, 좋은 연기가 움직여도 움직이는 사진이고, 기계적인 기록에 지나지 않는다. 영화의 가치는 장면 장면의 각각에는 없는 장면 장면의 연속에 의하여 생겨나는, 각각의 장면 이외의 것에 있다. 하나의 스크린에 비추어지는 장면의 연속과 시간적 경과 속에 영화의 가치가 있는 것이다.

시간은 영화가 예술일 수 있는 큰 요인이다. 여러 장면이 길고 짧게 시간적으로 연속하여 스크린에 영사된다. 우리는 눈으로 이를 알아챈다. 이는 완전히 음악의 경우 귀와 마찬가지다. 즉 영화가 영화인 까닭은 눈을 통해서 알아채는 리듬에 있다는 것이다."

이리하여 리듬의 탐구를 시작한 레옹 무시나크(Léon Moussinac), 르네 뒤멜(René Dumesnil)은 음악적 리듬에 관한 연구를 이식하여, 시네마의 리듬을 음악의 리듬과 동일시하고, 시네마의 리듬 구성을 음악과 비교하였다. 이로부터 유추된 '리듬영화' 연구는 분명 중요하다. 한 소절이 하나의 몽타주 화면이 되고, 작은 소절의 종합이 필름 조각의 몽타주로 생각되었다.

"리듬은 이미지 그 자체에 존재할 뿐 아니라, 이미지의 연속에도 존재한다."

"영화적 표현은 그 힘의 최대 부분을 외적 리듬에 의존한다."

"영화의 가치를 결정짓는 특수한 가치는 리듬이다."

"아름다운 영화는 아름다운 빛의 교향곡이다."

영화의 리듬, 시각적 리듬설 ―르네 클레르(Rene Clair)―

"리듬이란 시간적 사건의 연속이고, 그 연속을 파악하는 우리의 정신에 사건이 연속하는 시간 속에 놓여있는 균형적 인상을 만들어 낸다. 시네마는 공간의 관념을 주지 않으면 안 된다."

(1931. 1. 29)

(9)

클레르는 리듬이 성립하는 요인을 다음과 같이 설명하였다.

⑴ 각 비전의 지속시간(장면전환의 장면)

⑵ 장면의 교차, 혹은 액션 몽타주의 교차인 것(내적 행동 장면)

⑶ 대물렌즈에 의해 등록된 물체의 행동 (외적 행동, 연기배경의 동인)

즉 비전 속에 있는, 그 장면 속의 시각적 표상을 가리킨다.
또한 자크 페데르(Jacques Feyder)의 조감독 앙리 쇼메트(Henri Chomette)의 '순수영화론'을 거론해보자.

"영화는 움직이지 않는 이미지부터 해방되어 미의 영역—기지물(既知物)의 표시—에 발을 들여 놓았다. 고속촬영은 우리 눈이 인식할 수 없거나, 인식해도 잘 알 수 없는 사실을 보여준다(장미의 개화). 하지만 적어도 우리는 그 사실에 대한 대략적인 개념은 가지고 있다. 트릭은 지금까지 없던 환영을 가져다주어, 인체의 불투명성이 철폐되었다. 그러나 이는 우리의 이성에 친근한 물체, 즉 기지(既知)의 물체에 사용된다는 전제가 있다.

현실을 떠나 상상된 마음을 표현할 때, 나타나야 하는 것은 사람의 신체이다. 상투적인 표시, 어쨌든 표시이다.

시네마의 표현은 한 가지 형태의 필름에 귀결된다. 하나는 다큐멘트적인 표현으로 단순히 움직이는 복제물이다. 또 하나는 연극적이다. 그 근원과 정수는 어디에 있느냐 하면, 시네마보다도 오래된 관람물에서 찾을 수 있다. 시네마는 표시형태에 자신을 제약하지 않는다. 그것은 창조하는 것이 가능하다. 그것은 이미 일종의 리듬을 창조하였다. 그 리듬에 의하여 시네마는 사실의 논리, 물체의 현실성을 버리고, 아직 알려지지 않은 비전의 연속을 만들어내는 새로운 능력을 끄집어내었다. 이 비전은 대물렌즈 및 능동적 필름의 결합에 의한 것이다. 본질적인 시네마는 다른 모든 요소 즉 연극적, 다큐멘트적인 것으로부터 분리되어 나온 것이기 때문에, 그것이야말로 가장 순수하게 영화적 상상력에 진정한 경지를 제공하고, 시각적인 심포니라고 명명할 수 있는 것에 생명을 부여한 것이다.

기술도 그럴 것이다. 조화로운 합주곡과 마찬가지로, 그것은 감성을 움직이고, 마찬가지로 이성도 감동시키는 것이다. 인간이 오케스트라에서 느끼는 기쁨을 시네마에서 못 느낄 리가 없다. 우주의 삼라만상, 흔한 것으로부터 비물질에 이르기까지 모든 움직이는 비전의 원동력을 찍을 수 있기 때문에, 시네마는 소리의 왕국이면서, 빛, 리듬, 형태의 왕국이다."

아벨 강스는 말한다.

"음악이라는 것은 두 종류가 있다. 하나는 음향의 음악이고, 다른 하나는 빛의 음악, 즉 시네마다. 시네마는 음향보다 그 진동의 음계가 높다. 그것이 우리의 감성에 호소하는 정도가 같은 박력, 같은 세련됨이라고는 할 수 없다."

"시네마는 연금술사의 예술이 되었다. 이 연금술사의 기술로 인하여 만약 우리 마음에 와 닿는 것이 있다면, 다른 수많은 변화의 가능성을 기대할 수 있다. 이 마음이야말로 시네마의 메트로놈이다."

"영상의 시대는 왔다. 나는 반드시 심리학자, 시인, 철학자가 모두 같은 언어를 사용하여, 모두 서로 이해할 수 있는 날이 올 것이라 믿는다."

1924년경부터 시작한 절대영화운동에서, 스웨덴인 비킹 에겔링 (Viking Eggeling)은 '인간의 내적 운동의 가장 단순한 형태'로, 의식적, 형이상학적으로 규정된 '구성' 즉 일체의 개성적인 자연적 형태의 흔적을 완전히 말살하여, 심리주의의 '절대적인 것', 확실하게 증명의 근거가 '체험'될 수 있는 것에 반하여, '절대'의 직관적 형식인 수학적 형태만을 남기려는 표현을 시도하였다. 그 시도가 단순히 형이상학적인 예술관의 추상적인 형태, 예를 들면 긴 타원과 작은 원, 길쭉한 정방형과 눌린 정육각형, 대각선과 수직선의 기하학적인 형태였고, 그 운동관계를 필름으로 촬영하여 리듬에 의하여 '인생 그 자체의 역설적 표현'을 목표로 하였다.

거기에는 이야기, 줄거리, 사건 또한 인습적인 인간도 나오지 않는다. 자연을 근본적으로 배제하는 것을 원리로 하였기 때문에, 역사적인 세계를 연상시키는 것은 전부 거부되었다. 기본적으로 기하학적 형상이 상호관계를 이루면서 나타나, 그 구성 속에 정신적인 드라마가 만들어졌다.

(1931. 1. 30)

(10)

비킹 에겔링은 형태와 구도의 관계를 연구하여, 사물의 형태에 점차 명확한 표정을 부여하기에 이르렀다. 자연의 사물이 점점 단순해져, 각 요소의 조화적 특질 즉 수목(樹木), 산악(山岳), 가옥 등이 수학적 정확함으로 표현되었다. 이러한 형상의 상호관계, 그 운동방향의 상대와 조화, 그러한 것이 점점 그가 갖는 관심의 중심이 되었다.

그는 자연의 사물에는 그 자체의 미적기능 이외에 우리의 일상생활로부터의 감정이 다수 이입되어있다고 느꼈다. 이러한 연상은 구성된 형태의 순예술적 기능을 명료하지 못하게 만든다고 생각해서, 결국 그는 현상의 껍질을 깨고 형태를 수학적 순수함으로 평가하기에 이르렀다.

에겔링은 구도표(構圖表)를 만들어, 이것을 참고하여 단순한 요소를 앞에서 말한 긴 타원, 대각선, 수직선의 기하학적인 형태로 서로 관계시켰다. 이 표의 형태는 계통적 유사성을 인식함으로써 전개되어, 그는 그 속에서 리드미컬한 연결을 감지했다. 또한 그는 회화에는 시간적 차원이 결여되었기 때문에, 이를 영화에서 취해 구성적 사상의 매개자로 삼으려 하였다.

"자연과 추상화된 형태를 똑같이 지배하려고 하였고, 중복선율법과 유사한 법칙에 기반을 두어 종합할 수 있는 가능성에 자극받아, 형태에 관한 그 자신의 원리를 변화시켜" "어떤 주제와 관련된 변화는 회화가 갖는 가능성을 그 이상으로 높이는, 즉 조형적인 리듬의 진정한 형태를 영화에서 찾을 수 있다는 가능성을 그는 제시"했던 것이다. 정지한 회화에서 얻은 경험을 증폭시켜, 리드미컬하게 변화시키고 시간적으로 사용할 가능성이, 그를 영화를 사용하는 최초의 계획으로 인도했다고 리히터(Richter)는 말하였다.

(1931. 1. 31)

(11)

그의 작품은 주로 선에 의해 규정되었다. 하나의 꽃 주위에 세밀한 선이 직각으로 배열하고, 확대되어 수축하며 전후좌우로 활주한다. 그 움직임은 환상적 유희가 아니라 수학으로 규정된 리듬에 따른다. 또한 에겔링은 복잡한 형태를 풍부히 구사하여, 대규모적인 구도에 도달하였고, 다층적인 리듬의 운동을 얻었다.

에겔링의 작품 중에 가장 강력하게 발표된 것은 생명 그 자체의 동적인 역동감이었다. 그는 규칙적으로 배열된 형태의 유희야말로, 그 역동감을 가장 명료하고 가장 결정적으로 표현할 수 있다고 생각하였다. 그의 영화적 구성은 엄격해졌고 초현실적인 것이 되면서, 그는 더욱 유기적인 세계의 우연성을 넘어, 영구한 형태와 기본적인 운동의 세계에 도달하여, 현실 세계의 근본을 꿰뚫어보려고 희망하였다.

1925년 5월 18일의 그의 임종에 이르기까지. 광신적인 확신이 그를 이 코스를 계속 달리게 하였다.

에겔링과 같은 주장, 즉 회화에 작용하는 여러 수단의 연구로부터 출발하여, 에겔링의 절대영화로 가게 된, 논리적 사변을 기초로 하는 한스 리히터(Hans Richter)는 영화를 하나의 시각적 리듬으로 이해하고, 그 표현수단은 바로 '사진술'이라고 주장하고, 이 두 가지에 의하여 인간의 시각기능의 기본적이고 합법적인 부분으로 창작된 환상력의 재료가 된다고 주장하여, 〈리듬(Rhythmus)〉 2부작 '1924년' '1925년'이라는 두 가지 주제에 의해 만들어진 영화를 발표하였다.

한스 리히터는 말한다.

"회화는 항상 자신을 그 한계로 이끌어 가는 각종 문제를 자신에게 제공했다. 회화의 여러 문제는 궁극적인 조화를 어렵사리 추구한다 해도, 여전히 예술적 질서로부터 멀리 떨어져 있는 위험을 항상 가지고 있다. 추상적인 형태표면에서조차 리듬은 어디까지나 상대적이었다.

1918년 나는 비킹 에겔링을 알았다. 에겔링의 형태변화에 대한 조직적인 시험은 내 눈을 뜨게 해주었다. 그리고 나에게 운동의 조화를 영화 속에서 실현할 수 있는 가능성을 보여주었다.

(1931. 2. 1)

(12)

1919년에 행한 이러한 종류의 시도는 에겔링의 영향을 받은 것이다. 그러나 아직 화가의 관념세계에 기반을 두었다. 이 초안의 극히 자세한 부분조차도 그것을 실현하기에는 대단한 분석을 필요로 하였다. 여기서는 영화가 단순히 예술적이고 심미적인 것으로만 이해됨에 그쳐, 영화의 자연적 수단은 아직 알려지지 않았다.

1920년에 나는 모든 사물의 표현을 버렸다. 그리고 명암, 대소, 다양한 템포, 그리고 가장 단순한 형태에 의한, 영화에서의 운동문제를 경험하려고 시도하였다.

리히터의 말에 따르면 예술이란 인생에 작용하는 비슷한 힘을 모두 유기화하여, 가장 단순한 형태로 상호관계에 의해서 표현한 것이다. 여기서 중대한 점은 인간의 날카로운 감각역학의 무목적성을 제한하고, 정리된 빛을 수단으로 고저강약을 합목적으로 배열시키는 것이다.

리히터는 이 역학적 논리로부터 출발한 예술작품을 심리적 회화와 대립시켰다.

"나는 영화를 하나의 시각적 리듬으로 이해한다. 그리고 그 표현수단은 사진술이다. 양자는 환상력 즉 우리 감각기능의 기본적이고 합법적인 부분으로부터 창작하는 환상력의 재료이다."

여기서 중대한 의미를 가진 것은 육체와 정신의 다양한 표현 속에 가장 단순한 조화로 끊임없이 모습을 드러내는, 리드미컬한 운동의 근본기능이다. 그의 영화 〈동작〉에서는 형식적 요소가 정밀하게 계산된 구성에 따라서 나타났다. 성장, 발달, 소멸, 확대, 수축도 모든 임기응변적으로 선정되었고, 수학적으로 확정된 템포에 따랐다.

색채가 빛의 새로운 차원을 대표한다. 그리고 색채는 가장 본질적인 효과로만 나타나, 조화, 연상, 장식적 가치에는 어떠한 중요성도 선정되지 않았다.

그의 영화적 구성 속에서도 가장 단순화되어 나타난 것은, 구체적인 현대 생활력에 대한 시각이다. 형태는 모두 인생의 촌극적 요소이다. 제 요소의 절대적 표현인 심리는 완전히 배제되어, 그것이 의식적인 구성에 의하여 정신의 능동적 노동에 의해서 보충되었다. 더불어 그의 마음을 끈 것은, 영화의 환상적 가능성뿐 아니라, 현실적인 영화도 그의 흥미의 중심이었다.

"나는 일상 사물에서도 심리적 동작이 배제되는 한, 영화의 놀랄 만한 형태로의 발전 가능성을 본다."

(1931. 2. 3)

(13)

차원의 이용과 균형을 잡는 수단으로 사용되는 선(線)에 대해서 리히터는 말한다.

"그림엽서와 같은 장면은 이제 질렸다. 정해진 러브신도 전혀 마음에 와 닿지 않는다. 훌륭한 살롱과 왕의 궁정에서의 통속적인 다리와 머리가 움직이는 장면 대신에, 오직 운동, 그것도 조직화된 운동만을 보면, 이에 반대하는 사람도 있지만, 즐거움을 불러일으킨다."

표현주의, 순수주의를 가지고 〈베를린 교향악(Berlin: Symphony of a Great City)〉, 〈세계의 멜로디(Melody of the World)〉를 발표한 튜톤(Teuton) 사람 발터 루트만(Walter Ruttmann)의 영화에서는 색채가 지배적으로 등장하고 형태의 종류도 증가하여, 파장의 선이 중대한 역할을 연출하고, 운동의 템포가 순간적인 충동에 적합하고, 모든 것이 파도치며 팽창한다. 그 운동의 성질은 무한하게 다양하여, 그에 적응하여 다양한 우리의 감정이 힘 있게 흔들리며 움직인다,

생명의 힘을 수학적으로 규정된 영원의 형태로 표현하는 대신, 감정이입과 장식적인 미, 심리적 효과를 예정하였다.

끊임없이 작용하는 심리적 매력. 루트만의 강대한 어필을 그곳에서 발견할 수 있다. 그 중요한 요소가 색채임도 또한 당연하다. 루트만은 모든 운동의 뉘앙스에 대하여 유화적인 색채의 톤을 가졌다. 그의 영화에서는 색채가 풍부한 형태의 드라마가 전개되어, 정신적인 반응을 환기한다. 그는 보통의 영화에서조차 자기 스타일의 장면을 삽입하였다. 시각적인 것을 초월한 비현실적인 사건을 표현하기 위하여, 회화적인 효과가 있는 비일상적인 형태를 이용하였다.

에겔링과는 전혀 다른 페르낭 레제(Fernand Leger)의 영화에서는, 〈무희〉와 〈마차〉, 〈꽃〉처럼 모든 유기물이 인식되어 그것이 음악적으

로 아름답게 유동한다.

즉 화면에는 단지 빛과 그림자, 단순한 물체, 의미 없는 입체, 거기에 시간적 요소를 더해 움직임만으로 나타나는 것, 그것이 영화이다.

1924년의 선언된 '기계적 무용'이란,

"가장 흔한 물체, 그것이 영상이다. 형태, 형태의 단편, 기계적 단편, 인공품, 최소한의 관점을 가지고 클로즈업한 영화"

"필름에 갖는 특별한 관심은, 우리가 '고정된 영상'이 수학적, 자동적, 고속촬영적, 배가(倍加)적, 상가(相價)적 영사로 투영될 때 더욱 중요해진다. 이론 따위는 없다. 리듬이 부여된 영상의 반응만이 있다."

"필름의 기초가 되는 두 가지 흥미계수는 비추어내는 속력의 다양성과 속력의 리듬이다."

"더들리 머피(Dudley Murphy) 및 에즈라 파운드(Ezra Pound), 두 사람이 새로운 테크닉에 의한 중요한 기여를 했다. 그것은 비추어지는 영상에 배가(倍加)된 변화였다."

(1931. 2. 4)

(14)

"변화와 대비라는 측면에서는, 회화적 장면 또는 그림엽서 이것들은 그 자체로 아무런 가치도 없다. 그러나 이것들이 영상과 관련되거나 반응하면 가치가 있는 것이다."

"이 필름은 일곱 가지 수직 부분으로 나뉘어져 있다. 그것이 고속 촬영부터 저속촬영까지이다. 이러한 각 부분은 일군의 물체영상이 유사성에 의해 각각 특유한 통일성을 가진다. 이는 구성의 목적을 이루려는 것이고, 필름의 단편성을 막기 위함이다."

"이러한 부분의 변화를 확인하기 위하여 각 부분은 똑같은 형태로 매우 빠른 수평관통에 의하여 잘려있다(색채)."

"끝부터 끝까지 일관되게 그 필름은 최대한의 수학적 정확성을 가지고 제어된다(속력, 시간)."

어느 헛간이 다음의 리듬으로 영사된다.
1초에 6영상—30초간
1초에 3영상—20초간
1초에 10영상—30초간

"우리는 보는 사람의 눈 및 정신이 그것을 받아들일 수 없을 때까지 강제한다. 어찌해도 참을 수 없을 때까지 그 시각적 가치를 다하는 것이다."

"이 필름은 현실적, 객관적인 것이었고, 전혀 추상적인 것이 아니었다. 완성을 위하여 더들리와 마노이의 도움이 컸다. 우리는 작곡가 조지 앤틸(George Antheil)에게 이 음악의 동시적 편곡을 부탁하였다. 드래컴의 과학적 방법에 의하여, 우리는 기계적으로 가장 절대적인 방법으로 소리와 영상의 동시성을 획득할 것을 기대한다."

"회화는 운동과 생명을 온힘을 다해 구체화해야한다." 이를 영화에 도입하여 실현하려고 시도한 레제는, 많은 양의 강렬한 원색과 무작법적인 형태를 구사하여, 그가 전쟁의 전선에서 발견한 무수한 예술을 위한 재료—대표, 기관총, 망원경 등—로 생명과 아름다움을 나타내려고 시도하였다.

〈기계적 무용(Ballet mecanique)〉은 이러한 의도 하에, 밝고 경쾌하고 매력을 가진 묘사로 관객에 다가갔다.

레제는 원리적으로 에겔링, 리히터와 일치한다. 레제에게 모든 현상과 형태는 그대로 미술의 정신적 태도를 실현하고 있는 것이다. 그는 극도로 자유로이 수단을 선택하였다. 유기적인 것, 기계적인 것, 수학적인 형태, 이것들은 모두 평등하게 사용되었다. 그의 다이내믹한 묘사는 일상의 사물에 부여된 감정을 피하려 하지 않았다. 오히려 그의 최대의 관심은 운동의 강도였다.

(1931. 2. 6)

(15)

현대의 숨 막힐 듯한 생활. 모든 것이 움직이고 달린다. 이를 지배하는 것은 다이내믹한 리듬이다.

레제는 힘의 긴장을 표현하였고. 형태관계와 템포의 묘사를 목적으로 하였다. 하지만 심리적 타협을 피해고, 회화적, 색채적인 장식요소의 혼합을 거부하였다. 따라서 형이상학적 태도에서 '절대미술'이지만, 운동형태의 수학적으로 정치한 묘사 대신에, 경험적인 사물을 빌려 표현하려고 했기에, 오히려 '순수영화'와의 교류를 느낄 수 있다.

프란시스 피카비아(Francis Picabia)의 절대영화는 아마도 가장 독특하고 대담한 것이다.

"객관적이고 추상적인 형태를 사용함으로써, 형태 그 자체의 예술 의욕의 표현형식으로써만 사용함으로써, 음악과 몸짓으로 자연현상을 물질 자신의 희화로 바꾸는 것이다."

그에게 형태가 유기적인 것이든, 수학적인 것이든, 아무런 차이가 없다. 다만 그의 생활 감정의 동적 역학이 물체를 광기어린 운동 모습으로 변형시키고, 운동이 끊임없이 새롭게 변이해야하는 관계 속으로 진전하였다.

만 레이(Man Ray)에 대해서 말하면

그는 모든 형태의 운동관계를 빛의 강약에 의해서 표현하려고 시도하였다.

그는 렌즈도 카메라도 없이 촬영한다. 광원과 감광판 사이에 몇 개의 형태를 두고, 광도를 다양하게 변화시켜 인화한 것이다. 이로써 수학적으로 난해한 형태는 유동적이 되고, 빛의 모든 뉘앙스가 강약을 의미하게 된다.

그의 시도에는 다양한 구성적인 형태가 색채에 의해서가 아니라,

빛의 무한한 변화에 의해서 음악화되는 것이다.

"음악이 청각의 예술인 것처럼, 환영의 예술인 시네마는 우리를 움직임과 생명으로 만들어진 시각표상으로, 즉 연속적으로 전개하여 음악과 마찬가지로 사고력과 감수성에 호소하는 감각적인 제시에 의하여 만들어진 시각예술의 개념을 향하여 인도해간다. 진실과 집합에 의해 만들어진 예술, 그것으로부터 무한의 생명이 태어나는 것이다. 한 줌의 점토, 한 장의 막, 정지한 프레임, 닫힌 언어감각을 억제하는 한 구절의 좁은 범위 속에 유한성을 갖지 않는 예술, 음악과 같이 시네마도 드러나는 인상을 환기할 수 있다. 그리고 만들어지는 광명을 우리는 인식할 수 있다. 음악은 아직 정확한 경계를 갖고 있지 않지만, 그러나 현존 예술을 고려할 때, 시각표상 즉 시네아스트들의 마음을 빼앗는 주제는 모두 다른 기교와 모든 다른 예술보다도 음악적 기교로부터 많이 나오고 있음을 추론할 수 있다. 이런 종류의 인간적 정서 이상의 것을 갖추고, 영혼의 여러 형태를 기록하는 음악은 움직이는 영상을 다루는 우리와 마찬가지로 움직이는 소리를 다룬다. 그것은 우리를 시각표상 즉 감수성에 있어서 새로운 형식의 예술적 전개가 어떠한 것인지를 이해하는데 도움을 준다.

우리가 도달하려고 몽상하는 절대영화, 그것은 리듬이 있는 영화로부터 만들어져, 예술가의 욕망만이 스크린 위에 나열되어 투영된 시각적 관현악이다. 음악가는 언제나 어떠한 이야기의 계시에 의하여 작곡하는 것은 아니다. 어떠한 감각의 계시에 의하여 작곡하는 것이다. 무언가를 느끼고 무언가를 생각하는 하나의 영혼의 이야기 이외에 거기에는 아무런 이야기도 없다. 게다가 우리의 감수성은 그곳에 도달할 수 있다. 음악가의 마음은 청중의 마음을 흔들고, 청중의 마음에 정서를 불러일으키는 음표 속에서 노래가 불린다. 마찬가지로 시네아스트의 감수성, 그 환상이 관객의 마음을 표현한다.

많은 종류의 필름 형식을 가지고 있는 시네마는 현재 상태로 남아있을 수도 있다. 음악은 수많은 연극과 시와 동반되어 작곡된다. 그러나 만약 음악이 언제까지라도 음표와 언어와 움직임의 연합에 국한되어 있었다면, 결코 진정한 음악은 되지 못했을 것이다. 교향악, 즉절대음악이 존재한다. 그렇다면 시네마도 또한 교향곡을 가질 수 있지 않을까?

(1931. 2. 7)

(16)

한 장면에서 가장 중요한 것은 등장인물이 아니다. 영상과 영상 사이의 영상적 관계이다. 그리고 모든 예술과 마찬가지로 진정으로 흥미 있는 것은 외면적 발로이다. 그 영혼의 상태를 통하여 보인 사물은 사람들의 움직임이다. 거기에 제7예술의 본령이 있는 것이 아닐까.

현재로는 시네아스트의 영감이 속박받고 있다. 시네아스트는 불행히도 대중이 유감스럽게도 일정 종류의 영화만을 인정하기 때문에, 그들의 감수성을 기존 예술의 노예상태로 둘 수밖에 없다. 그러나 관객 중에도, 그리고 시네아스트 중에도 시네마의 놀랄만한 능력을 인정하는 사람들이 있다. 그 사람들은 반드시 이해해줄 것이다. 다른 많은 사람들은 시네마를 현재 상태로 사랑한다. 내가 특히 내 의견을 들어주었으면 하는 것은 그러한 사람들이다. 왜냐하면 우리는 시네마가 전달하는 빈약한 이야기보다도, 훨씬 웅대한 이 미래의 아름다운 예술을 그러한 이야기 속에 가둬두는 것은 잘못된 것이라 생각하기 때문이다. 나는 다음과 같이 다시 말하겠다. 이것이 나의 이상이다. 즉 우리의 이상은 우리의 현실을 넘어서, 시네마를 그 속박으로부터 해방하고 절대영화를 창조하는 것이다."

형이상학적인 예술관이다. 영화의 실체 및 창작의 원리를 탐구함에 있어, 절대영화는 완전히 감각의 세계에 빠져, '예술지상주의' 즉 '순수영화'에서 '리듬의 창조'를 찾아내었다. 그것이 영화의 제3차원의 확립이라고 하였다. 시각적, 감각적으로 음악 위에 구축된 영화라는 것이다.

하지만 현재 몽타주 기능의 발견과 발전으로, 단순한 리듬 이상, 즉 감각에 그치지 않고 모든 내적인 것, 관념, 사상을 가짐으로써, 영화는 예술형식 및 그 가치 면에서 한 단계 앞서 나간 것이다.

확실히 '귀족주의'는 '대중'으로 뛰어들었고, '감각'은 '사상'으로까지 확대되고 있다. 영화의 제4차원은 새로운 철학적, 역사적 근거를 가지고 관념미학 쪽으로 향하고 있다.

이러한 둘의 대립관계에 대한 이론적 탐구 및 프롤레타리아 영화

운동이론의 전개에 대해서는 다른 지면에서 서술할 생각이다. (끝)

(1931. 2. 8)

영화와 연예 : 경성상설관에 대한 희망

경성영화연구회 마에다 요사부로(前田諒三郎) 기고

(1)

현재 경성영화상설관에 대한 희망은, 자세히 쓰면 어느 정도가 될지 모를 정도로 많다. 이 정도는 어떻게든 고려해주었으면 하는 것들을 관객의 목소리와 신문지상에 보게 되는 팬의 불만을 종합하고 사견을 덧붙여 써보도록 하겠다. 망언다사(妄言多謝).

◇ 설비와 대우에 대해서

경성의 영화상설관은 9관이지만 전국 11개 대도시 중에 가장 내용이 뒤쳐져있다.

대부분이 조잡한 종합예술전당이다.

외관은 아름답다. 하지만 한발자국 안으로 들어서면 실로 참담한 형색이다. 첫째로 설비에 대하여 불만이 치밀어 오른다.

9관을 통틀어 관객석에 방석 없이 앉을 수 있는 곳이 한 관도 없다. 딱딱한 목재 위에 부드러운 엉덩이를 올려놓고 적어도 네 시간을 참아야하는데, 현재 상설관의 좌석은 영화를 감상할 수 있는 좌석이라 할 수 없음은 확실하다. 게다가 자리 배치가 엉망이라, 앞자리의 중간에 앉지 않으면 안 된다.

영화가 최고의 클라이맥스에 달할 때, "조금 더 간격을 좁혀 주시겠어요?" 좁히면 영화가 보이지 않는다. 이 때 관객의 심리는 격노에 불타올라, 차 배달하는 종업원을 때리고 싶게 되는 것도 무리가 아니다.

좌석끼리 여유가 없는 착취주의의 폐해는 한번 자리를 떠서 변소에라도 다녀올 때 최대한으로 표현된다.

"잠깐, 죄송합니다"라든지 "미안합니다"라는 인사말을 몇 번이고 반복하며 통로를 만들어 주어야 지나갈 수 있다. 천천히 지나가려면 "빨리 지나가!"라고 고성이 들려온다. 여성들은 안절부절 할 수밖에 없다.

이런 말도 안 되는 일이 어디에 있는가. 상설관 주인이여! 방석과 차 배달 종업원 존재는 적어도 가부키 시대의 유물에 지나지 않는다. 불황을 탓으로 일시적인 개선은 원치 않는다. 앞으로 수리나 신설될 때에 적어도 좌석은 고급은 아니지만 전사지를 사용하여 과학적인 균등 배치를 해주길 바란다. 그리고 객석의 좁은 통로는 적어도 사람이 자유롭게 통행할 수 있을 정도의 여지를 남겨주었으면 한다. 경성은 더위와 추위의 차이가 크다. 여름철 영화관내의 무더위란! 겨울철 영화 몇 도나 떨어지는 영화관내의 추위란! 여름에 사람이 없고, 겨울

에 사람이 없는 것은 관객 탓이 아니다. 영화관 주인 탓이다. 현재 상
설관의 설비로는 보러 가는 사람이 잘못된 것이다.

(1931. 4. 17)

(2)

여름은 더울 뿐 아니라 위생이 매우 안 좋다. 후터분해서 습한 공
기로 관내는 찌는 듯 하여 관객은 옷 속이 끈적끈적하다.

겨울의 관내 공기는 더욱 몸에 느껴져, 발밑에서 차가운 바람이 불
어오고, 결국에는 감각조차 없어진다. 이걸로 "영화를 보고 즐기세
요"라는, 근본적인 통속조례법을 거론하지 않더라고, 명목뿐인 선풍
기와 스토브는 언 발에 오줌 누기보다도 효과가 떨어진다.

어떻게든 해주었으면 한다. 다행히 동아구락부가 난방장치를 설치
했다고 하는데, 난 아직 그 진가를 알지 못한다. 한번 천천히 체험해
보았으면 하고 생각하고 있다.

바로 지금 시급한 일은 완전한 난방장치와 냉각장치이다. 이 두 장
치도 저가에 손쉽게 구할 수 있고, 현재 내지의 주요도시가 하고 있
다. 즉 원통의 한쪽 끝에 원통 가득히 선풍기를 부착한 물건을 천정에
달아 관내의 공기를 배출하는 방법이다. 그리고 관람석 옆에 반대로
관내의 신선한 공기를, 겨울은 덥히고 여름은 얼음으로 차게 하여, 관
내에 주입한다면 지금 경성의 상설관의 설비로는 좋다고 생각한다.

이 문제를 각 관주가 진지하게 생각해주기를 간원한다.

서비스이므로, 영화관 종업원이 더욱 관객에게 친절한 태도를 취하는 것은 필요하다.

입구 여직원이 귀찮은 듯이 표를 끊고, 뉴스(영화관 소식지, 역자주)는 알아서 가져가세요라는 태도에는 감동할 수 없다. 그리고 거의 대부분 없어진 것 같지만, 아직 실행하고 있는 영화관도 있다. 그것은 판매원이 영화 상영 중에 막 돌아다니는 일이다. 실로 불쾌하다.

이건 좀 사양해주었으면 하는 동시에, 관객이 영화 상영 중에 먹을 것을 사는 분별없는 녀석이 있기 때문이다. 완전한 '휴게실'도 아니니까 무리는 아니지만 영화 상영 중에 아가씨와 부인이 드러내놓고 입을 우물거리는 것은 그다지 보기 좋은 일은 아니다. 어떻게 해서든 먹고 싶다면 휴게시간에 사왔으면 한다.

경성 상설관 주인이여! 여러분들이 헛되이 관객 유인책만을 고민할 시간이 있다면, 훌륭한 영화의 전당을 만들어 보라. 우리들은 기뻐하며 여러분들의 이익을 잘 만족시켜 줄 테니까.

(1931. 4. 18)

(3)

◇ 뉴스에 대해서

상설관과 관객의 교섭을 잇는 유일한 것이 뉴스이다.

나는 뉴스에 대해서는 다양한 이상(理想)를 가지고 있지만, 실제로 해보면 얼마나 어려운지를 경험해보았다.

뉴스가 뛰어난 곳은 조선극장과 대정관이지만, 이것도 아는 사실을 정리한 것에 불과하다.

뉴스는 결코 편성표도 아니고, 또한 전단지도 아니다.

상설관과 관객을 잇는 도구이다. 더욱 관객에게 유익한 것으로 해 주었으면 한다.

작금의 뉴스가 관객에 대해서 어떠한 관심도 갖고 있지 않은 근거는 영화가 끝나고 보면 알 수 있다.

얼마나 많은 뉴스가 코푸는 종이가 되든지, 쓰레기가 되고 있는지를!

뉴스에 대부분의 관객이 흥미를 갖고 있다고는 나는 말하지 못하겠지만,

뉴스를 소중히 매주 책 상자에 넣어 보관하는 열렬한 애독가도 있다.

편집자는 적극적으로 뉴스를 이용하여, 관객과 접근해 가는 일이 필요하다.

이러한 의미에서 4면을 팬을 위해서 개방한다면 가장 좋다고 생각한다.

투서 따위 제대로 된 것은 오지 않는다, 일주일로 바뀌는데 그런 귀찮은 일은 할 수 없다고 하면서 영화관을 운영한다는 것은 당치도 않다.

편집자가 말하는 제대로 된 것이란, 마스터베이션적인 글과 욕일 것이라고 나는 생각하지만, 시시한 투서가의 과감한 선전용 원고보

다는 재미있을 것으로 생각된다.

참여를 해주었으면 바란다.

(1931. 4. 19)

(4)

◇ 반주에 대해서

설명자가 큰 소란이 일어나는 장면을 설명하고 있다.

무대 뒤에서 또각또각 나막신 소리와 구두 소리를 내며 복스에 들어가 허둥지둥 끽 끽 소리를 내는, 꼴불견이 사라진 것은 더 이상 기쁠 수가 없다

특별히 요구하고 싶은 것은, 영화 반주는 무대 음악이 아니라는 점이다.

영화와 떼려야 뗄 수없는 음악이라는 말이다.

분위기의 조장, 이 설명은 빼더라도 영화에 컷백이 사용된 경우, 위와 같은 상황에 연구해볼 여지가 있다고 생각된다.

플래시백에 가까운 컷백은 문제가 아니지만, 긴 컷백을 만나면, 의미 없는 장면전환으로 반주가 중지되는 경우를 종종 볼 수 있다. 이는 심하게 기분을 상하고, 때로는 영화에 대한 상식이 있는지 의심하게 만드는 반주 중지도 있다. 그리고 템포도 문제다. 영화는 점점 전개가 빨라지는데, 반주는 여전히 느릿느릿한 템포다.

고려해줄 것을 바란다.

(1931. 4. 21)

(5)

◇ 설명에 대해서

설명자는 말을 잘한다. 눈을 감고 있어도 설명자는 장면의 변화를 남김없이 말해주기 때문에 실로 고맙다.

하지만 시시한 설명은 빼놓고서는, '사랑인가' '운명인가'같은 상투어로 자극하며, 자기도취적인 언사로 농간을 피우는 주관적인 설명은 자제해 주었으면 한다.

볼썽사나운 것은 연단 위의 설명자와 관객이 언쟁하는 일이다.

이 싸움은 승자가 있을 수 없지만, 싸움은 결코 관객이 거는 것은 아니다(예외는 있지만).

반드시 설명자가 관객의 야유에 시비를 걸어 싸움이 생기기 때문에, 싸움을 건 쪽이 나쁘다.

설명자는 고답적이고 초연해야한다고 생각한다. 이 점에 대해서는 이즈미사와 세키는 대단하다. 위트가 풍부하고, 유머러스하게 관객의 야유를 피한다.

일률적으로 설명자가 나쁘다고는 말하지 않겠지만(정말로 죄가 관객의 무지에 있는 경우도 있다), 인기 있는 장사니까 피할 수 있다면 피하는 편이 상책이다.

오독(자막 읽는 방법)을 지적당하면 관객이 일제히 웃는다. 인간이다. 그 잘못을 정정하면 좋은데 쓸데없이 궤변을 쏟아놓은 설명자가 있다. 남자답지 않다. 결국 관객에게 바보 취급당한다.

설명자도 신이 아닌 이상 알지 못하는 글자가 있을 수 있다. 틀린 점이 있으면 깨끗이 관객에게 사죄하고 정정하면 될 일이다.

(1931. 4. 22)

(6)

◇ 영화관에 대해서

이제 어번의 시대가 지나고, 희락관이 로열기를 소지하고 있다. 현상이 잘 안된 니카쓰 영화를 유쾌하게 볼 수 있는 것도 로열 덕분이라고 생각하면 틀림없다,

로열기 구입에 신설 당시 희락관이 정말인지 아닌지 모르겠지만 2만원 들었다고 선전하였는데, 그렇게 고가의 물건은 아니다.

지금이라면 3천원(일체 전부)을 내면 괜찮은 것을 설치할 수 있다. 동아구락부가 좋은 영사기를 한 대 설치하고 있다고 하는데 나는 모른다.

이제 토키의 도래를 각오하고 있지 않으면 안 된다.

그때 어번으로는 절대 싱크로나이제이션을 하는 것은 불가능하다.

카피물이 많은 외국영화가 어번으로 변환되었을 때의 참상은 봐줄 수 없다.

경성의 팬도 언제까지나 어수룩하지는 않을 것이다.

W·E기, R·C·A 팬의 토키가 설치될 것을 요구하는 것은, 부처에게 밥을 먹이는 것과 같을지 모르겠지만, 영사기 개선 요구는 현재의 급무이다.

◇ 프로그램 편성에 대해서

현재 상영 권수는 5,000미터라고 하지만, 이를 돌파할 때가 올 것이라고 생각한다. 권수가 많은 작품은 보기 힘들다.

먼저 미터수로 계산하면, 긴 작품은 두 편 동시상영, 보통은 세 편 동시상영이다. 일본영화가 유행하는 이상, 내지에 소리를 높여 외국영화 상영을 기획하라고 주장하는 것은 어리석음의 극치이다.

외국영화 팬은 거리낌 없이 조선극장에 가면 된다. 대부분의 유명작품은 상영되고 있다.

일본영화 프로그램을 짠다면, 주 상영작품과 부 상영작품의 구별을 확실히 해주었으면 한다.

현대물, 시대물로 주 상영작품을 편성하는 것은, 관객의 유인책으로 하나의 방법일지 모르지만, 관객을 피로하게 만들기 때문에 매우 손해이다. 그리고 주 상영 작품 전에는 결코 긴 권수의 작품을 편성하지 않아야한다.

〈파계(The Godless Girl)〉(세실 드밀 Cecil B. DeMille 작품)가 흥행에 실패한 것은 〈바다의 축제(海の祭)〉 12권을 상영했기 때문이다. 마쓰다 희락관 지배인을 특별히 지명해서 묻겠다. 니카쓰 본사가 보내온 대로 프로그램을 짜고 있는데, 그렇게 하지 않으면 안 되는가?

(1931. 4. 24)

(7)

주 상영 작품인 시대물이 니힐리즘, 부 상영작품인 현대물이 니힐리스트의 자살, 주 상영작품인 현대물이 바보스러운 희극, 부 상영작품인 시대물이 요란 떠는 희극. 이런 말도 안 되는 프로그램 편성이 때때로 있어 나는 의심스럽기 짝이 없다. 눈물은 여성에게 하나의 기쁨이다. 울 수 없는 연기는 지루하다. 쇼치쿠의 영화가 여성에게 받아들여지는 것은 이것을 노렸기 때문일 것이다.

한마디 하지 않을 수 없는 플롯이지만, 니카쓰 영화가 젊은 인텔리에게 받아들여지는 것도 이것들을 노렸기 때문일 것이다.

이론을 따지는 것은 남성에게 하나의 기쁨으로 일전에 발랄한 검극영화가 박수를 받기도 하였고, 감정적으로 고르는 사람도 있어서 "특정 극장만 간다"고 밝히는 사람도 있다. 외국영화만 본다는 고급 팬도 있다.

이러한 관객층을 고려하면서 흥행을 노리는 프로그램을 편성하는 일은 매우 어렵다.

칭찬할 만한 일은 동아구락부의 세쓰나가 지배인이다. 편성에 깊은 숙려를 거듭하고 있다.

이 난은 내외영화 배급 상황에 대해서 상세하게 서술해 보려고 생각한다.

◇ 영사시간에 대해서

이 문제는 종종 신문에서 비판받고 있다.

나는 일찍 들어가 본 적이 없어 모르지만, 변함없이 영사 개시 시간이 관객의 많고 적음과 종업원 마음에 따라 빨라지고 느려진다고 들었다. 곤란한 일이다. '영화시간표'를 게시하는 영화관이 전무라 해도 될 정도다. 관객에게는 시간의 형편이라는 것이 있고, 그리고 적은 시간을 이용하여 보고 싶은 영화만을 보러 가려는 경우도 많다(10전 흥행을 시작하면서 더욱 그렇다).

'영화시간표'가 없으니까 그 시간을 입구 안내원에게 물어보는 일을 시종 경험하는 관객이 적지 않다.

한때 희락원이 본지의 연예 안내란에 '시간표'를 게재했지만 어떤 이유에서인지 그만두었다. 존속하기를 바란다. 상설관이여! 확실한 '영화시간표'를 게시해주길 바란다.

◇ 입장료에 대해서

"대정관은 터무니없이 비싸다"라고 시종 듣는데, 이것은 내막을 모르면 알 수 없다. 대정관을 옹호하는 것은 아니지만, 보합(步合)관의 경영은 가장 어렵다. 이에 더해 쇼치쿠의 임대료는 다른 회사와 비교해서 높다. 이해해 주었으면 한다(이건 나중에 여유를 가지고 다른 호에서, 과연 부당 요금인지 아닌지를 발표해보고 싶다).

지금까지 1원의 입장료였는데, 관객이 들지 않아 중도에 입장료를 내린 경우도 있다. 흥행자의 입장으로서는 동정하지만, 관객의 입장이 되면 관객을 기만한 것이 된다. 1원에 본 관객은 바보가 된다. 이런 절조 없는 흥행은 앞으로 특히 그만두었으면 한다. 관객이 없으면 흡인력을 증가하는 선전에 힘을 기울이든지, 작품 그 자체가 나쁘면 깨끗이 철회해주길 바란다. 관객을 기만하는 입장료 인하는 영화관의 품위를 상처주어 관객의 신용을 실추시키고, 영화관 스스로 무덤을 파는 어리석은 작태임을 진언한다.

다음으로 재상영물의 입장료 건이다. 개봉 당시는 1원이나 받아놓고는, 단지 2,3개월 후에 재상영해서 10전으로 상영한다. 이건 너무나 관객의 반감을 산다. 재상영한다면 그것에 상당한 가격을 징수해야한다. 개봉 때에 본 관객에게 실망을 안기지 않는 방법으로 흥행해주었으면 한다.

(1931. 4. 25)

(8)

경성영화연구회 마에다 요사부로(前田諒三郎) 기고

◇ 가짜 토키에 대해서

본격 토키 출현. 들어라, ○○양(孃)의 목소리를!

　이상은 토키 흥행 선전문이다. 난처한 일이다. 아쉽게도 경성의 관객은 토키가 과연 무엇인지를 모르는 사람이 많다. 더 이상 이런 선전은 그만해주었으면 한다. 오히려 적극적으로 영화관 자체가 인격을 가지고, 계몽적으로 이러한 사람을 지도해주었으면 한다.

　토키란 이런 것이고, 본 영화관이 상영하는 것은 이러이러한 토키라고 공표할 정도의 배짱을 희망한다.

　경성 각 배급회사가 토키에 절망하고, 어떠한 대책을 강구하지 않는 까닭은 이러한 가짜 토키의 상영 때문이다. 관객이 아직 토키를 좋아하지 않는다는 것은 경성 사람이 문화적이지 않다는 것을 이야기하는 것이 아니다. 죄는 상설관에 있다. 상설관의 가짜 토키에 식상하여 토키의 진가를 모르기 때문이다. W, E 또는 A폰에 의한 본격적 토키를 흥행해 본다면, 경성이 바뀌리라고 확신을 가진다.

◇ 맺음말

오랫동안 하찮은 일들을 요구해왔다. 폭언도 있었던 것 같은데 두루 용서를 빈다. 관객의 불의, 부덕도 많이 있다. 언젠가는 이러한 문제를 거론하여 교시를 받고 싶다.

서로 연관을 끊으려야 끊을 수 없는 사이다. 상설관과 관객이 의견을 교환하고 악수하여, 경성영화계의 향상에 도움이 되게 해보고 싶은 것이 나의 오랜 염원이다. (끝)

(1931. 4. 26)

검열실로부터 본 반도영화 현황
- 야규(柳牛) 도서과 과장 담화 -

(상)

1. 검열수량

쇼와10년 중에 검열한 영화의 총계는 14,668권, 3,334,895미터에 달했습니다. 이것을 쇼와9년도와 비교해보면 791권 247,790미터가 증가하였고, 그리고 쇼와 8년도와 비교하면 권수 미터 수 모두 20퍼센트 증가했습니다. 이는 신축, 개축 등 연이은 영화 흥행장의 증가에도 기인하겠지만, 한편으로 관청, 은행, 회사, 상점 등에서 사용하는 선전영화, 신문사 등에서 제작하는 시사보도영화, 교육관계자가 신청하는 교재영화의 증가 등이 주요한 원인입니다. 검열 신청 건수 증가에 따라 수수료 수납액도 매년 증가하고 있고 있어, 쇼와 10년도는 29,580원 62전으로 상향하여, 쇼와 9년보다도 2,835원 72전 증가하였습니다.

2. 영화의 종별

(1) 발성영화, 무성영화

쇼와9년 중에 검열한 발성영화의 수량은 무성영화의 40%에 지나지 않았지만, 쇼와 10년은 85%까지 급증하였습니다. 이 기세가 유지되면 올해는 무성영화의 수를 뛰어넘을 것 같고, 이는 쇼와 8년도의 21%와 비교하면 격세지감을 느낍니다. 이는 영화계에서 발성영화의 번성이 일반적인 추세임을 반영하는 것이라고 볼 수 있습니다. 외국영화는 이미 수년전부터 새로 수입되는 것의 거의 대부분이 발성영화이고, 일본영화의 제작도 주력을 발성영화로 옮겼고, 조선영화의 제작자도 역시 착착 설비를 갖추고 있는 등, 앞으로 더욱 발전이 기대되는 상황입니다.

(2) 일본제작영화, 외국제작영화

쇼와10년도에 검열 받은 영화를 제작국별로 보면, 일본제작 영화는 10,289권 2,257,041미터로 총수의 67%를 점하였고, 외국제작영화는 4,379권 1,077,854미터로 총수의 33%에 해당합니다. 전자는 증가하고 후자는 매년 감소하고 있는 경향입니다. 이는 쇼와 9년 9월 활동사진 영화단속 규칙 시행 이후, 외국영화 특히 저속한 내용이 담긴 무성영화의 수입이 감소하였고, 일본제작영화가 점차 발성화로 바뀌었으며, 또한 그 내용이 현저히 향상하였고, 덧붙여 조선 내에서 영화제작사업이 점차 융성해지고 있는 결과라고 인정됩니다.

(1936. 1. 10)

(중)

⑶ 극영화, 그 밖의 영화

검열대상 영화의 95%는 흥행용 극영화로, 실사영화와 그 밖의 작품은 전부 5%에 지나지 않습니다. 극영화 중 가장 다수를 점하는 것은 쇼치쿠, 니카쓰, 신코, 다이토 등 일본제작회사의 작품이고, 파라마운트, 메트로, 유니버설 등의 미국 작품이 그 뒤를 이었고, 우파, 고몽 등의 유럽 제작 작품 수는 근소합니다. 실사영화의 대부분은 관청용 공익영화와 신문사가 신청한 시사보도 영화가 점하고 있습니다.

3. 영화내용

영화내용에 대해서는, 일시적으로 사회주의 사상을 배경으로 하는 소위 이데올로기 영화 및 불건전한 유희적 연애를 다룬 불순한 영화 혹은 쓸데없이 남녀의 성욕을 도발하는 외설적인 화면을 주로 하는 소위 에로틱 영화가 유행하여, 그것이 조선대중의 사조와 생활에 미치는 영향이 크기 때문에 심히 우려되었습니다. 하지만 만주, 상해양 사변을 계기로 이런 종류의 영화는 현저히 감소하였고, 대신에 군사를 주제로 하는 영화가 일시 매우 융성하였습니다. 그러나 최근은 조금 인기가 떨어졌고, 발전한 일본의 여러 분야의 현상을 보여주려는 교화영화의 경향이 뚜렷해지고 있습니다. 오락영화로는 독일, 프랑스 등의 음악영화가 일반대중의 환영을 받았고, 인생의 어두운 면을 그린 소위 갱 영화 융성의 조짐은 주목할 필요가 있습니다. 다음으로 극영화의 구성, 목적, 내용 등을 분류하였을 때, 올해도 역시 활극물이 수위를 점하였고, 인정극이 다음이었고, 예전에 매우 인기를 얻었던 연애극물은 현저히 감소하여 3위를 점하였고, 사회극 혹은 일시적으로 인기를 끌었던 맹수영화극 등은 정말로 줄어들었습니다. 조선영화의 내용은 최근 현저하게 질이 좋아져, 예전처럼 그릇된 관념은 피하고 오로지 그 향상에 노력하고 있는 점은 정말로 경사스러운 일입니다.

(1936. 1. 11)

(하)

4. 검열처분

쇼와 10년 중에 취급한 검열처분은 거부 1건, 삭제 628건, 미터 수는 1,980미터이고, 전년도와 비교하면 거부 1건, 삭제 71건, 837미터 증가하였습니다. 삭제처분이 전년도보다 현저히 증가한 이유는, 내지에서 제작 후 수입하는 영화가 증가하고 있는 점, 조선제작 영화가 증가하고 있는 점 등에 기인하고 있습니다.

5. 수출입 영화의 단속

쇼와 10년 중에 수출 또는 수입 허가를 원하는 것은 157건 439권 49,847미터였습니다. 이들은 검열을 받지도 않고 허가를 받은 것입니다만, 앞으로는 검열 받지 않고 수출입 되는 일이 절대 없게 해나갈 생각입니다.

6. 공익영화의 인정

쇼와 10년 중에 공익상의 필요가 있다고 인정되어 검열수수료를 면제받은 것은 639건 1,268권 256,181미터에 달합니다. 이들 중 특히 사회공익에 해당하는 바가 크다고 생각되는 영화 16건 47권에 대해서 인정을 부여하였습니다. 이러한 영화가 나날이 증가하고 있음은 경사스러울 따름입니다.

7. 영화의 상영상황

쇼와 10년 중에 조선 내 96개의 흥행장, 그 외 가설 흥행장에서 상영한 영화 수는 241,993권 55,985,886미터(12월분은 대략적 계상)이고, 그중 조선제작영화는 4%, 내지제작영화는 69%, 외국제작영화는 27%에 상당하였습니다. 쇼와 7년 중에 일본제작 영화 40%, 외국제작영화 60%의 상영 비율과 비교하면 격세지감이 있습니다.

말할 필요도 없이 영화는 오늘날 단지 민중의 오락으로서뿐 아니라, 사회교화선전 등의 방면에서 커다란 임무를 책임지고 있으니까,

업자도 이 점에 유의하여 그 폐해를 줄임과 동시에 한층 문화발달에
도움 될 수 있도록 해주길 바라는 바입니다.

(1936. 1. 11)

16밀리는 나아간다

(상) 영화 이용 교수법과 경제상의 제문제

무엇이 오늘날 청소년의 마음을 가장 강하게 끌어 당기냐고 질문
한다면, 누구라도 당장 대답할 것입니다, 그건 영화라고. 정말로 영
화가 가지는 매력의 광대함, 깊음에는 경탄할 만합니다. 그런데 고려
해 봐야할 것은 교육적 가치의 문제입니다. 영화는 비교육적이라 하
여 회피하려는 태도보다, 요즘은 오히려 적극적으로 이를 실제 교육
에 이용하려는 태도가 교육자들 사이에 상식이 되었습니다. 이하에
서 영화교육의 실경험이 풍부한 도쿄 아타고(愛宕) 고등소학교 이나
미 나오에 선생님의 이야기를 들어봅시다.

최근 문부성에서도 영화를 교육현장에서 이용하자는 의견이 왕성

하여, 구체적인 방책을 만들려고 하고 있고, 지금 그 안을 정돈하고 있는 중입니다. 어쨌든 지금은 새삼스레 영화가 가지고 있는 교육적 가치에 대해서 운운하는 시대는 아닙니다. 소학교에서는 영화의 교육적 가치를 인정하여 속속 이용하고 있고, 도쿄에서 이를 이용하지 않는 소학교가 거의 없을 정도입니다.

그러나 이러한 성황리의 영화 이용도 적어도 그것이 교육의 일부이므로, 처음부터 제대로 된 체계를 세우지 않고 흥미본위로 진행해 나간다면, 얼마 안 있어 막다른 길에 다다르고 말 것입니다. 특히 당사자들에게 숙려를 촉구할 따름입니다.

그렇다면 어떠한 체계를 세워야할지가 문제가 될 것입니다. 먼저 다가오는 당면 난제는 교육영화 그 자체의 재료가 매우 적다는 점과, 현재의 스탠더드 영화에는 학술영화라고 이름 붙인 것을 제외하고는 흥미본위의 작품뿐으로, 따라서 비교육적인 것이 많다고 할 수 있습니다. 그러나 학술영화가 제대로 이용된다면 달리 불만은 없겠지만, 스탠더드 학술영화의 대부분은 소학교 아동에게 너무 난해하여 이해하기 어렵습니다.

이러한 사정으로 교육의 실제 응용에서는 자연스럽게 스탠더드를 피하고, 16밀리 영화를 채용하게 됩니다. 사실 16밀리는 최근 교육영화로 많이 이용되고 있습니다. 16밀리가 이처럼 쓰이게 된 것은, 처음에는 미국에 있는 소학교에서 실제 교재를 이 영화로 기록해서 교육에 사용한 것에 출발하였습니다. 이 교재기록이라는 것은, 예를 들면 식물의 씨뿌리기부터 시작해서 발아, 발육의 상태, 수확의 모습까지도 카메라로 담은 것이었고, 이러한 장시간의 관찰, 실험 등은 소학교에서 단기간으로는 매우 불가능한 일입니다. 이를 하나의 영화에 기록으로 정리해두면, 문자 그대로 눈 깜짝할 정도의 짧은 시간 중에 관찰할 수 있습니다.

또한 16밀리는 아마추어도 간단히 찍을 수 있어, 학교 선생님 등이 편하게 촬영, 영사가 가능하기 때문에 널리 이용되고 있습니다. 종래 이런 기록영화가 그다지 보급되지 않았던 것은, 촬영후의 일 즉 그 영화의 이용방법 등을 제작 전에 생각지 못했기 때문입니다. 영화를 제작하기 전에는 반드시 이후의 일에 대해서 충분한 복안을 세우지 않으면 안 됩니다.

예를 들면 학교의 수영장 개장, 운동회, 수학여행의 상황 등을 영화로 담아둔다면, 이러한 기록영화는 2년 후, 3년 후에는 크게 이용가치가 떨어집니다. 현재 아동들이 전년도의 수영장 개장의 영화를 보아도 어떠한 감명도 받지 못합니다. 이런 탓으로 기록영화는 가능한 가치가 없는 내용을 피해, 앞에 나온 식물의 예처럼 학교에서는 관찰 실험이 불가능한 재료를, 교재로 충분한지 검토 후 촬영해야 합니다.

여기서 교육영화는 학교 선생님이 16밀리의 필름으로 교육적 가치가 있는 재료를 촬영하는 것으로 만들면 좋다는 결론에 도달합니다만, 또 하나의 곤란함이 있습니다. 그것은 촬영기가 매우 고가라는 점입니다. 물론 이는 당연한 일입니다만, 고가라 해서 손을 내밀 생각도 않는 것은 너무나 비겁한 태도입니다. 학교 하나가 사려고 하니까 고가인 점이 문제가 되지만, 학교구(區)나 현(縣)을 단위로 하여 수백

교, 혹은 수천교가 공동으로 사용한다면 공동구입을 할 수 있습니다. 만약 그러한 재원도 없다고 한다면, 하루 얼마, 한 달 얼마로 빌려주는 상점도 충분히 있습니다.

16밀리는 필름을 사면 현상체도 같이 오니까, 예를 들어 어떤 곳에서 촬영하여도 바로 그 장소에서 현상해서 시사해 볼 수 있습니다. 영사기는 백 원 정도부터 있고, 최고가는 4백 원 정도, 일반적으로 가장 많이 사용되고 있는 것으로 250원정도입니다. 이것을 스탠더드 35밀리와 비교하면, 대략 15분의 1 정도로 살 수 있습니다. 스크린의 크기도 스탠더드와 다를 바 없고, 밝기도 스탠더드가 따라오지 못합니다. 하지만 16밀리에도 결점이 없지는 않습니다. 그것은 녹음장치가 아직 잘 연구되어 있지 않다는 점입니다. 그것은 현재 있는 녹음장치가 스탠더드를 표준으로 고려한 것이기 때문입니다. 그러나 교육 영화의 임무에 임하는 사람의 연구가 얼마 안 있어 16밀리의 녹음장치도 완전한 것으로 만들어낼 것입니다.

(1936. 3. 24)

(하) 교재영화에는 어떤 것이 선정되는가

한편, 영화교육의 실제 문제로써 어떠한 교재 필름이 사용되고 있는지, 지금 도쿄 아타고 소학교에서 사용되고 있는 텍스트를 토대로 그 실제를 서술해 보겠습니다.

1학년부터 6학년까지의 할당을 보면, 1년간에 영사해야하는 영화의 종류는

제1학년 22종, 제2학년 14종, 제3학년 29종, 제4학년 47종, 제5학년 87종, 제6학년 92종

입니다. 저학년에 종류 및 횟수가 적은 것은 학과가 적어서이고, 상급이 되면 지리와 같이 생동감 있는 교재를 충분히 필요로 하는 학과, 또는 공민교육, 관직양성, 일본국민으로서의 자각, 세계에서 일본의 지위, 정세 등의 항목이 점차 들어오기 때문에, 자연히 종류 및 횟수가 늘어나게 됩니다. 지금 그 예를 각 학년별로 들어 보겠습니다.

1학년

1학년에서는 영화를 수신과에 응용하는 것에 상당히 효과가 있다고 생각합니다. 실례로 입학하자마자 보여주는 것으로 〈바른 자세〉와 같은 것이 있고, 학과가 진행함에 따라 〈동물 올림픽〉과 같은 것을 보여줘, 웃으면서 공동생활의 자세를 가르칠 수 있는 것이 있습니다. 또한 국어교재로는 독본과 내용상 연계가 되도록 〈모모타로〉〈혀 짤린 참새(舌切雀)〉 등이 영사되고 있습니다.

2학년 3학년

이 시절은 어느 정도 교과서에 익숙해진 때이기 때문에, 교재 내용도 상당히 진행됩니다. 수신과에서도 〈전쟁과 소녀〉, 〈우리집 위생〉〈도고(東郷) 원수〉, 〈위험신호〉 등과 같은 것이 영사되어, 아이들

의 세계가 어느 정도 넓어져 가는 것이 느껴집니다. 국어과로는 〈천양무궁〉, 〈일본삼웅(三雄)〉, 〈누에 이야기〉, 〈우편〉, 〈도쿄 명소〉, 〈다이난코(大楠公)〉 등과 같은 것이 영사됩니다. 이것들은 독본과 연계될 뿐만 아니라, 일본 및 일본인이라는 것을 알게 하는 제작의도가 깔려 있습니다. 〈누에 이야기〉 등은 도회지의 아동, 특히 소녀들에게는 필요한 살아있는 귀감이라고 생각됩니다. 견직물을 보면서, 그것이 어떻게 만들어졌는지를 모른다는 것은 소년, 소녀뿐 아니라 특히 어른들조차 도회지에서는 보이는 사례입니다.

4학년

이 시절이 되면 이과와 같이, 특히 구체적인 설명을 요하는 학과가 늘어납니다. 그래서 아동의 생활에 대해서 특히 연이 깊은 것부터 보여줘 나갑니다. 한 예로 〈개미의 일생〉, 〈잠자리의 생활〉, 〈물〉, 〈공기〉, 〈눈(雪)〉 같은 것이 선정됩니다. 또한 국어과와 관련하여 세계관, 우주관을 넓히는 하나의 수단으로 〈세계일주〉, 〈지구와 달〉과 같은 종류를 필두로, 〈바다의 생물〉, 〈중국풍물〉, 〈하늘의 맹금〉, 〈대 뉴욕시〉와 같은 것이 있고, 일상생활에 깊은 관계를 가진 것의 생산과정에 대해서는 〈석탄이 만들어지기까지〉라는 것도 있습니다.

5학년 6학년

이 학년이 되면, 지리, 역사가 더해져, 그리고 이과는 정도가 난해해집니다. 예를 들어 이과라면 〈화산 이야기〉, 〈바닷가의 동물〉, 〈해안의 동물〉, 〈추운 날의 철도〉, 〈일과 에너지〉, 〈체신〉, 〈전화〉와 같은 것이 나옵니다. 또한 지리로는 〈캄차카의 어업〉, 〈사할린의 임업〉과 같은 특수물이 있고, 국사에서는 시험에도 잘 나오는 것으로 알려진 〈다카야마 히코쿠로(高山彦九郎)〉와 같은 전기물이 나옵니다. 수신, 국어와 관련해서도 점점 미세한 부분에 들어갑니다. 예를 들면 〈도쿄시 행정기관〉이나 〈신문이 만들어지기까지〉, 〈상하이 견물〉등처럼 생동감 있는 문제를 다루는 것이 속속 나옵니다. 현재 영화교재의 가부를 논하는 시대는 지나가버렸고, 어떻게 하면 교재로써 효과 있는 영화를 찾아서 그것을 선택할까라는 것이 문제가 되었습니다.

예전에 노기(乃木) 대장이 가쿠슈인(学習院) 원장을 하던 시절에 이미 영화 이용의 교수법은 실제 문제로써 가쿠슈인에서 행해졌을 정도로, 그 후 여러 변천을 겪어 오늘날에는 전국의 소학교에서 영화를 교재로 사용하고 있는 곳이 적지 않은 상황입니다. 이에 대해서 교재의 하나의 예로써, 실시되고 있는 학교의 한 사례를 여기에 거론했습니다. 여기서 문제가 되는 것은 필름의 길이입니다만, 1,000피트를 1권이라고 한다면, 저학년에게는 1권 정도로 충분하겠죠. 수업 중에 너무 긴 영화를 보여주는 것은 피로를 부를 우려가 있고, 학교의 영사실은 활동사진관이 아니니까, 이 점은 주의할 필요가 있습니다. 상급학년이라 해도, 특수한 경우를 제외하면 2권 정도가 표준일 것입니다. 하지만 〈베짱이와 개미 이야기〉처럼 이야기를 집어넣어, 계절의 변화를 보이는 경우에는, 그 이상의 권수가 필요하기도 하지만, 이는 특수한 예에 지나지 않습니다. 풍경 소개처럼 소위 사진물은 요령 좋게 편집해두면, 1권짜리도 충분히 도움이 될 것이라고 생각합니다.

(1936. 3. 26)

영화평론

영화의 이상(理想)
- 클레르(Clair)가 말하는 것에는-

극과 영화는 전혀 다른 것이다. 파뇰(Pagnol)은 토키를 정의해서 말하길 "토키란 극에 자국을 내는 인쇄술 같은 것이다."라고 했다. 이는 파뇰의 영화에 관한 대단한 인식 부족이다. 영화는 작가가 채워 넣은 대사의 연속이 아니라, 극에 없는 움직임이 있고, 영상과 음색이 발산되는 표현이다. 새로운 기술에 의하여 영화는 영화의 영역으로 되돌려 보내야 한다.

프랑스의 현재 상황은 낡았고 부패하였다. 지금 대변화, 대갱생을 하여 더러워지고 썩은 물을 갈지 않는 한, 지드(Gide)가 외쳐도 알레리가 울어도 국가적 타개력이 결여하여, 소극적인 프랑스 사람의 심경은 어떻게도 안 된다. 맹목적인 물질욕에 마비된, 현재의 자본을 점유

하고 있는 소수의 대회사는 자유로운 창작을 허용하지 않는다. 세계공황으로 커진 대회사는 스스로 무력해지려 하고 있다. 젊고 가난한 사람들 중에 당연히 타고난 능력과 재능을 가진 사람이 있음을 양심 있는 현대인은 살려내는 역할을 하지 않으면 안 된다. 꾸며낸 듯한 인도주의적, 지식적인 것을 만들라고는 하지 않겠지만, 인간을 저속하게 하거나 부패시켜 단지 재미에 지나지 않는, 일률적으로 저속한 졸작을 그만두고, 책임 있는 양심적인 작품을 원한다. 어떤 저열한 것이라도 관중이 기뻐하면 좋다고 말하는 사람과는 논쟁할 필요가 없다.

어떤 시대라도 불안은 인간에 따르기 마련이다. 그 불안의 종류에 따라 성쇠를 알 수 있다. 프란시스 카르코(Francis Carco)는 현재 문단의 거물이 되었고, 파리에는 쓸쓸하고 불안한 예술의 황혼기가 찾아왔다. 미술가가 세계의 시장 파리에서 생활 할 수 없어 쫓겨나고, 화상(画商)은 잇달아 파산하고, 영화회사는 언제라도 같은 것만 만들어 세상을 부패하게 만들고 있다.

(1936. 8. 14)

대단히 발전한 우리 반도영화계의 현상(現狀)

-완전히 토키화, 일본물 전성-

근래 조선 내의 영화는 비상한 기세로 향상하여, 경무국 조사에 따르면 전 조선의 영화관, 극장은 98관, 토키 설비가 없는 것은 고작 20관에 지나지 않고, 나머지 78관은 모두 토키 설비가 있고, 게다가 웨스턴식 및 RCA식 등의 최고 수준의 설비를 갖춘 곳이 24관으로 헤아려진다. 일 년 전만해도 1관도 없었던 것이, 현재 대단한 내용의 충실함을 보여주고 있다. 본부도서과에서 영화검열수를 보면 평년 1월부터 9월말까지 총권수 10,384권 (2,342,177미터) 그 중에 토키는 6,233권 (1,519,648미터)이고, 사일런트 영화는 4,151권(822,529미터), 즉 토키가 60%, 사일런트 영화가 40%라는 비율로, 작년까지는 사일런트 영화가 60%였는데 올해 들어서 단연 토키의 전성시대를 맞이하였다. 이 내역에서 일본물과 외국물의 구별을 보면, 일본물 6,968권로, 이처럼 일본영화가 단연히 리드하고 있어, 반도의 민중오락 취향을 유감없이 발휘하고 있다.

(1936. 11. 7)

현실미의 승리

(상) 올해 활약한 일본영화 배우

우선 〈아카니시 가키타(赤西蠣太)〉의 가타오카 지에조(片岡千惠蔵)가 있다. 덥수룩한 수염을 하고 뻔뻔스럽게 나온다. 과자를 좋아하고, 머리에 수건을 감고, 햇볕 쬐면서 입안에 잔뜩 물고 있다. 이는 시가 나오야(志賀直哉) 소설의 담담한 맛이다. 즉 안정된 일본의 소시민적 평범한 기분을 가타오카 지에조라는 시대적인 이름을 가진 가부기적 배우가 표현한 것이다. 구극(旧劇)은 이제 자연주의의 영역에 다가갔다. 지금까지의 시대극 주인공은 모두 현대적인 미남이었지만, 가키타는 두터운 털벌레와 같은 눈썹을 가지고 커다란 점이 붙은, 말하자면 추남 쪽이다. 하지만 하야시 조자부로(林長十郎) 풍의 감상적인 미남과 비교하면, 이쪽은 생동감 있는 남자의 얼굴이고 자연주의화된 남성의 마스크다.

〈고치야마 소순(河内山宗俊)〉에 출연한 전진좌(前進座) 단원도 기억할만하다. 특히 고치야마역의 가와라사키 조주로(河原崎長十郎)와 나오자무라이(直侍)역의 이치카와 센쇼(市川扇升), 오시즈(お静)역의 하라 세츠코(原節子)와 가네코 이치노조(金子市之丞)역의 나카무라 간에몬(中村翫右衛門)은 멋진 사중주를 연기하였다. 전진좌 사람들은 역시 가부키의 발성법을 사용한다. 간에몬이 연기한 이치노조가 고치야마와 술을 마시다가 취하는 부분의 대사는, 무대에서 단련된 바를 보여주었다. 전진좌 단원은 대사가 명료하여 목소리와 표정을 일상화하고 있다. 하라 세츠코는 이 작품으로 처음 시대극에 나온 것으로, 이국적인 얼굴이 촌마게(丁髷) 세계에 묘하게 생기 있는 매력을 주었고, 눈오는 날 동생과의 대화가 인상적이다. 동생인 나오 역의 이치카와 센쇼는 고(故) 오사나이 가오루(小山内薫)의 아들이다. 소년에서 성인으로 변하는 연령을 잘 연기하였다. 그리고 시대극 배우로는 그다지 활약 못했지만, 〈도주켄 구모에몬(桃中軒雲右衛門)〉의 쓰키카타 류노스케(月形龍之介)도 인정받을 만하다.

(1936. 12. 17)

(하) 올해 활약한 일본영화 배우

현대극은 다수의 충실한 작품을 만들어내었다. 올해를 놀라게 한 〈가족회의(家族会議)〉의 다카스기 사나에(高杉早苗)는 힘 있는 움직임과 총명한 화술로 놀라게 하였다. 특히 그녀의 오사카 방언은 매우 잘 구사되어, 현대영화가 이러한 지적인 여성과 여성 언어의 미묘한 지방성을 그릴 필요가 있음을 보여주었다. 오사카 방언과 교토 방언의 매력을 그린 〈나니와 엘레지(浪華悲歌)〉, 〈기온의 자매(祇園の姉妹)〉에서는 야마다 이스즈(山田五十鈴)가 기억난다. 지금까지 여자를 그릴 때에는 센티멘털하거나 에로틱한 것에 지나지 않았지만, 야마다 이스즈가 연기한 여성은 현실적인 이치에 밝은, 근대적 여성으로 분장하여 '영화 여배우'라는 명사의 저속한 의미를 부정하였다.

새로운 형태의 남자배우로는 〈외아들(一人息子)〉에서 소학교 선생님이었다가 돈가스 가게 주인으로 전락하는 류 지슈(笠智衆)의 침통한 표정과 적은 말수는 오즈 야스지로가 발견한 새로운 성격이다. 그와 함께 이이다 조코(飯田蝶子)의 현저한 비극적 성격으로의 발전도 잊어서는 안 된다. 〈외아들〉에서 연기한 그녀의 어머니 역할은 일본의 프랑소와 로제(François Roger)와 같은 풍모가 있다. 그녀는 희극에서 비극으로 옮겨간다. 일본영화의 현실미는 확실히 그녀의 평범한, 돋보이지 않는 얼굴에 의지하는 바가 크다.

신극의 확실한 교훈을 안고 성장하고 있는 배우에, 마루야마 사다

오(丸山定夫)와 호소카와 지카코(細川ちか子)가 있다. 마루야마는 〈나는 고양이로소이다(吾輩は猫である)〉에서 진노 구샤미(珍野苦沙弥)가 되어 서투른 난(蘭)의 그림을 그리고 코털을 뽑는 선생을 연기하여, 일본 희극의 웃음을 향상시킬 수 있었다. 한편 그는 〈오누이(兄いもうと)〉에서 오빠의 애정을 꽤 적절하게 표현하였다. 호소카와 지카코가 무라야마 도모요시(村山知義)의 〈연애의 책임(恋愛の責任)〉에서 실패하였지만, 반대로 〈도주켄 구모에몬〉에서는 확실히 쓰키카타 류노스케를 능가할 정도였다. 오즈 야스지로가 호소카와 지카코를 계속 쓰고 싶어 했다. 신극 출신은 P·C·L에 가장 많지만, 〈아침의 가로수길(朝の並木路)〉의 아카기 란코(赤木蘭子)의 여종업원은 여자의 비참한 모습을 연기하여 치바 사치코(千葉早智子)의 미숙함을 압도한 감이 있다. 그리고 〈너와 함께 가는 길(君と行く路)〉의 기요카와 다마에(清川玉枝)는 노력하는 여배우이다. 그녀의 매부리코는 그로테스크하지만, 대사는 탄탄하며 중년 여성 연기는 그녀 외에는 없다고 할 정도이다. 쇼치쿠의 이이다 조코, 요시카와 료코, P·C·L의 기요카와 다마에 등은 어른스럽게 연기하는 여배우다. 〈연애의 책임〉과 〈히코로쿠 크게 웃다(彦六大いに笑ふ)〉의 쓰쓰미 사치코(堤真佐子)도 새로운 유형의 여배우다. 감상적인 면이 없고 맑은 목소리와 말의 리드미컬한 점이 주목 받는다.

도쿠가와 무세이(德川夢声)는 〈나는 고양이로소이다〉와 〈히코로쿠 크게 웃다〉에서 솜씨는 좋으나 품격이 떨어지는 면을 보였다. 잘못하면 웃긴 연기가 될 우려가 있다. 남자 배우로는 〈인생극장(人生劇場)〉

의 고스기 이사무(小杉勇)가 최대의 존재이다. 1인2역으로 아버지와 청년 효타로(瓢太郎)를 연기한 박력은 올해의 백미라 할 수 있다. 자기 아들에게 "있잖아, 효씨"라고 말을 거는 초연한 맛은 청초하고 멋들어진다. 그리고 이 영화에 나온 무라타 지에코(村田知栄子)의 애욕을 보이는 연기와 야마모토 레자부로(山本礼三郎)의 의리를 보여주는 연기도 볼만하다. 올해는 총괄하여 시대극이 부진하였고, 현대극 배우가 활약하였다.

지금 연기의 베스트 파이브를 남녀 배우로 나누어 골라보면 다음과 같다.

◇ 남자 배우

고스기 이사무 〈인생극장〉

마루야마 사다오 〈오누이〉

가타오카 지에조 〈아카니시 가키타〉

고스기 요시오 〈오누이〉

류 지슈 〈대학은 좋은 곳(大学よいとこ)〉, 〈외아들〉

◇ 여자 배우

야마다 이스즈 〈기온의 자매〉, 〈나니와 엘레지〉

다카스기 사나에 〈가족회의〉

이이다 조쿄 〈외아들〉

호소카와 지카코 〈도주켄 구모에몬〉

쓰쓰미 사치코 〈히코로쿠 크게 웃다〉

이밖에 〈정열의 시인 다쿠보쿠(情熱の詩人啄木)〉의 시마 고지(島耕二), 〈기온의 자매〉, 〈나니와 엘레지〉의 시가노야 벤케이(志賀廼家弁慶)도 기억하지 않으면 안 될 사람이다.

(1936. 12. 18)

영화시평 새로운 세계를!

우치다 기미오(內田岐三雄)

1936년의 일본영화계는 활기가 있었다. 그리고 이는 각 영화작가들(보다 정확히 말하면 영화감독 중의 진보적인 몇 명)의 부단한 노력과 그 사람들의 성장에 의한 것이다.

이러한 사람들은 외부적으로 자본가 측의 압박과 제약으로부터 자기 일을 지키면서 독립을 도모하기 위하여 한발 내딛었다. 아직 명확한 행동으로 실현되지는 않았지만, 영화감독들이 모여서 설립한 일본영화 감독협회는 이를 위함이다. 한편 이러한 사람들은 보다 좋은 작품을 만들기 위하여 전념하였다. 가장 대표적인 작품으로, 나는 〈인생극장〉, 〈기온의 자매〉, 〈나니와 엘레지〉, 〈외아들〉 등을 꼽을 수가 있다. 적어도 이 네 편에 관해서는 질적으로 구미의 우수한 작품과 비교하여 떨어지지 않는다고 말할 수 있다. 1936년도의 일본영화는 이상의 네 작품을 만들어낸 것으로 크게 자랑해도 된다. 실제로 이제까지 일본영화에 있어서 〈인생극장〉처럼, 또한 〈기온의 자매〉처럼 뛰어난 작품이 몇 편 나왔을까. 이를 생각해보는 것도 좋다.

그리고 거듭 특기해야할 것은 이상의 네 작품을 만들어낸 것 뿐 아니라, 1936년도에 일본영화의 질은 일반적으로 보아 전년도보다 향상하였다고 생각된다. 이는 간단히 생각하면 일본에서 토키가 점차 초보 단계를 졸업하여 일정 수준에 도달하였기 때문에, 이제부터는 보다 좋은 작품을 노리는 시기에 들어간 것이라고 설명할 수 있다. 하지만 실제로는 가장 근본적인 원인이 있다. 영화를 만드는 것은 숙련이 아니라, 결국은 작가의 머리와 인간이다. 기술의 습득이 된다고, 머리도 한걸음 나아간다는 것은 생각할 수 없는 일이다. 일본의 영화작가들도 기술의 습득과 동시에, 인간적인 공부도 해온 것이다. 그리고 이것이 오늘날 새로이 결실을 맺고 있는 것이다. 그리고 그 중의 한 명이 하나의 역작을 만들어 낼 때에 이것이 다른 동료에게 자극이 되어, 다른 사람들이 또한 역작을 만들어내기 위한 박차 역할을 하고 있는 것이다.

하지만이라고 나는 여기서 말하겠다. 물론 일본영화는 진보했고, 또한 성장도 했다. 세계적인 걸작이야말로 아직 산출하지는 못했지만, 아주 가끔 구미 영화에도 뒤지지 않을 작품이 몇 편 만들어져 왔다. 그러나 일본영화에 대해서는 나는 커다란 불만을 가지고 있다. 그건 취재의 범위이고, 작품의 경향이다. 극단과 극단을 달리고 있어 중간을 잃고 있고, 또한 전반적으로 보아도 아직 옛날부터 걸어온 길을 빙빙 돌고 있을 뿐으로, 새로운 세계가 있음을 눈치 채지 못하고 있다.

우선 첫째로 일본영화에 결여된 것은 멜로드라마이다. 여기서 말하는 멜로드라마는 대중을 대상으로 하는 저속한 것을 의미하는 것은 아니다. 가장 이해하기 쉽게 명확하게 말하면, 고급 멜로드라마라는 부류의 것이다. 프랑스의 그랑 불바르의 연극과 미국의 브로드웨이 등의 화려한 연극을 가리키는 것이다. 이들에게는 연극적인 재미와 인생과 사회에 대한 관찰이 교묘하게 하나로 봉합되어 있다. 봐서 재미있고, 게다가 그 재미가 단지 허구에 그치지 않고 피상적이지 않은 것이다. 이론과 논쟁만으로 구성된 것이 아니라, 거기에는 인간과 세상을 그려내고 있고 음울하거나 심각하지도 않으면서도, 우리의 머리와 가슴으로 다가오는 것을 가지고 있는 작품이 여기서 내가 말하는 고급 멜로드라마이다.

일본영화에는 이러한 형태나 경향의 작품이 없다. (영화 뿐 아니라 연극에도 없지만) 흥미본위로 가면 어리석은 난센스물이 되고, 연기가 지나치면 신파 비극이 된다. 정취에 빠지면 서민동네의 케케묵은 회고 정서로 응집해버리고, 그리고 인생을 그리려고 하면 금세 얼굴을 찡그리고 한숨만 내쉬는 것이다. 마지막 것을 나는 앞의 세 개와 마찬가지로 어리석다고 지탄하는 것은 아니다. 그러나 인생을 그리면 반드시 암울해야 하는 것에는 나로서 찬성하기 힘들다. 물론 현재 일본의 형세에는 마음을 어둡게 하는 것이 있음에는 틀림이 없다. 하지만 우리는 거기에 탄식만을 하지 말고, 그것을 어떻게 밝은 쪽으로 바꾸어 나갈지라는 것에 왜 시선을 두지 않는 것일까. 확실히 어떠한 길이 있을 것이다. 그리고 지금도 이미 무언가 싹이 터 있지 않을까? 고급 멜로드라마가 바로 이를 해결한다는 것은 아니지만, 내가 여기에 멜로드라마의 제창을 한 뜻은 더욱 밝고 그리고 진보적인 내용을 가진, 대중도 인텔리도 좋아서 찾는 영화가 일본에도 태어났으면 하고 바란다는 것이다.

그리고 또한 일본영화의 결함은 영화작가 시야의 협소함을 들 수 있다. 이는 결국은 일본 영화인의 교양 문제가 되지만, 일본영화에서 가장 취급되지 않는 것은 새로운 근대적이고 문화적인 일본의 모습이다. 고색창연한 서민동네를 다룬 영화를 만들 수 있는 일본 감독은 많다. 또한 교외에 아담한 보금자리를 가지고 있는 소시민 영화를 만드는 감독도 적지 않다. 오뎅집, 대합실, 요리집, 카페 등이라면 그들은 잘 그려낼 수 있다. 하지만 그러한 것에 진정한 근대 일본은 없다. 더욱 넓고 크고 밝게 일본의 영화작가들은 한발 내딛어 길을 열어나가야 한다. 거기에 정진과 이해와 비평 등을 향해야 한다. 우리는 진정한 일본의 영화를 보고 싶은 것이다. 우리가 생활하고 우리가 노력하고 있는 이 세상의 살아있는 모습을 일본영화에서 보고 싶은 것이다.

(1937. 1. 4)

일본영화 프로듀서론

(1)

기도 시로(城戶四郞)……쇼치쿠(松竹) 오후나(大船) 촬영소

◇ 아이들이 보는 영화에서 어른이 보는 영화로 발전시킨 것은 확실히 프로듀서 기도 시로의 공적이다. 현재 오후나(大船) 촬영소 영화는 기도이즘에 이케다 요시노부(池田義信), 시마즈 야스지로(島津保次郞) 등의 노련한 감독이 합세하여, 소위 오후나 스타일이라는 것을 만들고 있어서, 가마타(蒲田) 촬영소 시절처럼 외골수로 영화 기획을 하는 일은 없어졌다. 따라서 프로듀서로서의 기도 소장은 매우 개성이 줄어들었다. 지금의 오후나 영화가 진정한 궤도에 올랐는지 아닌지는 아직 알 수 없다고 비평가는 말하고 있지만, 기도 소장이 프로듀서로서 이전과 같이 강하게 '자기주장'을 내세우려고 하지는 않는다.

◇ 조금 더 자신의 주장을 내세워도 될 터이다. 왜냐하면 촬영소 생활 10여년이라는 긴 세월을 겪은 그가, 흥행할지 안 할지를 잘 알 것임에 틀림없기 때문이다. 때로는 흥행이 안 되는 영화가 나오면, 예술적으로 괜찮지 않느냐고 구설수에 오른다는 것은, 이 사람이 프로듀서로서 빈틈이 너무 없어서 비판할 곳이 없음을 보여주는 것이다.

◇ 실제로 솔직히 말하면 5,6년 전의 그와 현재의 그는 큰 차이가 있다. 이전은 아무런 고생을 하지 않은 도련님처럼 자신의 좋고 나쁨을 마음대로 표출하였고, 싫으면 어떤 유능한 사람이라도 괜히 싫어했다. 하지만 최근의 그는 이런 성격이 없어졌다. 영화 프로듀서는 한 사람의 두뇌보다도 여러 사람의 두뇌에 의한 합의제가 보다 무난하다. 따라서 시마즈, 이케다, 기도의 연합으로 앞으로의 오후나 스타일이 결정되는 것이 중요하다.

◇ 하지만 이런 통제가 제대로 취해지지 않아서, 궤도에서 벗어난 감이 있다. 그러나 앞으로의 오후나 스타일은 이 연합이 프로듀스하는 것에 따른다면 건전한 발전을 하지 않을까. 그렇다 해도 기도 소장의 기획이 요즘 비판할 곳이 없을 만큼 든든해진 것은 사실이다.

(1937. 3. 12)

모리 이와오(森岩雄)······PCL

최근 모리 이와오의 모습에는 매우 모험적인 색깔이 엿보인다. 그 이유 중 하나는 PCL이 도호(東宝) 기업으로 성장하여, 이전처럼 어린 아이 장난 수준의, 즉 돈을 벌었으면 벌었으니 좋고, 또한 손해를 보면 낭비했구나라고 체념하는, 그런 수준이 아니라 진지한 사업으로 임하지 않으면 안 되기 때문이다.

◇ 이전의 그를 돌아보면 너무나도 고생 없이 현재의 위치에 올랐다. 일개 영화 비평가였다가 막 창립한 PCL에 들어가 최초의 지배인을 맡았다. 촬영소가 건전하게 발전해나가자, 자신도 기획에 참가하여 영화현장의 지식을 몸으로 익혔나갔다.

◇ 그래서 이제까지의 PCL의 작품은 그가 가진 도회적인 느낌에 좌우되어 소위 '도회적인 영화'만이 만들어졌다. 그것이 이제까지의 PCL의 특색 같은 것이었다.

◇ 그런데 촬영소가 발전하면서 지금까지와 똑같은 부류의 작품만 만들어서는 장사가 되지 않게 되었다. 조금 더 영화에 다채로움을 넣을 필요가 생겼다.

◇ 그래서 그는 아직 젊음에도 불구하고 비장할 정도의 결의를 가

지고 모험에 나섰다. 모험에 이은 모험이었다. 최근의 PCL작품을 살펴보면 그의 모험을 알 수 있다. 다양한 의미에서 논란을 불러일으킨 〈입맞춤의 책임(接吻の責任)〉 이래, 〈전국 군도전(戦国群盗伝)〉과 같은 이전의 PCL 기획에서는 꿈도 꿀 수 없었던 작품이 젊은 모리 프로듀서의 두뇌에서 나온 것이다.

◇ 이 모험은 감쪽같이 세상의 흐름을 타고 성공하였다. 틀림없이 그는 대중이 자신의 모험에 따라올 것이라고 생각하여 다시금 비약적인 모험을 할 것이다.

◇ 소극적이지 않고 끊임없이 대중을 이끌려고 하여 적극적으로 나서는 그의 미래가 정말로 기대된다. 여하튼 PCL이 모리 이와오라는 완전히 영화제작 비전문가를 발탁했지만 훌륭한 프로듀서를 발굴한 것이다.

(1937. 3. 13)

(3)

네기시 간이치(根岸寛一)……닛카쓰(日活) 다마가와(多摩川) 촬영소

그가 일하는 모습을 보면 상식적이지 않은 면이 눈에 들어온다. 요컨대 촬영 기획에 임할 때 정해진 의견을 가지고 있지 않아서, 다양한

다른 맛을 가진 작품을 만들어낸다. 그래서 만약 이 기획으로 안 된다고 하면 다음의 새로운 기획으로 진행하고, 그것도 안 된다면 그 다음다른 기획으로라는 식이다. 그러니까 영화계 사람들로부터는 끊임없이 다양하게 비난 받는다. "닛카쓰의 기획에는 정해진 방침이라는 것이 없는가"라는 말을 여러 번 들었다.

◇ 그것은 닛카쓰의 프로듀서 네기시 간이치(根岸寛一)가 문학청년 비슷한 마음가짐을 가지고 기획을 계속 통제하고 있기 때문이다. 그 현상 중의 하나가 이제까지 닛카쓰를 대표하는 신파 비극적인 작품부터, 〈인생극장(人生劇場)〉을 영화화하기도 하고 〈창민(蒼民)〉을 찍기도 하고 또한 〈벌거벗은 거리(裸の町)〉에 착수한 것처럼 상식적인 견해로는 너무나도 모험적인 기획까지도 아무렇지도 않게 강행하고 있다.

◇ 끊임없이 새로운 기획이 닛카쓰의 경우 매우 성공하고 있다. 네기시 간이치는 태어나면서 영화를 깨닫고 있어서 그 깨달음을 모험과 엉뚱함이라는 껍질 속에 넣는 수단을 알고 있다고 할 수 있다.

◇ 〈창민〉은 서로 다른 평이 있지만 영화계에 유익했음은 사실이다. 게다가 프로듀서 네기시 간이치 정도의 모험심을 가지지 않고서는 누가 영화화를 시도하겠는가. "그런 작품은 읽어서는 재미있지만, 영화로 될 수 없다"는 한마디로 간단히 끝났을지도 모른다.

◇ 그럼에도 불구하고 영원한 문학청년인 그는 일부러 모험을 하

였다. 그리고 성공하였음도 앞에 쓴 대로이다.

◇ 그는 스스로 영화를 잘 모르겠다고 말한다. 잘 모른다면 거의 독단적이라 할 기획을 하지 않으면 되는데, 그는 모른다면서 척척 일을 진행하고 있어 보통 대담한 것이 아니다. 그에게는 이 대담함이 좋은 결과를 가져다 준 것이다.

(1937. 3. 16)

(4)

비약이 부족한 다카하시 도시오(高橋歲雄)……신코 키네마(新興キネマ), 오이즈미(大泉) 촬영소

오랫동안 연극 세계에서 일했던 만큼, 그의 일하는 방식을 보면 매우 원만하다. 뭘 시켜도 위험성이 없어서 신코 키네마(新興キネマ)의 현대극 운영을 이 사람에게 완전히 맡기고 있는 것도 모두 이 원만함 때문이다.

◇ 그러나 프로듀서로서의 그에게 문제가 없는 것은 아니다. 그가 매우 상식적이고 구시대적인, 비약이 없는 신파물만 찍고 있기 때문이다.

◇ 이 무사안일주의는 현상을 유지할 때야말로 도움이 되지만, 결

코 다음 시대를 이끌어나갈 수는 없다. 신코 키네마의 영화가 도쿄에서 만들어지고 있지만 어딘가 낡아 보이는 것은 이러한 점에 원인이 있을지 모른다.

◇ 최근 그는 이 점을 알아챈듯하여 그 때문에 어딘가에 생기를 불어넣으려고 하고 있지만, 아직은 촌스러움이 빠지지 못했다. 이도 오랜 기간의 그의 신파 작업이 모르는 사이에 스며들은 결과인지 모르겠다.

◇ 그래서 최근의 신코 키네마의 기획에는 오후나 촬영소의 기도 시로가 연합 체제를 구축하여 신파에서 빠져나오게 하려고 시도하였다. 그러나 현재 기도 시로도 오후나와 동일한 수준으로 신코 키네마 작품을 위치시키려고 하지는 않는다.

◇ 즉 대중을 이끄는 작품보다도 수준을 내려 대중에 좇아갈 수 있는 작품을 만드는 것에 영화제작의 목표를 두고 있는 듯하다. 따라서 이제까지의 다카하시 도시오의 기획과 다를 바 없다. 이 정도의 일로 기도 시로가 나서지 않아도 충분히 굴러가는 것이다.

◇ 신코 키네마 현대극의 프로듀서 다카하시 도시오. 그는 영화 속에 자신의 특색이 드러나는 것을 극도로 두려워한다. 그리고 그는 말버릇처럼 "작품에 개인의 맛이 드러나면, 하나 잘못되었다가는 엉뚱한 것이 된다"고 하여, 하나라도 틀리지 않도록 비약 없는 작품을 만

들고 있다. 그것이 말하자면 현재 신코 키네마 작품의 맛이 아닐까.

(1937. 3. 18)

현대영화감독론(상)

이마무라 다이헤(今村太平)

일본영화도 토키가 되어 많은 변화가 있었다. 특히 현대극에서 그렇다. 토키 감독으로서 신인은 우선 구마가이 히사토라(熊谷久虎)가 있다. 작년의 〈정열의 시인 다쿠보쿠〉로 기염을 토했고, 최근 작품 〈창민〉은 일본영화의 걸작이 되었다. 이 작품은 피폐한 농촌을 떠나 브라질로 가는 농민들을 중심으로, 배에 탈 때까지의 6일간 고베 이민 수용소에서의 생활을 묘사하였다. 구마가이 히사토라가 신인으로 기대 받는 새로운 점이란, 영화의 사회성을 끊임없이 고려한다는 점에 있다. 그래서 이 작품에서는 개인을 개인으로써가 아니라 커다란 이민 집단을 구성하는 요소로 그렸고, 고의적으로 극적 흐름을 따르지 않고 일종의 기록적 수법으로 일관하여, 이민생활 속의 계급이나 사회계층에도 관심을 보였다. 토키로써는 군중의 파악이 진정으로 뛰어나다. 이 군중의 음울하고 리얼리스틱한 묘사는 이제까지의 일본영화에 없던 새로운 것으로, 줄리앙 듀비비에르(Julien Duvivier)의 〈골고다 언덕(Golgotha)〉의 군중 묘사보다도 훨씬 박력이 있다. 소리는 반주음악을 배제하고 화면의 생활 속에서 나오는 현실음만으로 진행하였다.

◇ PCL에서는 기무라 소토지(木村荘十二)가 있다. 이 사람은 신연극적인 경향이 강하다. 신극 출신의 배우를 쓰는 탓도 있지만, 〈히코로쿠 크게 웃다〉와 같은 작품은 무대극으로 장면은 2층 당구장과 아래층 카페만을 반복한다. 이는 도쿠가와 무세이와 마루야마 사다오의 연기가 볼거리인 작품이라 할 수 있다. 연출 면에서는 이전 작품 〈오누이〉쪽이 뛰어나다. 이 영화는 토키 사용이 있고, 그것이 심리표현에 꽤 도움을 주었다. 우물가에서 발을 씻는 아버지의 분노가 콸콸 끼얹어지는 물소리로 표현되어, 형이 화가 나서 여동생을 임신시킨 남자를 때리기 전에 소나무에 돌을 던지는, 그 돌 소리가 탁하고 들린다. 그러한 소리로 쌍방의 감정을 표현하였다.

◇ 같은 PCL의 나루세 미키오(成瀬巳喜男)는 〈너와 가는 길(君と行く路)〉, 〈아침의 가로수길(朝の並木路)〉, 〈여인애수(女人哀愁)〉등으로 거의 신인의 성질을 잃고 있다. 그의 대표작은 〈아내여 장미처럼(妻よ薔薇のやうに)〉이라고 하지만, 역시 〈처녀 마음 세 자매(乙女ごころ三人姉妹)〉와 〈도주켄 구모에몬〉이 좋다. 전자에서는 떠돌이 연주자 생활과 아사쿠사의 쇠퇴해가는 분위기를 정적으로 그렸고, 후자에서는 예술

가풍의 강렬한 에고이즘을 그리려고 하였다. 즉 전자는 나루세의 서정성과 감상주의가 가장 정직하고 사실적으로 나온 작품이고, 후자는 그것을 부정하려고 한 신인으로써의 야심을 표출하고 있다. 소리의 사용법은 그에게 특별한 점은 없다. 단지 인물의 등장과 퇴장, 화술의 지도가 뛰어나다. 그는 음악을 그의 감상주의적 표현으로만 사용하기 때문에 초등학교 창가(唱歌)를 잘 사용하여 통속적인 효과를 내었다. 달콤하다는 말을 듣는 이유가 여기에 있다. 예를 들면 〈아내여 장미처럼〉에서 결말의 초등학생이 부르는 창가, 〈아침의 가로수 길〉은 치바 사치코가 산보하면서 만월과 억새 사이에서 〈향수〉를 부르고, 〈너와 가는 길〉에서는 계속 〈추억〉이 연주된다. 대화의 가장 신선한 사용은 〈처녀 마음 세 자매〉에서 찾을 수 있고, 〈인생안내(Путёвка в жизнь, Road to Life)〉의 니콜라이 에크(Николай Экк, Nikolai Ekk)와 마찬가지로 화면 밖의 음악으로 화면과 접속하였다. 아사쿠사의 식당 진열창 앞에서 그것을 들여다보고 있는 떠돌이 연주자 여성의 먼지투성이 발을 그리고, 그 발목에 감긴 더러운 붕대를 놓치지 않았던 사실적인 눈이 점차 소멸해 간다. 그에게는 멜로드라마화의 위기가 다분히 있다. 반드시 신인이라 말할 수는 없다.

(1937. 4. 11)

속·현대영화감독론

이마무라 다이헤(今村太平)

신인이 아니지만 갑자기 부활한 것은 미조구치 겐지(溝口健二)와 우치다 도무(内田土夢)이다. 미조구치 겐지는 〈폭포의 흰 줄기(瀧の白糸)〉, 〈마리아 같은 오유키(マリヤのお雪)〉, 〈우미인초(虞美人草)〉등으로 탐미주의적인 길을 걸었지만, 〈나니와 엘레지〉에서 갑자기 리얼리즘으로 향하였다. 오사카 사투리가 매우 잘 사용되어, 일본의 현대극 토키 중에서 처음으로 본격적인 지방색을 그려내었다고 할 수 있다. 〈기온의 자매(祇園の姉妹)〉에서는 교토의 게이샤 생활을 그렸다. 그러한 지방색의 아름다움에 미조구치의 사실적인 눈이 도달한 것이다. 간사이 방언이 프랑스어처럼 들리고, 게다가 교토, 오사카의 현실이 질퍽하고 느끼하게 표출된다. 야마다 이스즈(山田五十鈴)가 계산에 밝은 근대 직업부인과 게이샤로 분장하여 완벽함을 보여주었고, 시가노야 벤케이가 애욕에 사로잡힌 중년남성을 연기하여 사이카쿠(西鶴)

의 맛을 전달하였다. 소리는 샤미센이나 유행가의 레코드 등이 사용되었다. 기온의 밤의 행상꾼 소리와 오사카 분라쿠자(文楽座)의 조루리(浄瑠璃) 등이 지방색을 드러내었다. 하지만 결국은 배우의 연기와 노련한 지도가 주효하였다.

◇ 〈인생극장〉의 우치다 도무도 고스기 이사무가 연기하는 청년 효키치에게 방언을 쓰게 하였다. 토키 감독으로 그는 서투른 편이다. 그 점은 구마가이 히사토라와도 비슷하고 새로운 관점이 부족하다. 〈벌거벗은 거리〉는 그러한 의미에서 꽤 기대해도 좋은 작품이다. 〈생명의 관(生命の冠)〉은 홋카이도에서의 현지 촬영과 공장 묘사가 볼 만하다. 그러나 역시 가장 아름다운 화면은 〈인생극장〉에서 보여주었다. 그는 미조구치의 탐닉주의 경향에 대하여, 학생 풍의 로맨티시즘을 가지고 있다. 그것이 활짝 꽃필 때가 아름답다. 예를 들면 처음 부분에 하늘로 불꽃놀이가 올라가고, 학생들이 데모를 하면서 '바보, 바보'라고 외치면서 숲속으로 가는 장면, 강가에서 여자가 효키치를 사랑하여 히스테릭하게 제방에서 굴러 떨어지는 장면 등이 그러하다.

◇ 오즈 야스지로는 〈외아들〉에서 처음으로 토키를 선보였다. 우치다 도무는 인물을 큰 소리 내게 만들고 미조구치 겐지도 말을 많이 시키지만, 오즈는 역으로 침묵으로 일관한다. 이는 그가 화면을 정지시키는 경향과 관계있는 것으로, 대상에 대해서 깊은 체념이 작용한다. 첫 부분에서 초등학교 교정의 포플러 나무가 줄선 원경과 더불

어, 아이들의 "하나, 둘, 셋"이라 말하는 호령 소리를 들려준다. 첫 장면의 매달려 있는 램프는 서정적이고, 주인공은 야학교실에서 심슨의 정리를 강의한다. 오즈의 정지와 침묵은 영화인으로써는 어쨌든 아카데믹한 것이다. 아직 깊은 명상까지는 아니지만 청명한 지성의 표현은 기분이 좋다. 그것이 근래 작품 〈숙녀는 무엇을 잊었는가(淑女は何を忘れたか)〉의 경우는 사변적이 되었다. 오즈는 경쾌한 박자를 잊어서는 안 된다. 코미디 릴리프(comedy relief)를 버리지 않으면 안 된다. 이다 조코가 성공한 것은 주로 〈외아들〉과 같이 비극형에서이다. 오즈 야스지로도 또한 비극형이다. 희극에 임할 때 그는 풍자보다도 촌극으로 간다. 정숙함 속에 시계의 초침 소리, 낮은 탄식, 그걸 더욱 심화할 필요가 있다. 그는 단지 하나의 곡 〈올드 블랙 조〉를 사용하여 인상을 강하게 하였다. 침묵의 토키 작가라고 할만하다. 침묵의 비극을 그릴 수 있는 감독으로는 오즈 이외에는 없다.

◇ 고쇼 헤노스케(五所平之助)도 고참이다. 토키로 지금까지 가장 주목할 작품은 〈인생의 짐(人生のお荷物)〉이다. 딸을 시집보내고 나서 거실에서 한숨을 내쉬는 중년의 샐러리맨의 생활을 탁월하게 그려내었다. 사이토 다쓰오(斉藤達雄)가 손바닥을 바라보며 살아온 일생을 생각할 때, 천천히 땡땡 시계가 12시를 알린다. 〈으스름달밤의 여자(朧夜の女)〉에서 고쇼 헤노스케는 도쿄 서민동네의 밤을 그렸다. 그는 나루세 미키오와 같은 경향으로 소시민의 현실을 꿰뚫어보려는 의지가 있다. 〈동경(あこがれ)〉에서는 카페 여급의 전락한 생활을 그렸다. 야

마모토 유조(山本有三)의 〈살아있는 모든 것(生きとし生けるもの)〉도 영화화하였다. 근래 〈새 길(新道)〉에서는 멜로드라마티스트로서의 솜씨를 발휘하였다.

◇ 시마즈 야스지로에게도 사실주의적인 야심이 있다. 〈가족회의〉와 〈남성대여성(男性対女性)〉은 상업주의적 스토리에 철저하고, 〈신부 카루타(花嫁かるた)〉와 〈신부 비교하기(花嫁くらべ)〉에서는 가벼운 스케치를 하였다. 미소를 띠게 하는 인생극을 그리는데 노련하지만, 그것이 체호프의 미각에 도달하지는 못한다. 시마즈에게는 체호프의 작품에 담겨있는 격심한 절망과 광기가 없기 때문에, 비애와 미소가 단지 표면을 문지를 뿐이다. 토키로써는 역시 〈오고토와 사스케(お琴と佐助)〉 및 〈가족회의〉가 최고다. 다카스기 사나에의 오사카 방언은 기억할 만하다.

◇ 시미즈 히로시(清水宏)는 완전히 멜로드라마티스트가 되었다. 〈아리카토상(有難うさん)〉의 사실주의는 존중할만한 실험의 하나이다. 소리 및 대화의 유머러스한 사용을 보면, 〈연애무적함대(恋愛無敵艦隊)〉와 〈청춘 만함식(青春満艦飾)〉의 내용으로는 부족한 점이 있다. 〈자유의 천지(自由の天地)〉와 같은 방향을 노려야할 것이다. 적어도 카메라를 가장 부드럽게 움직이는 작가로 그는 사랑받는다. 그러한 내추럴리즘이 리얼리즘으로 가지 않으면, 이후의 토키의 발전을 따라가지 못할 것이다. 〈황성의 달(荒城の月)〉의 사사키 게스케(佐々木啓祐)도

기대해도 좋은 신인이다. 그의 음악사용은 주목할 만하다.

(1937. 4. 30)

여성은 어떻게 영화를 봐야하는가
-그녀에게 부족한 비평의 눈

화려하고 매혹적인 은막을 동경하여 촬영소에 여배우로 뽑아달라고 목숨 걸고 앞을 다투는 수백 명의 여성. 까마귀 깃털처럼 윤기 나는 색의 옷을 일부러 에티오피아 여자처럼 주름을 잡고, 눈썹은 산뜻하게 밀어낸 디트리히 스타일, 무슨 스타일 등등 비뚤어진 눈썹형태를 이마에 붙여서, 어중이떠중이가 모두 두려워하는 그러한 스타일의 노예가 되어 자식을 가진 부모, 부인을 가진 남편을 놀라게 하고 있다.

미국영화는 너무나도 근대적인 이런 부류의 일본여성을 만들어내었다. 얼마 전부터는 케이프형 드레스라고 하여 양장 위에 무릎 정도까지밖에 오지 않는 짧은 망토를 두르고, 이걸로도 불충분하다는 듯이 뽐내며 돌아다니는 여자를 볼 수 있다. 이것도 역시 미국의 접시닭

이 여성과 서비스업 여성의 복장을 서투르게 흉내 낸 결과에 다를 바 없다. 문부성의 구제관(救濟官) 나카타의 개탄하는 이야기를 구세(救世)의 말로 삼자.

영화를 보러가서는 안 된다는 엄격한 교칙을 가진 전국의 여학교 중에서 몰래 영화관에 발길을 향하고 있는 여학생을 조사해본 결과, 45%를 차지하고 있음을 알게 되었다. 신문과 잡지에 게재된 소설이 바로 영화로 되기 때문에, 그런 소설을 읽고 내용을 알고 있는 여학생에게는 매우 관심이 크기 때문에, 영화를 보는 것을 다 나쁘다고는 말할 수 없다. 오히려 보여주어도 괜찮다고 생각하지만 부모가 같이 가서 영화를 비평적으로 보여주어야 한다. 즉 영화의 줄거리와 각색을 알고 주역, 무대의 미술적 장치, 분장, 음악효과, 연기, 대사 등을 냉정하게 바라보아 비평적 눈을 길러야 한다. 어머니도 조금 더 문예방면에 공부를 하여 자녀를 지도하는 것이 중요하고, 부엌 영역만으로 한정하는 것이 여성의 능력은 아니다.

미국 등에서는 영화가 매우 성행하니까 점차 학교에서 여학생을 영화에 데리고 가서, 좋은 영화는 물론 나쁜 영화도 때로는 함께 보여주어 선악을 식별하는 비평적 눈을 길러주고 있다.

영화는 아직 전국적이라고는 말할 수 없지만, 도회지를 중심으로 매우 발달해왔다고 말할 수 있다. 문화가 향상함에 따라 생활양식도 자연히 변할 터이지만, 영화에 관해서는 여성은 아직 비평적 눈이 부족하다. 그리고 그 결과는 향락주의와 찰나주의로 향하여, 복장과 얼

굴 메이크업까지 미풍양속에서 조금씩 멀어져 가고, 미국 풍속에 점유
되어가고 있음을 볼 수 있다. 근대 처녀와 부정한 부인이 영화에 의하
여 많이 생산되고 있음은 한심할 따름이고, 특히 도회지에는 비평의
눈을 가지지 못하고 움직이는 화면에 빠져버린 여성이 많이 보인다.

비평적 관점에서 영화를 적극적으로 봐야한다. 그리고 선을 취하
고 악을 버려야 한다. 이것이 내일의 여성에게 주어진 영화이다.(문부
성 사회구제관 나카타 도시오의 말)

(1937. 4. 28)

영화평론

조선영화 〈나그네(旅路)〉를 보다
-성봉영화원(聖峰映画園) 이규환 작품

성봉영화원(聖峰映画園)이 신코 키네마의 조력을 얻어 제작한 〈나그네(旅路)〉는 최초의 본격 조선어 전 발성 작품으로, 조선인 관객층의 열렬한 환영을 받아 개봉 이후 기록적인 흥행성적을 보이고 있다. '최초의 본격 발성영화'라는 선전문구가 붙었고, 〈새로운 땅(新しき土)〉의 조선판이라고 할 수 있다. 조선영화는 상당히 제작되고 있지만, 고정된 촬영소로는 조선발성 경성촬영소(와케지마 간지로 分島間次郎 경영) 하나밖에 없어, 그밖에 대부분의 작품은 아침에 세워 저녁에 해체하는 임시 프로덕션에 의해 제작되고 있다. 성봉영화원도 그러한 부류로 이 작품 〈나그네〉를 제작하기 위하여 창립된 것으로, 물론 촬영소는 가지고 있지 않다. 단지 이번 경우는 동 영화원의 주재자인 원작, 각색, 감독자인 이규환이 본격적으로 조선어 발성 작품을 제작하려는 예술적인 양심에서 출발하여, 그의 스승인 스즈키 시게요시(鈴

木重吉) 감독의 지도를 받아, 카메라, 세트와 녹음 등을 신코 키네마의
힘을 빌려서 완성하였기에, 지금까지의 소위 '거리의 인텔리·룸펜'인
부잣집 아들과 함께 제작하던 대부분의 조선영화와는 다르다는데 의
미가 있다.

◇ 이러한 의도와 양심, 그리고 열의가 뛰어난 작품 〈나그네〉를 완
성시켰다. 전체적으로 견고하게 만들어졌다. 낙동강의 패기 없는 벽
지의 춘수 일족의 쓸쓸한 생활이 차분히 그려진다. 하늘과 땅과 물과
포플러 나무가 구성하는 적막한 전원의 색깔과 냄새가 울적하게 다
가온다. 특히 뛰어난 점을 하나 들면, 마을 이발소 장면이다. 호색한
으로 교활한 이발사와 경성에서 흘러온 기생, 이 작품의 주인공 복룡
과 마을의 젊은이. 네 명의 교섭이 좁은 이발소 안에서 실로 생생하게
전개되고, 시골 이발소 같은 분위기 속에서 뛰어나게 이야기가 전개
된다. 여기에 카메라의 움직임은 특기할 만하다. 전체적으로 이 작품
은 조선영화 종래의 결점인 카메라의 고정을 해소하였고 화면이 유
동적임이 특징적이다.

◇ 이 작품을 본 어느 조선인은 "이 영화가 내지와 외국에서 상영
되고 있다고 하는데, 그건 곤란하다. 조선이라는 곳 전체가 이런 곳이
라고 생각되는 것은 참을 수 없다"고 말하였다. 1937년의 반도가 약
진조선이라는 구호와 함께 화려한 인상을 주고 있을 때, 이런 작품은
좀 곤란하다고 생각하는 것도 무리도 아니지만, 〈나그네〉는 결코 조

선 소개영화가 아니고, 이 영화와 같은 생활은 현실에 존재하고 있으니 그러한 비난은 방향을 잘못 잡은 것이다. 그러나 그러한 비난 말고 이 작품의 내용이 한 시대 전의 일본영화의 신파 비극으로부터 조금도 전진하지 못했음이 곤란하다. 제작설비 면에서 이러한 점에서 소재를 취하는 것이 현명한 방책이고, 또한 흥행가치를 확보하기 위해서 이러한 신파적 내용이 되었을 것이라고 생각하지만, 그것은 모처럼 '본격적' 작품에 바닥 뚫린 옥으로 만든 술잔을 주는 것과 같아, 이런 측면에서 수출영화로 하기에 참을 수 없다.

◇ 신파 비극의 한계를 벗어나게 해준 것은 출연자들의 훌륭한 연기이다. 복룡 역 왕평의 서정적인 순수함(그 정도의 남자 배우가 도쿄나 교토의 촬영소에 있을까), 그 부친을 연기한 박제행의 조금 강하지만 마루야마 사다오 비슷한 연기, 문예봉의 순수하고 자연스러움, 이발사로 분한 독은기의 호연 등 완벽하다 할 수 있다. 다음 작품에도 배우진에 대한 걱정만은 없을 듯하다.

◇ 마지막으로 하나 추가하고 싶은 점은 반주이다. 이 작품에서는 전부가 조선음악이다. 그러나 조선음악에는 대부분이 단조롭고 비극적인 영탄밖에 나타나지 않는다. 순수한 조선이라는 점에 구애받지 않고 자유로이 양악을 협주하여 사용하였다면, 이 작품에 더욱 박력을 더했을 것임에 틀림없다고 생각한다.

(1937. 5. 2)

해제

중일전쟁 이전 시기 『경성일보』에 실린 영화 시나리오와 평론의
첫 번째는 〈지옥의 무도〉이다. 1923년 7월 3일부터 7월 11일까지 6
회에 걸쳐 연재된 〈지옥의 무도〉의 저자는 알 수 없다. 그리고 1회의
글머리에서 밝히고 있듯이, 이 각본은 완성본이 아니라 전체의 첫 부
분만을 시험 삼아 써 본 것이다. 〈지옥의 무도〉의 배경은 조선이지만,
조선인은 주요인물로 등장하지 않는다. 숙부 이쿠조는 자신의 돈으
로 경성대학에 보낸 조카 긴이치와 딸처럼 키운 또 다른 조카 쓰루코
를 맺어주려 한다. 하지만 긴이치는 하숙집 딸 시게코와 이미 사랑에
빠져있다. 여기에 시게코를 사모하는 긴이치의 친구 데쓰야가 끼어
들며 젊은 남녀의 사랑은 미궁으로 치닫는다.

두 번째로 소개된 시나리오는 〈동아(東亜)를 둘러싼 사랑〉으로,
1933년 11월 26일부터 같은 해 12월 14일까지 16회에 걸쳐서 연재

되었다. 이는 〈『경성일보』 문학·문화 총서〉 01에 번역된 바바 아키라(馬場明)의 〈파도치는 반도〉를 저본으로 나카니시 이노스케(中西伊之助)가 각색한 것이다. 하지만 기본 뼈대만 가져왔을 뿐, 문장도 다르고 이야기 전개 및 등장인물 성격에도 차이가 많다. 게다가 〈파도치는 반도〉가 1920년대 작품인 반면, 〈동아를 둘러싼 사랑〉은 1930년대 일본이 만주를 침략한 이후 나온 것이라서, 묘사되는 시대 분위기도 무척 다르다. 두 편을 비교해서 읽어본다면, 당시 사회분위기와 일본과 조선 관계 등이 10여 년 사이에 어떻게 달라졌는지를 잘 알 수 있는 기회가 될 것이다. 조선을 거점으로 하는 일본인 대자본가 오니와 주시치로는 학비를 대어주던 청년 긴이치를 딸 히로코와 맺어주려 한다. 긴이치는 조선인 여성 정백영을 사랑하고 있다. 긴이치는 보은과 사랑 사이에 갈등을 한다. 그러다 배다른 형제를 만나고 나서 이러한 갈등은 사라지고, 긴이치는 오히려 주시치로에 대한 복수심에 불타게 된다. 결국 모든 등장인물이 한 장소에 모이고, 비행기까지 출현하며 한바탕 소동이 일어나는 장면으로 이야기는 정점에 달한다.

세 번째로 소개되는 시나리오는 〈취직행진곡〉으로, 1937년 3월 26일부터 같은 해 4월 14일까지 12회에 걸쳐서 연재되었다. 저자는 내무성 도쿄 지방 직업소개 사무국장을 지냈던 아마야 겐지(天谷健二)로, 그가 실제로 직업지도를 하였던 경험을 살려 쓴 시나리오이다. 아마도 일본의 다른 신문이나 잡지에 실렸던 글을 전재(轉載)한 것으로 보인다. 졸업을 앞둔 소학교 학생들이 주인공으로, 그들은 상급학교에 진학할 것인가 취직을 할 것인가, 가업을 이어 뱃사람이 될 것인가, 아니면 자신의 재주를 살린 다른 직업을 택할 것인가라는 고민에 놓인다. 여기에 이들의 고민을 들어주고 '올바른' 직업 선택을 도와주는 직업소개소 직원이 개입한다.

그 다음으로는 『경성일보』에 실린 영화평론들이 번역되었다. 이들 중에는 〈취직행진곡〉과 마찬가지로 일본의 다른 신문이나 잡지에 실린 글들을 전재한 것도 섞여 있는 것으로 보인다. 첫 번째로 소개되는 평론은 다구치 사다오(田口貞雄)의 〈무음영화에 대한 일고찰〉과 〈영화와 문예의 문제〉이다. 무음영화는 무성영화를 일컫는 것으로, 이 글들이 실린 1930년 8월과 10월이라는 시기는 무성영화에서 유성영화로 넘어가는 과도기였다. 그러한 시대의 변화에 다구치 사다오는 저항한다. 유성영화와 비교하였을 때, 무성영화가 어떠한 장점을 지니는 지를 역설하는 것이다. 이러한 그의 저항을 통해서 당시 영화평론가의 영상매체에 대한 이해력이 굉장히 높았음을 엿볼 수 있다. 이어지는 〈전위영화의 미학적 소묘〉에서 우치다 지카오(內田近夫)는 1930년 10월 22일부터 1931년 2월 8일까지 16회에 걸쳐 유럽의 전위영화를 논한다. 이 글은 지금의 영화연구자에게도 도움이 될 정도로 전위영화의 형식적 특성에 대해서 수준있는 분석을 하고 있고, 더 나아가 현대미술과의 연결도 시도하였다.

경성영화 연구회의 마에다 요사부로(前田諒三朗)는 1931년 4월 17일부터 4월 26일까지 8회에 걸쳐 〈경성상설관에 대한 희망〉을 기고하였다. 이 글은 1930년대 조선의 영화관 사정에 대해서 풍부한 정보를 전달한다. 영화관 내부의 모습이 어떠했는지, 영사 기계는 무엇을 사용하였는지, 심지어 영화 상영 중 화장실 한번 가기가 얼마나 불편했는지 등이 생생히 전달된다. 이밖에도 〈16밀리는 나아간다〉를 통해서 당시 학교에서 영상이 교육교재로 쓰이고 있었음을 알 수 있고, 어떠한 영화가 교육적으로 인식되었는지 구체적인 작품까지 확인할 수 있다.

1937년 3월 12일부터 3월 18일까지 연재된 작자미상의 〈일본영화 프로듀서론〉은 쇼치쿠, PCL(이후의 도호 영화사), 닛카쓰, 신코 등 당시를 대표하는 대형 영화사들을 이끄는 프로듀서를 논하고 있다. 배우를 비롯하여 감독, 스태프가 모두 영화사 소속이었던 당시, 프로듀서의 힘은 막강하였다. 따라서 프로듀서 분석이 결국 당시 영화의 흐름을 이해하는 지름길이었음을 알게 해주는 글이다. 그리고 이마무라 다이헤(今村太平)의 〈현대영화 감독론〉은 일본영화와 서구영화를 넘나들며 폭넓은 시각으로 분석을 해내고 있다. 그가 왜 이 시대를 대표하는 영화평론가이었는지를 잘 보여주는 평론이다.

2부

중일전쟁 이후 시기
영화 담론

편역 함충범

조선발성영화(朝鮮発声映画)
자본 50만 원으로 갱생

　작년 5월 창립된 조선발성영화주식회사(朝鮮発声映画株式会社)는 한 작품도 완성하지 못하고 주위의 사정 때문에 9월 말 해산되기에 이르렀는데, 감독 마쓰야마 사카에(松山榮) 씨(박기채(朴基采) 씨)는 예의분주(鋭意奔走)하였고 그 결과 청년 실업가 최남주(崔南周) 씨가 구한 자본금 50만 원의 '조선영화주식회사'가 17일 창립총회를 마쳤다. 동 회사에서는 내지에 못지않은 훌륭한 스튜디오를 갖추기 위해 적당한 장소를 물색 중에 있는데, 당장은 명륜정(明倫町) 4의 205에 임시 사무소와 스튜디오를 마련함과 더불어, 감독 박기채 씨와 녹음기사로 알려져 있는 세토 다케오(瀬戸武雄)(이필우(李弼雨) 씨)를 먼저 도쿄(東京), 교토(京都)에 파견하여 이필우식 녹음기를 매입하고 촬영 준비에 분주하다. 9월 초순경까지는 제1회 작품을 내놓기 위해 준비를 이어가고 있다. 동(同) 회사의 중역(重役) 멤버는 다음과 같다.

취체역 대표 최남주 씨 / 취체역 오영석(呉栄錫) 씨, 이기세(李基世) 씨, 이필우 씨, 임덕홍(林德洪) 씨 / 감사역 김재규(金在珪) 씨

(1937. 7. 23)

영화 보국
시국 인식의 철저 심화를 기함
전(全) 조선 영화관을 지도

"시국 인식은 영화로부터"라면서, 본부에서는 드디어 영화에 의한 적극적 지도 방침을 확립, 반도 총후의 전선(戰線) 통일에 나서게 되었다. 사변 발발 이래 초래된 뉴스영화의 인기는 놀랍게도 극영화마저 압도하는 상태이며 경성(京城)에도 도쿄, 오사카(大阪) 등에 이어 뉴스영화 전문의 상설관 시설이 계획되고 있는 상태인데, 이 뉴스영화에 대한 관중의 이상한 관심을 눈여겨 본 본부 정보위원회에서는 이 조선 내 영화업자에게 적극적 지도를 행하여 "영화보국"의 기치를 올리도록 하고 지도 방침을 각 도(道) 당국에 통첩하였다. 먼저 조선 내 각 상설관에 필히 뉴스영화를 상영하게 하여 황군(皇軍) 제일선(第一線)의 활약상을 총후의 국민 대중에게 전달함과 더불어 관내(館內)의 적당한 장소에 시국 인식 및 총후의 각오를 지키는 적절한 표어를 마련하도록 하고, 아울러 본부에서 목하(目下) 제작 중의 황국신민의 서사를 기록한 필름을 각 관(館)에 구입하게 하여 시국 뉴스영화 상영의 전후에 영사하여 군국일치(軍國一致)의 관념을 강조시키게 되었다. 이것은 영화취체규칙(映畵取締規則)으로서 영화에 의한 시국 인식을 철저토록 하는 의기(意氣)이다. 또한 이 지도 방침에 따른 민중에의 영향은 본부에 보고하도록 하여, 그 결과에 따라 다시 만전을 기하도록 하고 있다.

(1937. 10. 16)

반도영화계를 향한 말

스즈키 시게요시(領木重吉)

우리나라 영화 발전에 있어 중요시되는 스즈키 시게요시 씨는 국책 기록영화 〈동양 평화의 길(東洋平和の道)〉 제작을 위해 25일 경성을 경유하여 북지(北支)로 향하였다. 동 씨는 반도영화계의 발전에 비상한 열정을 갖고 있으며, 금번에는 〈여로(旅路)〉[01]의 메가폰을 잡고 가까운 여름에 본지(本紙) 기보(既報)의 시국을 다룬 반도영화의 제작에 협력하게 되었는데, 이하는 동 씨가 이번에 입성한 때에 기자에게 말

---

01 조선의 성봉영화원과 일본의 신코키네마(新興キネマ)의 합작으로 조선에서 만들어진 발성영화이다. 감독은 이규환이 맡았으며, 일본 체류 시절 이규환의 영화업계 스승이었던 스즈키 시게요시가 감독 지도를 담당하였다. 이 작품은 조선에서는 〈나그네〉라는 제목으로, 일본에서는 〈다비지(旅路)〉라는 제목으로 1937년에 개봉되어 흥행과 비평 양면에서 좋은 성적을 거두었는데, 이를 계기로 조선영화에 대한 일본인들의 관심이 높아졌고 조선과 일본의 영화 합작도 계속 이어지게 되었다.

한 대요(大要)이다.

저는 조선이 좋습니다. 조선의 여러분과 마음 깊이까지 좋은 영화를 만들고 싶다고 생각하고 있습니다. 내지(內地)의 영화계는 아시는 바와 같이 쇼치쿠(松竹)와 도호(東宝)의 2대 프로덕션에 의해 노골적인 구분이 이루어져 매우 싱거운 경쟁을 넓혀가고 있기에, 감독이나 배우는 생각하는 일도 되지 않는 듯한 형편입니다. 이 꽉 막힌 어려움으로부터 벗어나 좋은 일을 하고 싶다고 생각하는 이는 저뿐만이 아닙니다.

작년 제가 조선의 여러분과 〈여로〉를 제작하고 나서, 몇 사람인가의 친구들로부터 조선에 가서 일을 하고 싶다고 하는 것을 자주 들었습니다. 이를 통해, 그 작품이 대단한 것이었기 때문이라는 은근히 기쁜 마음이 듭니다. 최근 프랑스의 영화잡지에도 〈여로〉의 스틸이 도입되고 대대적으로 취급되어, 내지(內地)에서의 조선영화계 진출에 비상한 흥미와 주목을 기울이고 있었습니다. 하지만 이에 따라 조선의 영화계가 비상한 약진을 보였다고 생각하는 것은 시기상조입니다.

지금까지 조선에서 찍힌 영화는 내지에서도 몇 개나 상영되고 있습니다만, 이들 모두 딱 아프리카나 보르네오 등의 사진처럼, 단지 진귀하다고 하는 것만으로 찍히고 있었던 것 같습니다. 물론, 조선에는 내지와 다른 풍속이나 습관이 있기에 그것을 찍지 않으면 안 됩니다만, 예술로서 잘 살렸으면 합니다. 이를 위해서는, 내지의 감독은 여러 가지로 알지 못하는 점이 있는 바, 역시 조선에 있는 여러분의 힘이 더해지지 않으면 만족스러운 일은 할 수 없습니다.

그래서, 저는 저만이 조선의 영화를 찍으려 생각하고 있지 않습니다. 조선에 있는 모두가 점점 좋은 일을 해 주셨으면 하는 것입니다. 그것을 위해서 제가 할 수 있는 일이라면 무엇이든지 도와드리고 싶습니다. 그 대신, 저에게도 여러 가지로 모두의 힘을 빌려 주십시오. 즉, 서로 손을 맞잡고 함께 재미있는 일을 해 나가고 싶은 것입니다.

조선의 영화계가 지금까지 별로 활발하지 않았던 것은, 여러 원인도 있겠습니다만, 무엇보다도 조선에 토키(talkie)·스튜디오가 없었던 것이 가장 큰 원인이었다고 생각합니다. 따라서 이때에 모두가 협력하고 모두의 스튜디오, 조선영화계를 위한 스튜디오를 세우는 일이 급선무라고 생각합니다. 그리고 남자배우보다도 여배우가 적은 것, 여배우의 공부가 부족한 일 등도 반성해 주십시오. 또 하나, 시야를 더욱 넓히고, 시시한 동료 다툼이나 작은 경쟁을 을 그만두며, 모두가 사이좋게 해야 하지 않겠습니까? 조선의 영화계는 이제부터 쭉쭉 성장해 갈 것이기 때문에….

이번은 종군 촬영으로 북지(北支)에 다녀왔습니다만, 이 일이 끝나면 반드시 조선에 오겠습니다. 구체적인 발표는 지금은 삼가하겠습니다만, 내년에는 여러분과 같이 많은 일을 할 것을 계획하고 있습니다. 반드시 실행할 것임을 약속합시다. 저뿐만이 아니라, 그밖에도 아직 조선의 영화계를 사랑하고 있는 감독이 잔뜩 오겠지요. 일본영화감독협회(日本映画監督協会)에서도, 조선에 지부가 있을 리도 없고 조직적인 관계도 없습니다만, 제가 책임을 갖고 조선에 대하여 여러 가지 이야기를 갖고 가서 앞으로도 미흡하나마 가능한의 진력을 할 작정입니다. 그 외, 문화영화(文化映画)의 방면에도 크게 개척하고 싶다고 생각하고 있습니다. 앞으로 일본영화계는 프레시한 조선의 여러 분에게 일하게 하지 않으면 안 됩니다. 조선에서 찍은 사진은 대외적으로도 대단히 유리해서 장래성이 있다는 것을 확신하고 있습니다. 그것을 위해서 잔뜩 공부합시다. 바쁜 여행으로 잠시 들렀는데도 여러분이 여러 가지 흉금(胸襟)을 터놓아 이야기해 주셔서 매우 기쁘게 생각하고 있습니다. -담(談)-

(1937. 11. 28)

기록영화론 (상)

이마무라 다이헤이(今村太平)

뉴스의 대중화

기록영화(記錄映画)가 별로 발달하지 못하고 있는 것은 폴 로사 (Paul Rotha) 등이 최근의 『기록영화론』에서 역설하고 있다. 이것은 아마도 세계적인 경향인 듯하다. 기록영화가 사회적으로 발달하기 위해서는 어떻게 해서든 대중을 위한 훈련이 없어서는 안 된다. 영화 에는 또한 특유의 문법이 있어서 그 문장을 시각적으로 독해하는 능 력이 생기는 정도까지 발달하지 않으면 안 된다. 기록주의라 하는 것 은, 말하자면 카메라에 따른 철저한 사실(寫實)주의로서, 무대는 드러 냄의 자연과 사회이며 배우는 모든 자연물 또는 사회인이다. 그리고 순수하게 영상적인 극을 내놓는 데에는 그것을 감상하는 대중에게 순수한 시각적인 정신이 발달해 있지 않으면 안 된다. 그러한 것이 결 여되어 있는 한은, 영화의 극적 내용이 대개 소설이나 희곡의 이식에 기인하여 그 작법에 종속되고 만다.

기록주의의 입장에서 보면, 작년에는 극영화의 가작이 꽤 많았으나, 별로 수확이 없었다고 할 수 있다. 더구나 극영화 쪽은 무대극의 영화화라든가(예를 들면 르누아르(Renoir)의 〈밑바닥〉, 우치다 도무(內田吐夢)의 〈벌거숭이 마을(裸の町)〉, 알프레드 센텔(Alfred Santell)의 〈목격자〉) 혹은 소설을 소재로 한 것이든가(예를 들면 시드니 프랭클린(Sidney Franklin)의 〈대지〉, 윌리엄 와일러(William Wyler)의 〈공작부인〉, 도요타 시로(豊田四郎)의 〈젊은 사람(若い人)〉, 구마가이 히사토라(熊谷久虎)의 〈바람 속의 아이(風の中の子供)〉 등)가 우수 작품의 대부분을 점하고 있다. 이것으로 영화의 순수 기록이 발달하지 않는 것은 당연하다. 그러나 작년에는 지나사변(支那事變)의 발발에 따라 갑자기 뉴스영화의 가치가 증대되었다. 지금까지는 파라마운트뉴스(Paramount News) 등으로 극히 일부의 사람이 만족하였으나, 이제는 뉴스영화, 유독 일본의 뉴스영화 바로 그것이 극영화에 대립하여 급격히 발달하기 시작하였던 것이다. 물론 사변에 대한 국민의 큰 관심이 뉴스영화 이전의 어떤 사회심리적 전제이지만, 영화 쪽부터 보자면 실제로 이와 같은 커다란 사회적 관심을 가장 직접 채우는 것이 영화 속에 있었던 것이다. 바꾸어 말하면 사변을 계기로 해서 영화의 사회적인 기능이 인정받은 것이다. 그 놀랄 만한 대중성은, 국민이 뉴스영화를 통해 사변의 '목격자'가 되고, 시각을 통해 그것을 가장 직접적으로 체험하는 데에서 나오는 것이다. 이 직접 체험이라고 하는 점에서는 이미 신문도 라디오도 영화와 비교가 안 된다. 신문이나 라디오는 언어적인 기록이므로 문자의 교양에 기대지만, 뉴스영화는

그러한 교양을 무시하고 누구에게서라도 같은 감동을 끌어내는 것이다. 여기에 상대가 지나(支那)이므로, 신문, 라디오 기록에는 지식 계급도 고개를 갸우뚱하기 쉬운 한어한자(漢語漢字)가 범람한다. 이것이 수준 낮은 대중에 있어서는 상당한 장해가 될 것이다. 뉴스영화는 그곳에 가면 전(全) 대중적인 것이다. 그곳에는 시각 기록이 지니는 놀랄 만한 대중성의 근거가 있다고 보아도 좋다.

외국의 뉴스영화는 사변과 더불어 심히 빈약하게 되었다. 최근 인상에 남은 것으로는 파라마운트뉴스 〈빈덴부르크 폭발의 참사〉와 〈스페인 혁명군의 빌바오 포격〉이 있다. 비호(ビ號)의 폭발 참사의 기록은 최근 뉴스영화 중의 압권이다. 대서양을 횡단하여 유유히 미국의 비행장 위를 춤추고 있던 비행선의 선수(船首)로부터 하나의 줄이 스르르 풀려 내려진 찰나, 아연히 폭발해 버린다. 지금까지의 그 아름다운 거란(巨卵)은 보는 동안 화염의 단괴(團塊)가 되어 떨어져 간다. 자루의 입구로부터 콩을 뿌리듯이 사람이 주르르 흩어져 떨어지고, 떨어진 뒤 일어나려 하는 사람 위에 활활 타는 불덩어리가 왁 하고 덮어씌워져버리는 것이다. 선체(船體)가 죄다 땅에 떨어져 타는 가운데에서 한 명이라도 뛰어나오지는 않을까? 이 한순간의 비극을 담고 있는 것은 감정도 없고 사상도 없는 일개의 대물(對物)렌즈인 것이다. 문학이나 연극이 리얼리즘이기는 하지만 진리가 이제부터 카메라의 순수 기록이라고 하는 형태 속에서 참으로 조작하지 않은 채 표시되어져 있다고 보아도 좋다. -계속-

(1938. 1. 5)

기록영화론 (중)

이마무라 다이헤이

〈빌바오 포격〉에서는 거리 위를 도망 다니면서 부둥켜 울고 있는 중년 부인과 소년의 대 사진(大寫)이 미국에서 제작된 모든 멜로드라마의 클라이맥스 장면보다도 극적인 박력을 지녔다. 외국의 뉴스영화를 일본에서 편집한 것 중에 우수한 기록영화로는 〈화염의 마드리드〉, 〈독일의 군단〉, 〈소련의 군단〉, 〈이탈리아의 군단〉 등이 있다. 〈일본의 군단〉이라는 기록영화를 관객은 원하고 있지만, 금년 하반기의 뉴스영화는 바로 일본 육해군의 방대한 기록영화가 되어버렸다.

◇

사변 뉴스영화로서 특히 우수한 것은, 꼽기 바쁘지만 초기의 것으로는 해군 항공대의 난징(南京) 도양(渡洋) 폭격 직전의 숨 막히는 듯한 개시(開示)의 장면이다.

장렬한 죽음을 앞에 두고 부대장의 훈시를 듣는 직립부동의 용사의 눈썹. 어느덧 이러한 종류의 기록은 모든 극영화의 배우의 표정을

비판하고 남을 것이 없다. 이와 같은 긴장한 인간의 무리는 그 후의 뉴스영화의 모든 것에 가득 차 있었다. 그것을 위해서 극영화 속의 이야기는 점점 진부해졌다. 뉴스영화 중에서 놀랄 만한 인간 기록이 문학이나 연극보다도 먼저 완성되어 갔다. 도메이뉴스(同盟ニュース) 제12보 〈남구 총공격(南口總攻擊)〉은 금년의 뉴스영화 중에서 가장 우수한 것이다. 그것은 비교적 장시간에 걸쳐 우뚝 솟은 산중의 포격을 기록한 것인데, 확 올라가는 자연과 메아리치는 굉음은 전쟁을 상징하고 있는 듯한 감이 있었다. 장면에 인간이 없기 때문이다. 전쟁이 추상되어 있는 듯한 것이다.

북지(北支)의 것으로는 〈영정하적전도하(永定河敵前渡河)〉라든가 〈조시칸 공격(娘子關攻擊)〉 등이 인상에 남아 있다. 북지의 기록은 자연 풍경이 있기 때문에 비교적 목가적이다. 이에 비해 상하이(上海)의 시가전에서는 즉시 눈앞에서 집이 산산이 부서지고, 붕괴된 벽돌 뒤에서 적의 총구가 들여다보고 있다. 카메라를 통해 바로 눈앞의 적을 대하고 있는 느낌이 닥쳐온다. 스크린 전방의 관객을 향해 탄환의 비가 쏟아지는 듯한 실험이 누차 일어난다.

장면으로 일일이 예를 들어가는 일은 이미 무의미하다. 시(市) 정부의 대원주(大圓柱)에게 '대일본군(大日本軍)'과 필기하는 병사, 쑤저우허(蘇州河)강 적전(敵前) 도하 작업을 하는 공병(工兵)이 추운 날씨에 맨몸으로 술을 마시고 있는 모습, 그리고 가교(架橋)에 성공하여 울면서 만세를 부르짖는 병사들, 수염투성이의 여윈 얼굴이 기쁨에 굳어져

우는 것인지 웃는 것인지 알 수 없다. 그것들이 하나하나 현대의 리얼리즘이다. 전쟁의 리얼리즘이다. 실제로 뉴스영화 속에서 영화의 리얼리즘이 발전하고 있다.

　조금이나마 그 안에서부터 발생한 기록주의적 방법과 의식은 지금까지의 안이한 영화극을 붕괴시키는 유력한 요소가 될 것이다. 만주의 우수한 다큐멘터리인 아쿠타가와 고조(芥川光藏)의 〈북지의 여명(北支の黎明)〉(원제(原題) 〈철도 항일(鐵道抗日)〉)은 작년의 〈열하(熱河)〉에 비하면 별로 예술적이지는 않다. 그렇지만 이러한 식으로 지금까지의 사변뉴스가 재편집되어 우수한 예술적인 감명을 지닌 전쟁기록의 영화가 나타날 것이다. 금년에 뉴스영화의 발달은, 일본에 있어 기록영화의 매우 뿌리 깊은 걸작이 될 것임에 틀림없다. -계속-

(1938. 1. 7)

기록영화론 (하)

이마무라 다이헤이

순수의 기록영화

순수 기록영화로는 〈노도를 차고(怒涛を蹴って)〉가 유일한 수확이었다. 이것은 해군의 원조를 받은 것으로, 영국 신 황제(新帝) 대관식에 열석(列席)한 군함 아시가라(足柄)의 도항(渡航) 일기이다. 동일하게 해군의 원조로 만들어진 〈바다의 생명선(海の生命線)〉이나 〈북진 일본(北進日本)〉과 같이 일본의 기록영화로서 상당히 훌륭하다. 시시각각 변해가는 기후 풍물이 극히 잘 나오고 있다. 수에즈(Suez)운하를 통과할 때, 좌측에 문화적인 주택이 늘어서 있고 녹색의 나무가 깊이 무성해 있건만 우측 황량한 사막에 아시가라의 그림자가 비친다. 석양이 질 무렵이 되면 아시가라의 그림자는 길게 수십 리 저편으로 이어져 있는 쪽까지 늘어서 가는 것이다. 운하에서 스쳐지나간 이탈리아의 잠수함이 있다. 보건대 전원이 갑판에 나와 아시가라에 경복(敬服)하고 있다. 이러한 험악한 시대에 무엇이라 할 좋은 친애(親愛)일 것이다.

또 몰타(Malta)섬인가에 상륙하였을 때 군악대가 일본의 음악을 연주한다. 마을 사람들이 둘러싸고 앙코르의 박수가 그치지 않는다. 이 아름다운 정경은 정말로 인상 깊다. 또한 아시가라가 떠날 때, 킬 (Kiel)운하의 흙둑 위나 다리 위에서 독일 시민들이 손수건이나 손을 흔들며 이별을 아쉬워한다. 걷고 있는 사람이 모두 그렇게 하는 것이다. 이러한 인간끼리의 모습이 아름다운 정경은, 대부분 높은 인류애적인 문학과도 같이 호소한다. 내용적인 의미로 아시가라의 기행은 의의가 있었다. 단편에서는 이다 신비(飯田心美)가 편집한 〈소학교의 하루(小学校の一日)〉라는 영화가 가작이었다. 이러한 단편 문화영화가 몹시 적다. 외국 기록물에서는 독일의 우파(UFA) 문화영화가 가장 계몽적이다. 니콜라스 카우프만(Nicolas Kauffmann) 박사 편집의 〈벌의 왕국〉을 비롯하여 〈해저의 진귀한 동물〉, 〈자연의 매장〉, 〈지중(地中)의 경이〉 등이 있다. 〈벌의 왕국〉은 벌의 생활 기록에서, 그 벌집 속의 병영과 같은 확고한 계통이었던 구조나, 입구에 보초병을 두고 불의의 침입자를 심문하거나 찔러 죽이거나 하는 곳이나, 유충을 공장 작업과 같이 기르는 것 등 인간을 놀라게 하는 데 충분하다. 우파의 학술영화는 정말로 파브르(Fabre)의 『곤충기』를 시각적으로 다시 쓰고 있는 것처럼 생각해도 좋을 것이다.

◇

〈자연의 매장〉과 같은 것은 과학적인데다가 극히 문학적인 단편이다. 들쥐가 죽으면 딱정벌레가 나와서 흙 속에 묻어버린다. 나무가 시들면 어디선가부터 수많은 곤충이 모여서 나무껍질을 먹어버린다.

카메라는 만유의 생성 유전에 1페이지를 들여다보고 있다. 〈지중의 경이〉에서는 현미경 사진에 의해 미생물의 생활이 확대되고 있지만, 그 신비의 경이는 이미 과학인 것인지 시(詩)인 것인지 알 수 없을 정도이다. 물고기의 몸속에 둥지를 틀고 피를 빠는 미세한 기생충의 커다란 무리를 보고 있으면 점차 대소(大小)의 개념이 없어져 버린다. 그리고 모든 자연계의 삶의 영위가 인간 사회의 생활을 현저히 닮아 있는 것을 알게 된다. 학술적인 기록영화는 과학과 시를 틀림없이 일치시켜 버린다. 모든 미량의 생물이 스크린에서는 인간처럼 광대한 표정을 갖고 극적으로 되어 간다. 대물렌즈는 사물 속에서 여러 성격과 연극을 발견해 가는 것이다.

장편 기록영화로는 윌리 메르클(Willy Merkl) 일행의 낭가파르바트(Nanga Parbat) 등정이 있다. 〈히말라야에 도전하여(ヒマラヤに挑戦して)〉라는 표제로 상영되었다. 무슨 개요도 장식도 없지만 이것은 대장 메르클과 보이랜드(ヴィーランド), 벨첸바흐(Welzenbach) 및 6인의 희생을 기록하였다. 인간과 자연의 영원한 싸움을 그린 비장한 서사시 중 하나이다. 펑크(Fanck)의 산악영화와 같이 산이 과장되어 있지 않다. 산은 하늘에 우뚝 솟아 있다. 그러나 눈으로 보이지 않는 인류의 의사(意思)가 이 순수 기록으로부터 느껴지는 것이다. 이 영화의 히말라야 오지(奧地)에 나오고 있는 아란(Aran) 소부락은 도원향(桃源郷)도 이러할까 생각하게끔 한다. 8천 미터 고지(高所)를 호흡 곤란과 싸우면서 한 걸음 한 걸음 올라가는 사람들은 다음 순간 눈보라 때문에 죽어버리는데, 저 정복을 목표로 하는 무거운 발걸음의 한 걸음 한 걸

음의 기록은 상징적이다. 면밀한 기록영화는 가장 감동적이어서 가장 사상적이라고 말할 수 있을 지도 모른다. 왜냐하면 사상이라고 하는 것은 단지 사실의 관찰과 응시 이외로부터 생기는 것은 아니기 때문이다. 루트만(Ruttmann)의 〈강철 교향악〉은 리듬의 면에서, 플래허티(Flaherty)의 〈코끼리 소년 투메이〉는 인도 정글의 기록이라는 점에서 모두 기억되고 있다. 그렇지만 〈베를린〉이나 〈아란〉에는 뒤지고 있다.

(1938. 1. 9)

조선영화의 여명

내선일체(內鮮一體)로 힘차게 경쟁하고 있는 제작진
쇼치쿠(松竹), 도호(東宝) 고삐를 나란히 하여 진출

곤경에 처해 있던 조선영화계에 드디어 여명이 찾아왔다. 기보와 같이 작년 〈여로(旅路)〉를 발표한 성봉영화원은 드디어 내지의 도호와 결부하여 적극적으로 제작에 나서게 되었고, 도호와 경쟁을 벌이는 쇼치쿠에서도 시미즈 히로시(淸水宏) 감독이 올 가을 조선물을 만드는 것도 이미 알려진 바와 같다. 게다가 상하이에 있던 전창근 감독도 귀국 후, 고려영화사에서 한 편을 제작 준비 중이어서 오랜 기간 도약을 고대하던 조선영화계에도 비로소 여명이 밝아오게 되었다. 지나사변을 둘러싼 일본영화계의 북지나(北支那) 진출과 함께 반도영화의 이 발전의 새로운 단계는, 업계는 물론 일반 팬들에게도 대단한 흥미와 기대로 이어지고 있다. 다음으로는 내선일체(內鮮一體)를 축으로 하는 최근의 조선영화가 성장해 나가는 자세를 살펴보자.

성봉(聖峰), 도호 제휴
곧 〈군용열차(軍用列車)〉 착수

지난해 봄 〈여로(旅路)〉를 보내 내지의 영화계에서도 그 존재를 인정받은 성봉영화원이 이후 창립한 조선영화제작소(홍찬 씨 주최)에서 계획하고 있는 시국영화 〈군용열차(軍用列車)〉를 스즈키 시게요시(鈴木重吉)를 감독으로 하여 착수하기 위해 준비 중. 스즈키 씨는 〈동양평화의 길(東洋平和の道)〉 제작을 위해 북지나에 갔다가 예상 외로 시간이 많이 걸려 도호에 제휴 협상을 권하였는데, 도호에서는 조선영화집단의 열의를 인정, 게다가 내지 회사로서 조선영화를 먼저 보는 차원에서 〈군용열차〉를 비롯한 다섯 편의 제작 계약을 맺었다.

〈군용열차〉는 시국 하 반도 철도를 지키는 종업원의 헌신적 노력에 스파이 척결을 가미한 국책영화이다. 도호는 〈아가씨(お孃さん)〉, 〈어머니의 노래(母の曲)〉의 야마모토 사쓰오(山本薩夫) 감독을 보내고, 배우도 쓰쓰미 마사코(堤真佐子) 등이 특별 출연할 예정이며 성봉 측에서는 이규환 감독을 비롯한 문예봉, 왕평, 박제행 등 〈여로〉의 스태프가 동원될 것이다. 촬영은 야마모토 감독의 조선 도착과 동시에 다음 달 초에 개시되며, 세트촬영 및 녹음 등은 도호 스튜디오에서 이루어질 것이다.

이렇게 내선일체 하에서 첫 작품에 착수하게 되었는데, 성봉영화원 일원들은 매우 의욕적으로 곧 완비될 조선영화제작소 의정부촬영소 부근에 영화촌을 지어 젠신자(前進座)의 탄탄한 집단 활동에 들어갈 수 있도록 차근차근 준비하고 있다. 스즈키 시게요시 감독은 〈동양평화의 길〉 완성 후 조선에 와 성봉영화원의 총 고문으로서 젊은 조선영화인의 지도를 맡을 것이다.

고려영화(高麗映画) 작품
조선의 〈대지(大地)〉를 노리다

고려영화사(이창용 씨 주최)에서는 상하이에서 조선에 돌아온 전창근 감독이 일본(內), 조선(鮮), 만주(滿)를 무대로 한 작품을 계획하였는데, 이에 대해서 쇼치쿠 서양화부(SY)가 제작 및 배급의 원조에 나서 SY의 지바(千葉) 부장이 지난번 조선에 왔을 때 계약이 이루어졌다.

감독 전창근은 금년 상하이에 머물며 영화 공부를 하였고, 결국에는 〈양자강(揚子江)〉을 제작하여 주목을 받아 상하이영화계에서도 인정받는 인물인데, 이번 사변으로 조선으로 돌아갔다. 이를 기회로 야심하게 작품을 착수하게 되어 지금은 고향 회령에서 각본을 집필 중이며, 내선만(內鮮滿)을 무대로 한 〈대지〉와 같은 작품을 노리고 있다.

이 작품에 대해서는 쇼치쿠 블록 스튜디오(닛카쓰(日活) 혹은 쇼치쿠)도 응원할 것이고 졸속을 피하기 위해 시일을 충분히 들여 제작한다고 하니, 그 성과가 기대되고 있다.

금강산에 도전
앙스트 씨 조선에 오는가

현재 경성에 와 있는 리차드 앙스트(Richard Angst)는 구니미쓰(国光)영화의 솜씨로 국제 영화 〈국민의 맹세(国民の誓い)〉를 제작 중인데,

경성의 모 방면에 '꼭 금강산을 찍고 싶다'는 희망을 내비치며 교섭이 진행된 결과 조선에 오는 것의 가계약이 체결된 것으로 보인다. 이것이 실현되면 세계의 이름난 산봉우리 금강산이 처음으로 완전무결한 카메라로 그 멋진 용태를 드러내게 될 것이며, 조선영화의 특수 영역에 큰 흥미를 가져올 것이다.

쇼치쿠 오후나(大船) 진출
시미즈 감독 제작

지난번 북지나에서 오는 길에 조선에 온 쇼치쿠 오후나의 시미즈 히로시(淸水宏) 감독도 조선을 주제로 한 기록영화 제작을 발표한 바 있다.

그는 오후나로 돌아가자마자 오리지널물 제작에 착수하였고, 이어 원작물 1편을 마치자 별항과 같은 북지나 영화에 착수하였으며, 완성 후 조선에 와 조선물에 착수할 것이다. 올해는 4편만 더 할 예정이다.

시미즈 감독은 최근 조선에 왔을 때에도, 오야마 겐지(大山健二) 군의 안내로 경성 거리와 교외에 있는 조선 특유의 풍속을 찾아다니며 매우 흥미가 생긴 듯 "이쪽 영화 작가들과도 많이 협력해 좋은 조선물을 만들고 싶다"고 겸손해 하면서 야심찬 결의를 비치고 있었다. 이 작품에 착수하는 것은 올 가을로 예상되며, 조선의 사람과 땅을 어떻게 포착할지 시미즈 히로시 감독이기에 주목이 된다.

시미즈 감독의 지나영화 〈대지〉의 속편 〈아들들(息子達)〉
쇼치쿠의 대 야심작으로 제작

쇼치쿠에서는 시국에 적응하여 지나를 배경으로 한 획기적인 국제영화를 제작하게 되어 기도(城戸) 소장, 시미즈 감독은 연달아 북지나 사찰을 마치고 조선에 돌아와 드디어 제작 준비를 개시하였는데, 이 대작은 메트로가 초특급 작품으로 발표하여 큰 호평을 받은 펄 벅의 원작 〈대지〉(근일 경성 개봉)의 속편 〈아들들〉로 결정. 세 아들을 중심으로 지나의 지주, 군벌, 재벌을 철저히 해부. 국제적 장편물로 제작하게 되었다. (사진은 시미즈 감독)

북지나에 일지(日支)[02] 합작 촬영소 건립
각 방면에 요망

일본영화계의 북지나 진출은 이제 막 현저해지고 있으며, 일본 업자 간에는 현재 이 방면을 배경으로 한 영화 제작이 잇따르고 있다. 도와상사(東和商事)의 〈동양평화의 길〉을 비롯하여 도메이(同盟)의 〈여명(黎明)〉이 있고, 새롭게 착수하려는 것에 쇼치쿠의 일지 친선영화, 아이코쿠(愛國)영화사의 〈일어서는 몽고(立上る蒙古)〉 외에 신코니혼분카(新興日本文化)영화사 등에서도 준비 중이다. 그러나 일본 자본 진출에 의한 촬영소 건설은 이처럼 북지나에서 영화 촬영이 이루어지고 있는 관계 상 필연적으로 요구되므로, 일지 합작에 의한 촬영소 건설

---

02 일본과 지나(중국)를 가리킨다.

등도 가까운 장래에 실현될 것이다. 동일 지역(同地)에서의 일지 협동 영화 제작도 개시해야 하며, 어느 방면이 선구적으로 이루어지게 될 것인지 주목받고 있다.

(1938. 1. 23)

영화 성격론
신코(新興) 로쿠샤(六車) 소장이 시사

'영화는 시대에 즉시 대응하고 또한 일보 전진해야 할 것'이라는 견해로 신코 도쿄(新興東京) 수뇌부 회의는 현재의 세계적 정세에서 산출해낸 각종의 것을 대책 방침으로 협의하였고, 로쿠샤(六車) 신코 도쿄 소장은 다음과 같이 전(全) 일본영화 제작자에게 중대한 시사점을 발표하였다.

1. 영화 관객은 상층, 하층을 불문하고 오늘날의 시대색을 탐구하고 간파하며, 금후 각 작품은 그 시대가 가장 관심을 가질만한 토픽, 시대색, 유행색, 사회, 생활 제재를 다루도록 한다.

2. 앞으로는 영화 그 자체로 하나의 성격을 파악해야 한다는 전제를 토대로, 영화의 특질이 되는 사실(寫實)정신을 기조로 하여 공격(攻擊)정신, 견인불발(堅忍不拔)의 정신, 희생적 정신, 책임감 등 하나의 정

신 하에, 영화에 나오는 인물은 인간의 의사와 신념을 갖고 있는 자를 그리고 명랑한 웃음과 일본적 감격을 끌어 올려 모든 작품으로 감동을 주도록 한다.

   3. 스타의 경우는, 지금까지 자급자족으로 이와 같은 항목을 추진함으로써 인간적인 스타 만들기에 성공한 것이라 확신하지만, 장래 스타는 인간적인 완성을 가장 첫 번째 조건으로 교육하여 발탁하도록 한다.

(1938. 3. 7)

조선영화의 나아갈 길
새로운 역사의 계승과 사절(使節) 문제

서광제(徐光霽)

조선영화가 기업으로 성립하고 그것도 토키가 아니라면 이미 영화로서의 생명이 없음을 일반이 인정한 것은, 작년 여름 〈여로(旅路)〉의 발표 뒤이다. 내지(內地)에서조차도 영화 기업이 겨우 채산을 취할 수 있는 기업의 일 부문으로 주목받기에 이른 것은 극히 최근의 일이기에, 일반과 문화가 늦은 조선에서 오늘까지의 영화 제작은 문자대로 참담한 일이자 이 간난(艱難)한 시련의 길을 문화의 십자가를 지고 걸은 조선영화인의 희생이라고 하는 것은 실로 위대한 것이었다.

예술 분야에 있어 가장 실질적이면서 대중에의 호소력이 강하고 대중 자신도 이것을 애호하면서도 영화 제작을 착실한 사업으로 인정하지 않으며 기업가들도 개인으로서는 이 투기에 종종 잡다한 인간의 희비극을 섞어 넣으면서 게다가 영화의 영(映)자만의 이해도 보이지 않았던 것이, 지금까지 조선의 영화계가 놓였던 상태였다.

오늘까지 조선영화의 향상이 늦었던 중대 원인으로, 나는 첫째로 는 물론 조선의 특수한 정세, 특히 경제적으로 혜택 받지 못한 것을 최대의 원인으로 들지만, 둘째로는 문화 전선(戰線)의 제일선에 서 있 는 조선 지식 계급의 최선봉에 있어야 할 조선 문단인이 전혀 조선영 화에 무관심하고 무지하였다는 것을 든다. 그 세 번째는 재래의 조선 영화 감독이 몹시 무교양적이며 예술적인 양심이 결여되어 있었다는 것이다.

그러면서도 과거는 영원히 페이드아웃 시켜도 좋다. 빛나는 전도 (前途)의 광명을 우러르는 내일의 조선영화를 위해, 나는 한 명의 좋은 프로듀서를 간절히 대망(待望)한다. 물론 좋은 감독도, 좋은 시나리오 작가도, 좋은 배우도 필요하지만, 우선 무엇보다도 현재 조선영화의 불행은 그 이름에 가치가 있는 한 명의 프로듀서가 없는 것이다.

지금이야말로 수공업적 활동사진의 생산 시대에서 자본주의적인 영화 기업으로라는 질적 비약을 이루려 하는 전환기의 조선영화를 어떻게 방향지어야 할지는, 실로 우리 젊은 영화인의 중대한 사명인 것이다.

오늘날 조선의 문화는 말할 것도 없이 모두 내지(內地)의 그것을 그 대로 이입한 것이지만, 영화라고 해서 그 예외는 아니다. 오늘의 조선 영화도 당연 내지의 평범한 영화 기술을 흡수시키지 않으면 안 된다. 영화의 메커니즘은 어떤 유명 원작도 영화화에 당하여 제작의 시스 템을 무시하거나 테크닉을 소홀히 함을 허용하지 않는 것은 두 말할 나위 없다. 하물며 그 배급 시장을 내지에 요구하지 않고 있는 오늘,

하루라도 빨리 기술적인 영화회사와 긴밀하게 제휴하여 조선영화의 전반적인 향상을 기하는 동시에 어느 정도는 경제적인 제작비의 공동 부담도 얻지 않으면 안 되는 경우가 있을 터이다. 다만 내가 우려하는 것은, 내지의 영화회사가 전적으로 조선영화의 제작비를 지출하게 되고 게다가 적극적인 촬영소라도 조선에 갖추어지게 되는 경우에는 솔직히 말해서 조선영화 본연의 로컬 컬러는 물론 조선의 감각도 잃어버리는 것이 아닐까 하는 것이다. 내지인이 만든 조선영화는 진짜의 조선영화는 아니다. 서투르더라도 우리의 손으로 만든 것이 본연의 조선영화이다.

요즘 조선영화 배급업자들의 내지 왕래가 빈번하여 그 사람들이 마치 조선영화의 사절과 같은 얼굴을 하고 이곳의 사정을 잘못 소개하거나 더욱이 다양한 영리 본위의 계약을 맺으려고 하는 모양인데, 그 사람들은 프로듀서도 아닐뿐더러 예술가는 더욱 아니고 우리들의 영화 사절도 아니다. 따라서 이는 진정으로 악전고투하여 오늘날 조선영화의 기초를 세운 영화인이 내지에 가서 조선영화의 현상을 전하려고 하는 이때에 매우 곤란한 것이다.

나는 조선영화계가 진실한 명랑함이 넘쳐나는 날이 올 것을 간절히 기다려마지 않는다.

(1938. 3. 20)

활기 띠는 반도영화
이번에는 조선의 명 소설 『무정』을
신생 조선영화회사가 발성화

서양영화 수입 통제의 영향으로 우리나라 영화계가 대륙영화와 함께 점차 주목하고 있는 조선영화는 도호(東宝)와 제휴한 성봉영화원(聖峯映画園)의 시국영화 〈군용열차(軍用列車)〉와 반도영화제작소(半島映画製作所)의 극영화 〈한강(漢江)〉, 이어 최근 성립한 조선영화주식회사(朝鮮映画株式会社)의 첫 번째 작품으로 전(全) 발성 〈무정(無情)〉을 제작, 발표하여 단연 활발한 움직임을 보여 왔다. 이 〈무정〉은 조선의 오자키 고요(尾崎紅葉)라 부를 만한 춘원 이광수의 원작이며 조선 최초의 본격적인 신소설로, 다이쇼 6년 본지의 자매지인 《매일신보》 지상에 연재되어 대단한 선풍을 일으킨, 말하자면 『금색야차(金色夜叉)』에 견줄만한 문제의 소설이다. 각색 및 감독은 박기채 씨, 주연은 지난번 제1회 연극 콩클에서 연기상을 수상한 인생극장의 프리마돈나 한은진, 태평 레코드의 가수 최남홍, 그 외에 국수(国秀)작가 최정희 여사의 특별 출연이라는 흥미로운 캐스팅으로 오는 20일부터 크랭크 개시. 5월 하순에 개봉 예정으로 조선영화의 획기적인 대작이 될 것이라 기대하고 있다. (사진은 한은진 양)

(1938. 3. 20)

일지(日支) 영화·연극·문학의 교섭 (상)

가라시마 다케시(辛島驍)

(1) 영화

〈지나를 파헤치다(支那を暴く)〉를 시작으로 〈열하(熱河)〉, 〈상해(上海)〉, 〈남경(南京)〉, 〈희광(曦光)〉 그리고 〈동양 평화의 길(東洋平和の道)〉 등 최근 우리는 카메라를 통해 끊임없이 지나(支那)를 들여다본다. 그러나 지나에서 제작된 영화는 아직도 대부분 우리나라에 수입되어 있지 않다.

겨우 여기 조선에서는 특수한 관계 하에서 벌써 2편의 지나영화를 보고 있는 것이다. 첫 번째로 경향영화 전성시대의 작품 〈양자강(揚子江)〉에는 주연 그 외 많은 조선인이 참가하였다. 두 번째로 4년 전에 '단성사(團成社)'에서 개봉한 〈상해여 잘 있거라(再會吧上海)〉의 감독은 예전부터 조선 영화계에서 활약한 정기탁(鄭基鐸) 씨였다.

영화와 관련한 조선과 지나의 관계는 여기에 그치지 않는다. 연화영화공사(聯華影業公司)의 남자배우로 지나의 게리 쿠퍼(Gary Cooper)라 불리며 인기를 모으고 있는 김염(金焰). 이 사람이 조선 귀족 출신이라는 것은 지나보다 오히려 조선에 알려져 있지 않다. 흑룡강성(黑竜江省) 태생이라는 기록도 있지만, 출신은 조선. 유년시절에 일가가 만주로 이주한 것이다. 18살 때 상해로 향해 신극 운동에 몸을 바쳐 톈한(田漢)의 '남국사(南國社)' 극단에 참가하였으나, 1930년 연화영화공사(전 외교부장 뤼원간(羅文幹)의 조카, 뤼밍유(羅明祐)가 경영하는 곳으로 명성영화공사(明星影業公司)와 나란히 우수한 작품을 많이 제작하고 지나 인텔리 층에게 지지를 받고 있음)의 창립과 함께 입사하여 〈야초개화(野草開花)〉에 주연으로 인정받아 〈어광곡(漁光曲)〉, 〈대로(大路)〉 등 지나영화 역사 상 획기적인 작품으로 칭해지는 작품에 주연을 많이 맡아 장래 크나큰 기대를 받고 있다.

김염의 부인, 왕런메이(王人美)(본명 왕세세(王細細), 호남성 태생)는 현대 지나영화 여장 중 제일 인기가 있는 후디에(蝴蝶)와 함께 여배우계의 매우 귀한 보물이라 일컬어지고 있다. 작년 모스크바(Moscow) 국제영화제에서 〈미모사관(ミモザ館)〉, 〈사랑의 가을(恋の秋)〉 등과 나란히 명예상을 획득하였으며, 지나의 대표적 걸작(지나에서 84일 연속 상영이라는 최고 기록을 기록한)으로 지나영화 사상 획기적인 의의를 지닌 작품이라 일컬어지고 있는 〈어광곡〉은 실로 이 왕런메이를 주연으로 하여 김염, 그 외 배부한 연화영화사의 역작이었다.

최근 보도에 의하면 김염의 형은 새롭게 창립된 만주영화회사에 감독으로 입사하였다고 하고, 왕런메이의 여동생은 하얼빈에서 공부

중. 장래에는 만주의 교육계에 진력할 결심이라 한다. 김염을 주축으로 하는 조선, 만주, 지나, 아니 일본, 만주, 지나의 영화 교섭은 앞으로 더욱 더 밀접해질 것이다.

10여 년 전, 일본의 유력 영화회사가 상해의 모 영화공사(影片公司)와 제휴하여 합작영화를 제작, 배우 교환을 기획하였으나, 상대편의 불신으로 성립되지 못하였던 것을 생각하면 스즈키(領木), 손(孫) 두 사람의 〈동양평화의 길〉의 완성은 일본과 지나의 영화 교섭에 하나의 전환을 주었다고 할 수 있다. 성봉, 극광, 고려, 그 외의 조선영화 제작진도 최근 일대 비약을 시도하고 있다. 장래 일본, 만주, 지나 연합 작품의 제작 기회가 반드시 올 것이다. 진심으로 이 땅의 영화계 사람들이 지금부터 노력하기 바란다. (사진은 김염)

(1938. 4. 6)

일지(日支) 영화·연극·문학의 교섭

가라시마 다케시(辛島驍)

(2) 연극

〈동양 평화의 길(東洋平和の道)〉의 주연을 맡은 바이큉(白光)은 신극 출신의 여배우이다. 루거오차오(蘆溝橋)에서 일본과 지나(支那)의 화약고가 터지고, 며칠 후 베이징(北京) 성내에서는 아마추어 극단 '살롱(沙龍)극단'이 차오위(曺禹)의 〈일광(日光)〉을 상연하고 있었다. 바이큉은 그 무대에 섰다. 이때 연출에 사용한 배경은 작년 도쿄에서 유학생들이 상영한 때의 것을 거의 그대로 모사한 것이라 한다. 지나의 신극 또한 항상 도쿄와 단단한 연결고리로 이어져 있다.

징(銅羅)과 호궁(胡弓), 높은 가성(歌声)에 더해 배경도 장치도 아무것도 없는 극히 상징적인 옛 지나 극이 근대 문화의 빛을 받아 먼저 개량을 통감하였을 때 거기에 새로운 서광을 준 것은 우리 사단지(左團次)의 연출이었다. 상하이의 구극(旧劇) 무대의 회전 무대가 설치되고 유화 풍의 배경이 처음으로 사용된 것은 일본에 건너가 그에게 가르침을 받은 샤위준(夏月潤), 샤위쉔(夏月珊)이 시도한 개량이었다.

이것에 이어 민국 혁명의 전야(前夜)적 풍조에 자극을 받아 전토를 풍미한 완밍시(文明戱)도 일본의 소시 시바이(壯士芝居)의 영향 아래에 있었던 것이다.

더욱이 실로 근대극을 지나에 수입한 자들은 도쿄 유학 중 학생들이 조직한 '춘류사(春柳社)'로, 가와이 다케오(可合武雄), 기타무라 로쿠로(喜多村綠郞) 산하의 일본 청년들이 여기에 참가, 그들은 도쿄에서 여러 번 상연 후 상하이로 건너가 한커우(漢口), 창사(長沙)까지 흥업을 이어갔지만, 일본인 한 명은 마지막까지 함께하여 그야말로 지나의 신극을 위해 분골쇄신한 것이다. 그 후 지나의 신극계를 리드한 톈한(田漢)은, 이 일행의 창사에서의 흥행을 보고 감격한 뒤 도쿄로 달려가 고등사범에서 공부하며 일본의 신극 운동을 연구, 귀국하여 상하이에 '남국사(南國社)'극단을 일으킨 것이었다. 그 이후 '남국사'의 발전은 지나 신극의 발전이라고까지 일컬어졌으나, 그 종자는 일본에서 전해진 것이었다.

장제스(莊介石)의 북벌이 도중에 방향 전환을 한 후, 프롤레타리아 연극(プロ演劇) 운동을 일으킨 '예술극사(芸術劇社)'의 멤버도 일본인 유학생이 많으며, 특히 쓰키치(築地)의 영향 아래에 있는 사람이 많았던 〈서부전선 이상 없다(西部戰線異狀なし)〉를 상연하였을 때는, 거의 무라야마 도모요시(村山知義) 씨의 각본에 의지하고 있었다. 같은 때, 광동의 첸밍추(陳銘枢)가 민중연극연구소(民衆演劇硏究所)를 일으킨 뒤 광

둥(広東)의 신극 운동에 진력한 어우양위첸(欧陽予倩)도 일본 유학 출신으로 특히 옛 '춘류사'의 동인 중 한 사람이었다. 그 후, 만주사변(満州事変)이 일어나 연극이 노동자와 깊이 연계되어 '남의극단(藍衣劇團)'이 상하이의 푸동(浦東)과 양슈푸(揚樹浦)의 공장 지구에서 태어났을 때, 이를 지도한 쉬이(適夷), 그 외 많은 연극인 역시 일본에서 배운 사람들이었다.

단지 극단에 그치지 않고, 각본도 일본에서 많이 배우고 있다. 기쿠치 간(菊池寛) 씨의 〈아버지 돌아오다(父帰る)〉와 같은 것은 수십 회 상영 기록을 갖고 있다. 나도 지난해 그것을 도호쿠(東北) 난민 구제 의연(義捐) 공연 무대에서 보았다. 텐한의 개작이었다. 같은 때, 야마모토 유조(山本有三) 씨의 〈영아 살해(嬰児殺し)〉도 상연되었다. 수년 전의 조사이지만, 그때 일본의 신극 각본이 지나어로 번역된 것은 52편이다. 기쿠치 칸, 무샤노코지 사네아쓰(武者小路実篤), 야마모토 유조, 아키타 우자쿠(秋田雨雀), 오사나이 가오루(小山内薫), 나카무라 기치조(中村吉蔵), 마에다코 히로이치로(前田河廣一郎), 후지모리 세이키치(藤森成吉), 구라타 하쿠조(倉田百三), 다니자키 준이치로(谷崎潤一郎), 후지이 마스미(藤井眞澄), 나가타 히데오(長田秀雄), 가네코 기시후미(金子岸文), 사토미 돈(里見弴), 아오야기 노부(青柳信雄) 등의 이름이 보인다. 현재는 그 수가 배에 이른다.

오늘날 지나의 연극 성장에는 서양계 송춘팡(宋春肪), 슝포시(熊佛西) 등의 공헌이 적지 않다고 할 수 있으나, 절반은 일본의 신극이 지도하고 가꾸어 왔다고 해도 결코 과언이 아닐 것이다.

영화와 마찬가지로 연극도 또한 일본과 지나의 더욱 깊은 제휴가
그리 멀지 않은 시기에 가능하지 않을까?

(1938. 4. 8)

일지(日支) 영화·연극·문학의 교섭

가라시마 다케시(辛島驍)

(3) 연극

〈동양평화의 길(東洋平和の道)〉의 조감독 장메이쉐이(張迷生) 씨가 나쓰메 소세키(夏目漱石)의 문학론이나 아리시마 다케오(有島武郎)의 작품을 번역하고 있는 것처럼, 일본문학이 지나어(支那語)로 번역되어 소개된 것은 현재 6백 편에 가까울 것이다. 나는 경성제국대학(京城大) 10주년 기념 논문집에 번역한 작가 150명, 작품 490편의 이름을 열거해 두었다.

실로 화북의 중요 인물인 탕얼허(湯爾和) 씨(일본 가나자와의전(金沢医専) 졸업, 도쿄대지진 때에도 지나적십자사(支那赤十字社) 대표로 내조하였음)가 광서(光緒) 33년[03]에 구로이와 루이코(黒岩淚香)의 『원맹리

---

03 1907년.

합기(鴛盟離合記)』를 상무인서관(商務印書館)에서 출판한 것은 『불여귀(不如歸)』의 영어 번역의 중역 오시카와 하루오(押川春浪)의 『해저군함(海底軍艦)』, 그 외의 번역 등과 함께 오래된 것으로, 그 이후 메이지(明治), 다이쇼(大正), 쇼와(昭和)의 주요 작가(돗포(獨步), 다쿠보쿠(啄木), 소세키(漱石), 준이치로(潤一郎), 미메이(未明), 무샤노 코지(武者小路), 시가(志賀), 아리시마(有島), ■■, 기쿠치(菊池), 아쿠타가와(芥川), 도손(藤村), 사토(佐藤), 아키타(秋田), 이와야(巖谷), 하야마(葉山), 무라야마 도모요시(村山知義) 등)는 특히 많이 번역되어 기쿠치, 아쿠타가와와 마찬가지로 각각 20편을 넘고 있다. 그리고 이러한 사람들의 초상은 때때로 유력한 문헌 잡지의 권두를 장식하였고, 아쿠타가와와 아리시마의 죽음이 알려졌을 때는 친숙한 회상문까지 실렸었다.

또한 단지 창작에 한정하지 않고 평론 문장도 그 이상으로 많이 번역되었고, 노가와 하쿠무라(野川白村)와 노보리 쇼무(昇曙夢) 씨의 것은 특히 많이, 고이즈미 야쿠모(小泉八雲)에 이르러서는 30여 편이 지나어로 번역되었다. 게다가 또한 프롤레타리아 문학(プロ文學)이 성하였을 때는 가타카미(片上), 히라바야시(平林), 오카자와(岡沢), 아오노(青野), 구라겐(蔵原), 가와구치(川口) 등 제가의 문장은 플레하노프(Plekhanov), 루나차르스키(Lunacharsky)의 문장과 나란히 지나 평론가의 논설 속에 금과옥조와 같이 인용되었다.

그리하여 이러한 번역 일에 종사한 많은 일본 유학생들은 동시에 새로운 지나의 오늘날 문학을 구축해 올린 사람들이다. 백화문(白話文) 제창에 참가한 첸두슈(陳獨秀), 첸쉬안퉁(錢玄同)을 시작으로 실제 백화

문 소설을 써 신문학에 서광을 비춘 루쉰(魯迅), 그 남동생으로 북경의 문학 교수 연구의 권위자 저우쮜런(周作人), 게다가 이들 주 씨 형제가 이끄는 북지(北支) 『어종(語綜)』의 문예 집단에 대해 남방 상하이에 낭만주의의 문예 운동을 일으킨 『창조사(創造社)』의 작가 궈모뤄(郭沫若), 위다푸(郁達夫), 장쯔핑(張資平), 청팡우(成仿吾), 타오핀쑨(陶品孫), 그 외 최신 신진 작가까지 수를 세보면 끝이 없으며, 영국, 미국, 프랑스, 러시아의 서양계보다도 훨씬 우수하게 리드하고 있는 것이다.

가까운 나라의 유학비가 싸고 또한 일본어 하나를 배우면 세계의 문화를 정말 쉽게 흡수할 수 있었기에 이와 같이 다수의 유학생과 번역을 하게 된 것인데, 여기서 주목할 점은 일본 고전의 소개는 거의 시도되고 있지 않다는 것이다. 저우쮜런, 샤리우이(謝六逸) 등의 몇 개의 일본문학사와 고지키(古事記), 교겐(狂言), 그 외 번역이 있지만 이를 유신[04] 이후의 작품의 번역 수와 서양에 번역된 일본 고전의 수량과 비교해 보면 너무나도 적다.

새로운 지나는 일본의 유신 이후의 서구문화를 너무 많이 배웠다. 앞으로는 고전의 연구를 기대한다. 이로써 진정으로 일본을 더욱 잘 이해할 수 있기 때문이다. 동시에 일본도 낡은 지나에만 주의를 너무 기울여 펄 벅(Pearl Buck)의 『대지』의 출현에 놀라는 상태를 앞으로 계속하고 싶지 않은 것이다. 동양 고유의 진정한 정신을 다시 생생하게 파악함과 더불어 우리들은 새로운 오늘날의 지나의 생활, 숨결도

---

04 메이지유신(明治維新, 1868)을 가리킨다.

더 알려고 노력해야 한다.

　상호 전통과 현상을 정확하게 이해하려고 하는 것이야말로, 진정한 제휴와 융화가 생겨날 수 있는 길이다. (이상 부민관 강연 요지, 사진은 저워쮜런)

(1938. 4. 12)

대륙영화 제작론
〈동양평화의 길〉의 일 등

기타가와 후유히코(北川冬彦)

도와상사(東和商事)의 〈동양평화의 길(東洋平和の道)〉은 참혹한 작품
이다. 그러나 이 영화는 단지 참혹한 작품이라고 해도, 지나치게 그러
한 작품은 아니다.

이 영화가 의도하는 것은 시대의 숨결에 맞는다. 제작자 가와키타
나가마사(川喜多長政)는 어떤 곳에서, 이 작품을 제작한 가장 큰 동기
에 대해 지나(支那)가 좋아서라고 말한 일이 있다. 지나사변이 일어났
기에 일본을 위해서이고 혹은 직접 지나를 위해서가 아니더라도 언
젠가는 지나를 위하는 일이 영화에 의해 가능하리라고 생각해서 이
일을 시작하였다고 전하고 있다. 확실히 멋진 생각이다.

일본영화가 국내에만 틀어박히지 않고 국외로, 지나대륙으로 가
지 않으면 안 된다는 것은 일찍이 이야기되고 있던 것이지만, 사물이

실행되는 데에는 기회가 있는 것 같다.

지금까지에 있어서도, 만주사변, 상해사변 등이 일어날 때마다 그것을 기회로 일본영화 제작자들이 전쟁영화를 만들었던 일이 자주 있다. 하지만 그것 등의 작품은 이른바 유행물(際物)로, 싸구려물이었다. 현지에서의 로케이션 등은 거의 행해지지 않는다. 이번 지나사변의 경우도 마치 관례처럼 최초의 각 회사는 분발하여 그 종류의 유행물 전쟁영화를 만들었으나, 사변은 옛날과는 전혀 달라지고 있어 그러한 것으로 잘 되어갈 리는 없다. 이번 지나사변의 성질이 중대성을 띠고 있어도, 사변에 대한 국민의 인식과 각오가 남다른 경지까지 이르고 있었기에 싸구려 전쟁영화는 그것을 받아들이지 않았다고 하는 점도 있다.

하지만 그것들을 받아들이지 않았던 데 대해서는 이번의 사변을 계기로 급격히 발전한 뉴스영화의 존재가 커다란 원인을 주고 있었다. 뉴스영화의 생생한 사진에 의해 싸구려 전쟁연극은 정체가 똑똑히 폭로될 수 있었던 것이다.

도와상사가 〈동양평화의 길〉의 제작을 생각한 것은 정확히 이와 같은 때였다. 이 작품은 최초 실사 기록영화로 제작을 개시한 것인데, 도중에 방침을 바꾸어 극을 짜 넣은 〈동양평화의 길〉이 실패한 것은 여기에 원인이 있다. 실사로서도, 또한 극으로서도 어중간하다는 점이 그것이다. 만약 실사 기록영화로서 제작되었다면, 이만큼 흥미가 적은 작품은 되지 않았을 것이다. 혹은 극영화라 하더라도 일본의 입장에서 만들어졌다면 이 정도의 실패는 맛보지 않았을 것이다. 그러나 이 작품은 지나의 입장에 서 있다.

가령, 장미성(張迷生)이라는 지나인(支那人) 조연출(補導)을 얻었다고 해도, 지나에 대해 인식이 얕고 생활의 뿌리도 없는 스즈키 시게요시(鈴木重吉)에게 감독을 맡게 한 것이므로 피상적인 ■■■■■■■■ 전한다면 당연할 것이다. 제작자는 멋진 의도를 갖고 있었으나, 아쉽게도 방법을 잘못 택하였던 것이다.

사변 이래, 지나대륙에 눈을 돌려서 뛰어난 성과를 내고 있는 영화가 2편 있다. 도호의 실사 기록영화 〈상해(上海)〉이며, 또 하나는 닛카쓰의 〈5인의 척후병(五人の斥候兵)〉이다. 이 두 작품이 어떻게 해서 우수한 작품이 될 수 있었는가? 이것은 우선 〈동양평화의 길〉에 있어서와 같은 제작 방침의 동요가 없었다는 것, 영화에 있어 2대 장르에 대한 인식이 각각 깊었다는 것에 유래하고 있다.

영화 제작에 관해 제작자의 의도가 우수하다는 것은 물론 중대하지만, 제작 스태프의 좋고 나쁨은 더욱이 결정적이다. 〈5인의 척후병〉의 감독 다사카 도모타카(田坂具隆), 〈상해〉의 촬영가 미키 시게루(三木茂)는 예술가로서 멋진 두뇌와 감정을 갖고 있다. 그러나 〈동양평화의 길〉에 있어 스즈키 시게요시는, ■■■■■■■■■■■■ ■■■에 불과한 것이다.

대륙영화로서 성공하지 않는다면, 실사 기록영화에 의한 것이 지름길일 터이다. 왜냐하면, 실사 기록영화의 경우는 극영화에서처럼 생활의 뿌리를 지니지 않더라도 한 번은 여행자로서의 관찰로도 충분하기 때문이다.

만약 극영화를 제작하는 것이라면 생활의 뿌리를 갖고 있는 스태프에 의해 제작해야 한다. 그 점에서, 막 태어났지만 만주영화협회(滿州映畵協會)의 장래에 기대할 바가 적지 않다.

도메이통신사(同盟通信社) 제작의 〈희광(曦光)〉의 노림수는 〈동양평화의 길〉이 최초로 노렸던 것과 거의 궤를 같이하고 있다. 베이징을 중심으로 해서 북지(北支) 지나인의 생활, 풍물의 소개에 힘을 넣고 있는 것은 좋지만, 작품 전체로부터 넘쳐 나오는 감정이 없다. 소화되지 않는 이데올로기를 짊어지는 것은, 이 종류의 영화가 지니는 통조(通條), 이 작품도 그것으로부터 탈피하지 못한 〈상해〉가 나와 있는 오늘 맹성(猛省)을 표하는 것이다.

(1938. 5. 13)

영화화 되는 〈춘향전(春香傳)〉 좌담회 (상)

| 참석자(발언자만)

무라야마 도모요시(村山知義) 씨 (신협 극단(新協劇團) 공연자)

가라시마 다케시(辛島驍) 씨 (경성제대 조교수)

정인섭(鄭寅燮) 씨 (연희전문 교수)

백철(白鐵) 씨 (평론가)

후지이 아키오(藤井秋夫) 씨 (경성제대 예과 교수)

이종태(李鐘泰) 씨 (이왕직(李王職) 아악부雅樂部))

김관(金管) 씨 (음악평론가)

이전상(李殿相) 씨 (사학자)

유치진(柳致眞) 씨 (극연좌(劇研座) 극작가)

최남주(崔南周) 씨 (조영(朝映)[05] 사장) - 반도호텔에서

---

05 1937년에 설립된 '조선영화주식회사(朝鮮映畫株式會社)'의 약칭이다.

유치진 오늘 밤 모임 〈춘향전〉에 대한 좌담회로 무라야마 도모요시 씨를 모셨습니다. 먼저 무라야마 씨에게 내지에서 상연된 신협(新協)의 〈춘향전〉에 대해 이야기를 들은 후, 여러분의 고견을 듣도록 하겠습니다.

무라야마 신협이 도쿄를 시작으로 오사카에서 공연한 것을 대강 보고하자면, 먼저 첫 번째로 신극이라는 것에 대한 일반 사람들의 고착된 생각을 타파한 것이 매우 중요합니다. 지금까지는 어둡고 우울한 연극이 많았는데, 〈춘향전〉이 웅대한 주제와 아름다움, 정결(貞潔), 정의를 동경하는 정신을 보여준 것입니다. 게다가 내지 연극 팬들은 전혀 알지 못하는 조선의 고전을 소개하여 상당한 반향을 환기한 것에 대해 자부심을 느끼고 있습니다. 연출 상의 방침으로는 〈춘향전〉의 주제를 명확하고 웅대하게 그리기 위해 그 표현 스타일부터 아름다움을 추구했습니다. 고전적인데다가 리얼하게 호소하는 힘을 위해 젠신자(前進座) 배우의 조력을 얻어 가부키(歌舞伎)적인 대사와 연기를 배우고, 동시에 동작들은 경성에 있는 반도의 여러분들에게 배웠습니다. 스타일과 배역도 마찬가지로 각각 구분을 하여 가부키 풍, 신극 풍으로 나누어서 했습니다. 장면에 색채와 배역의 개성을 강화하기 위해 그리 했습니다. 물론 가부키라는 것은 긴 ■■■■■와 같은 과정을 거쳐 변천하며 ■■■■■ 얻은 것이기 때문에 비교적 여러 가지 수법을 써서 장면을 구성하는 것이 가능했습니다. 몽룡 역에 아카키 다카코(赤木高子)를 기용한 것은 조선적인 유연하고 청초한 훈풍을 지닌 신극 배우가 없었기 때문입니다. 예를 들어, 여자 역을 맡은 배우는 여자가 되기 위해서 남자가 보는 여자의 가장 여성적인 행동을 의식하여 과장되게 표현하기 때문에, 가부키 풍 형식에 입각하여 한층 더 여성적이게 연기할 수 있는 것과 마찬가지로, 여자배우가 남자를 연기할 때 남자 중에서도 가장 남성적인 행동을 표현할 수 있다고 생각하여, 춘향과 몽룡의 연애가 이번처럼 현실에서 어떤 일정한 거리를 둔 형식의 아름다움을 추구할 경우에는 재미있는 시도하고 느꼈습니다. 따라서 남자가 아니기 때문에 연애할 때의 박력이 확 다가오지 않는다는 비평도 있으나, 다른 한편으로는 여자가 연기하는 남자였기 때문에 어떤 여유가 느껴져 즐거웠다고도 전해지고 있습니다. 게다가 어떤 사람은 종래의 신극물(新劇物)에 비해 현실을 깊이 파고들지 않고 쓸데없이 연애를 다루어 너무 한가롭다고 비난하고 있습니다. 그 사람들은 신극에 대해 너무나도 고정적인 관념을 갖고 있기 때문에 신극이 그렇게 협소하지 않다는 것을 모르고, 또 조선 문화의 소개라는 점을 간과하고 있습니다. 그리고 전혀 일본어를 이해하지 못하는 반도의 노인들조차 이것을 보고 울고 웃던 것을 포함하여, 대체로 이번 공연은 성공을 거두었다고 생각합니다.

유치진 그럼 우리들이 대체로 갖고 있는 〈춘향전〉의 이미지와 비교하여 방금 무라야마 씨의 말씀에 질문이 있으십니까?

백철 아주 막연한 질문인데요, 〈춘향전〉 시대 때 서민들에 대한 탐관오리의 악정이라든지 또는 조선 특유의 인정, 풍속 등에 대해 무라야마 씨의 관측 또는 감상 같은 것이 있으십니까?

무라야마 춘향전 전설의 근저에 있는 악정이라든지 연애, 그밖에 아름다운 마음을 존중하는 기풍 등은 내지와 조금도 다르지 않다고 생각합니다. 인물 심리의 이동도 마찬가지입니다. 원래 희곡은 긴 시간을 들여서 만들어진 것이기 때문에 착한 사람은 더욱 착한 사람으로, 아름다운 사람은 더욱 아름다운 사람으로 구상화되는 것입니다. 그래서 인물은 모두 유형화되어버리고 사건도 거대한 서스펜스에 질질 끌려가 과장된 대단원이 주어지는 점도 내지와 같습니다. 어떤 사람은 가부키에 나오는 인물, 사건에 어떤 변철(變哲)도 없다고 하지만 저는 그 점에 흥미를 느꼈습니다. 다만 그것을 낳은 사회적인 환경, 풍습이 다를 뿐입니다. 이에 대해서는 뒤에서 이야기할 예정입니다만, 〈춘향전〉을 영화화 할 때 인물을 이 유형화로부터 환원해야 합니다. 동시에 긴 세월을 거친 전설과 연극처럼 〈춘향전〉의 인물을 유형화시킨 조선 민중의 이상이라는 것이 어디에 있는지도 표현해야 합니다.

(1938. 6. 9)

영화화 되는 〈춘향전(春香傳)〉 좌담회 (중)

| 참석자(발언자만)

무라야마 도모요시(村山知義) 씨 (신협 극단(新協劇團) 공연자)

가라시마 다케시(辛島驍) 씨 (경성제대 조교수)

정인섭(鄭寅燮) 씨 (연희전문 교수)

백철(白鐵) 씨 (평론가)

후지이 아키오(藤井秋夫) 씨 (경성제대 예과 교수)

이종태(李鐘泰) 씨 (이왕직(李王職) 아악부雅樂部))

김관(金管) 씨 (음악평론가)

이전상(李殿相) 씨 (사학자)

유치진(柳致眞) 씨 (극연좌(劇研座) 극작가)

최남주(崔南周) 씨 (조영(朝映) 사장) - 반도호텔에서

후지이(藤井) 매우 재미있는 이야기라고 생각합니다. 저도 이전부터 〈춘향전〉뿐만 아니라 조선의 고전물을 일본어로 번역하는 것에 흥미를 갖고 있었는데, 만약 이 고전적인 재료를 가부키적인 정신으로 한다면 조선의 특성을 갖고 있는 용어와 말의 리듬을 어떻게 해야

합니까?

무라야마 저는 말을 전혀 모릅니다만…, 연출 조교인 안영일(安英一) 군으로부터 그것은 매우 특이한 말이라고 들었습니다. 앞으로 말을 옮기는 것에 대해 공부하여 응당 고려해야 할 점이라 생각하고 있습니다. 지금부터 말을 옮기는 것도 공부하여 당연히 고려를 해야 한다고 생각하고 있습니다. 내지에서 상연할 때에는 웃음소리, 한숨, 네, 아이고! 등을 그대로 조선 풍으로 했습니다. 이는 신협의 〈춘향전〉이 10월 쯤 조선에 들어올지도 모르기 때문에 그때 반드시 실물을 보고 싶습니다.

유치진(柳致眞) 그럼 지금부터 〈춘향전〉의 영화화에 대해 이야기를 듣고 싶습니다. 무라야마 씨?

무라야마 〈춘향전〉을 영화화한다고 해도 주제는 연극과 아무런 차이가 없습니다만, 영화라는 장르는 가부키적이라든지 현실보다 일정한 거리를 둔 양식의 극과는 관계가 먼 것으로, 이 〈춘향전〉이 200년 전에 만들어졌으며 그 후로 발전한 어떤 역사적 사실로 제작할 계획입니다. 인물, 사건 등도 연극과는 달리, 단지 전설을 베끼지 않은 역사적인 현실을 다룹니다. 예를 들어, 몽룡이 어째서 수도에서 오랫동안 춘향에게 소식을 보내지 않았는지에 대한 필연적인 설명, 또한 춘향이 이 긴 시간 동안 당연히 마음속에 품고 있었을 어떤 의혹과 고민을 그려내야 한다고 생각합니다. 그리고 이 영화화는 반드시 조선의 배우가 조선어로 대사를 말해야 합니다. 구미(歐米)영화의 슈퍼임포즈(superimpose)조차 시장 획득이 가능한 이상, 예술적으로 조선적이어도 좋다고 생각합니다. 따라서 가능한 한 조선에서 촬영하고 조선적인 토지색(土地色)을 나타내고 싶습니다. 음악의 경우, 너무 조선적이어서 내지의 사람들은 도저히 이해할 수 없는 것에 대해서는 궁리할 여지가 있습니다. 연극에서는 이왕직의 아악 레코드를 주로 사용했습니다만, 영화는 더욱 어떻게든 고민을 해야 합니다. 대사도 포함하여 조선에 계신 여러분의 협력을 부탁드립니다.

백철 영화화에 원하는 것은 〈춘향전〉의 시대성과 사회성, 예를 들어 양반 계급에 대한 서민의 야유와 풍자를 짜 넣는 것도 하나의 충실한 시도가 아닐까 생각합니다.

이종태 방금 무라야마 씨의 말씀 중에 〈춘향전〉이 매우 아름답다는 비평을 받았다고 하셨는데, 그 아름다움이란 대체 어떠한 것을 가리키는 것입니까?

무라야마 그것은, 신극의 무대 장면이 추잡스럽다든지 그 주제가 사회의 어두운 면을 많이 보이는 것에 비해 몽환적인 〈춘향전〉의 이야기가 아름답다는 의미입니다.

이종태 연극에 사용된 막간 반주의 효과는 어떻습니까?

무라야마 광한루 등의 장면은 거의 대부분 전부 아악 레코드를, 형사(刑吏)가 춘향을 학대하는 장면에서는 가창 레코드로 했습니다.

정인섭 사실(史實)에 충실하게 한다고 들었지만, 언어 문제로 당시의 어휘나 억양을 사용해야 할지, 혹은 현대어를 사용해야 할까요?

무라야마 200년 전에 어떠한 말을 사용하고 있었는가 하는 것은 오늘에서는 누구도 알 수 없는 것입니다. 그 당시의 문장에 쓰이는 말과 실제로 사용된 말은 다른 것입니다. 이것은 우리가 역사물 소설을 쓸 때 계속해서 논의된 것입니다만….

정인섭 하는 말을 쓴다면 예술적으로 진실이라고 말해야 하지 않을까요?

무라야마 예를 들어, 역사물 소설에서 '계시다(ござる)'라든지 '계십니다(ございます)'라고 하는 말은 옛말 같다고 생각하지만, 그게 아니라 단지 그것이 막연히 지난 시대를 나타내는 것에 지나지 않는 요즘에는 현대어에 가까운 말로 현실적인 박력을 해치지 않고 시대의 뉘앙스를 자아낸다면 좋다고 생각하게 되었습니다. 그러나 〈춘향전〉이 배경으로 하는 전라도에 아악이 있었는지는 매우 의문입니다. 오히려 속요(俗謠) 등이 적당하지 않을까 생각합니다만.

이종태 아니, 아악이라해도 우리 것은 일본에서 말하는 아악과 달리 그 중에 진짜 궁중악은 2, 3개 밖에 없습니다. 나머지는 민악(民樂)을 도입한 것입니다.

김관 저는 〈춘향전〉의 음악은 아악에만 의존하지 않아도 된다든가 당시의 민족악(民族樂)을 넣어야만 하는 것은 아니라고 생각합니다, 화면에 녹아 들어가는 음악으로 아주 새롭게 작곡되어야 한다고 생각합니다. 아악이나 속요를 그대로 넣는 장면도 물론 있습니다만….

(1938. 6. 10)

영화화 되는 〈춘향전(春香傳)〉 좌담회 (하)

▌참석자(발언자만)

무라야마 도모요시(村山知義) 씨 (신협 극단(新協劇團) 공연자)

가라시마 다케시(辛島驍) 씨 (경성제대 조교수)

정인섭(鄭寅燮) 씨 (연희전문 교수)

백철(白鐵) 씨 (평론가)

후지이 아키오(藤井秋夫) 씨 (경성제대 예과 교수)

이종태(李鐘泰) 씨 (이왕직(李王職) 아악부(雅樂部))

김관(金管) 씨 (음악평론가)

이전상(李殿相) 씨 (사학자)

유치진(柳致眞) 씨 (극연좌(劇研座) 극작가)

최남주(崔南周) 씨 (조영(朝映) 사장) - 반도호텔에서

이종태 〈춘향전〉을 영화로 만들기 위해서는 먼저 시대를 정해서 출발해야 한다고 생각합니다. 〈춘향전〉은 그 원본이 약 20여 종이나 전해지고 있습니다. 그러나 그러한 문학적인 조사보다도 〈춘향전〉의 제작 목표를 시대에 두어야 할 것인가 하는 것이 더 중요합니다. 당초

〈춘향전〉에 포함된 이야기의 내용은 외래문학, 즉 지나문학(支那文學) 중 『서유기(西遊記)』, 『도화선(桃花仙)』의 영향을 현저히 받은 것에서 추측해 보면 대략 200년 전의 것으로 생각됩니다. 다음으로 〈춘향전〉이 무엇을 나타내려고 하였는가 하는 문제입니다만, 상식적으로 정조의 고조라고 하지만 그것은 표면적인 견해로 본래 근거는 양반, 서민 계급의 생활에는 현저히 다른 점이 있었다고 하지만, 정의, 인정, 정서라는 말은 같았음을 강조하였다고 생각합니다. 실제적인 것으로는 풍속, 음식, 의상, 주거, 제도, 동작 등을 주의 받거나 어사(御使)가 사용하는 것으로도 척도(尺度), 접목(接木), 마패(馬碑) 등이 있으며, 전졸(殿卒)의 옷이라도 일정한 제복 같은 것이 없고 넝마 등 다양한 복장을 하여 일견 천박한 생김새를 하고 있습니다. 물론 속에는 명주를 입고 있지만…. 음악에 관해서는 당시의 전라도에서는 지리산에서 부른 가요가 궁중에서 아악으로 채용된 것이 확실히 있겠지요. 용어는 관청어(官廳語)와 민간어가 대체로 같은 양입니다. 〈춘향전〉의 창극은 약 150년 전의 신백원(申百源)의 원본이 오늘날까지 전해져 내려오고 있습니다. 참고가 될 것이라고 생각합니다.

유치진 〈춘향전〉은 말이 가장 어렵습니다. 문구 등은 운문으로 적혀 있으며, 현실과 일치하지 않고, 리얼하게 하려고 하면 아름다운 운문이 파괴되어 버립니다. 한편 우리 조선인은 모두 〈춘향전〉에 대해 숙지하고 있습니다. 그 등장인물 한 명 한 명에 대해 어떤 정형화된 이미지를 갖고 있습니다. 그래서 진수에 이르기까지 그 판에 박힌 대로 하지 않으면 관객들이 인정하지 않습니다. 따라서 연극의 각본을 쓸

때 대사의 리듬을 살리면서 동시에 리얼하게 하고 싶다고 한 것입니다. 예를 들어 셰익스피어의 연극을 산문으로 고치면 정말 무미건조하게 되지요. 장혁주(張赫宙) 군 등은 대담하게 내지 독자를 대상으로 현대어로 쓴 거죠?

무라야마 작년이었나? 앙겔라 잘로커(Angela Salloker)가 연기한 독일영화 〈잔다르크〉를 보았는데 그것은 전설과 달리 매우 현실적이었는데 그러한 태도도 좋다고 생각합니다. 지난번 경성에 왔을 때 〈춘향전〉 영화도 보았는데 조선영화는 모두 템포가 느립니다. 영화는 무엇보다 템포가 빨라야 합니다.

정인섭 춘향은 몇 살이에요?

무라야마 춘향이 16세이고 몽룡이 18세라고 했습니다.

이전상 두 명 모두 사실은 16세이지요.

유치진 가라시마 씨 무슨…

가라시마 어느 나라나 서민적 정신을 희곡적 요소로 취급하고 있는 것이 많군요. 서민이 양반 계급의 대화를 모방하며 풍자하는 것을 대중들은 기쁘게 받아들이는군요. 계급적인 관점을 두는 곳을 명료하게 하여 낭만적인 요소와 희곡적인 요소가 받아들여지는 방법의 균형 문제도 고려해 주었으면 합니다.

무라야마 나는 양반, 서민 양 계급의 존재가 여러 갖고 모순을 낳은 그 갈등을 하나의 역사적 사실로 한다는 태도로 나아가고 싶습니다.

정인섭 계급 사상적 의미입니까?

가라시마, 무라야마, 최남주 (이구동성으로) 아니 그렇지 않아요. (하하)

가라시마 양반, 서민 두 계급이 얽혀 있었던 것을 역사적인 관점으로 조명해 보고 싶습니다.

이전상 사상적으로는 아니지만, 다만 〈춘향전〉의 성격으로 아름다움뿐만 아니라 당시의 계급적 대립 의식이 낳은 애증호오(好惡愛憎)의 감정에서 절정에 달한 여러 가지 상황은 당연히 다루어야 하겠지요.

유치진 그럼 이 정도로 오늘 밤 좌담회를 마치겠습니다. 어째 구름의 움직임도 이상하고 위험한 날씨가 되었는데… 여러모로 감사했습니다.

(1938. 6. 12)

반도영화계의 문제
최근의 '성봉(聖峰) 사건'을 빌려서

NSK

반도의 이리에 다카코(入江たか子)인 문예봉, 그 남편 임선규(林仙奎), 연출자 서광제(徐光霽) 등의 탈퇴 성명으로 뜻하지 않게 성봉영화원의 내분이 폭로되어 충격적인 이슈로 지금 화제인 이 문제와 관련하여 현재의 조선영화계에 대한 소론을 써 보자.

우선 이번 탈퇴 사건인데, 이를 언급하기 위해 이른바 성봉영화원이라는 것의 실체를 밝히자면 여기에는 성봉영화원 동인이라는 배우, 연출가 그룹과 성봉영화 본사('조선발성(朝鮮発声)'의 개칭)라는 기업 경제인 측이 있다. 홍찬(洪燦), 왕평(王平) 및 자금 관계로 후지모토(藤本) 도호(東宝) 지사장 등이 후자에 속해 있다. 동인 그룹은 이 성봉영화 본사에서 스태프 비용으로 월급을 받고 있다. 그런데 문제의 의정부 스튜디오 설립 출자자로 등장한 것이 기이하게도 당시 동대문서의 현직 고등형사였던 백형권(白澄權)이다. 곧 그가 조선영화사 사장 최남주의 스파이라는 풍설을 듣고 깜짝 놀란 왕평, 홍찬, 서광제, 임선규 등은 도쿄에 〈군용열차〉 녹음을 가던 도중, 동래(東莱)로 백(白)을 불러 직접 담판한 끝에 의정부 스튜디오는 성봉만 독점 사용하게 한다는 등의 각서를 작성하고 그 이행 조건으로 백제권을 성봉 본사 사장 자리에 앉히기로 약속하였다. 그러나 실제 백제권의 자금은 역시 조영(朝映)의 최남주가 일부 내고 있다.

여기에 조영의 의정부촬영소 탈취라고 알려진 소문의 원인이 있어 조영 측의 모씨는 이미 인수하였다고 공언하였고 성봉 측은 이를 강력히 부인하고 있으나 어차피 시간문제가 아닌가 싶다.

그러한 사정으로 보아 탈퇴조(脫退組)가 왕평, 홍찬 등이 동인 등을 배반하고 조영의 스파이 손에 성봉 본사의 실권 및 스튜디오를 맡겼다는 말은 반드시 들어맞지 않는다. 하지만 동인도 본사도 백(白)의 배경을 알고 있으면서 게다가 이를 이용하려고 한 속임수는 상당하다. 그것은 제쳐두고 그럼 탈퇴의 진상이라 하면, 〈군용열차〉의 이익금 분배 문제 외에 최근 문예봉은 이미 자신의 여배우로서의 생명도 길지 않다는 이유로 향후 2년간 월급 2백 원에 금 4천8백 원의 가불을 신청해 본사에서도 일단 이것을 받아들이기로 하였다. 그러나 그것이 좀처럼 이행되지 않는 사이에 이야기가 꼬였다는 설도 있다. 그것보다 간접이기는 하지만 놓칠 수 없는 것은, 문예봉의 남편인 임선규는 성봉의 사람이라기보다는 동양극장과 오히려 밀접한 관계가 있고, 게다가 목하 동양극장의 배우를 써서 영화를 제작하려 하는 모(某)씨도 탈퇴에 참획하고 있는 것이다.

그러나 이 문제는 이쯤에서 중단하고 왜 조선영화계에는 이처럼 파벌의 분쟁이 끊이지 않는가 하면, 그 이유 중 하나는 현재 조선에는 조영, 성봉, 고려(高麗), 극연(劇硏), 기신양행(紀新洋行), 반도(半島), 한양(漢陽), 경성영화공장(京城映画工場), 천일(天一), 경성촬영소(京城撮影所), 극광(極光), 동양토키(東洋トーキー) 등 대략 12개의 영화 제작 단체가 있는데, 이 중에서 확고한 조직을 갖고 있는 것은 뭐니 뭐니 해도 50만 원의 주식회사 조영 정도이고, 나머지는 모두 크고 작은 동인 조직적인 것들뿐이다. 때문에 이합집산으로 틀림없이 브로커의 먹이가 되는 것이다.

오해가 없도록 부언하자면 영화 제작 단체가 확고한 조직을 갖기 위한 자금 흡수(이는 합리적인 것이 아니면 성봉의 전철을 밟는 것이다)를 하려면 당연히 기업성이 필요하다. 그러나 이는 조선영화에 촉수를 뻗는 내지의 영화사에도 하고 싶은 말이지만, 목전의 이익 등을 의식하여 돈을 벌기 위해 계산기를 두드리는 사람은 손을 떼고 광산에 금이라도 캐었으면 한다. 하물며 배우나 연출자들이 소성(小成)에 따라 영화가 지닌 메커니즘을 무시하고 자기를 과신하거나 이제 겨우 여명기를 갓 지난 조선영화 제작에 종사한다고 안이한 생활을 탐하려는 등의 요령을 피우면 우수한 작품은 절대로 나오지 않을 것이 분명하다. 제군은 적어도 스스로 문화운동가 중 한 사람으로서 조선영화의 내일을 위해 순항할 각오가 있어야 한다.

(1938. 7. 22)

흥행영화 논의
전쟁영화의 지도성

기도 시로(城戸四郞)

우리나라 흥행 영화계의 지난 1년을 돌이켜보면 미증유의 시국에 직면해 온 만큼 여러 가지로 생각할 점이 많다. 특히 눈부신 진출 기세를 보인 뉴스영화는 아버지, 형, 남편, 친구들이 조국의 영예를 양 어깨에 짊어지고 멀리 남, 북지나(北支那)에서 생사에 직면하며 활약하고 있는 실로 긴박한 광경이 화면에 여실히 드러나 일반 국민에게 많은 기대와 관심을 갖게 하였다.

이 때문에 영화의 관객층도 3~4할의 증가세를 보이고, 종래 영화 등은 젊은 사람들만 보는 것으로서 그다지 흥미를 갖지 않았던 40세 이상의 중년부터 꽤 나이가 있는 사람들까지 흥행 영화에 대한 관심과 이해를 높인 것은 분명 의미 있는 일이다.

이처럼 경이로운 진출 기세를 보인 뉴스영화지만, 최근 큰 슬럼프 상태에 빠지면서 뉴스영화의 한계를 호소하기에 이르렀다. 사실 저조 경향은 상당히 강하게 간파되고 있었다. 지금 돌이켜보면 뉴스영화의 최전성기는 역시 상하이, 난징 총공격 전 무렵이 아니었나 싶다. 원래 뉴스영화는 비용 부담으로 수지에 맞지 않음에도 불구하고 각 신문 통신사는 많은 희생을 각오하고 지금까지 계속해 왔으며, 그 이상의 나쁜 평판으로는 전혀 견딜 수 없는 느낌이 든다. 그런데 이 꽉 막힌 뉴스영화의 국면 타개는 쉽지 않은 문제이기는 하지만 나는 절망이라고는 생각하지 않는다.

최근 어떤 특수한 뉴스영화를 보았는데, 이것은 산 너머 쪽 지나의 진지를 일본군이 포격하고 있는 것을 카메라맨이 매우 용감함을 발휘해 적진 근처까지 진출하여 카메라에 담은 것이다. 산 이쪽의 우리 포병 진지에서의 사격이 아주 정확하여 백성의 집이 한 채 한 채 날아가자 갑자기 비스듬한 사선으로 우리 보병이 가슴 먹먹한 돌격을 감행하는 상황 등을 매우 훌륭하게 포착하고 있었다. 이 장면 등은 현재의 뉴스영화를 타개하는 데 하나의 큰 시사점을 주는 것이 아닌가 하고 통감하게 되었다. 즉, 큰 장면을 도입하는 방법이나 카메라맨의 현장 기법 등에 향후 한층 더 고려를 한다면 현재의 저조함에서 벗어날 수 있는 여지는 충분히 있다고 생각한다.

대략적인 표현일지는 몰라도 흥행 영화의 존재가치라는 것은 그 오락성, 지도성, 예술성 이 세 가지에 있다고 생각한다.

그러나 이 세 가지는 시대 영화에 따라, 도입 방법에 따라 짙고 옅음이 있다. 대체로 평소에는 예술성이 풍부한 것이 많이 나타나는 데 반하여 한 번 전쟁 같은 비상시국에 봉착하면 예술성 이상으로 지도성이 다분히 담기는 경향이 있다. 이번 지나사변의 경우와 마찬가지로 이 경향은 과거 1년간 영화계에서 분명히 입증하고 있다. 즉, 시국 이전에는 영화가 가진 독특한 신선미를 통해 대중의 생활 감정에 탄력과 희망을 주는 것을 주안점으로 놓인 것이 한 번 사변이 일어나면 제작 방침도 다른 국내 문화 기관과 마찬가지로 국책선(国策線)에 따르게 되어, 결국 국가, 단체 생활에 귀일할 수 있는 관념의 스토리가 영화화되기 시작하게 된 것이다.

그러나 영화에 시국 인식을 짜 넣는다고 해도 닛카쓰의 〈5인의 척후병(五人の斥候兵)〉과 같이 처음부터 그 의도를 기반으로 스토리를 쓴 것이라면 비교적 쉽게 효과를 거두어 대중에게도 상당히 어필할 수 있을지 모른다. 하지만 문예 작품 같은 것은 원래 시국 의식을 농후하게 수용한 것만이 아니기 때문에, 영화화되는 경우에도 위에서 적은 것과 같은 관점에서 보면 다소 불만스러운 것이 없는 것은 아니다. 그러나 예술성을 노린 것이라면 그러한 점에서 국가에 기여하는 것이므로 충분히 용인되어도 좋다. 그렇다면 지난 1년간 영화계는 긴장만을 내세우는 이른바 딱딱한 것들이 판치고 있는가 하면 결코 그렇지도 않다. 때로는 다분히 오락성을 요구하는 것도 있어 이러한 욕망에 일률적으로 부정되어야 하는 것이 아니라, 오히려 내일의 활동, 긴장의 원천이라는 것을 생각하면 어느 정도의 오락이야말로 필요하며 없어서는 안 되는 것임을 통감하게 되었다.

요컨대 지난 한 해 동안의 흥행 영화는 전반적으로 시국 의식을 강하게 가미하고, 각 성(省) 당국자들도 종래의 양면성이 있는 원조법이 아닌 적극적으로 진심 어린 친절을 보여 준 것은 반가운 일이다. 앞으로 사변이 길어질수록 영화계의 긴장은 더욱 깊어져 비상시국 하의 긴박한 단체 생활, 국가 생활에 거스르지 않는 영화는 적극적으로 청산되어 단순한 오락영화 같은 것은 전혀 볼 수 없게 될 것이다. 총후 긴장을 환기하는 의미의 오락성이 대조적으로 출현하는 경우는 있겠지만.

이 1년간은 우리 영화계와 지나는 직접적인 관계는 없었지만, 향후 가까운 장래에 반드시 관계가 생겨야만 한다고 생각한다. 대게 현재의 지나사변이 근본적으로 일지(日支) 양 민족의 제휴에 있음을 생각하면 영화를 통한 친선도 시급히 이루어져야 한다고 생각한다. 오늘날 우리 영화업자는 물론, 당국도 이러한 방면에 사용할 수 있을 만큼 절대적 여유가 없으니 이러한 것에는 반드시 지나 측에서도 압력을 가하기 바란다. 당분간 이 민회(民会)가 주체가 되어 우리 기업인, 당국, 군부 등이 적당히 지원하고 기초가 있는 주식회사라도 조직하여 지나인도 중추로 오게 하여 우리 쪽에서 기술적으로 지도해준다면 영화만으로도 일지 친선의 열매를 훌륭하게 맺을 수 있을 것이라고 생각한다.

마지막으로 영화업자로서 지난 1년간 가장 불행한 일이 있다. 국내 필름업체의 독선적인 태도이다. 필름이 통제된 것을 기화(奇貨)로 아무튼 우리의 필름 개선에 대한 권고, 비평을 무시하였기 때문에 조금의 너그러움이 있으면 필름도 개선되어 우리도 영화 제작을 할 때 많은 편의를 얻을 수 있는데, 그들에게는 이러한 반성이 없었기 때문에 우리가 입은 손실은 감정적으로 그리고 경제적으로 매우 컸다는 것을 여기서 강조하고 싶다.

(1938. 7. 24)

민중과 영화의 관계
흥행영화의 통계 조사

문부성 사회교육관 나카타 슌조(中田俊造)

영화는 대중과 가장 밀접한 관계에 놓여 있다. 대중은 영화에 무엇을 요구하고 있는가 하는 것은 민중 오락을 생각하는 데 놓쳐서는 안 되는 문제이며 사회 교육 상 가장 관심을 가져야 할 사항이다. 실로 영화는 오늘날 민중 오락의 최상위에 있기 때문이다. 외국영화의 수입 제한과 금지가 문제가 되고 있는 요즘, 문부성으로서도 이 취급에 관해서는 신중을 기하며 영화 교육의 열매를 거두도록 각 방면에서 여러 조사 연구 중이다. 최근 흥행 영화의 조사를 실시한 결과가 드디어 나와 다음으로 대략의 개요를 소개해 보기로 한다.

이 조사는 1936년 1월 1일부터 동년 12월 29일까지 1년에 걸쳐 도쿄 시내 주요 상설관 70여 개관에서 개봉된 영화 870편을 권수별, 내용별, 제작자별 등에 대해 조사한 것인데, 그 성적을 설명하기 전에 오늘날 영화는 어떻게 분류되어 있는지를 보여줄 필요가 있을 것이다.

영화는 먼저 일본영화, 외국영화로 양분되고, 일본영화는 극(劇)과 극 이외로 구분되며 극은 현대극과 사극으로 나뉜다.

- 현대극 : 인정정극, 활극, 정희극, 넌센스 희극, 문예영화, 실화극, 전기극, 전쟁극, 교화극, 선전극, 경향극, 음악영화
- 사극 : 인정정극, 검극, 정희극, 넌센스 희극, 문예영화, 실화 전설극, 전기극, 역사극, 전쟁극, 경향극

한편, 극 이외의 것은 사진, 학술, 교화, 선전 등 네 가지 영화로 나뉜다. 다음으로 외국영화를 분류하면 이것도 극과 극 이외로 나뉜다. 즉,

- 극 : 인정정극, 활극, 정희극, 넌센스 희극, 문예영화, 실화 전설극, 전기극, 역사극, 전쟁극, 교화극, 선전극, 경향극, 리뷰 영화, 음악영화
- 극 이외 : 일본영화의 경우와 마찬가지로 4종으로 나뉜다.

그런데, 이번 조사의 결과를 보면, 쇼와 11년(昭和十一年, 1936년)도에 개봉한 영화의 총 편수는 870편, 7,144권으로, 쇼와 10년도보다도 122편, 866권의 눈부신 진전 기세이며, 이것을 권수별로 보면 8권물이 가장 많고 다음은 7권으로, 이 두 종만으로 전체의 절반 이상을 차지하며 5권 이하는 극히 적은 경향을 보이고 있다. 즉 일본영화는 7, 8권 이하가 단연 우위를 점하고 9, 10권 이하가 그 뒤를 이으며 6권

이하는 근소하다고 볼 수 있는 것이다. 그리고 일본영화와 외국영화가 차지하는 비율은 어떠한가 하면, 일본영화는 520편, 4,172권, 외국영화는 350편, 2,972권으로, 양쪽 모두 전년도에 비해 증가하고 있지만 그 증가율은 거의 같다. 여기서 재미있는 것은, 쇼와 7년 이래 점락을 더듬고 있던 것이 전년도 반등을 나타낸 경향은 금년에도 지속되어 최고년도였던 쇼와 6년의 525개에 접근하고 있다는 점이다. 이를 외국영화에 대해서 보면, 해마다 그 수가 증가하여 금년도는 일대약진을 보이고 있다. 또한 일본영화와 외국영화의 비율은 일본영화는 종래 높은 비율을 차지하였으나, 그 비율이 쇼와 7년 이래 점점 줄어들어 온 것이 겨우 쇼와 10년도 이후 급격하게 세력을 얻어 올해에도 이 경향을 유지하였음은 주목할 만한 사실이다. 참고로 쇼와 5년(6월 이후) 이래의 조사를 나타내면 다음과 같다.

	(일본물)	(외국물)
쇼와 5년	313	151
6년	525	258
7년	482	244
8년	472	247
9년	417	299
10년	446	446

관객의 대부분은 인정물을 좋아함. 편수로는 8, 9권 정도.

일본 극영화에서 현대극과 사극이 차지하는 비율이라고 하는 것은 해마다 변화하는데, 그 중 하나가 점증하고 다른 것이 점감하는 성질이 아니라, 양자는 해마다 각종 조건에 따라 진폭의 대소는 있어도 끊임없이 양자 각 반수씩을 기준선으로 하여 이 선을 오르내리고 있는 것이라 할 수 있다. 쇼와 11년의 조사를 보면 현대극이 222편인데 반해 사극은 285편의 우위를 나타내고 있는 것은 흥미로운 현상이다.

이것을 작년도와 비교해 보면, 현대극이 완벽히 동수를 지속하고 있는 데 반해 사극은 작년도의 214편에 대해 258편, 즉 33.2%의 높은 증가율을 보이고 있다. 더욱이 금년도는 56.2%를 나타내고 있다는 사실을 현대극이 일본 극의 54.1%를 차지하여 소위 현대극의 황금시대가 출현한 1932년도의 상태와 비교하면서 불과 몇 년 지나지 않아 보게 된 이 반전은 정말로 흥미로운 현상이지 않은가?

다음으로 일본 현대극 영화를 내용을 종류별로 관찰해 보면 인정정극(人情正劇)은 148편, 1,282권이라는 완전히 압도적인 위치를 차지하고 정희극이 28편, 217권으로 뒤를 이었으며 활극, 난센스 희극 기타 순이다. 즉 인정극은 현대극의 3분의 2(일본영화의 4분의 1 남짓)를 차지하고 있는 데 반해, 그 이외에는 그다지 좋은 성적을 나타내지 못하고 있는 것이다. 이를 전년도와 비교해 보면 인정극은 전년도 143편이었던 것이 148편으로 5편 증가하는데 불과하지만 현대극에서 차지하는 비율은 전년도 64.4%에 비해 66.6%로 2.2% 증가하였다. 그이외의 영화에 이르러서는 활극, 난센스 희극은 3, 4할의 증가를 보이고 있지만, 그 총수는 이미 문제가 아니며 현대극은 드디어 인정극 시대를 출현할 것을 약속하고 있는 것처럼 생각된다. 권수로 보면 인정정극은 7, 8, 9권이라는 중간물이 과반수를 차지하여 가장 환영받고 있음을 말해 주고 있다.

반면 시대극 쪽이라고 하면 이쪽 세계에서는 인정극과 검극이 가장 인기를 얻고 있다는 것을 알 수 있다. 그러나 여기서도 인정극이 5할 남짓으로 1위를 차지하고 검극은 3할 남짓, 다른 종은 전체의 겨우 1할 반가량을 차지하고 있어 빈약하다. 즉 인정정극은 151편, 166권, 검극 95편, 726권, 이하 정희극, 넌센스 희극이 다음이다. 사극영화를 권수별로 보면 인정정극, 검극, 정희극 및 난센스 희극 중 어느 것이라도 7, 8권짜리가 가장 많고 장척물도 단척물도 그리 많지 않은데, 이 점은 앞에서 서술한 현대물(특히 인정정극, 정희극)에 비교적 장척한 것이 상당수 있는 것에 비해 두드러지는 특이점일 것이다.

극 이외의 영화는 1939년도에는 시사 기록에 관한 것이 2편, 실사 5편, 종합 구성적인 것 6편 등 총 13편인데, 이들 내용을 보면 교화영화로서 국민의 정의에 호소하는 종류는 없으며, 시사 해설 혹은 시사 관계, 지리 설명 등을 통해 지적 방면에 호소하고자 하는 것 4편, 국방, 군사, 국책선전영화 5편, 산업에 관한 선전영화 2편, 순전한 실사물 2편이 있었다. 이 중 만철(満鉄)[06]제의 〈비경열하(秘境熱河)〉, 도아키

---

06 러일전쟁 직후인 1906년 반관반민의 국책회사로 발족된 남만주철도주식회사(南満州鉄道株式会社)의 약칭이다. 만철에서는 1936년 11월 만철영화제작소(満鉄映画製作所)를 세워 영화 제작에도 손을 대는데, 이를 토대로 이듬해 8월 21일에는 만주영화협회(満洲映画協会)가 설립됨으로써 만주국의 선전 영화 제작의 기반이 마련된다.

네마(東亜キネマ)의 〈러만 국경을 찾다(露満国境を探る)〉, 도쿄 아사히(東京朝日)의 〈전파에 듣다(電波に聴く)〉 등의 것은 쇼와 11년도의 극 이외 영화의 백미라 할 수 있을 것이다.

외국에서도 인정극
이어서 활극과 희극

일본영화에 이어 마지막으로 외국영화 및 유성영화에 대해 말해 보기로 한다.

외국영화를 권수로 보면 전술한 바와 같이 일본영화가 7, 8권에 무게중심이 놓여 있는 데 반해, 8, 9권이 가장 많고 7, 10권이 뒤를 잇고 있으며 대체로 일본영화보다 장척물이 많다. 또한 외국영화에서 극영화와 극 이외의 영화가 어떠한 비중을 차지하는지를 보면, 극물 337편으로 많은 것에 비해 극 이외의 영화는 13편으로 일본영화만큼이나 극영화가 전성(全盛)에 이르고 있음을 보여준다.

다음으로 내용, 종류별로 보면 절반가량은 인정정극에서 173편, 1,503권을 차지하며 나머지 절반은 활극이 83편, 674편에 이르며 기타 정희극이 10% 남짓한 것을 제외하고는 그다지 두드러진 것이 없다. 극 이외의 영화는 전년과 같이 13편이지만, 대부분은 산간벽지 지방의 특수 풍물, 동물의 서식 상태 등의 실사물로 그다지 진기한 것은 없었다. 그러나 파라마운트의 〈제2회 버드 소장 남극탐험〉, 소련 소유즈키노(Soiuzkino)에서 제작된 〈체류스킨호의 최후〉 2편은 상당한 것이었다.

이 같은 외화를 제작국별로 살펴보면 미국은 279편으로 외국영화의 80%가량을 차지해 역시 영화 국의 관록을 나타내었고, 다음으로는 독일(26편), 프랑스(22편), 영국(14편) 그 외 헝가리(3편), 오스트리아(3편), 소련(2편), 이탈리아(1편) 순으로 나타났다.

그리고, 이 영화들은 대체로 미국물은 인정정극이 4할 5푼, 활극이 3할, 정희극이 1할 1푼으로 나뉘고 있으며 독일 영화는 절반 이상이 인정정극이 차지하며 음악영화, 정희극이 뒤를 잇고 있다. 프랑스, 영국의 최대 부분은 인정정극이었고 나머지는 근소하였다. 이것을 내용, 종류별로 보면, 인정정극 173편, 활극 85편, 정희극 38편, 난센스 희극 3편, 문예영화 5편, 기타 33편, 극 외 13편이고 외국영화는 절반이 인정정극이고 4분의 1이 활극, 정희극이 1할, 나머지는 극소수의 비율에 불과하다.

전(全) 발성 시대

다음으로 최근 경이적으로 보급된 유성영화를 살펴보자. 쇼와 10년 12월 20일 현재 내무성 경보국의 조사에 의하면, 우리나라의 영화 상설관 총계 1,586관 중 발성영화 설비를 갖추고 있는 것은 1,207개로, 실로 전체의 76.1%를 차지하고 있다. 이것을 1년 전 1934년 12월 말의 조사와 비교하면 약 50%의 증가이다. 한층 더 도부현(都府県)별로 조사해 보면, 지금 발성영화 설비의 상설관이 없는 현은 전무하며 가장 적은 곳에서도 2관, 많은 곳은 228관에 달해 발성영화의 급속한 보급상을 입증하고 있다. 이 경향은 당연히 유성영화의 눈부신 진출을 나타나게 하여 1999년도에 일본영화의 무성, 유성의 비율은 무성영화 46편(349권), 유성영화 474편(2,822권)과 같이 되어, 전년도에 60.1%에 지나지 않았던 유성영화는 일약 91.2%의 경이적인 숫자를 나타내어 일본영화의 대부분은 지금은 완전 유성화되어 버렸다는 것을 알 수 있다.

또 유성영화를 전체 발성, 부분 발성, 음향 세 종류로 나눠 살펴보면 전발성 355편, 2,880권, 음향 29편, 943권인데 비해 부분 발성은 전무하다. 즉 전발성이 70퍼센트, 나머지는 음향 판이고 부분 발성은 올해에 이르러 완전히 영화계보다 모습을 감추고 있다.

(1938. 8. 14)

영화음악의 기구성과 예술성 (상)

김관(金管)

여기서 유성영화(talkie) 음악 서론으로 영화음악을 주로 이것의 기구성과 예술성에 관해 고찰해 보자.

토키에서 음악은 중요한 구성 요소이다. 음악이 영화에서 어떠한 역할을 하고 있는지를 밝혀낼 때 그 전모가 밝혀지는 것이다.

우선 토키가 소리를 그 요소로 획득하여 영화의 새로운 영역이 개척되었을 때, 또 반대로 음악의 입장에서 생각해 볼 때 음악이 처음으로 영화라는 새로운 세계와 결합하였을 때 3차원의 세계를 출현할 수 있었던 것이다. 이 경우 음악에 전혀 새로운 표현의 가능성을 발견한 셈이다.

영화음악이라는 말의 의미를 새삼 지금 와서 분명히 할 필요는 없을 것이다. 그것은 말 그대로 요소로서의 음악, 즉 구성 부분으로서의 음악이며 영화 작품 전체 속에 파고든 것을 가리키는 것이다. 토키 발생 이전에 무성영화의 반주로 계획된 음악적 윤색으로 오늘날 우리에게 필수적인 모든 문제로 제출된 것이고, 또 작곡가는 이미 그들에게 허용된 문자 수단으로 매혹된 것이다.

그러나 오늘날 예술적으로 진지하게 생각하고자 하는 모든 영화 작가는 단순한 영화 반주에 의한 방법은 반(反) 영화적이라는 것을 자각하고 있을 것이다.

지금도 여전히 토키라는 표어가 일반에 승인되고 있지만 사실은 피상적인, 비속한 상식 이상을 벗어나지 못하고 있다. 토키, 영화음악, 음악영화 및 그것들의 종합이 서로 충돌하고 있다. 불확실성을 다분히 품은 채 오해받고 있는 것이다. 예를 들면 인기 스타가 영화 속에서 ■■의 노래를 부르거나(《미완성 교향악》, 〈추억〉의 마르타 에게르트(Martha Eggerth)나 〈오케스트라의 소녀〉의 디에나 더빈(Deanna Durbin)) 교향곡이 연주되거나 요컨대 영화 속에서 음악 조작(MUSIK MACHEN)이 실제로 이루어질 경우, 그것은 순수한 영화음악이 아니라 한 영화 속 음악일 뿐이다. 즉, 전혀 영화음악이 아닌 것이다. 한스 에르트만(Hans Erdmann)에 따르면 그것은 입사(入射) 음악(INCIDENT MUSIC)이라 불릴 만한 대물이다. 다만 음악의 사용이 극의 진전 쪽으로 해석되고, 많든 적든 대등한 권리를 가진 음악적 보조를 이루는 것을 지칭해서는 영화적 표현 음악이라고 할 수 있다.

요컨대 토키가 되고 나서부터는, 예를 들어 음악을 연주하고 있는 장면을 표현할 때에도 사일런트의 반주와는 전혀 성질을 달리하는 청각 형태가 성립하는 것으로, 사일런트 시대의 소리와 토키 시대의 소리를 구별하는 가장 기본적인 전제가 있는 것이다. 이 전제를 시인

해야 영화음악에 대한 올바른 인식과 이론의 추출이 가능한 순서가 된다.

　토키 음악의 장르에서는 먼저 무슨 일이 일어날까? 우리가 영화를 보면서 들을 때에는 음악만 들을 때에 비해 우선 주위에 집중하는 방식이 다르다. 예를 들면, 연주회에서 듣는 음악의 절대 형식은 소나타 형식의 악곡처럼 청중만을 1인으로 하는, 각각 제멋대로인 자기 혼자만의 고독한 상상의 세계에 몰입할 수 있는 것이다. 그러나 영화에서는 공간이 아무런 모순 없이 소리를 따르기 때문에 싫어도 보는 것에 의한 고독한 상상의 세계를 빼앗겨 버려야만 한다. 그러므로 베토벤의 로단조 교향악의 연주회 때와 〈악성(樂聖) 베토벤〉의 그것과는 전혀 다른 형식으로 나타난다. 다시 말해 외로운 상상 세계에 몰입할 수 있는 콘서트의 음악은 영화에서는 분명히 부정되어 버린다. 즉 보는 자에게 평등한 공간 대중으로서 시국적인 인간 및 풍물의 형중(形衆)으로서 감상되어야 할 것을 강요하는 것이다. 다만 눈을 감고 듣고는 아무것도 되지 않는 공동체의 감동을 요구하는 새로운 음악을 토키에서는 요구하고 있는 것이다.

(1938. 8. 31)

영화음악의 기구성과 예술성 (하)

김관(金管)

여기서 나는, 영화에서는 단순한 미음(美音)적인 음악보다도 인간의 자연스러운 음성 및 기계 기구의 반 선율적인, 미음을 부정하는 현실음의 새로운 음악성을 주장해야 한다고 생각한다.

세기 초 미래파 루이지 루솔로(Luigi Russolo)가 변혁적인 음악을 창안해 소음주의(Bruitism)라고 이름 붙인 것이 있다. 그에 따르면, 현대 생활의 역학성을 진실한 음악적 표현으로 추구하고 음악 속에 새로운 시기를 구획하기 위해서는 로맨티시즘과 센티멘털리즘을 완전히 파괴해야 한다. 그래서 그는 타자, 재봉틀, 기적, 모터 등의 생활적 기구만으로 새로운 앙상블을 표현하려고 하였다. 이것은 살아 있는 음악이라고도 할 수 있는 것이며, 영화의 생활적인 음향의 하모니 속에 살아 있는 것이야말로 비로소 음악이 유성영화의 가치 형성에 참여한 것이 된다는 열쇠를 제시하는 것이기도 하다.

모든 아카데믹하고 심포닉한 발전이나 오케스트라적인 효과 등의 장해에서 해방되어 음악은 영화 덕분에 우리에게 새로운 성격을 나타내야 하며, 또한 고른음의 경계와 자연음의 경계 중간에 존재하는 지역을 탐구해야 한다. 그리하여 음악은 영화에서 그 음향 현상이라는 성격이 음악의 지적인 메타 피지컬한 방향보다 더욱 중요하다는 것을 잊어서는 안 된다는 모리스 조베르(Maurice Jaubert)의 의견도 현재 인정하지 않을 수 없다.

　이러한 의미에서 보면 새로운 음악의 도덕성이 제출된 하나의 실험은 만화 유성영화일 것이다. 여기서는 우선 미음적인 것이 오히려 방해이기조차 하다. 소리의 앙상블은 교란되어 불쾌하다. 하모니는 가지런하지 않고 모순투성이이기도 하다. 이런 반 미음적인 것 때문에 성악의 선율적인 개요가 조롱당하고 비인정적인 톤으로 교란되고 있다. 그러나 이러한 소음이 일정한 드라마의 의도 아래 배열되면 그것은 미적인 시스템을 갖고 작동하는 것이다. 요컨대 음악이 형(形) 이하로 하강해 민중의 삶을 형중화(形衆化)하려는 것으로 간주되어서는 안 된다. 또 그 소음적인 음악은 서구적 지성을 야유한 것이 될 것이고 음악문화의 극단적인 혼돈함을 뒷받침해 주는 것이기도 하다. 향후 유성영화 음악의 영역은 음악 전반의 문제로 볼 때 자기적 데카다니즘(デカダニズム)에 대한 야성적인, 생명에 대한 신뢰로도 볼 수 있다. 그러므로 많은 만화 유성영화의 말처럼 재즈와 유성영화와의 결합은 또한 한층 적극적으로 음악의 보편 개념을 깬 것이라고 생각한다.

(1938. 9. 1)

반도영화의 동향
감독 다사카 토모타카(田坂具隆)와
야마모토 가지로(山本嘉次郎)

기타가와 후유히코(北川冬彦)

근래 일층 비약한 감독으로 다사카 도모타카가 있다. 이 사람은 지금까지 성실은 하였지만 생기가 없었다. 그러나 그 성실함이 〈5인의 척후병(五人の斥候兵)〉을 낳은 시대의 기세에 활기를 불어넣은 것이다. 〈길가의 돌(路傍の石)〉은 〈5인의 척후병〉에 버금가는 작품이지만, 〈진실일로(眞實一路)〉와 같이 야마모토 유조(山本有三)의 소설을 원작으로 선택하여 활기를 넣은 만큼 힘이 넘치고 있다. 사람에 따라서는 〈길가의 돌〉이 〈진실일로〉보다 결점이 있는 작품이라고 하지만, 그것은 시나리오가 좋지 않았던 것이다. 또한 문부성과의 공동제작이라는 것이 재앙이 된 부분이 있다.

다사카 도모타카의 〈길가의 돌〉에서의 생기가 〈진실일로〉에는 없다. 문부성(文部省)과의 공동 제작이 재앙이라고 한 것은 이 작품의 주인공 고이치(吾一)의 아버지를 그리는 방법 등에서 알 수 있다. 무뢰한 아버지를 제대로 그리지 않고 암시의 제시에 그치고 있기 때문이다. 그러나 한편 다사카 도모타카는 이 작품에서 전혀 이 사람에게 볼 수 없었던 실험적 표현을 여기저기서 시도하고 있는데 그 여유는 아마도 문부성과의 공동 제작이라는 것을 통해 얻은 것일 터이다.

일본영화의 비약의 표시로 실사 기록영화가 있는 것은 누구나 알고 있다. 도호(東寶) 문화영화부가 독점하고 있기 때문이다. 〈상해(上海)〉, 〈남경(南京)〉 시리즈로 〈북경(北京)〉이 나왔다. 이 셋 중에서는 〈상해〉가 가장 예술성이 높다. 〈상해〉는 실사영화이면서 극영화가 지닌 감정이 있다. 〈남경〉은 뉴스영화적으로 가장 뒤떨어진다. 편집 및 시나리오작가 가메이 후미오(龜井文夫)가 '감정'을 가질 수 있도록 의도하였으나 촬영이 그것을 배신하고 있다. 〈북경〉의 촬영은 〈남경〉만큼은 아니지만 뉴스영화적이다. 기록으로 포착하는 방법은 주관이지만 뒤섞임과 깊이가 부족하다. 〈상해〉의 촬영가 미키 시게루(三木茂)의 강점은 극영화를 찍은 경험에서 나오는 대상을 포착하는 방법이다.

그러나 〈북경〉의 촬영자는 촬영 대상이 규정해 온 것이지만 유유히 마치 곤충이나 식물을 채집하듯이 베이징의 문화와 풍속을 채집하고 있다. 특히 풍속의 채집은 뛰어나다.

왠지 기세가 오르고 있는 것에 반도영화가 있다. 아직 작품이 되지는 않았으나 〈군용열차(軍用列車)〉, 〈한강(漢江)〉, 〈어화(漁火)〉에 이은 작품은 이상하게도 미래의 발전이 상상된다. 그 감독 기술은 유치하지만 그것보다 더 못한 것은 시나리오이다. 신파비극 조(調)는 보고 있으면 불쾌해 참을 수가 없어진다.

조선의 작가 중에도 뛰어난 사람이 있음을 들었다. 그런 사람들이 시나리오에 본격적으로 힘을 쏟는다면 일본 문단에서 장혁주 같은 일석(一石)이 일본영화계에 던져지는 것은 불가능한 일이 아니다.

반도영화에서 떠오르는 것은 만주영화협회(滿映)의 작품이다. 어쩌면 유치한 것인지 모르지만 아무리 유치해도 고귀함 하나는 있다. 그것의 내지 상영을 희망해마지 않는 바이다.

야마모토 가지로는 재주가 있는 감독으로 소세키의 『도련님(坊っちゃん)』을 찍을 것이라고 생각하였는데, 에노켄물(エノケン物)을 찍는다. 그렇게 생각하니 〈도주로의 사랑(藤十郎の戀)〉과 같은 작품도 만든다. 어떤 소재라도 대충은 해내는 것이다.

야마모토 가지로의 작품은 어딘가 세련된 데가 있다. 〈아름다운 매(美しき鷹)〉 등에서 세련됨이 나오고 있는 것은 불가사의하지만 〈도주로의 사랑〉과 같은 사극에서도 그것이 보이는 것이다. 〈도주로의 사랑〉에서 갑자기 거의 극과는 관계가 없다고 말해도 좋을 정도의 사진 장면이 삽입되어 있다. 사극영화 작법의 상식을 깬 것으로 보는 사람들은 깜짝 놀랐다. 그 수법이 결코 성공한 것이라고는 할 수 없고 오히려 대 실패라고 해도 좋을 것이다. 그러나 큰 실수에도 불구하고 그 태도는 볼 만한 것이 있다고 당시 나는 생각하였다. 현재의 영화 세계에서 이러한 파격적인 것은 좀처럼 볼 수 없기 때문이다.

그러나 나는 야마모토 가지로의 〈작문 교실(綴方敎室)〉의 경우 그 영화를 보았을 뿐, 이렇다 할 관심을 갖지 않았다. 그런데 야마모토 가지로는 〈작문 교실〉에서 비약하고 있었던 것이다. 〈아름다운 매〉, 〈도주로의 사랑〉의 작가에게서 나온 작품이라고는 상상이 되지 않는다. 도요타 시로(豊田四郎)가 〈울보 아이(泣虫小僧)〉를 만들었을 때에도 그러한 느낌을 받았다. 의외라는 느낌이었다. 지바 야스키(千葉泰樹)의 〈인생극장 잔교편(人生劇場残俠篇)〉의 경우도 그러하다. 또한 시부야 미노루(又澁谷實)의 〈엄마와 아이(母と子)〉의 경우도 그러하다.

의외라는 마음을 품게 되었다는 것은 내가 이들 감독을 내려다보고 있다는 것을 분명히 해 주지만 그러한 것이 무리는 아니다. 지금까지의 제작 기구에서는 감독자는 주눅이 들어 어찌할 수 없었던 것이다. 굳이 자기를 주장할 기운도 나지 않았던 것이다. 그런데 시대의 정세는 이들에게도 활기를 불어넣은 것으로 보인다. 그렇다고 해석할 수밖에 없다. 실제 우리들이 놓인 환경은 분기하지 않고서는 어쩔 수 없는 상태의 것이다.

이번에 사변 발발 후 외국영화의 수입이 금지되었을 때, 어떤 사람들은 외국영화가 자취를 감춘다는 것은 일본영화가 자극제를 잃는 것이고 일본영화의 질적 저하는 불 보듯 명확하다고 역설하였지만, 나는 일본인의 에너지를 믿고 있었다.

결국 게으른 잠에 빠져 있던 영화인도 조금씩 각성하기 시작하였다. 단지 나는 그것이 빨리 온 것을 의외라고 생각하고 있다.

이렇게 말하면 야마모토 가지로, 치바 야스키, 시부야 미노루, 도요타 시로는 얼마나 믿음직스럽게 들리는지 그들은 한 겹 탈피한 것이다. 탈피를 하고 얼마나 앞으로 성장해갈지 그것까지는 생각할 수 없다. 그러나 이러한 사람들의 성장이 설사 좋지 않더라도 탈피하는 사람들이 이밖에도 속속 나타나리라는 것은 믿을 만하다.

(1938. 9. 10)

이와사키 아키라(岩崎昶) 씨를 둘러싸고 반도영화를 이야기하는 흥미 있는 좌담회 조만간 본지 게재

영화평론가 이와사키 아키라(岩崎昶)의 입성을 기회로 반도영화계의 현재를 짊어지는 감독들을 모아 30일 오후 1시 반부터 본사 회의실에서 '이와사키 씨를 둘러싸고 반도영화를 말하다'회가 열렸다. 출석자는 이와사키 아키라(岩崎永), 김혁(金赫), 서광제(徐光霽), 김유영(金幽影), 최인규(崔寅奎), 전창근(全昌根), 안석영(安夕影), 안종화(安鐘和), 홍개명(洪開明), 이재명(李載明), 박기채(朴基采), 이창용(李創用), 윤봉춘(尹逢春) 제 씨(본사에서는 니시키(西木), 오타(太田).

조선영화의 역사, 일본 내지영화와의 교류, 발전 단계에 들어선 조선영화의 시나리오, 연출 문제, 제작 조직의 문제 등에 대해 열심히 의견을 교환하여, 향후 반도영화에 많은 시사점을 주었다. 그 흥미로운 내용은 가까운 시일에 본지의 본란에 게재할 예정이다. (사진 = 동 좌담회)

(1938. 11. 1)

반도영화를 말하다 (1)
이와사키 아키라(岩崎昶)) 씨를 둘러싸고

제작 개시는 다이쇼 12년(大正十二年, 1923년)

기자 그럼 먼저 조선영화의 역사에 대해서인데 언제쯤 조선영화가 탄생하였으며 현재까지 몇 편이나 제작되었습니까? 이창용 씨 한번…

이창용 조직적으로 영화 제작이 시작된 것은 다이쇼 12년 부산의 조선키네마회사(朝鮮キネマ會社)라는 것이 생겨서 〈해의 비곡(海の悲曲)〉을 만든 것이 최초입니다. 이것은 다카사(高佐)라는 사람이 왕필렬(王必烈)이라는 프로 네임으로 감독을 하고 있는 안종화(安鐘和) 씨를 미남 배우로 (웃음소리) 하여 내지에서는 닛카쓰계(日活系)에서 개봉되었습니다. 그 후 이 회사에 있었던 윤백남(尹白南) 씨는 경성에 윤백남 프로덕션을 세워 나운규(羅雲奎) 주연의 〈심청전(沈淸傳)〉을 발표했습니다. 유성영화는 1935년 경성촬영소에서 제작한 이명우의 〈춘향전(春香傳)〉으로, 이 녹음도 경성에서 했습니다. 무성과 유성영화를 합쳐 현재까지 80편 정도입니다.

최인규 그럼 지진 재해(震災) 전후니까 닛카쓰(日活) 무코지마(向島)의 전성시대네요. 연대로 말하자면 일본영화와 큰 차이가 없네요. 그 〈해의 비곡〉은 어떠한 것입니까?

안종화 여름휴가 때 도쿄에서 귀성한 조선인 학생을 다룬 이야기로, 제주도를 배경으로 하여 전부 로케로 촬영하고 카메라는 파르보(Parvo)를 사용했습니다. 이보다 앞선 조선 영화의 가장 처음은 윤백남이 체신국(遞信局) 위촉으로 만든 선전영화 〈월하의 맹세(月下の誓ひ)〉입니다.

이와사키 그 무렵 조선영화 제작에 종사한 사람들은 어떠한 사람들입니까? 또 내지의 영화를 어떻게 보고 있었습니까?

안종화 〈해의 비곡〉에 관계한 사람은 극단인… 당시 부산에 와서 공연한 무대 예술협회의 멤버가 주가 되어 실제로 도쿄에서 귀성한 학생이 참가했습니다. 이 조선키네마는 제1회 작품으로 〈운영전(雲英傳)〉, 제3회 작품으로 〈신의 장(神の粧ひ)〉을 제작하고 해산하게 되었습니다. 내지의 영화에 대해서는 매우 불만을 갖고 있었던 것입니다.

이와사키 허면 그 조선영화의 경향은?

안석영 서양식을 모방한 것으로 낭만적이었죠.

김유영 아니, 그것은 문예적이지요. 그리고 사상적 또는 영화 이론적 두 가지의 경향이 있었다고 생각합니다. 그리고 문예적으로는 내지의 문예의 영향을 받고 있습니다.

이창용 글쎄, 쓰모리(津森)라는 사람이 조선화한 〈농중조(籠の鳥)〉를 만든 적도 있는 정도이고 물론 내지의 영화를 수용한 것도 있습니다.

그러나 그것보다 기업으로서 조선영화라는 것을 만들게 한 것은 분명 내지 사람의 공적이며, 조선에서 계속 나중까지 기업으로서 영화에 투자하려고 한 사람은 없었습니다.

내지 기업가 진출의 공적

홍개명 조선에서의 활동 등은 가와라 고지키(河原乞食)[07]가 하는 것으로 매우 멸시하고 있었습니다.

기자 얼마 전에도 그러한 이야기가 연극과 무용에서도 나왔습니다만, 이것은 예외 없이 예(藝)마다 일반에 대한 유교 사상이 나타난 것이라고 합니다.

김혁 내지의 큰 부자가 투자를 시작한 것은 새로운 시장의 획득이라는 돈벌이를 위해서였지, 결코 양심적인 문화의 새로운 분야 개척을 위해서는 아니었다고 생각합니다.

이창용 일괄적으로 그렇다고는 말할 수 없지요.

이와사키 왕필렬이라는 이름으로 〈해의 비곡〉을 감독한 다카사라는 사람은 어떠했나요?

김혁 그는 닛카쓰에서 공부한 문과 출신의 사람인데, 부산에 있는 내지인 의사가 돈을 출자한 것입니다.

---

07 '강변의 거지'라는 뜻을 지닌, 일본에서 가부키(歌舞伎) 배우를 천시하며 부르던 말이다.

참석자 : 이와사키 아키라(岩崎永) / 김유영(金幽影) / 최인규(崔寅奎) / 전창근(全昌根) / 안석영(安夕影) / 안종화(安鍾和) / 홍개명(洪開明) / 이재명(李載明) / 박기채(朴基采) / 이창용(李創用) / 윤봉춘(尹逢春) / 김혁(金赫) / 본사 기자 니시키(西木), 오타(太田)

(1938. 11. 4)

반도영화를 말하다 (2)
이와사키 아키라(岩崎昶)) 씨를 둘러싸고

내지에서 공부한 사람들

기자 조선의 영화인으로 내지 영화회사에서 일하거나 공부한 사람들은 어떠한 사람들이었나요?

홍개명 가장 오래된 사람은 강홍식(姜弘植)이지요. 그는 이시이 미쓰오(石井滿男)로 닛카쓰에서 크게 활약했습니다.

이창용 도아키네마(東亞キネマ)가 가장 많고 마쓰야마 사카에(松山榮)라는 이름으로 조감독을 한 박기채(朴基采), 미하라 세오(三原世雄)라는 이름으로 촬영기사를 하고 있던 양세웅(梁世雄), 그리고 김유영(金幽影), 서광제(徐光霽), 그리고 저… 모두 그렇습니다. 데이키네(帝キネ)[08]

---

08 1920년 5월 설립된 데이코쿠키네마연예주식회사(帝国キネマ演藝株式會社, 통칭: 데이코쿠키네마)의 약칭이다.

에서는 김택윤(金澤潤)과 김일해(金一海)가 있습니다. 이규환(李圭煥)도 조감독이었습니다. 방한준(方漢駿)은 가마타(蒲田)의 현상부에서 7년이나 있었고 신코(新興) 우즈마사(太秦)로 가서 조감독을 하고 있었습니다. 저는 사실 지나 영화를 만들 생각으로 쇼와 5년(昭和五年, 1930년)에 스즈키 시게요시(鈴木重吉) 씨에게 상담을 하러 갔습니다. 그 무렵 여기 있는 전창근(全昌根) 군은 상하이에서 영화를 만들고 있어 공동으로 일을 할 계획이었습니다.

김유영 여배우는 두 명 있습니다. 가마타에는 지금 종로에서 미용사가 되어 있는 오엽주(吳葉舟)가 있었으며, 반쓰마프로(阪妻プロ)[09]에는 안금홍(安錦紅)이 있었습니다. 기생이었던 그녀를 반쓰마가 반해서 데려간 것입니다.

기자 내지 영화회사에서의 경험이 없는 사람은?

이창용(李創用) 여기에 있는 사람은 안종화(安鐘和), 안석영(安夕影), 전창근, 홍개명(洪開明) 등 여럿입니다.

내지에서 많이 배워야 함

기자 그럼 다음에 내지영화 제작과의 교류라고 할까요…. 조선영화는 내지의 영화로부터 어떠한 것을 배웠냐는 것에 대해서…

---

09 무성영화 시기 일본 시대극 영화의 대스타 반도 쓰마사부로(阪東妻三郎)에 의해 1925년 9월에 설립된 반도쓰마사부로프로덕션(阪東妻三郎プロダクション)의 약칭이다.

김혁 저희가 내지의 소위 일본영화에서 무엇인가 배운 것이라고 한다면 그것은 기술 이외에는 아무것도 없었습니다. 세밀한 기술적인 문제뿐으로, 그 외의 다른 사항은 있었다고 해도 그것을 조선의 것으로 하는 것은 상당한 노력이 필요했습니다. 앞으로도 저희가 일본영화에서 배우고자 하는 것은 별로 없습니다. 기술을 제외하고는…

기자 아무리 그래도 조선의 영화는 아직 일본영화보다 못합니다. 때문에 대대적으로 배워야 합니다. 지금 기술만 배운다고 하였지만 그 기술이야말로 가장 큰 문제입니다.

김혁 그러나 배운다는 것에도 어떤 비판을 가져야 합니다. 우리들 조선의 영화인이 조선의 독자적인 비판을 갖고 있다면… 조선이라는 것을 몰각하지 않는 한 내지의 일본적인 연출이건 연기이건 배울 것이 없습니다. (이와 가까운 문제에 대해서 사담이 웅성웅성)

이와사키 그러한 것이라면 소위 예술 분야에서 우리가 외국에 가서 배울 수 있는 것은 아무것도 없을 것입니다. 요컨대 예를 들어 제군들이 내지로 가서 공부하는 방법의 문제이지 않습니까?

안석영 저희는 순수한 마음으로 내지의 영화를 볼 때 많이 배울 수 있습니다. 하지만 나가서 배울 생각은 없습니다.

최인규 김혁 씨가 말하는 것은 이러한 것입니다. 우리가 아무리 열심히 정말로 내지에서 여러 가지를 배워 와도 그것을 활용할 수 없는 것이 조선영화계의 현실이라는 것입니다. 그러나 그것이 반드시 내지에서 공부하고 돌아온 인물의 연구가 부족하였다고만 할 수 없을 것입니다.

기자 상당히 의견이 있으신 것 같습니다만 이야기를 진전시키도록 하겠습니다. 이와사키 씨 〈여로(旅路)〉 이후의 조선영화 작품에 대하여…

(1938. 11. 6)

반도영화를 말하다 (3)
이와사키 아키라(岩崎昶) 씨를 둘러싸고

신파비극과 리얼리즘

이와사키 〈여로〉는 총괄적으로 볼 때 매우 뛰어난 점을 갖고 있습니다. 그것은 민속이라든지 풍경이라든지 조선의 진한 로컬 컬러를 한 단계 일단 표면적으로 나타내면서 조금도 그것에 사로잡히지 않고, 이 영화에 나오는 사람들의 바닥에 있는 욕망 등의 인간적인 갈등을 파고들어 그리려고 한 의도입니다. 다만 구성이 낡은 형태로 신파비극적으로 만들어 낸 멜로드라마라는 느낌이 강합니다. 이것은 조선영화 전체의 공통적인 결점일 것입니다. 〈한강(漢江)〉 등에서도, 예를 들면 지주의 아들을 다루는 방식 등이 선, 악 역할 식의 모조품과 같은 느낌이 듭니다. 이렇게 공식적인 표현은 실로 참을 수 없는 점입니다.

안종화 그것은, 시나리오의 연구가 부족한 것과 스토리가 없기 때문에 금방 연극적인 소재 이야기를 찾는 것이 조선의 영화를 멜로드라마로 만들어버리는 원인이 아닐까요? 실제로 그 멜로드라마를 프로듀서나 관객도 기뻐하고 있습니다만, 우리들은 더 조선의 현실 풍속 생활을 도입한 리얼한 것을 만들어야 합니다.

이와사키 리얼리즘이라는 것에 적극 동감하는 데에는 물론 이의가 없습니다만, 우리는 소위 신파비극 중에도 리얼리즘이라고 불러도 좋은 것이 있다는 것을 알고 있습니다, 어쨌든 프로듀서나 관객에게 무엇인가 거부당한 조건 속에서도 최고의 리얼리티라는 것을 추구하는 것이 중요합니다.

김유영 저는 안종화(安鐘和) 씨의 의견과는 달리 지금까지 조선에서는 경제적으로도 조직적으로도 제작 전문가와 그 이하의 제작진과의 관계 등은 비교적 확립되어 있지 않기 때문에, 제재의 선정 등은 오히려 또 제법 자유롭다고 생각합니다. 요컨대 종래의 제작자들은 양심적이지 않은 동시에 공부가 부족했습니다. 또한 조선의 관객 비율은 모든 대중으로, 어느 한정된 관객층을 노리듯 하는 것은 만들 수 없다는 제한은 있습니다. 그리고 〈여로〉 이후 조선의 영화를 내지 사람들에게 보여주려고 부자연스러운 로컬 컬러를 담아서도 안 됩니다.

로컬 컬러의 문제

이와사키 그렇습니다. 내지 배급업자들도 그러한 로컬 컬러를 희망하여 조선의 특수한 풍속 등에 기뻐할 것입니다. 그러나 그것만이 조선영화의 존재 이유가 된다면 도저히 좋은 영화는 나올 수 없습니다. 소위 로컬 컬러가 아니라 민족 국경을 넘은 진실어린 인간을 그리고 있다면 일본에서도 또한 외국에서도 성공할 것입니다. 만약 그렇게 리얼한 것을 관철한다면 진정한 로컬 컬러는 반드시 나올 것입니다. 팽크(Fanck)의 영화가 기본적이라고 생각하는 사람은 한 명도 없을 것이므로, 제군은 예술적 주도권을 잡아 내지의 배급업자를 계발하려는 노력이 많이 필요합니다.

템포가 왜 느린 것인가

이와사키 〈여로〉와 〈한강〉의 연출에 대해 말하자면, 〈여로〉를 보았을 때 저는 몇 년 전 상하이에서 중국영화를 보았을 때의 느낌이 다시 떠올랐습니다. 전체적인 느낌부터 템포, 수법까지 비슷합니다. 템포는, 〈한강〉을 예를 들면 조선영화는 몽타주까지 포함하여 연출의 템포가 매우 완만합니다. 일체의 예술 작품의 템포와 분리해서는 생각할 수 없는 것으로, 조선도 역시 마찬가지입니다. 그래서 저는 내지인이 보아도 역시 그러한지 아닌지 그것을 여러분들이 재음미해 주시기를 바라고 있습니다.

서광제 그것은 오랜 세월 가꾸어진 민족 내의 것으로, 예를 들면 걸음걸이도 내지인의 템포와 다른 것이니까…

최인규 그것보다 수법, 커트 등 기술적 문제이겠지요.

안종화 특히 유성영화가 되고 나서 기술의 미숙함, 배우의 훈련 부족과 연기의 미숙함, 시나리오, 연출의 연구 부족이 원인이지요. 게다가 조선영화는 대사가 매우 적기 때문에 실수가 있는 경우도 있습니다.

홍개명 템포가 느린 것은 커팅이 미숙하기 때문이라고 생각합니다.

이와사키 기술의 부족뿐만 아니라 민족적인 기질의 차이, 몽타주에 대한 템포의 감각의 차이 등이 있을 것입니다.

배우를 죽이는 카메라

기자 카메라에 대해서는 어떻습니까?

이와사키 카메라는 내지의 것도 상당히 나쁘지만 조선은 한층 더 좋지 않습니다. 내가 본 중에서는 양세웅(梁世雄) 씨의 것이 가장 좋았습니다. 그 사람의 카메라 기술은 일본 수준입니다. 조선영화의 촬영 세트는 소용이 없고, 또한 오픈 야간 촬영도 불충분합니다. 그리고 카메라가 배우의 장점을 망치고 있습니다. 특히 아름다움을 생명으로 하는 여배우의 경우, 그 정도가 심합니다.

김유영 카메라맨과 배우가 친밀하게 콤비를 이루고 있지 않기 때문에 배우의 특징을 살릴 수 없습니다. 같은 영화에 나오는 같은 배우의 얼굴이 다른 사람처럼 보이기도 합니다.

이와사키 카메라의 앵글, 포지션의 문제도 있겠지요. 롱테이크가 많아 먼 거리에서 중요한 연기를 시키고 다이얼로그만이 큰 소리로 들리는 것은 곤란합니다.

박기채 에프 레코(After Recording)의 탓과 NG의 부족으로 그렇게 될 수도 있습니다.

기자 다음은 이후 제작 조직의 문제에 대해서.

서광제 저는 빨리 좋은 프로듀서가 나오는 것이 무엇보다 중요하다고 생각합니다.

이와사키 조선에 프로듀싱을 하는 사람이 없는 것도 앞으로 내지에서 공부해야 하는 이유 중 하나입니다.

프로듀서의 문제

이창용 그러나 서광제(徐光霽)가 말하는 것처럼 프로듀서가 조선에 없는 것은 아닙니다. 현재에도 그에 상당하는 사람은 있습니다. 단지 좋은 프로듀서라고 하면 그런 좋은 프로듀서가 갑자기 나타나는 것이 아니라 명배우, 명감독이 있으면 반드시 명 프로듀서가 나올 것입니다.

이와사키 그것은 그렇고, 프로듀서는 아래에서 나와야지 갑자기 위에서 태어날 이유는 없어요.

안종화 프로듀서가 나오려면 대 자본이 나와야만 합니다.

이와사키 그러나 현재 조선에는 내지나 더 확대하여 이야기하면 미국과 같은 규모의 기업형태가 필요하지 않고, 완전한 제작실과 스튜디오가 있으면 됩니다. 그 스튜디오를 많은 프로덕션이 공동으로 사용하는 것입니다.

기자 이와사키 씨, 혹시 조선에 당신과 관계되어 있는 만주영화협회(滿洲映畫協會)와 같은 것이 만들어진다면 어떨까요?

이와사키 절대로 반대입니다. 만영(滿映) 같은 것을 조선에 만들어서는 안 됩니다. 당초 영화 통제 회사나 예술 통제 등이라는 것이 문화적인 플러스 역할을 다하는 데 앞설 수 없다고 해도 무방합니다. 그것은 그러한 나라의 실례를 보면 잘 알 수 있는 일로, 예술은 통제되지 않고 통제된 것은 예술이 아닌 것이 되어버립니다. 그나마 만주 등은 령(令) 위에 만들어진 것이기 때문에 어찌 되었든 그렇다고 쳐도, 조선에서는 어느 정도의 영화 문화가 이미 존재하고 있는 이상 그러한 것은 영화의 발달을 위해 결코 바람직하지 않습니다.

최인규 그러나 현재 경제적으로 매우 곤란한 감독, 배우 생활의 안정이라든지 불완전하기 짝이 없는 촬영의 기계나 설비를 완비시키기 위해서는 나쁘지 않은 것이기 때문에, 우리가 합동해서 그러한 조합과 같은 것을 만들어 서로 이용하게 되면 좋겠습니다.

이와사키 그 민간 영화업체나 영화인의 제휴에 대해서는 아주 찬성합니다.

〈군용열차〉는 성공하였는가

기자 마지막으로 내선의 공동 제작에 대해 〈군용열차〉의 경험이 있는 서광제 씨?

서광제 성봉영화원과 도호의 제휴는 똑같이 비참한 것이었습니다. (웃음) 도호의 의견이 오히려 횡포를 부리는 정도여서, 기생을 내라든지 내지의 배우도 쓰라든지 스파이 장면의 요릿집을 일부러 더러운 대중목욕탕으로 하라든지, 멋대로 주문을 하는 것입니다. 게다가 내가 도쿄에서 만난 도호의 중역은 조선에도 모던 걸이 있느냐, 시내에 전철이 있느냐 하는 등의 질문을 할 정도로 인식이 부족하였기 때문에 (웃음) 저는 우리들에게 예술적 주도권이 없는 이상 제휴는 안 된다고 생각합니다.

이재명 하지만 그것은 당시 도호에 실력이 없었기 때문으로, 상당한 실력이 있다면 그다지 제한할 것도 없을 것입니다. 우리가 내지의 영화 기술을 어떻게 이용할 것인가에 있습니다.

기자 그럼 꽤 길어지고 있으므로, 이 문제의 결론으로 무언가 이와사키 씨?

이와사키 별로 덧붙여서 할 이야기도 없습니다만… 다만 자본, 기술적인 제휴는 반드시 필요합니다. 그때에는 어디까지나 조선의 영화인이 창작 의욕을 살리는 것이 절대로 필요하고 기술적인 타협이나 고려도 이 한도 내에서 이루어져야 한다는, 요컨대 좋은 조선영화를 만든다는 목적은 하나뿐으로, 조선의 생활 심리를 모르는 내지의 시나리오작가에게 갑자기 조선영화의 시나리오를 쓰게 하는 등은 팽크에게 일본영화를 만들게 한 전철을 밟는 것으로 그다지 기대할 수 없습니다.

기자 그럼 이쯤에서… 대단히 감사합니다.

(1938. 11. 8)

문예영화(文藝映畵)의 의미

이마무라 다이헤이(今村太平)

일본영화는, 지금 문예영화 시대의 한 가운데에 들어가 있다. 거의 가작(佳作)이라고 칭하는 영화로서 소설, 희곡에 근거하지 않는 것은 없다. 유일한 오리지널 작품으로 기대된 미조구치 겐지(溝口健二)의 〈아아 고향(ああ故郷)〉 완성도 실패라고 말하지 않을 수 없다. 거기에는 〈나니와비가(浪花悲歌)〉나 〈기온의 자매(祇園の姉妹)〉의, 저 중후한, 걸쭉한 현실주의가 대부분 상실되고 있다. 〈아아 고향〉은 전작 〈애원협(愛怨峽)〉의 지루한 재탕이다. 게다가 〈애원협〉은 가와구치 마쓰타로(川口松太郎)의 통속소설의 영화화였던 것이다. 이미, 볼 만한 오리지널 작품은 하나도 없다.

예정되어 있는 눈에 띄는 것은, 거의 소설의 영화화이다. 히노 아시헤이(火野葦平)의 『보리와 병정(麦と兵隊)』, 시마키 겐(島木健) 작의 『생활의 탐구(生活の探求)』, 와다 덴(和田伝)의 『옥토(沃土)』, 이토 에이노스케(伊藤永之介)의 『꾀꼬리(鶯)』, 다카다 다모쓰(高田保)의 『일본인(日本

人)』등이 그러하다. 나가쓰카 다카시(長塚節)의 전형적인 자연주의 소설 『땅(土)』의 영화화는, 우치다 도무(內田吐夢)의 손으로 완성 임박에 놓여 있으며, 쓰보타 조지(坪田讓治)의 소설 『아이의 사계(子供の四季)』도 시미즈 히로시(清水宏)가 손을 대기 시작하고 있다.

이러한, 지금까지 유례가 없는 문예영화의 유행은 결국 영화의 일거 발돋움이다. 영화는 일거에 발돋움을 하고, 저 문학의, 즉 소설이 갖고 있었던 사상을 스스로 얻으려 하고 있는 것이다. 정신적 전달의 수단으로서의 영화에 대한 이 수년간의 사회적 수요의 확대는, 영화를 갖고 문학이나 연극과 같은 깊은 사상을 전하는 일이 가능하다고 하는 자각을 만들어 내고 있다.

내무성 경보국이 조사한 결과, 쇼와 12년(昭和十二年, 1937년)의 영화 관람자 총수는 2억7,000만 명이며, 전년과의 비교만으로도 4할 이상의 급증이라고 이야기되고 있다. 대체로 1년 사이에 1억 명 가까운 관객의 증가를 보였다고 생각해도 좋다. 이와 같은 사회적 수요의 크기야말로, 영화를 정신문화의 새로운 유력한 담당자로서 역사가 승인하고 있는 증거이다. 그 때문에, 영화는 지금까지의 낮은 오락의 단계부터 빠져 나오지 않으면 안 되게 되었다. 하지만, 구경거리에서 자란 지 얼마 안 되는 영화의 세계는, 아직 광막한 정신적 불모의 땅이다.

심대한 사상은 모두 문학이 독점하고 있었다고 생각할 수 있다. 영화에 대한 사회의 수요 증가는 말할 필요도 없고, 영화에 의한 높은 사상의 표현이 조금도 지장이 없음을 사회가 인정하였다고 하는 것과 같은 의미를 가진다. 하지만, 그것에 답해야 할 사상적 인재는 영화계에 없다. 영화라는 표현 형식에 의해 자신이 깊은 사상을 발표할 수 있는 사람은 아직 태어나지 않고 있다. 모든 사람이 대체로 단지 문헌의 형식으로 사상을 나타내려고 하는 것이다. 그 때문에 영화는 자기에게는 없는, 문학 속에 가장 다량으로 포함되어 있는 사상을 빌려 와서, 자신에게도 사상만 있으면 필시 문학 같은 정도에, 게다가 한층 대중적인 모양으로 그것을 표현할 수 있음을 증명하려 하는 것이다.

그 때문에, 모든 문예영화는 정신적 전달이 유력한 수단으로서, 영화가 세련되어 단련할 수 있는 하나의 에튀드이다. 단순한 오락으로부터 사상 표현물로 성장하기 위한 연마이다. 구체적으로 말해서, 지금까지 영화인이 끊임없이 문학과 교섭하고 인간이나 사회에 대한 문학적 관찰의 깊이나 날카로움을 배운다고 하는 것은 플러스적 행위이다. 특히 근대소설이 축적한 개인의 내면적 확대가 집요한 분석을 터득할 필요는, 영화에 거의 아무런 개성이 등장하지 않은 것만큼 커다란 플러스이다.

(1938. 11. 13)

〈춘향전(春香傳)〉의 영화화
양식적인 극에 대해 사실적으로
완성하기까지에는 내년 내내 걸린다

무라야마 도모요시(村山知義)

내가 쓰고 있었던 〈춘향전〉의 시나리오 제1고가 드디어 완성된 기회에, 이 영화 〈춘향전〉의 제작 의도에 대해서 2, 3의 비견(卑見)을 말해 보고 싶다. 일전에 경성에서도 상연한 〈춘향전〉의 연극은 가능한 한 양식극으로 화려하고 아름답게, 그리고 막연히 조선이 낡은 느낌을 내려고 한 것이지만, 연극과 달리 영화의 시나리오는 태도를 달리하여 사실적이라고 하는 의미로 리얼리틱한 연출을 노리고, 연극의 선인(善玉), 악인(惡玉) 식의 취급이나 꾸며낸 일 같은 우연이나 부자연스러움을 가능한 한 피해서 합리적이고 필연적인 것으로 하려고 계획하고 있다.

이 〈춘향전〉은 출판된 시대에 따라 상당히 차이가 있다. 그래서 시대는 대체로 지금부터 200년 전 이 왕조(李王朝) 숙종(肅宗) 말기로 하였으나, 역사적 현실을 모두 그대로라고 할 만큼 엄밀하게는 생각하지 않고 있다. 구체적으로는, 역사적 사실과 엇갈린다든가 해도 허용되는 것이 아닐까 하고 생각한다. 가장 큰 느낌은 사또(使道)의 취급 방법으로, 이것은 횡포무비(橫暴無比)의 악인으로서 있기보다도 이조(李朝) 관리(官吏)의 한 전형이라고 해석하였다. 또 몽룡(夢龍)이 과거의 시험을 치르러 경성(京城)에 가고 난 뒤 왜 춘향에게 오랫동안 소식을 하지 않았는지를 설명하기 위해서 몽룡의 아버지와 변 학도(卞学道) 사이에 어떤 관계를 만들거나, 당시의 관리 사회의 공기를 내기 위해서 변 학도의 아들이라고 하는 신 인물을 등장시키거나 하였다.

이 때문에 전설을 손상한다고 하는 듯한 것이 되면, 실제로는 힘들지만, 전설이 갖고 있는 테마를 살리면서 역사적 사실도 살리기 위해서 굳이 변개(変改)를 시도한 것이다. 그리고 일본 내지와 역사적인 관계를 분명히 하기 위해서, 도쿠가와(德川) 5대 장군 쓰나요시(綱吉)의 조선 사인견(使引見)의 해(임술 2년(壬戌二年))를 평양 성벽 세 번째 개수 시기로 하였다.

이것 등도 실제의 연도와는 8년 정도 벌어짐이 있다. 더욱이 몽룡과 춘향의 연애에 있어서도, 몽룡은 춘향을 정식 아내로 삼은 것일까라고 하는 설문(設問)도 당시 조선의 계급 사회에서 기생을 정실(正妻)로 삼는 등의 일이 과연 허용될 수 있었는지 하는 사실을 보면 분명하고, 몽룡이 그 당시의 진보적 분자였던 것이라 해도 어차피 생각하지 않았을 터이며, 춘향으로 하였다고 하더라도 그의 측실(側室)로 만족하여 행복하였을 것이다. 그렇지만, 현재 〈춘향전〉을 영화로 할 때에 춘향을 첩으로 하는 것에 첩 제도의 배덕(背德)이라고 하는 현대 사회의 통념에서 보면, 정의와 아름다움과 순결을 테마로 하는 〈춘향전〉을 못 본 체해 버릴 우려가 없다고 할 수도 없는 것이다. 조선에서는 여하튼, 내지인이나 서양인에게 보여주기 위해서는 이 점 등도 고려를 하지 않으면 안 된다.

다음으로 중요한 것은 말의 문제이다. 음악적인 노래물로서의 재미라든가, 조선어 특유의 운율의 아름다움이라든가 하는 점은 물론 중요한 것이지만, 그렇다고 해서 의역은 안 된다고 하는 등의 주장은 모든 고전을 박물관에 사멸시키는 것으로, 그러한 비판은 별도로 하고, 나는 〈춘향전〉이 지금까지 시대와 시대를 거치며 변주가 만들어져 온 것 같이, 새로운 별도의 시대색을 통해 어느 정도 다른 모양으로 재탄생할 수 있어도 좋다고 생각한다.

하는 김에, 〈춘향전〉이 과연 조선의 대표적인 고전으로 세계에 통용되는 것인가 어떠한가 하는 진지한 혹은 회의적인 질문에 대답하면, 나는 그 테마의 측면에서는 실로 훌륭한 것이라 믿는다. 셰익스피어의 작품도, 괴테의 『파우스트』도 원래는 민간의 구비(口碑) 전설에 따른 것으로, 그것이 민족이 낳은 문호(라고 말해도 처음부터 그렇지는 않지만)의 붓에 의해 문학적으로 발효한 작품으로서 사람의 입으로 회자(膾炙)되고 그 민족의 감정 속에 성숙해서 결국 위대한 고전(古典)이 된 것이다.

〈춘향전〉에 필적하거나 그것보다 나은 전설이 있을지 없을지는 별도로 하고, 〈춘향전〉을 정말로 훌륭한 고전으로 삼는 문학적인 일은 지금까지 이미 행해지고 있어야 하는 것은 아닐까….

그런데, 대강의 제작 플랜은 명춘(明春) 2월에 겨울의 장면을, 5월에 광한루(広寒楼)의 장면을 찍고 12월에 꽉 채워서 완성하여, 개봉은 내후년 봄이 될 예정이다. 요즘 조선영화계의 현상으로부터 보면, 가지각색의 예상치 못 할 곤란에 조우(遭遇)할지도 모른다. 그러나 그것들을 극복하여 좋은 예술 작품을 만드는 일은, 그 의미로서도 하나의 투쟁이라고 믿는다. 〈춘향전〉은 일(一) 조선 영화회사의 제작물이지만, 다른 영화회사의 여러분의 조력도 기대하고 싶고 여러분의 고견(高見)과 후원을 간절히 바라고 싶다. -담(談)-

(1938. 11. 20)

문예영화와 사회성
〈겨울 숙소(冬の宿)〉와 다음에 오는 것

이마무라 다이헤이(今村太平)

문예영화의 꽉 찬 적극성을 개인의 내면세계 해부, 혹은 마찬가지지만 영화 개성의 확립이라는 점에서 본다면, 도요타 시로(豊田四郎)의 〈겨울 숙소(冬の宿)〉는 요즘 일본영화의 고비라고 할 수 있다. 문학에서 볼 수 있는 집요함을 갖고 영화 또한 그 기리시마 가몬(霧島嘉門) 한 사람을 계속 그리고 있다. 이러한 인물은 소설에서는 별로 신기하지도 않은 것이다. 가몬과 같은 성격은 도스토예프스키의 소설에서는 끊임없이 나온다.

아마 이 소설의 작가가 『죄와 벌(罪と罰)』 속의 딸을 매춘하고 곤드레만드레 취해 학생인 라스콜니코프에게 울며 자신을 욕하는 그 기괴한 마르멜라도프를 생각하지 않고 썼는지 의심스럽다. 차라리 기리시마 가몬은 마르멜라도프의 재현이라고 하는 편이 자연스러울 정도이다. 그리고 아베 도모지(阿部知二)의 소설은 도스토예프스키적이

며 그것의 작은 이식이라 해도 지나치지 않다. 그 증거는 대학생 라스콜니코프에 대한 학생 무라이(村井)의 무력함에 있다.

원작 자체가 이미 도스토예프스키에 가까운 심리소설의 작은 이식이라고 해도, 영화가 마르멜라도프적 성격에 대한 문학자의 집요하고 심오한 관심을 그대로 이어가려는 것이 무의식은 아니다. 비록 본래의 뿌리는 아베 도모지의 것일지라도 기리시마 가몬과 같은 이상하고 복잡한 성격을 그려 보인 것은, 대물렌즈로 인간 심리 묘사의 무한한 가능성을 뒷받침하는 것이 아니고 무엇이라는 것인가.

몰이성적이고 충동적인 중년 남자를 그려 거의 소설을 읽을 때와 다름없는 감동을 느끼게 하는 것이다. 십 전짜리 바에서 술을 마시고 덜렁덜렁 목을 헹구며 나가는 장면, 무라이의 담배를 얻어 피는 장면, 관공서에서 조사관의 의자에 앉아 고급 담배를 피우며 신음하는 장면, 구세군 안에서 뛰쳐나와 금주 연설을 시작하는 장면 등 곳곳에서 심리 묘사적으로 훌륭한 장면을 볼 수 있다.

가몬이라는 인물에 대해 이렇게 세밀하고 예리한 관찰력을 보인 것은 물론 소설이다. 소설의 외관에 근거하지 않고 도요타 시로는 가몬이라는 인물을 스크린에 만들어 낼 수 없었을 것이다. 가령 엄밀하게 말하자면, 문예영화의 작가는 최상의 경우에서조차 남의 그릇을 빌려다가 타인이 본 현실을 재현할 뿐이다. 문예영화 자체는 아무리 걸작을 낳아도 영화 작가의 상대적인 무기력을 이야기하는 것이나 다름없다.

〈겨울 숙소〉의 마지막에서 학생 무라이가 올라가는 옥상의 길과,

가몬이 굴러가는 실크 모자를 좇으며 이삿짐 차와 함께 달려 내려가는 빈민 소굴의 비탈길과 둘로 갈라진 길의 상징적인 표현, 휴지가 어지럽게 흩어져 있는 벌판을 가는 가몬의 고이치(吾一)와 같은 장면 등은 이상한 인물을 중심으로 독특한 정신적 깊이를 갖고 있다. 그 깊이에도 불구하고 결국 문예영화는 영화 작가 자신의 것이 아님을 인정해야 한다.

〈길가의 돌(路傍の石)〉의 아이카와 고이치(愛川吾一) 나 〈겨울 숙소〉의 기리시마 가몬과 같은 강한 개성의 확립에도 불구하고, 영화 작가가 자신의 눈으로 보고 자신의 사상으로 창조한 것은 극히 적다. 이 근본적인 마이너스적 요소에도 불구하고 문학의 힘에 의지해서 인간의 성격을 철저히 연구하려 하는 것은 아무런 성격 묘사가 없는 일본영화에는 커다란 플러스적 요소이다.

문예영화 이후 일본영화는 기리시마 가몬이나 아이카와 고이치가 사는 사회를 그려야 한다. 단순히 개성이 아니라 사회성을 그리려 할 때일수록 영화의 표현적 본질이 실로 발휘된다. 이때 영화 작가는 자신의 눈 이외에 의지할 만한 것을 갖지 않을 것이다. 왜냐하면 문학 또한 개인성의 묘사에서 사회성의 체현으로 나아가고 있기 때문이다.

(1938. 12. 9)

기록영화와 극영화
1년간에 두드러진 두 가지의 양식

이마무라 다이헤이(今村太平)

지난 1년을 돌이켜보면 일본영화가 압도적이다. 그런데 일본영화는 지금까지 없었던 두 가지 경향을 두드러지게 보여주고 있다. 하나는 외국영화의 팬을 충분히 끌어들이는 극영화의 진출이고, 하나는 뉴스영화의 발달을 기초로 한 기록영화의 예술화 경향이다.

4, 5년 전쯤, 나는 지금의 영화 양식이 두 형식의 대립에서 탄생한 것을 본 적이 있다.

극 형식과 기록 형식이라는 것이다. 그리고 진정한 극영화적 리얼리즘은 기록 형식을 바탕으로 나온 것이 아니면 미덥지 못하다. 지금의 극 형식은 기록 형식을 거치지 않고 오히려 그 오락을 무대극과 소설 문학의 형식으로 우러러보고 있다고 할 수 있다. 올해 일본영화를 보면 이 두 형식의 경향이 뚜렷하게 나타나고 있다.

뉴스영화의 사회화에 따라 기록영화에 대한 관심이 높아지면서

〈상해(上海)〉, 〈남경(南京)〉, 〈북경(北京)〉이 나와 기록 형식의 예술성이 전면에 내세워진 것이다. 〈상해〉 등에서의 서정시와 같은 감정은 극 영화의 감동에 비견된다. 영화가 갖고 있는 놀라움을 입증한 것은 오 히려 이러한 기록영화 쪽이었다고 할 수 있다.

극영화 쪽에서는 도요타 시로(豊田四郎)가 가장 주목받고 있다. 〈울 보 아이(泣き虫小僧)〉, 〈겨울 숙소(冬の宿)〉, 〈꾀꼬리(鶯)〉 등에서의 그 문 학적 소재에 대한 왕성한 소화력은 놀라울 만하다. 도요타 시로의 좋 은 점은 기록영화의 작가와 별 차이가 없는 자연에 대한 서정의 눈이 끊임없이 작동하고 있다는 점에 있다. 〈울보 아이〉의 첫 장면 속 낙엽 지는 집의 원경이나 거주자가 없는 집의 나무에 남겨진 버선이라든 지, 〈겨울 숙소〉의 마지막 장면 속 언덕길, 〈꾀꼬리〉 속 첫 나무가 보 이는 원경 등은 모두 상징을 띠고 자연을 포착하고 있다. 〈겨울 숙소〉 에서 기리시마 가몬(霧島嘉門)이 등장할 때 그 뒤에서 피어오르는 연 기 같은 먼지의 소용돌이 등의 상징적인 심미(深味)가 문학으로부터 빌려온 것이 아니라 도요타 시로 자신의 사상적 심미를 드러낼 수 있 게 된다면 일본영화를 칭찬해도 좋겠다. 그에 비하면 구마가이 히사 토라(熊谷久虎)의 〈아베일족(阿部一族)〉은 모리 오가이(森鷗外) 원작의 차가운 순수성을 잃은 대신 구마가이 자신의 완고한 관념을 보여준 다는 점에서 주목할 만하다. 개인의 의사를 유린해 나가는 역사의 무 정한 생각, 그러한 것에 대한 구마가이의 생각을 내고 있는 대목에서 〈아베일족〉은 지금까지의 시대극에 없었던 역사 영화로서의 풍격을 보이고 있다. 〈길가의 돌(路傍の石)〉에서 다사카 도모타카(田坂具隆)는 심리 묘사의 실험을 하고 있다. 야마모토 유조(山本有三)라는 한 소년이 성장해 가는 솔직한 이야기를 그대로 영화에 갖고 와서 지금까지 유례없던 개성을 강하게 추구하였다는 의미로 이 작품은 적극성이 있다고 할 수 있다. 〈5인의 척후병(五人の斥候兵)〉은 전쟁을 심리적으로 다루었다는 점이 획기적이다. 야마모토 가지로(山本嘉次郎)의 〈작문교실(綴方敎室)〉이나 아베 유타카(阿部豊)의 〈태양의 아이(太陽の子)〉는 실패작이다. 기무라 소토지(木村莊十二)의 〈목장이야기(牧場物語)〉는 가장 바보 같은 작품 중 하나이다. 일본정신이 이렇게 두리뭉실하고 얕은 것이라면 오히려 역효과밖에는 나올 수 없다.

(1938. 12. 10)

영화 검열 대기실 이야기
어떠한 작품이 잘릴까

　우선 대략 영화의 검열은 공안, 풍속, 군기, 보건의 네 가지 견지에서 이루어진다. 다만 이 검열실에서 보는 영화는, 조선영화에의 경우 거의 모두 내지에서 내무성의 검열을 통과한 것이므로 이곳의 검열은 당연히 조선 통치의 대(大) 정신, 교육의 보급 정도, 풍속 습관의 차이 같은 특수 사정을 고려하여 실시하는 것을 가장 주안점으로 두고 있다.

　◇

　따라서 우선 공안을 해친다는 이유로 검열 각하(却下)가 되는 영화들의 경우 사상적인 것은 모두 내검(內檢)에서 가려지기 때문에, 여기서는 주로 민족의 ○○문제를 주제로 한 것이다. 물론 유럽과 같은 민족 관계와 마찬가지로 내선(內鮮) 관계와의 본질적 차이를 우리는 잘 알고 있다. 그러나 검열에 있어서는, 민중 가운데 가장 정도가 낮은 무지한 사람들에게 미치는 영향도 고려해야 한다. 예를 들어, 어느 패배한 어느 시골에서 장제스(蔣介石)가 군대를 열병하고 있는 사변 발발 당시의 오래된 뉴스영화를 보고 "저만큼 황군(皇軍)에게 당하고서도 장제스가 아직도 저렇게 많은 병사를 갖고 있는 것은 위대하다."라고 구경꾼이 서로 이야기하였다는 실화가 보국(報国)이 되고 있다. 이러한 층의 사람들을 대상으로 하는 검열은 점점 막대한 인류의 이상이나 숭고한 예술적 의도를 가진 우수 영화가 있더라도 갈아엎어야 할 경우가 생길 수 있다.

더구나 이상과 같은 이유로 전혀 각하가 되지 않는 경우로는, 전부 서양화에서 류큐(琉球)를 배경으로 한 도호의 〈오야케 아카하치(オヤケ·アカハチ)〉가 일본영화의 유일한 예외였다. 최근 서양영화 중에서는 우파의 〈백조의 춤〉(파울 마르틴 감독, 릴리안 하베이·빌리 프리치 주연), 〈거지 학생〉(게오르크 야코비 감독, 코롤라 헨·말리카 렉 주연)이 기각되었다. 전자는 핀란드, 후자는 폴란드의 독립 문제를 다룬 것인데, 이에 대해 '반(反) 소련'이라는 의도로 만들어진 나치의 정책영화 〈히틀러 청년〉의 각하는 조금 아이러니하다.

이밖에 메트로의 4편 〈기걸 판초〉(잭 콘웨이 감독, 월리스 베어리·레오 캐리오 주연), 〈로빈후드의 복수〉(윌리엄 웰먼 감독, 워너 박스터·마고 주연), 〈폭풍의 3색 깃발〉(원제 〈두 도시 이야기〉, 잭 콘웨이 감독, 로널 콜먼·엘리자베스 앨런 주연), 고먼 브리티시의 〈무기 없는 싸움〉(원제 〈가라후토인(樺太人) 제

스〉, 로털 멘데스 감독, 콘래드 파이트 주연), 유나이티드의 〈시가전〉
(H.C 포터 감독, 말 오베론·헨리 폰더 주연), 〈애국의 기사〉(칼 헤이트르 감독, 윌
리 빌겔 주연) 등이 모두 안녕질서를 해치는 이유로 각하되었다.

　　소련의 피압박 민족을 다룬 영화 〈아세아의 폭풍〉(푸도브킨 감독, 잉
키지노프 주연)이 개전으로 환골탈태하여 마침내 반소(反蘇) 영화로 재
검된 것은 유쾌하기 짝이 없다. 체코영화 〈맨발의 소녀〉가 통과하지
못한 것은 조선영화 〈도생록(圖生錄)〉(천일영화, 윤봉춘 감독, 김신재·최운
봉 주연)의 마지막 부분이 개편을 명령받은 것과 마찬가지이다. 즉 인
습적인 풍속 제도에서 야기된 비극이 단순히 운명적인 것으로 대중
의 눈에 비칠 때, 그러한 사회 환경적 성격에 얽매여 살길이 없는 이
들 민중의 비참한 모습이 부각될 수 있다는 것이다. 〈길가의 돌(路傍の
石)〉에서는 고이치(吾一) 소년이 철교에 매달리는 장면이 꽤 길게 말소
되었다. 이는 오락영화의 혜택을 받지 못하고 있는 조선 아동이 모방
하지는 않을까 하는 우려 때문으로, 매우 조선답다. 다음은 풍속 관련
쪽인데 내지영화에서는 이와 관련하여 새삼 문제가 될 것이 없지만,
조선영화가 잘리는 것이 거의 이 풍회(風懷)때문인 것도 재미있는 현
상이며, 특히 애욕 묘사에 노골적인 최초의 조선어 발성영화 〈춘향전
(春香伝)〉(경성촬영소, 최운봉 감독 작품)[10]에서도 몽룡과 춘향이 친해지는

---

10 조선 최초의 장편 발성 극영화 〈춘향전〉(1935)의 감독은 이명우(李明雨)이므로,
　　해당 표기는 내용 상 오류라 할 수 있다. 최운봉은 당시 활동하던 배우이며, 이

장면 등은 상당히 잘리게 되었다.

◇

서양영화 중에서는 라옥스의 〈수요일의 사랑〉(헨리 킹 감독), 메트로의 〈병풍(颱風)〉(에드먼드 굴팅 감독, 노마 시어러 주연), 〈사막의 초승달(砂漠の新月)〉(WS 반다이크 감독, 라몬 나바로·루페 베레츠 주연) 등이 전편에 난무하는 그 농후한 에로틱함과 아름다운 풍속을 무너뜨리는 삼각연애를 이유로 각하되었다.

◇

군기 보호 쪽에서는 물론 매우 엄격한 검열이 이루어지는 만큼 오히려 특별히 흥미 있는 화제는 없으나, 해금 절차의 오류로 신문사의 뉴스영화에서는 상하이 육군의 신예 탱크 활동은 허용되고 있는데, 같은 해군 육전대의 탱크는 모두 삭제되었다는 이야기도 남아 있다. 최근에는 손수건을 흔들며 안녕을 하고 자폭한 바이린(梅林) 대위를 다룬 극영화에 진짜 유서가 나와 거기에 전진 기지의 지명이 명료하게 읽히는 일이 있었다. 여기에 내검두 통과하였고 시일도 이미 경과하여 고개를 내저은 듯하였다.

◇

보건 상의 이유라는 것은 소위 비가 온 것처럼 아파하는 재검열의 옛날 영화나 복사물 등을 대상으로 하며, 친력애호(親力愛護)나 특히 조선영화에 있어서는 새로운 영화 사업 지원의 견지에서 검열 유효

작품에도 출연한 것으로 알려져 있다.

기간을 짧게 제한하는 경우도 있다.

◇

옛날 영화 가운데는 얼마 전 유명한 〈문명〉이 상영 금지되었다. 이는 벌써 30년 정도 전에 그리피스 감독이 파라마운트의 전신 존라스 키프로에서 제작한 것이지만, 유럽 대전 직후 전 유럽에 풍미한 염전(厭戰) 사조를 종교적으로 다루었기 때문에 현재 우리 국정에 맞지 않는 것도 이만저만이 아닐 터이다. 오래된 팬들에게는, 또 역사는 돌고 도는 것이기에 감회가 없지는 않을 것이다.

(1938. 12. 18)

영화 이런저런 이야기
시나리오 일을 위주로

야기 야스타로(八木保太郎)

　제가 가장 먼저 쓴 시나리오인 닛카쓰 각 본부의 조교 시절에 나온 〈이 어머니를 보라(この母を見よ)〉는 경향영화로, 벌써 수십 년 전의 일입니다. 아무튼 저는 고스기 이사무(小杉勇), 시마 고지(島耕二)와 배우 학교 동기생이었기 때문에 오래된 이야기입니다. 이후 50편이 조금 안 되게 썼는데, 오리지널 작품은 없습니다. 그 중 영화 장인인 제가 되돌아보았을 때 쾌심작이라고 할 만한 것이 있을 리 없지만, 우치다 도무(内田吐夢)나 고스기 이사무처럼 잘 맞는 감독, 배우와 짝을 이루었을 때 역시 제가 좋아하는 사진을 만들 수 있습니다. 〈끝없는 전진(限りなき前進)〉은 스토리를 오즈 야스지로(小津安二郎)가 구술한 것입니다만, 결론 부분의 야스키치(保吉)(고스기가 연기한)를 어떻게 할 것인가 고민한 끝에, 문득 고스기가 자주 부르는 〈거센 늦가을 비(ざんざん時雨)〉가 생각이 나서 간신히 완성했습니다. 그중에서 발광한 야스키치가 노래하는 장면이 상당히 긴데, 저는 믿는 바가 있어서 고스기가 끝까지 노래하게 하고 조금도 다른 것을 가미하지 않았습니다. 〈벌거벗은 마을(裸の町)〉에서도 앞부분에 노점상(香具師) 역의 미아키 본타로(見明凡太郎)에게 그렇게 길게 이야기하도록 한 것도 마찬가지입니다. 그 야시를 조사하는 데 약 3개월이 걸렸습니다만, 거기서만 이미 전체가 정리된 것이었습니다. 거기에 나오는 고리대금업자 마스야마 긴사쿠(增山金作)의 모델은 고이시카와(小石川)의 공동인쇄소 뒤에 살고 있는 사람으로, 그 누추한 집의 제왕처럼 구는 고리대금업자의 성격 자체가 알면 알수록 마음이 끌리지만, 결국 그것을 살린 것은 고스기의 최고 기예였습니다. 근작 하야시 후사오(林房雄)의 〈목장 이야기(牧場物語)〉는 검열에서 중요한 부분이 2천 피트나 잘려 비평가에게 호되게 당했습니다. 저에게는 자신이 있었던 것입니다. 다만 그것은 사진이라면 『킹(キング)』용으로, 『개조(改造)』나 『문학계(文学界)』에 실릴 대물은 아닙니다. 지금 저는 계약 상 도호를 위해 1년에 시나리오 2편을 쓰면 되기 때문에 이후에는 자유의 몸입니다. 제 시나리오가 하나에 천 엔이라든지 2천 엔이라든지 하는 이야기가 돌고 있는데, 이는 즉 1년간의 급료를 어림잡아 계산하였기 때문입니다.

시나리오 집필은 우리 것과 쇼치쿠와는 전혀 구성 방식이 다른데, 쇼치쿠 등의 영화가 왜 소위 재미있고 우스운가 하면, 그것은 우선 제각각인 작은 연극이나 개그를 모아서 하나하나 쌓아가는 식이기 때문이라는 것을 알 수 있을 것입니다. 우리는 처음에 굵은 골격을 조립하고, 그 안에 연극을 짜 넣는 식입니다. 영화 제작에서 시나리오작가의 위치 등은 적어도 일본의 촬영소에서는 모두 그 사람의 문제에 속합니다. 저도 앞으로는 한 명의 시나리오작가에 머무르지 않고 지금보다 한층 프로듀싱 쪽으로 참가하겠지만, 원래 한 편의 영화를 만들 때 가장 골머리를 앓는 것은 사람과 사람과의 관계 처리에 있다고 생각합니다.

영화법에 대해서는 세상이 모두 국책 통제로 끌려갈 때, 이제 와서 시비 논쟁을 해도 소용이 없습니다. 그래서 영화법이 지금은 완전하지 않아도 할 수 없습니다. 의회에 상정되면 영화 등 지식이 별로 풍부하지 않은 의원들은 이를 통과시킬 것으로 봅니다. 그보다도 우리는 이 무서운 템포로 전개되고 있는 시세 속에서, 나 자신을 잃지 않고 이를 어떻게든 뒤좇아 가려는 마음으로 가득합니다.

신쿄극단(新協劇団)의 도호 유닛에서는 현재 무라야마 도모요시(村山知義)의 연출로 『문예춘추(文芸春秋)』에 실려 있는 히노 아시헤이(火野葦平)의 〈담배와 병사(煙草と兵隊)〉의 영화화가 구체적으로 진행되고 있습니다만, 이 기획은 어떠한 것일까요? 영화는 그렇게 달콤하지 않습니다. 어쨌든 무라야마는 니키 도쿠진(仁木独人)을 잃고 신협의 연출과 경영의 양쪽 모두를 맡아 난처해하고 있습니다. 저 개인적으로도 술친구이자 좋은 간호 역 담당자였던 니키를 잃어 매우 쓸쓸합니다.

조선에 온 것은 처음입니다. 인상에 남은 것은, 조선인의 생활 템포가 느리다고 하는데 기생 등의 노래 가요가 매우 탄력성을 갖고 있다는 것입니다. 왜 그럴까요?

저는 조선영화를 거의 보지 않았습니다만, 한 가지 제안을 갖고 있

습니다. 요컨대 조선영화를 기업적으로 발달시키는 어떤 과정으로서 조선인의 국어를 하나의 지방어로 보고 그 말로 일본어 발성 영화를 제작하는 것입니다. 이는, 내선일체(內鮮一體)는 조선인을 향해 보다 더욱 내지인들에게 설명하라는 내 생각에도 큰 도움이 됩니다. 이번에 조선인 지인의 집에서 네 살 난 소녀가 〈환호의 소리로 보내져(歡呼の声に送られて)〉를 참 고운 국어로 부르고 있는 것을 듣고 감탄하였는데, 이것도 좋은 노림수가 될 것입니다. 제가 이번에 조선에 온 것에 대해서는 〈오쿠무라이오코전(奧村五百子傳)〉 외에 또 하나 꼭 조선을 소재로 한 영화를 만들고 싶어 그 방면도 가능한 공부하고 싶습니다. -담(談)-

(1939. 2. 26)

아동과 영화
둔갑물(忍術物)은 의외로 무해하지만
도박유랑물(股旅物)은 영향이 크다

국책 문화 정책의 ■■■에서 제정된 '영화법'의 상정·통과로 요 강 명령안의 지령에 따라 14세 미만 아동을 영화 상설관 및 영화를 상영하는 장소에서 더욱 과감히 차단할 수 있게 되었고, 아동용 영화 제작을 주로 하는 작은 영화 제작사 및 아동을 관객 과반수로 하는 흥행자를 놀라게 하였다. 이와 관련하여 정부가 걱정하듯 영화가 아동에 악영향을 미치는가에 대해서는 이 분야의 권위자 간에 최근 여러 종류의 논의를 떠들썩하게 하고 있는데, 그 근거하는 바의 의견을 종합함에 아동 백 명을 대상으로 영화에 따른 영향을 극명하게 조사한 결과, 95%까지는 당국이 기우하는 대로 동심을 악화시키고 있다고 보고하고 있다. 이 조사 보고에 따르면 자칫 폐해가 크다고 여겨졌던 둔갑영화는 황당무계한 재미에 그쳐 의외로 무해하고 오히려 정

의감과 인의를 중시하는 도박유랑물이 예상 외로 악감을 초래하고 있다고 한다. 즉, 〈시미즈노 지로초(淸水次郎長)〉, 〈구니사다 주지(国定 忠治)〉급의 정의와 인의적인 것은 우선 무난하다고 하고, 같은 야쿠자물(やくざ物)이라도 일숙일반(一宿一飯) 인의(仁義)로 살아가면서도 계속해서 떠돌아다니는 도박유랑물은 아동에게 잘못된 의협심(任侠)과 순정(順情性)을 강하게 자극하는 것이라고 역설하고 있다. 따라서 앞으로 아동용 영화가 가야 할 길은 급격한 교화와 교도를 목표로 하는 고루한 카테고리 안으로 도피하기보다는 기존 아동용 영화에 문화적 의의를 채택한 것이어야 한다고 제창하고 있다. 결국 둔갑물, 너구리물(狸物), 여우물(狐物)도 크게 좋은 것이지만, 이번 '영화법' 실시에 있어 아동용 영화 제작 당사자가 어떻게 아동을 즐겁게 하면서 시대에 입각한 문화적 의의를 효과적으로 강조할 수 있는가는 그들이 영화 국책을 위해 목숨을 바치는 당면 책임자로서 흥미가 있는 문제이다.

(1939. 5. 28)

영화 교육의 변 (1)
이행하는 교육의 중심주의

박기채(朴基采)

지난달 북조선(北朝鮮)[11] 여행 기차 안에서 우연히 옛 친구인 K 군을 만났다.

K 군은 지금 모 중학교 교사로, 나와는 10년 된 오랜 친구였지만, 서로 사회인이 되고 나서는 정말 첫 만남이었다.

우리가 자란 환경이라든지, 생활을 추구하는 태도라든지, 삶에 대한 우리의 이상(理想)이나 신념이 달라진 것은 사실이지만, K 군의 경우는 그 변화가 너무나도 심하였다.

물론 학교 교원과 영화 작가가 주장하는 그 이상이나 신념의 합치가 있을 수 없겠지만, 교육을 일반적으로 하나의 인생 문제로 보려 할

---

11 일제강점기에 식민지 조선의 북쪽 지방을 가리키는 것으로서, 북한에서 '남조선(남한)'과 구별하여 자국을 일컫는 명칭과는 다르다.

때, 교원과 학교에 대한 K 군의 생각과 나의 이상은 너무나 동떨어져 있었다. 즉, 지금의 학교는 하나의 사법관적인 기관으로 보였기 때문이다.

현대의 학교 교육은 어디까지나 문화적 정신 고양을 도모해야 하지, 결코 사법관의 훈련이 되어서는 안 된다.

과연 학교 교육의 의의는 어디에 있을까? 이 문제는 단지 K 군에 국한된 문제가 아니다. 무엇보다 학교 당사자 간 교육론이 성행하는 요즘에 특히 일고(一考)를 요하는 문제이다.

교육의 의의도 지금은 자학자습(自学自習) 방면에서 생각하게 되었다.

옛날 교육은 가르친다는 것을 중시하였다. 교사가 중심이 되어 활동하는 작용을 교육으로 생각하고 있었다. 그러나 오늘날에는 교육받는 자 그 스스로 배우게 하는 것을 중요시하게 되었다.

즉, 교육의 경향이 교사 중심주의에서 학생 중심주의로 옮겨진 것이다. 물론 학생 중심주의 교육에서도 교사의 필요성은 인정하나, 교사의 지위라는 것이 종전처럼 교사들이 중심이 되어 외부에서 다양한 지식과 기능을 주입하여 가르치는 것은 그다지 효과적이지 않다. 교사는 단지 학생의 자발적인 학습을 지도하는 것만으로 충분하다.

최근 반도의 교육 당사자들 사이에서도 여러 가지 교육 사상이 주창되고 있는 것 같지만, 이 학생 중심주의, 즉 자학자습의 경향은 어떠한 신(新) 교육 사상에서도 공통되고 있음을 인식해야 한다고 생각한다.

대체로 교육의 의의는 이상(以上)과 같이 바뀌었다. 그러나 교육이라는 것은 이상(理想)을 바탕으로 한 활동이다. 교육한다는 것은 어떤 이상에 의해 교육받는 자를 향상하게 하는 것을 의미한다. 덧붙여 자학자습이라고 해서 학생을 전혀 자유롭게 방임해 두는 것은 아니다. 어느 하나의 이상을 향해 학생을 스스로 능동적으로 활동하도록 지도하는 것이다.

(1939. 10. 12)

영화 교육의 변 (2)
교육의 실제와 영화의 입장

박기채(朴基采)

어떤 자유 교육론자 중에는 인간 천부(天賦)의 자연성을 그대로 발달시키는 것이 교육의 할 일이라고 하며 이상적인 틀에 맞추기를 기피하는 자도 있었다. 그러나 만약 인간 천부의 자연성을 자연 그대로 발달시키는 것이 교육이라면 교육은 다른 동식물의 성장 교육과 같은 의미가 된다. 굳이 교육의 문자를 사용할 필요도 없어지는 것은 아닐까?

따라서 이러한 의미의 자유 교육론을 따를 수가 없다. 같은 자유 교육의 이름으로 불리고 있지만, 칸트의 철학에서 출발한 이상주의 자유 교육론은 그 입각 지점부터 전혀 다르다. 지금 여기서 교육 상의 여러 가지 설을 일일이 들어 설명할 수는 없지만, 어쨌든 교육은 이상(理想)에 따라 이루어져야 한다. 이상 없이 이루어지는 교육은 없다. 그러므로 소설이나 영화에서도 교육적 읽을거리와 오락적 읽을거리,

교육적 영화와 오락적 영화의 구별이 생기는 근거는 이 점에 있다고 생각한다.

교육은 어디까지나 이상에 근거하여 인간의 생활을 높이고 깊게 해 나가는 활동이다. 교육하려면 학생 자신을 능동적으로 활동시켜야 한다. 그러나 아무런 이상 없이 자연성을 자연 그대로 발달시키는 것은 아니다. 교육이라고 하면, 이미 어떤 목적을 포함한 활동을 의미하고 있다.

무엇이 교육의 목적인가 하면, 나는 거리낌 없이 인격의 완성이라고 대답한다.

몹시 형식적인 정의이기는 하지만, 어떤 설을 추구해도 결국 여기에 낙착한다. 그밖에 이 형식적인 정의 이상으로 타당한 교육의 목적을 내세울 수 있을까?

심지어 여기서 말하는 인격과 인간의 자연성은 다른 것이다. 그래서 인격의 완성이란 자연성의 발달을 의미하지 않는다. 인격은 개인적인 자연성에 반하여 사회적, 이상적 성질을 지니는 것이다. 이 사회적, 이상적 인격을 완성한다는 목적에 따라 교육의 내용이 생겨난다. 그 교육 내용을 구성하는 것 중에는 인격의 개념에서 생각할 수 있는 것처럼, 첫째 지식 부여, 둘째 도덕심 함양, 셋째 미적 정서를 도야하는 것, 넷째 신체 단련 등이 가장 중요한 사항이 된다. 이론 상으로 생각해도 그렇지만, 실제 교육에서도 항상 이와 같은 종(種)들의 활동이 이루어지고 있다. 역사 상의 사실로 일관하면 그 시대에 따라 지식을 은폐한 적도, 혹은 도덕적으로 편중된 적도 있었다. 그러나 교육의 내용을 음미해 보면, 이러한 분위기 중 어떤 것이 전혀 빠져 있었다고는 할 수 없다.

그런데 전술한 바대로, 어느 정도까지 교육의 본질을 천명(闡明)해 보면 영화라는 것이 이러한 교육 상에 어떠한 의미를 갖고 있는지도 또한 자연히 명백해진다. 교육의 효과를 올리기 위해 실제 가르치는 방면에서는 종래 여러 가지 방편물을 사용하였다. 사진이라든지 회화라든지 표본 모형 같은 것은 어느 학교에나 반드시 비치해 두어야 할 방편물로 인정받았다. 교과목에 따라 이들 방편물에 의존하지 않으면 전혀 가르치는 효과를 거두지 못할 것으로 여겨졌다.

이와 같이 가르치는 방법으로 영화라는 것을 기존의 방편물과 비교해 보면, 다른 어떤 것보다도 뛰어나다. 이렇게 말하면 내 영화에 대한 논지는 이미 해결된 것 같지만, 더 나아가 교육 상 영화가 가진 교화적인 풍부성에 대해 언급해 보자.

(1939. 10. 13)

영화 교육의 변 (3)
지식과 도덕과 미적 정조(情操)

박기채(朴基采)

　영화는 첫째, 지식을 전수하는 데 가장 효과적인 방편물일 것이다. 영화가 주는 지식은 가장 정확한 지식의 일종이다. 정확한 지식이 직관에서 출발해야 함은 예로부터 많은 교육자들이 이를 주창하고 있다. 직관주의라는 명칭도 오랫동안 교육 사회에 전해져 왔다. 정확한 지식의 수여는 실물에 의해야만 한다. 그러나 실물 중에는 쉽게 구할 수 없는 것도 있다. 이러한 사물의 교수(敎授)는 종래에 심히 불완전한 표본이나 모형 같은 것에 의존해야 하였다. 그러나 영화의 발달은 이러한 결점을 충분히 보완할 수 있도록 하였다. 향후 영화가 학교 교육 내로 편입하게 됨에 따라, 특히 지리 교수나 이과 교수는 현저하게 진보하여 완전히 그 면목을 일신하게 될 것이다. 영화는 실물을 가장 정확하게 모사하는 것일 뿐 아니라, 때로는 실물 이상으로 명료한 지식을 전해 준다. 예를 들어 이번 지나사변에서 지리적으로 황군(皇軍)의 점령지를 다른 방편물로 아무리 설명하려 해도 소용없는 수고이다. 이러한 식의 장기간에 걸친 사물의 변화를 단기로 축약해 보이거나 아주 미세한 것을 확대하여 자유롭게 관찰하게 하고 정확한 지식을 주는 일은 영화에서 처음 이루어진다.

둘째, 영화는 도덕 교양 상에서도 가장 유용하다. 영화극이 지닌 감화력의 위대한 점은 실제 사실에 따라 종래 때때로 설명되었다. 영화극의 자극이 동기가 되어 나쁜 짓을 한 어린이의 사례는 항상 들려온다. 지금은 기억에도 희미하지만 얼마 전 한 아동이 조선극장에 불을 지른 그 동기가 영화극의 자극이라고 하여 마침내 사회 문제가 되면서 신문 사회면을 떠들썩하게 한 적이 있다.

지금도 그러한 예를 들어 영화를 교육 상 해로운 것으로 치부하려는 사람들이 있다. 그러나 그것은 매우 잘못된 생각이다. 만약 그 영화극이 아동의 동기가 될 정도로 강한 감화력을 지니는 것이라면 그것을 잘 사용하여 도덕 교육 상 가장 큰 효과를 거둘 수 있다고 해야 한다. 너무 뻔한 이야기일지 모르지만 교단 위에서 교사가 한 시간 동안 설파하는 수신(修身)의 예화(例話)보다 10분간에 걸쳐 영화극의 한 권(卷)[12]을 보여주는 편이 어린 학생들에게 도덕적 감화를 더욱 잘 전달해 줄 수 있는 경우가 적지 않다고 생각한다.

셋째, 미적 정조의 도야라는 점에서도 영화의 위력을 인정해야 한다. 가장 뛰어난 영화를 보여주는 것은 명화의 복사를 보여주는 것이

---

12 영화 필름의 한 릴(reel)에 해당하는 단위를 지칭하는 당시의 용어이다.

며, 명문(名文)을 맛보게 하는 것이 아동의 감상력을 가장 발달시키게 하는 것이다.

최근 문부성에서도 우수한 영화에는 추천이라는 명칭을 붙이게 되었다. 참으로 기뻐할 일이다. 오늘날까지 종종 교육계의 문제가 되었던 예술 교육이 머지않아 영화 이용을 통해 실현될 것으로 보인다.

(1939. 10. 15)

영화 교육의 변 (4)
영화의 기능과 문화적 목표

박기채(朴基采)

넷째, 신체의 단련이라는 면에서는 영화와 직접 교섭이 없다. 그러나 체육에 관한 정신 앙양의 지식을 전해 줄 수 있는 영화의 효과를 잊어서는 안 된다.

보통의 상식이기는 하나, 이상 서술한 바에 따라 영화 교육 상의 지위라는 것이 자연스레 밝혀졌다. 영화는 어디까지나 교육의 효과를 올리는 방편물로서 다방면의 교육 내용에 가장 큰 교섭력을 갖고 있다.

더구나 영화 교육 상의 힘은 매우 위대하다. 자학자습주의 교육을 옳다고 인정하게 된 현대 교육계에서는 각종 읽을거리와 함께 영화의 교육적 가치를 특히 높여야만 한다.

영화를 도외시해서는 완전한 교육을 실시할 수 없는 날이 눈앞에 닥친 것 같다.

여기서 또 하나 생각해야 할 것은, 학교 교육뿐 아니라 학생이 졸업 후 사회인이 될 수 있게 하는 교육, 즉 사회 교육의 필요성도 통감해야 한다는 점이다.

인간은 교육을 받아 보다 좋은 사람이 될 수 있다. 따라서 교육은 십 수 년에 종언을 고하는 것이 아니다. 일생에 걸친 과정이어야 한다고 생각한다. 그리고 사회 일반인이 교육을 받는 것은 주로 생업의 간극을 이용한 것이며, 피교육자로서 사회 일반인은 그 지식, 직업, 연령 등에 따라 정말로 다종다양하다. 그러므로 영화로 사회 교육을 실시함에 따라 그것이 유효한 이유가 여기에 있다고 말해도 무방하다.

이렇게 다수의 사람을 대상으로 사회 교육에 사용하는 영화를, 나는 사회교화 영화 또는 사회교육 영화라고 불러도 무방하다고 생각한다. 그런데 이러한 다수의 사회인에 대해 적극적으로 좋은 교육적 영향을 주기 위해서는 어떠한 영화가 좋을까?

그것으로는 국민 생활, 사회 도덕, 종교 교육, 예술 교육, 통속 과학, 정치 교육, 경제학, 보건 위생, 시사문제 해설, 직업 교육 등에 관한 영화를 들 수 있다. 이들 각종 영화는 취미와 실익을 겸한 것이어야 한다. 너무 딱딱한 것만 갖고는 광범위한 영화가 될 수 없다. 오락적이며 그 안에서 교육되어 가는 구조의 영화라면 좋은 것이다. 또한 사회교화 영화에도 찬란한 예술미와 명랑성이 결여된 것은 결코 우수한 영화라고 할 수 없다.

그런데 여기까지 쓰다 보니 이야기가 끊기고 끊겨 심히 결말이 나지 않게 되었으나, 이미 약속한 매수를 다 채웠다.

마지막으로 영화에 대해 상식적인 이야기이지만 『키네마준포(キネマ旬報)』에서 사사키(佐々木) 씨가 말한 것처럼 영화에는 대중에게 오락을 제공하는 기능 이외, 예를 들어 대중을 지적으로 계몽한다든가, 교화한다든가, 그러한 '보다 숭고한, 문화적' 목적을 위해 도움이 되는 기능이 있다는 것을 일반 사람들이 꼭 알았으면 한다. -끝-

(1939. 10. 20)

조선영화와 리리시즘
〈새 출발(新しき出発)〉에 관하여

서광제(徐光霽)

요즘 조선영화를 논하는 일부 사람들 가운데 '조선영화의 리리시즘(lyricism)'을 말하는 사람이 있다. 내지의 영화 논단에서 건필을 휘두르고 있는 하즈미 쓰네오(筈見恒夫) 씨가 이규환 씨의 〈새 출발(新しき出発)〉을 보고 쓴 비평을 읽었는데, 역시 조선영화의 리리시즘에 대해 운운하고 있다.

그렇다면 조선영화에 진정한 리리시즘이 펼쳐지고 있는 것일까? 나는 단언한다. 조선영화에서 진정한 리리시즘을 발견하지 못하였다고.

영화에 리리시즘이 표현된다면 그것은 하나의 영화적 포에지(poesy)를 지니고 있다고 할 수 있다. 영화가 포에지를 갖고 있다면 그것은 뛰어난 영화이다. 영화에 로컬 컬러와 아름다운 풍경, 혹은 산수의 아름다운 광경이 몇 컷 나온다고 해도 그것을 모두 리리시즘이라고 할 수는 없다. 또한 영화 전체가 아름다운 그림을 그린 것과 같아도 그 영화를 서정시적인 작품이라고는 할 수 없다. 요점은 작품 전체에 흐르는 스토리가 어떻게 감정을 가지면서 영화의 포에지를 나타내는가에 따라 그 작품을 리리시즘이라고 부르는 것이다.

줄거리와 관련 없는 서정적 풍경을 드러내는 영화 작가는 영화감독이 아니라 그림엽서 제작가라 할 수 있다. 영화에 나타나는 모든 풍경이 영화 속 인물들의 분위기와 같음은 물론이다. 이 분위기를 무시한 천하절경의 그림이 지닌 아름다움은 영화에서 한 푼의 가치도 없다.

오늘날까지의 조선영화에 단편적으로 리리시즘의 아류가 있을지 모르지만, 영화 미학적 의미의 조선영화에 리리시즘이 있다고는 할 수 없다.

나는 조선영화의 리리시즘에 대해 애착을 갖고 있는 것은 아니다. 일부 영화 작가는 리리시즘을 사랑하고 조선영화의 발전을 이 리리시즘을 따라 그려보려 하지만 나는 단연코 이 리리시즘을 배척한다. 영화가 지닌 역동적인 박력과 섬세함을 조선영화에 담아낼 때 진정한 의미의 조선영화사(朝鮮映画史)가 거기에서부터 비롯된다.

너무나 심금을 울리는 현실적 소재가 많음에도 불구하고 이제 와서 조선영화에 리리시즘을 운운하는 것은 문학청년들이 할 말이 아니지 않은가? 오늘날 조선영화에 리리시즘 운운하는 것은 하나의 현실 도피라고 할 수 있다. 적어도 영화라는 것은 대중에게 어떤 광명을 보여주어야 한다. 진부한 이야기, 비현실적인 표현, 그리고 문학 청년적인 리리시즘이 있는 조선영화는 장차 어떻게 될까?

우리들은 현실의 고난을 극복하거나 너무도 비참한 현실을 보여주는 것도 아니며 대중에 대해 유일한 명랑성을 드러내는 것이 어느 시대에 어떠한 주의(主義)를 가진 예술가이든 간에 예술적 창작 의도라 할 수 있다. 전시 상태에서의 우리 민중 생활의 고통은 한두 가지가 아니다. 거기에 영화마저 비참한 생활을 보여 일반 대중의 생활 고통에 또 하나의 어두운 면을 더할 필요는 없다. 이규환 씨의 〈새 출발〉 등도 이러한 의미에서는 실패작이 될 것이다. 영화의 리리시즘이 아니라 생활과 살아 있는 광명을 잃은 이 영화를 대중에게 보이는 작가적 양심은 어디에 있는 것인가? 이는 양심적인 문제라기보다는 오히려 교양 문제와 관련되어야 하지 않을까?

조선영화계는 값싼 리리시즘에서 탈피하여 현실을 잘 파악하고 대중과 함께하며 대중과 더불어 사는 영화를 만들어야 한다. 현실과 대중 생활이 너무 동떨어진 조선영화의 오늘을 하루 빨리 청산하고 대중과 함께 울고 웃고, 대중과 더불어 사는 진정한 영화의 길을 만들고 싶다.

(1939. 11. 12)

영화법과 흥행자

OGS

공전의 문화 입법이라고 말해지는 영화법은 전문 58조로 이루어진 방대한 것이지만, 제작과 배급만의 통제를 주안으로 하는 것이며, 영화 사업의 3대 부문 중 하나인 흥행에 대해서는 단순히 하나의 항목도 마련되지 않고 있다. 제작을 공장, 배급을 도매로 한다면 흥행은 소매업자이며 통제의 필요는 없었을 것인가? 1년 3억이 넘는 영화관 입장객에게 영화를 직접 제공하는 흥행장은, 필연적으로 국민, 곧 일반 대중과 가장 긴밀한 접촉 지점을 소유함에도 불구하고, 단지 구태의연한 각 부현도(府縣道)별로 여타 단속 법규에 비해 방치되고 있다.

영화는 대중에게 오락을 목표로 제작되는 것이지만, 여기에 더하여 대중의 생활 안에 침투하고 이것을 지도해서 교화함을 목적으로 맞추어 두지 않으면 안 된다고 이야기되고 있다. 영화법의 입법 정신이 국민의 지도 교화에 따른다면, 그것을 제공하는 영화관은 단지 오락장으로서 뿐 아니라 국가가 유력한 교도적 문화 기관으로 동원되어야 한다. 물심(物心) 총동원 전시체제 하의 현재, 전국 2천 곳에 육박하는 영화관을 국책 수행의 선전 기관으로 동원함으로써 무통제적이고 무질서한 흥행을 명랑하게 할 수 있는 것이다.

현재, 일본영화계의 투자 금액은 약 1억, 그 중에서 제작 배급의 투자액은 쇼치쿠(松竹), 도호(東宝), 닛카쓰(日活), 신코(新興) 기타의 각 회사를 합쳐도 그 15%에 지나치지 않고, 잔액 85%는 전국 영화관의 투자액이다. 곧 정부는 1할 5푼에 지나치게 주력해서, 나머지 8할 5푼을 등한시하였다고도 말할 수 있다. 이 이론은, 다분히 견강부회(牽強付会)의 감이 없지 않으나, 만일 독일과 같이 영화법으로 영화관 경영자의 수험 허가 제도를 도입한다든가 혹은 영화관 지배인이 되어야 할 사람은 영사 기술을 소유한 사람으로 할지의 법규가 마련되어야 한다고 생각하는 전국의 영화 흥행 관계자가 자발적으로 국가의 교도 문화 기관으로서의 자부심을 가져 영업한다면 문제는 간단하지만, 과연 그 만큼의 기개가 있는지에 대해서는 엄청난 의문이 있다.

10년 정도 전까지, 일본 흥행사의 지식 수준은 심상(尋常) 2년 정도라고 말해졌다. 그 후 일류 실업가의 사계(斯界) 착수 등이 있어, 합리적 경제법에 의해 착착 이윤을 올린 것이 자극이 되고 지방의 금융업자들 사이에서도 영화관을 확실한 투자 물건으로 인식되고 다소 정화(廓清)되어 온 것은 사실이다.

그러나 경성을 예로 들어 보아도 흥아봉공일(興亜奉公日)이 제정된 것은 3개월이나 지난 일이며, 내지에서는 이미 자발적으로 흥아봉공일에 특별 프로그램을 편성한다든가 반나절 휴관 혹은 오후 7시까지라고 하는 것처럼 자숙하고 있는 경향도 있지만, 두 차례나 그 기회를 놓친 것은 우활(迂闊)한 것이다. 또 한편, 서양영화의 요금 인상 문제, 게다가 영화관이 상점법의 제외된 예이기 때문인지, 종업원의 휴양이나 복지에 대해서 고려가 되고 있다고 하는 것을 듣지 않는 것 등등.

인구 75만의 경성에, 뉴스 및 문화 영화 전문 극장을 하나도 가지지 않은 것도 하나의 치욕이었다. 경성일보사의 착수 계획 이전에, 흥행자 사이에 계획되어야 하였다고 생각한다. 영화관의 사회적 공헌은 대중과 가까운 관계가 있기 때문에 보다 필요가 있고, 당연히 누려야 할 이익을 누린다고 해도 그 문화적 사명을 다해야 할 것을 먼저 생각해야 할 것이다.

(1939. 11. 12)

영화와 여성
〈이른 봄(早春)〉과 〈아이젠 가쓰라(愛染かつら)〉[13]

사에키 아유노스케(冴木鮎之介)

한마디로 여성영화라고 불리는 것에는 두 가지 유형이 있다. 특히 여성의 심리라든지 생활이라든지 하는 것을 주제로 그린 것, 예를 들면 〈꽃 따는 일기(花摘み日記)〉, 〈여자의 교실(女の教室)〉에서 〈제복의 처녀(制服の処女)〉, 〈이른 봄〉까지가 그 첫 번째며, 특히 여성 관객층을 목표로 하여 제작된 통속적인 것, 예를 들어 〈아이젠 가쓰라〉, 〈아내의 혼(妻の魂)〉 등이 그 두 번째다.

여기서는 여성과 영화의 소론을 위해 이 두 가지 중에서 〈이른 봄〉과 〈아이젠 가쓰라〉를 다루어 보자. 두 말할 필요도 없이 〈이른 봄〉은 나치 통제 하 독일의 근래 수작이며, 〈아이젠 가쓰라〉는 전시 하 일본

---

13 두 남녀가 사랑을 맹세하면 반드시 두 사람이 이어지고 행복이 온다는 애착의 계수나무를 가리킨다.

의 우열작(愚劣作)이다. 이 둘을 열거한 것은 절대 비꼬기 위함이 아니고, 모두 아이가 있는 과부의 재혼을 다루고 있기 때문이다.

엘렌부르크(Ehrenburg)는 영화 촬영소를 역설적으로 꿈의 공장이라고 말하였다. 사람들에게 영화는 꿈일지도 모르지만, 이 꿈을 제작하는 관설(官設), 사설(私設) 공장에서는 삼엄한 정치와 사상의 선전 고취에 당국 어용이 되는 규격품이나 탐욕스러운 이윤 추구 대상이 되는 상품이라는 뜻이다.

이렇게 생각하면 〈이른 봄〉을 단지 사춘기에 이르려는 처녀의 심리라든가, 그런 성숙한 딸이 있는 연배의 과부의 애욕을 주제로 하고 있는 등이라고 해석하는 사람은 너무 낙관적이다. 이는 분명 과부는 재혼해야 한다는 나치의 교서이다. 〈이른 봄〉 속 과부의 남편은 군인이었다. 바로 이 시대에 독일은 제1차 세계대전으로 과부가 많이 생기게 된 것이다.

그런데 우리나라에서는 이 〈이른 봄〉 속 과부의 남편이 군인임을 설명하는 장면들이 전부 삭제되어 버렸다. 이는 이번 사변의 충성하고 용맹한 황군(皇軍) 가운데 전사한 군인들의 과부 문제가 중대한 사회적 관심 사항이기 때문에 신중하게 이루어진 것이다.

부인 잡지 등에서 이 문제가 상당히 논의되고 있어도 아직 적극적으로 재혼하라는 의견이 나오지 않는 것도 마찬가지이다.

하지만 독일과 마찬가지로 그것은 인구 정책이 필요하기 때문이든, 과부 모자의 구호라고 하는 사회 정책의 견지에서든, 이 문제가 제출되어 해답을 재촉할 때가 머지않아 반드시 온다. 그때 '절부는 남편을 두 명 두지 않는다'는 식의 도덕이 얼마나 도움이 될지는 매우 의문이다. 〈이른 봄〉이 유럽 각국에서 엄청난 평판을 받은 것은 분명 이 과부의 재혼 문제를 다루었기 때문이라고 한다.

반면 〈아이젠 가쓰라〉의 경우, 그것은 물론 120% 상품이다. 오후 나(大船)의 활동가들은 그 제작을 할 때 사카린 몇 그램, 베이킹소다 몇 그램, 타액 몇 그램, 물 몇 그램과 조합해서 반죽해 놓고, 맛과 자양, 국민 건강 운운하며 떠들고 있다. 하지만 과연 진지하게 그 자사 제품이 대중에게 미치는 영향까지 생각하고 있는가 하면, 그것은 캐러멜 비슷한 사탕 안에 돌가루를 넣어 판매한 모 제과회사 이상의 양심은 아마 갖고 있지 않다. 그래서 〈아이젠 가쓰라〉는 여주인공의 재혼을 다룸에 있어서도, 시국 하의 사회 정세에 얼마나 중대한 암시 기능을 가질까를 생각하지도 않고 엉터리 요행과 우연으로 일관하며 기회주의적인 입장에서 주판알을 튕기고 있다.

만약 전몰장병의 과부가 그 사진을 보았다고 치자. 적어도 그것에 감격하는 정도의 사람들이라면, 어느 정도 마음의 동요를 느끼거나, 왠지 내일에 헛된 꿈을 갖게 할 수 있지 않을까? 과연 그 꿈이 어떤 것과 바꿔치기 될 우려가 없다고 할 수 있을까? 대중의 오락장인 영화 상설관을 정신 작흥의 도장(道場)으로 삼으려 할 때, 〈아이젠 가쓰라〉에 몰려드는 부인 대중. 우리는 어떻게 해야 할까?

(1940. 1. 9)

문화영화 사론(私論) (상)
과학과 예술의 중도를 가는 것

나카노 쇼호(中野昌甫)

이견도 있겠지만, 1895년 프랑스의 뤼미에르 형제가 처음 영화다운 영화를 만든 지 불과 45년이 안 되는 사이에 영화는 놀랄 만큼 발달하였다. 그것은 단지 기술 진보라기보다는 인류 문화 자체의 발전을 의미한다고 할 수 있을 것이다. 정말이지, 영화를 생각하지 않고 우리는 현대를 살 수 없다. 현대인의 도덕관, 인생관, 세계관은 많든 적든, 좋든 나쁘든 영화의 영향을 받지 않는 것은 없다. 그것은 마치 과거라고 해도 근대 이전의 문화가, 예외 없이 서물(書物)의 안에서부터 구축된 것처럼, 말하자면 현대 문화의 모체는 영화라고 해도 과언이 아닐 것이다.

그러나 영화의 발달은 너무 급격하다. 너무 급격하기 때문에 그것은 너무 변한 것은 아닐까?

현재 영화라고 하면 곧 극적인 오락영화를 떠올릴 정도로, 그렇게 오랫동안 우리는 '영화는 오락이다.'라는 생각에 사로잡혀 왔다. 물론 오락을 원하는 마음 자체가 결코 비문화적인 것은 아니다. 문화인은, 아니 문화인이기에 더더욱 오락을 절실히 원한다. 기계 문명 만능의 현대에서 걸핏하면 경직되려 하는 우리의 정신을 오락을 통해 풍요롭게 함으로써, 오락은 비로소 문화 발전 수단으로서의 의의를 지닌다. 그것은 이미 예술의 경지라고 할 수 있다. 그러나 현대에 존재하는 오락 기관의 대부분은 거꾸로 우리의 정신을 마비시키기 위한 아편이라는 존재임에 다름 아니다. 현재 시장에 범람하고 있는 오락영화 중에 현대 문화 발전의 역할을 하고 있는 것이 몇 편이나 있을까? 과거 현대 문화의 모태였던 영화는, 지금은 반대로 현대 문화를 역행시키고 있다.

현대 영화 기업가들은 '대중의 요구'라는 표어 아래 저속하기 짝이 없는 비문화적 오락영화를 제작함으로써 제 주머니 챙기기에 급급하다. 그러나 대중은 결코 그러한 것을 요구하고 있지 않다. 이들 기업가는 그런 제멋대로인 명목 아래 대중의 약점을 찌르고 있는 것이다. 명백하게 현재 영화를 정체시키는 것은 영화가 아니라 영화 기업가의 죄이다.

그러나 우리는 이렇듯 영화가 오락으로, 예술로 이용되어 온 한편으로, 또한 과학으로 이용되어 왔다는 사실에 주목해야 한다. 그것은 대개 대학 연구실이나 소학교 교실에 한정되어 있었기 때문에 우리는 잘 알지 못하고 있었지만, 영화의 원시적 순수성이란 오히려 그러한 범위 내에 있는 것은 아닐까? 사실 영화란 발명되는 순간부터 과학으로서도 특수한 존재 가치를 지니고 있었다. 이러한 면에서 영화는 적어도 오락 방면에 있어서보다는 문화적 가치를 지니고 있었겠지만, 그러나 그것은 어디까지나 과학으로서의 존재이지 결코 영화의 전면적 이용은 아니다.

×

우리는 다시 우리가 지금까지 길들여진 영화에 대한 개념을 확대해야 한다. 곧, 영화는 그것만으로는 아직 예술도 과학도 아닌 단순한 활동사진으로 재인식되어야 한다. 즉, 그것은 그 목적과 방법에 따라 과학도 되고 예술도 되는 하나의 활동사진과 다름없다는 것이다.

그것은 인쇄된 문자나 다름없다. (이하 6행 판독 불가) 개념은, 단지 예술로서 이용되었을 경우의 문자 개념으로 하여 ■ 아니다.

더욱이 문자에는 앞의 두 방면 이외에 일반 사회에 보다 더한 실제적인 이용 방면이 있다. 그것은 일반 사회의 보도나 사상 보급의 수단으로서 사용되어 온 것이다.

이러한 문자에 있어서의 제3의 사용 방면이라고도 할 수 있는 것이 지금까지의 영화 이용 방면에서 빠져 있었다.

오늘날 일컬어지는 문화영화라는 것은 이 예술과 과학의 중간적 존재로 이해해야 할 것이다. 그것은 예술영화도 아니고 과학영화도 아니다. 따라서 문화영화를 인식하기 위해서는 지금까지 우리가 갖고 있던 영화에 대한 기존의 개념을 완전히 포기하고 새로운 (이하 6행 판독 불가)

(1940. 2. 2)

문화영화 사론(私論) (하)
과학과 예술의 중도를 가는 것

나카노 쇼호(中野昌甫)

물론 우리는 오늘날 일반 극영화와 분명하게 구별하여 '문화영화'의 존재를 인정할 수 있다. 그러나 그것은 어디까지나 극영화를 대상으로 하는 인식이지, 문화영화 그 자체의 인식이 결코 아니다. 이를테면 우리는 과거 영화에 대한 척도로 '문화영화'의 가치를 재려고 한다. 현재 모든 문화영화론의 혼란의 근원은 이처럼 이미 늦어진 척도로 측정하려는 데 있다.

본래 '문화영화'라는 말은 독일어 Kultur Film의 직역이지만, 그 내용을 정의하는 것은 매우 어렵다. 굳이 말하자면 문화영화란 일반적으로 '문화'라고 부르는 여러 형태 및 인문학적, 자연 현상의 여러 형태를 그 자체로 보여주는 영화라고 할 수 있을까? 지금 정해진 영화법에 따르면 문화영화란 국민 정신의 함양 또는 국민 ■■의 계몽에 이바지하는 영화라는 매우 추상적인 규정을 받아 그것에 대한 수

많은 정의가 마련되어 있지만, 그것을 개개의 구체적인 경우에 적용할 때 인정 상 미묘한 어려움이 따를 것임은 쉽게 상상이 된다.

생각건대, 우리는 지금까지 '문화영화'의 문화라는 말에 너무 집착해 온 것 같다. '문화'라는 말 그 자체가 이미 막연한 이상, '문화영화'에 당연한 한계와 확연한 개념을 부여하는 것은 불가능하다고 해도 무방하다.

'문화영화'라 하면 어쩌면 일련의 자연 과학물, 예를 들어 동물의 생태라든지, 식물의 번식 상태라든지, 자연계의 현상을 다룬 것을 곧바로 연상하기 쉽다. 물론 자연계의 신비란 우리 지식욕의 흥미로운 대상임에 틀림없다. 그러나 단지 우리의 지식욕을 만족시키는 것만이 문화영화는 아니다. 단순한 지식욕을 충족시키기 위해서라면 학술영화를 보는 편이 훨씬 빠르다.

무엇보다 중요한 것은 문화영화에는 지성이 필요한 것만큼 감성이 필요하다는 점이다. 이를테면 인간의 감성을 통한 인간 지성의 발전, 여기에 문화영화의 존재 의의가 있는 셈이다.

지금까지 문화영화라고 하면 난해하고 따분한 것으로 여겨져 왔다. 또한 사실 상 그러한 것이 많았다. 그러나 뛰어난 문화영화에는 지성 외에 감정의 만족이 따라야 한다. 그것은 때마침 뛰어난 극영화가 관객의 감정을 뒤흔드는 동시에 지성에 호소하는 무엇인가를 갖고 있는 것과 좋은 대조를 이룬다. 예를 들면, 단순한 국책 선전영화에서도 독일의 일련의 국책 시리즈, 특히 〈독일의 방공전선(防空戰線)〉, 〈땅의 개척〉, 〈농촌연극대〉 등과 같이, 선전 이외에 무엇인가 우리의 마음을 감동시키는 감정이 넘친다. 이 감정을 통해서만 그 목적이 되는 선전의 의의가 충분히 철저해지는 것이다. 그것은 물론 교묘한 편집, 뛰어난 카메라 조작 등 기술적 우수성에 따른 것이지만, 그러나 제1의 업적은 감독 니콜라스·카우프만 박사의 뛰어난 지성과 감성에 있다. 그는 과학적으로 탁월한 ■■를 갖고 있는 동시에 현재 독일의 국민적, 국가적 감정의 전형적 대변자이다. 그는 가슴 깊은 곳에서부터 현대 독일인이다. 그의 생활은 독일인 전체의 생활이며, 그의 감정은 독일인 전체의 감정이다. 그렇기에 우리는 그의 영화 속에 현대 독일인의 절규와 숨결을, 감동을 받는다. 이는 영화 기술 이전의 문제이다. 가령 정말 훌륭한 기획, 우수한 사람들, 막대한 제작비를 동원한 문화영화라 하더라도 거기에 소재에 대한 제작자의 ■■를 느낄 수 없는 것에 대해서는 우리에게 아무런 감명도, 따라서 아무런 지적인 것을 느낄 수 없다. 이는 단순히 문화영화뿐 아니라 영화 일반에 대해서도 그렇다고 할 수 있지만, 인간의 지성을 중심으로 하는 문화영화에서는 특히 중요한 문제이다.

우리나라 문화영화의 역사는 매우 짧다. 게다가 제작 기구의 불완전, 제작비의 한정 등 여러 가지 외적 조건이 방해가 되고 있다. 그럼에도 불구하고 그 진보는 눈부시다. 그러나 2, 3의 것을 제외하고, 특히 국책물에 있어 그 기술의 졸렬함 이외에 소재에 대한 이해력과 감수성이 결여되어 있는 것이 얼마나 많은가.

문화영화 제작자가 가진 소재에 대한 이해력과 감수성은, 과학자가 가진 그것이 아니다. 극영화 제작자의 그것도 아니다. 그것은 현대

사회와 현대인의 생활을 문화 면에서 접해야만 비로소 얻을 수 있는 것이다.

문화영화 제작자는 뛰어난 과학자인 동시에 완전한 현대인이어야 한다. 따라서 앞으로의 문화영화에서 무엇보다 필요한 것은 '생활'이다.

이러한 의미에서 우리나라에도 진정으로 현대 일본의 살아 있는 모습과 장래의 길을 암시하는, 말하자면 생활을 가진 문화영화가 이제 제작되어도 좋지 않을까?

(1940. 2. 4)

영화를 보고
원작자 우수영(禹寿栄)

대륙극장 앞에 오면 이 얼마나 많은 사람들이 있는지, 게다가 모두 훌륭한 사람들뿐입니다. 모두 제가 제작한 〈수업료(授業料)〉[14]를 보러 오신 것이라고 생각하니 왠지 미안하기도 하고 기쁘기도 한 묘한 기분으로 가슴이 벅찼습니다. 그리고 이 영화가 정말 잘 만들어져서 모처럼 오신 분들을 기쁘게 해드리면 좋겠다고 진심으로 기도했습니다.

---

14 1940년에 공개되어 조선과 일본 양쪽에서 반향을 일으킨 식민지 조선의 아동영화이다. 고려영화협회에서 제작되었고, 연출은 최인규와 방한준이 차례로 담당하였다. 이 작품의 원작은 경성일보사의 《경일소학생신문(京日小學生新聞)》에서 주최한 작문 공모에서 선정된 광주 북정(北町)심상소학교 4학년생 우수영의 체험 수기이며, 조선어 대사는 유치진이, 일본어 대사는 일본의 저명한 시나리오 작가 야기 야스타로가 작성하였다. 극중 주인공 이름은 우영달이었고, 배역을 맡은 이는 경성 청계심상소학교 5학년에 재학 중에 있던 정찬조였다.

하지만 영화를 보는 동안 저는 어느새 까맣게 그 걱정을 잊어버렸습니다. 그리고 자신의 일이라고는 조금도 생각하지 않고, 남의 일처럼 우영달(禹榮達)의 가엾은 일에 눈물을 흘렸습니다. 제가 정말 그러한 일을 할 때에는 그저 힘든 줄만 알았는데, 이렇게 영화로 만들어 보니 정말로 저의 슬픈 기억이 떠올랐습니다. 하지만 저는 제 자신이 영화에 나오는 우영달만큼 대견한 소년이 아니었다고 생각하니 조금 부끄럽기도 합니다. 하지만 제가 겪은 고생은 영화 속 그것보다 더욱 심하였다고 생각해요. 영화를 전부 보고 난 뒤 저는 먼저 사람들의 얼굴을 보았는데 모두 괜찮아하는 것 같아서 정말 안심했습니다. 제가 칭찬하는 것은 이상하지만, 정찬조(鄭燦朝) 군이 연기를 잘 해 주어서 이 영화가 정말 훌륭하게 된 것 같습니다.

(1940. 4. 21)

보도(保導) 상에서 보는 영화 문제
조선영화령(朝鮮映画令) 실시를 계기로 (상)

시마다 우치(島田牛稚) [조선총독부 편집과장]

영화는 시대의 총아로, 오늘날 어린 학생들은 많든 적든 그 영향을 받지 않는 경우가 없다고 생각합니다. 관람 금지 규칙이 있어도 슬쩍 감시의 눈을 피해 영화에 빠져드는 아이까지 있을 정도여서, 교외 보도의 입장에서 가장 큰 고민은 영화 문제입니다. 특히 도시는 폐해가 더욱 심해서 제가 처음으로 교호연맹(教護連盟)을 만들었을 당시, 오사카 신세카이극장(新世界劇場)을 둘러보니 수업을 받고 있어야 할 오전 11시경에 하루 최소 7, 80명의 땡땡이를 친 학생들이 영화를 관람하고 있는 것을 발견할 정도였습니다. 이렇게까지 나이 어린 그들을 끌어당기기에 충분한 매력을 지닌 영화에 대해서는 교육적인 입장에서 많이 연구해야 한다고 그때 이미 생각했습니다. 이후 종종 어린 학생들에 대해 여러 가지 조사를 하고 영화와 교육의 문제를 연구하였는데, 오늘날 영화법이 시행되고 있는 이때, 그 일단을 말씀드리고 일반 여러분들에게 참고로 제공하고 싶습니다.

◇ 남자 중등학교(4교)의 조사

관람 횟수	안 본 자	1회 이상	5회 이상	10회 이상	20회 이상	합계
1학년	39	263	117	22	22	463
2학년	68	275	165	89	72	669
3학년	50	203	183	107	75	618
4학년	46	193	145	166	128	678
5학년	60	100	178	205	212	755
합계	263	1034	788	589	509	3183

◇ 여자 중등학교(4교)의 조사

관람 횟수	안 본 자	1회 이상	5회 이상	10회 이상	20회 이상	합계
1학년	143	220	57	3	1	424
2학년	159	186	54	11	2	412
3학년	157	141	67	16	1	382
4학년	77	205	72	35	5	394
5학년	45	225	59	11	3	343
합계	581	977	309	76	12	1955
남녀 합계	844	2011	1097	665	521	5138

우선 남녀 중등학교 7교를 대상으로 5,138명의 학생이 최근 1년간 몇 번 정도 영화를 보고 있는지를 조사한 결과 남학생 약 3분의 1, 여학생 절반이 관람횟수 4회 이하였지만, 1년에 20회 이상 관람하고 있

는 경우가 남학생은 509명으로 전교생의 1할 6푼에 달하고 특히 5학년 중 3할이 이에 해당하는 것에 정말 놀랐습니다. 이것은 내지의 도회지 중등학교의 예이지만, 경성보도연맹(京城保導連盟)의 조사에 따르면 불과 5, 6명의 보도주사(保導主事)가 취급한 것만으로도 보도연맹 설립 이래 쇼와 8년(昭和八年, 1933년)에는 2,858명, 쇼와 9년에는 4,749명, 쇼와 10년에는 3,680명, 쇼와 11년에는 2,532명, 쇼와 12년에는 771명, 쇼와 13년에는 943명이었습니다. 이것은 소수의 사람들이 흥행 영화관에 들어간 아이들에게 주의를 준 숫자로, 일상 아동 학생이 흥행 영화관에 출입하고 있는 실제의 수는 이것의 몇 배가 될지도 모릅니다. 그러나 점차 교외 보도가 일반인의 관심사가 되고 어린 학생들의 시국적 인식이 강해지고 있기 때문에, 오른쪽의 숫자에서 볼 수 있듯이 점차 그 수가 줄어들고 있는 것은 정말로 기쁜 현상이라고 생각합니다.

영화를 보는 것의 이해득실에 대해서는 여러 가지 입장에서 조사해 보았습니다. 지금의 흥행 영화관을 그대로 어린이들에게 보여도 되는지 질문을 각 방면의 기명(記名) 분들 1천 명에게 의견을 구한 적이 있습니다만, 자유로 해야 한다는 대답을 준 것은 불과 11명, 나머지 ■수는 절대 금지, 그 외의 ■수는 일상의 제한을 이유로 상응하는 방법을 강구하여 관람하게 하는 것이 좋다는 의견이었습니다. 그러나 이는 사변 전 내지에서의 조사이므로, 시국 하 현재 상황에서 우리 조선에서 조사한다면 이와는 또 많이 다른 답을 접할 것이라고 생각합니다.

(1940. 7. 30)

보도(保導) 상에서 보는 영화 문제
조선영화령(朝鮮映画令) 실시를 계기로 (하)

시마다 우치(島田牛稚) [조선총독부 편집과장]

영화는 그 종류에 따라서는 교육적 효과가 충분히 큰 것도 있습니다만, 그것은 문화영화 등을 제외하고는 소수에 머물러, 오늘의 일반 영화 가운데 학생에게 보여서 좋다고 생각하는 것은 별로 찾을 수 없습니다. 경성에 학우영화회(学友映画会)라고 불리는 매월 학생에게 영화를 보여주는 특별한 시설이 있는데, 저는 이전에 그 상영 필름의 선정(選定) 위원장을 맡은 관계 상, 경성의 각 영화관에 관계되어 있습니다. '이것이야.'라고 생각하는 영화를 가끔 본 적이 있습니다만 항상 실망만 느꼈습니다. 자진해서 아이에게 보여주고 싶은 것은 극히 소수이고, 아이를 위한 영화가 있어도 필름의 ■정(定)에 ■하고 있는 것이 사실입니다.

다행히 문화영화라고 칭해지는 것 중에는, 새로운 일로 상당히 과학 사상이나 최신의 과학 지식을 가르쳐 줄 수 있는 것이 있습니다.

특히 시국영화를 보여주어 그것으로 아이들로 하여금 관감흥기(觀感興起)하게 해줄 만한 것이 많으니 이것을 보여주어도 폐해가 없고 또 대체로 보여주는 편이 좋다고는 생각합니다. 그렇다고 해도 그 보여줄 시간을 어떻게 잡느냐가 문제입니다. 자유방임으로 하면 영화 그 자체에는 조금도 폐해가 없다고 해도 아이를 끌어당기는 데 충분한 영화의 힘 때문에 항상 보지 않는 이상 끝나지 않는다는 식은 곤란한 것입니다. 학교가 아이를 데려간다고 해도 수용 인원에는 한계가 있고 유료이기 때문에, 또한 여러 가지 관리 상 곤란한 일이 생겨, 결국에는 자각 있는 학부모 동반으로 때때로 아이와 부모가 함께 보는 것을 허락하는 것 외에 어쩔 수 없는 것이 아닐까 생각합니다.

아무래도 흥행 영화관에서 상영하는 것을 부모와 자식이 함께 보아도 괜찮은 경우는 우선 적을 것이라고 생각합니다. 장래 어린 학생들을 위한 영화관이 생기거나 일정한 시간에 교육 상 지장이 없는 것만을 아이를 위해서 상영하게 된다면 모르겠지만, 어쨌든 오늘날에는 대중 본위의 영화관에 아이를 그대로 들어가게 하는 것은 고려해 볼 일이라고 생각합니다. 이러한 폐해로부터 어린이를 구하고, 한편으로 어린이의 관람욕을 만족시키기 위한 학우영화회가 경성에 있는 것은 행복한 일이라고 생각합니다. 덧붙여 그 외 각 학교에서는 가능한 한 영사 시설을 교내에 완비하고 때때로 좋은 필름을 상영하여, 그 교직원과 학생이 함께 볼 수 있는 장을 많이 마련해 가면 좋으리라고 생각합니다. 이러한 편의 상 조선의 교육계에서 다루는 영화연맹 등을 이용하여 좋은 필름을 제공받는 식으로 한다면 편리할 것이라고 생각합니다.

영화의 문제는, 교육 상으로 보면 영화의 사실, 내용 외에 관람 장소의 분위기가 아무래도 좋지 않다는 점을 생각할 수 있습니다. 탁한 공기 속에 있는 것이 제일 비위생적이고 암흑 속에서 입는 피해도 적지 않은 것으로 보이며, 최근 경성보도연맹의 중등학생의 피해 조사에서 피해 건수 중 상당수가 극장 내에서의 피해라는 것을 보더라도, 교육 상에서는 크게 주의해야 한다고 생각합니다.

내지에서는 1939년 10월 1일부터 영화법이 실시되었습니다. 우리 조선에서도 8월 1일부터 시행되었는데, 이 법의 적용 상 영화 제작에 대해 조금 더 높은 문화적 가치를 지니고 교육적 가치가 있는 필름이 제작되기를 바랍니다. 덧붙여 영화법의 적용은, 14세 미만의 사람은 교육 상 폐해가 있는 영화를 보는 것이 금지되어 있습니다만, 결코 14세에 한정하지 않고 적용의 범위를 적어도 18세까지로 해 주었으면 하는 것은 교외의 교호 보도자의 입장에서 저희가 끊임없이 염원하고 있던 참으로, 작년 개최한 전국보도교호대회(全國保導教護大会)에서도 문제가 된 것입니다.

영화법의 제정을 기회로 영화와 교육의 문제를 검토하고, 아이들의 교육 상 유감이 없도록 아동 학생의 보호자 및 학교 관계의 분들이 노력하기를 바랍니다. 그리고 비상시국 하 교육의 입장에서 단호히 금지할 것은 단호히 금지하고, 또한 그 반면 교육적으로 시설할 것은 이를 처리하여, 그동안의 애매모호한 것을 용납하지 말고 이 틈을 타 눈을 속여 나약해지는 자가 없도록 어린이들을 보호하는 것이 급선무라고 생각합니다.

　오늘날의 비상시국 하 국민의 새로운 생활 체제를 확립하고, 간소한 생활을 강행하여 칩거하는 생활에 매우 익숙해져야 할 때입니다. 비록 어느 정도의 교육 가치가 있다고 하더라도, 또 얼마만큼 청소년 우상이라 해도, 그 욕구를 억제하고 자칫 ■■의 일로를 걷는 방향에서 아이를 구하는 일도 전시 생활 체제가 요구되는 때에는 어쩔 수 없는 것입니다. 이러한 의미에서 영화법이 설정되는 이번 기회에 어린이와 영화의 문제는 재검토해야 할 일이라고 생각합니다. -완(完)-

(1940. 7. 31)

금년의 영화계 (1)

기타가와 후유히코(北川冬彦)

일본영화에 대하여

올해 일본영화만큼 질적 저하를 나타낸 것은 없다. 실로 일본영화의 위기라는 것은 영화평론가, 비평가들의 정설이다. 나도 그 설에 찬성한다. 올해 일본영화만큼 조잡한 작품이 나열된 해는 적다. 영화란 아름다운 흐름을 갖고 있을 텐데, 올해 작품은 모두 거칠거칠하다. 이를 어쩔 수 없는 일이라고 할 수 있다. 전시 하의 제작이었고, 게다가 영화법 시행 1년에 즈음하여 국가가 이제 막 새로운 체제를 갖추기 시작한 전환기, 과도기와 조우하였기 때문이다.

그동안 촬영장 기구는 영리주의 하나를 내세워 운용되었지만, 이제부터는 영화의 국가적 소명이 첫 번째 목적이 되어야 할 만큼 촬영장 기구부터 다시 세워야 한다.

아마도 그러한 노력은 하면 할수록 영화 제작자를 위축시켰을 것이다. 왜냐하면 일본영화 제작자라는 사람에게는 아닌 밤중에 홍두

깨였기 때문이다. 그것이 아닌 밤중에 홍두깨처럼 느껴지지 않는 사람은 실로 극소수의 예외에 지나지 않는다고 해도 좋다.

아닌 밤중에 홍두깨로 위축되는 것은 오히려 양질의 부분이라고 해도 좋다.

잠결에 물을 뒤집어쓰고 당황해서 마침 놓여 있던 옷을 입고 뛰쳐나와 행렬에 뛰어들어 마치 지금까지 자신은 처음부터 이 행렬에 참가하였던 것 같은 얼굴을 하고 있거나 하는 녀석이 있다.

그 대표적인 인물은 〈2인의 세계(二人の世界)〉의 감독이다. 기계 공업을 다루면 그것으로 다 새 정신이라고 우쭐대는데, 조금 통찰력 있는 사람이라면 〈2인의 세계〉가 구태의연한 사랑 영화라는 것, 새 정신은 시국 편승 정신에 불과하다는 것을 알게 될 것이다. 영화의 국가적 사명에 이러한 사이비물, 모조품만큼 해독을 끼치는 것은 없다. 이는 충분히 경계할 필요가 있다.

〈2인의 세계〉 등에 비하면 도요타 시로(豊田四郎)의 〈오쿠무라 이오코(奥村五百子)〉, 〈오시마의 봄(小島の春)〉, 구라타 후미토(倉田文人)의 〈옥토 만리(沃土万里)〉 등에는 새로운 정신이 있다. 〈오쿠무라 이오코〉에서는 애국부녀회(愛国婦人会) 창시자의 눈물겹게 고투하는 생활이 휴머니스틱하게 다루어지고 있었고, 〈오시마의 봄〉이 구제 사업에 쏟은 관심은 대단하다. 이 두 작품의 새로운 정신은 감독 도요타 시로의 것이라기보다는, 아마도 시나리오에서 나온 것이다. 〈오히나타 마을(大日向村)〉의 경우 국책적인 소재에 매달린 것은 좋지만 정신이 들떠 있기 때문이다.

구라타 후미토의 〈옥토 만리〉는 만주 개척민의 삶을 그리고자 한 의도는 훌륭하지만, 아쉽게도 그것은 관념으로 끝나고 있다. 생생한 생활 표현이 부족하였다.

요시무라 고자부로(吉村公三郎)의 〈니시즈미 전차장전(西住戰車長伝)〉, 아베 유타카(阿部豊)의 〈불타는 대공(燃ゆる大空)〉 등의 전쟁영화는 그 예술성보다 다루고 있는 대상의 의의를 보아야 할 것이다.

우치다 도무(内田吐夢)의 〈역사(歷史)〉는 기원 2600년 봉축예능제(奉祝芸能祭) 콩쿠르 1등 당선작이자 다마가와촬영소(多摩川撮影所) 소장 경질 문제의 모티브가 된 실패작이었지만, 실패의 의의를 추구하면 앞으로의 사극 제작에 있어 시사하는 바가 적지 않다. 미조구치 겐지(溝口健二)의 〈오사카 여인(浪花女)〉, 고쇼 헤이노스케(五所平之助)의 〈목석(木石)〉은 그 연출 기술을 보아야 하며, 시마 고지(島耕二)는 아담한 이색편 〈바람의 마타사부로(風の又三郎)〉를 내놓았다.

우리가 기대를 걸고 있는 오즈 야스지로(小津安二郎)의 귀환 첫 작품이나, 구마가이 히사토라(熊谷久虎)의 〈이시카리 강(石狩川)〉이 중지된 것은 일본영화계를 허전하게 하고 있다. 다사카 도모타카(田坂具隆)도 작품을 내놓지 않았다.

(1940. 12. 19)

금년의 영화계 (2)

기타가와 후유히코(北川冬彦)

문화영화에 대하여

영화법은 문화영화 지정 상영을 규정하였는데, 올해는 그 실시 1년에 해당한다.

엄청난 작품들이 나왔다. 대부분 짧은 것투성이지만, 큰 구경거리라고 해야 할 것이다. 그러나 질적으로 따지면 훌륭한 것이 아니다. 대부분은 마구잡이로 만들어낸 조잡한 작품이기 때문이다.

짧다는 것이 반드시 나쁜 것은 아니지만, 바람직하지 않은 것은 짧은 것을 쉽게 만들 수 있다고 생각하는 제작자가 대부분이라는 점이다. 사실은 짧은 것일수록 어려운 법인 것이다.

예능제 콩쿠르 1등 당선작인 〈어느 날의 갯벌(或る日の干潟)〉은 역시 좋은 작품 중 하나였다고 회고된다. 자연과학 영화로서 우파(UFA)의 이 부류의 작품에 익숙한 이들에게는 별로 진기한 작품이라고는 생각되지 않지만 솔직한 면이 좋다.

예능제 콩쿠르 출품작 가운데 〈숯 굽는 사람들(炭燒く人々)〉, 〈만철 30년사(満鉄三十年史)〉, 〈병원선(病院船)〉 등도 나쁜 작품은 아니었다. 〈병원선〉은 조금 극영화의 영역을 파고든 감은 있었지만, 전반부의 실사(實寫)는 훌륭한 기록을 이루어내었다.

〈말의 습성(馬の習性)〉이라는 작품이 있었다. 여기에는 말을 꽤 잘 관찰한 부분이 있다. 여기에 더하여, 표현 기술이 좋았다. 이것은 미즈호 하루카이(瑞穂春海)라는 극영화 감독의 습작이었으나, 좋은 표현 기술은 영화 예술 표현의 연마를 마음에 새기고 있던 사람에게서 나온 것이라 할 수 있을 것이다.

〈방명선(方面船)〉이라는 작품이 있었다. 이 작품은 도회의 한구석에서 생활하고 있는 가난한 사람들을 순회하며 진료하는 방면선의 활동을 기록한 것인데, 서정적인 아름다움으로 가득 차 있었다. 그러나 서정성을 이 종류의 작품에 강요하는 것은 위험하다. 이것은 자신만은 진정성으로 인해 좋았던 것이다.

〈냥냥 먀호이(娘々廟会)〉는 아쿠타가와 미쓰조(芥川光蔵)가 만철제작소에서 만든 작품으로 만주의 냄새가 물씬 풍기는 것이었다.

〈상해(上海)〉, 〈남경(南京)〉, 〈북경(北京)〉의 편집자 가메이 후미오(亀井文夫) 씨의 〈고바야시 잇사(小林一茶)〉는 시나노 풍토기(信濃風土記)의 하나로 발표한 것이지만, 이런 이색적인 풍토기는 지금까지 나오지 않고 있다. 이것은 단순한 실사나 기록이 아니다. 〈고바야시 잇사〉는 수필 영화라고도 할 수 있지만, 그보다도 에세이 영화라고 하는 편이 좋을 듯하다. 대상과 카메라를 향하는 사람 간에 거리가 없는 것이 보

통의 실사, 기록영화인데 가메이 후미오의 경우는 제작자와 대상 간
에는 거리가 있다. 대상을 조종하고 있다. 기록, 실사되는 것에는 항
상 작가의 눈이 함께 느껴지는 것이다.

지금까지 문화영화의 제작자는 대부분 뉴스영화 제작자와 별반
다르지 않은 소질을 가진 사람에 의해 제작되기 십상이었으나, 앞으
로는 더 많이 예술가가 이 일에 종사해야 한다고 생각한다. 또 문화영
화 제작소의 기구도 허술한 것이 많다. 이에 대한 통제, 정리는 곧 이
루어질 것이라지만, 단순히 통제·정리하는 데 그치지 않고 문화영화
의 제작은 국가의 손으로 이루어져야 한다고 생각한다.

필름 할당의 제한에 따라 문화영화 제작을 단념하려는 영화 회사
도 있다고 들리는데, 그러한 사태는 문화영화의 쇠퇴를 초래하지는
않을 것인가? 국가가 그 점을 책임져야 함은 당연할 일일 것이다.

(1940. 12. 20)

금년의 영화계 (3)

기타가와 후유히코(北川冬彦)

외국영화에 대하여

올해 외국영화는 수입 제한에 따라 그저 그렇다고 누구나 말하지만 그렇게 버릴 만한 것도 아니었다는 점은, 반드시 역설은 아니다. 무엇보다 기록영화 〈민족의 제전〉이 개봉된 것은 대단한 일이다. 이 영화가 지니는 의의는 크다. 이것은 단순한 올림픽 영화가 아니다. 나치 독일이 국가적 시위(示威)로 제작하고 있다는 것은 조금 냉정하게 생각해 보면 알 수 있는 일이다. 이 작품에는 나치 독일의 히틀러의 긍지가 잘 드러난다. 국가의 사명과 영화, 정치의 사명과 예술을 결부시켜 이렇게 훌륭하게 만든 것은 지금까지 본 적이 없다.

이 작품은 그러한 점에서 향후 일본영화에 깊은 교훈을 주고 있는 것이다.

기록영화로는 미국영화 〈어두운 콩고〉가 있다. 아프리카 암흑 지대의 탐험 기록인 이것이야말로 문화영화라 할 만하다.

극영화에서는 칼 리터(Karl Ritter)의 〈최후의 일병까지〉를 우선 꼽고 싶다. 이 또한 나치 독일의 국책영화임은 언뜻 명료하지만, 그것이 예술로서 훌륭한 표현을 취하고 있다는 점이 가장 큰 매력이다. 전쟁을 일군단 사령부의 작전 계획으로 다루고 있다. 여기에도 단지 몸으로 부딪쳐 행하고 있던 일본영화 〈땅과 병사(土と兵隊)〉를 떠올려 견주어 보면 교훈이 가로놓여 있다.

미국영화로는 〈어두운 콩고〉 외에 비행기 영화인 하워드 혹스(Howard Hawks)의 〈콘돌〉과 윌리엄 웰먼(William Wellman)의 〈날개의 사람들〉 같은 것이 특히 떠오르는 좋은 작품들이었다. 〈콘돌〉은 비행사의 심리와 생활을 상당히 잘 그린 극영화이지만, 〈날개의 사람들〉은 세계 항공의 역사로 반드시 보아야 할 내용을 지니고 있었다.

그리고 존 포드(John Ford)의 〈역마차〉가 있다. 이 작품에서 개척정신을 보지 못한 사람은 이 작품을 논할 자격이 없다고 일부 비평가는 강변하였지만, 그만큼 거드름을 피울 만한 작품이 되는 것도 아니다. 이는 서부활극일 뿐이다. 그러나 서부활극으로서 실로 훌륭한 표현을 취하고 있었다. 이 작품이 주는 속도감을 얻을 수 있다는 점은 좋다. 하지만 그것은 어디까지나 서부활극으로서이다. 개척정신이라는 것이 이 작품에 만약 있다면, 그것은 회고(回顧) 취미로 잠재되어 있음에 지나지 않는 것이다.

프랑스영화로는 줄리앙 뒤비비에(Julien Duvivier)의 〈환상의 마차〉, 레오니드 모기(Leonide Moguy)의 〈아름다운 싸움〉, 로버트 지오드마크(Robert Siodmak)의 〈플로우 씨의 범죄〉 등이 있으나, 어느 작품도 그 기조를 이루고 있는 것은 퇴폐이다. 프랑스가 싸움에 패한 것을 보고 프랑스영화의 정체를 알았다는 느낌이 든 이는 나뿐만이 아닐 터이다.

그 중에서도 〈환상의 마차〉는 지옥 그림이었다. 작품으로는 조잡한 것이었지만, 그러한 점에서 문제작으로서의 면모를 잃지 않는다. 아름다운 싸움은 모기의 전작 〈창살 없는 감옥〉 못지않다.

외국영화는 더 좋은 작품이 아마 제작되고 있을 터이지만, 개봉한 것 중에는 예술적으로나 국가적으로나 수입할 의미가 없는 작품들이 수두룩하다. 앞으로는 외국영화 수입에 대해 외환 관리 차원에서가 아니라 국가의 문화 정책 차원에서 외국영화 우수작을 선정하고 수입을 허용해야 한다고 생각한다. 그 점에서 당국자들의 반성도 촉구한다.

(1940. 12. 21)

〈집 없는 천사(家なき天使)〉와 사회 문제
향린원(香隣園) 생활과 영화에 출연한 아이

데라다(寺田) 오늘 모여 주십사 부탁을 드린 것은, 다름이 아니라 작년 여름《경성일보》의 '가정란'에 다카야마 마사코(高山眞子) 씨의 기사가 계기가 되어 부랑아를 수용하고 있는 향린원에 대한 관심이 사회적으로 높아졌습니다. 최근에는 영화화까지 되어 〈집 없는 천사(家なき天使)〉가 머지않아 개봉하게 되었기 때문에, 어려운 영화평이 아니라 부랑아 문제에까지 널리 일반 분들이 이 사회 문제를 다루어 주셨으면 하는 마음입니다. 편안한 마음으로 이야기해 주시기를 부탁드립니다. 먼저 가타야마 씨, 그 영화를 보고 어떠셨습니까?

가타야마(方山) 아무튼 기뻤습니다. 기쁘다는 말밖에 달리 할 말이 없습니다.

방한준(方漢駿) 이 영화는 절대적이라고는 할 수 없고, 또 사회적 문제는 차치하더라도 가타야마 씨가 부랑아를 구해서 고생하고 있는 점을 어느 정도 구체적으로 드러낸 것은 사실입니다. 가타야마 씨는 이 상과는 동떨어진 경우도 많습니다만….

니시오카(西岡) 한 신앙심이 깊은 사람이 조금 무모하다 싶을 정도로 정열을 불태워 아무런 대책도 없이 마을 아이들을 품어 그들과 숙식을 함께하며, 기쁨은 기쁨으로, 또 슬픔은 슬픔으로 받아들이는, 보통 사람은 도저히 할 수 없는 일이 언젠가 세상에 알려지기 시작하여, 관공서 분들도 서민들도 거기에 관심을 갖게 된 것은 정말로 기쁜 일입니다. 이제 모든 조선의 불행한 아이들이 자취를 감추고 씩씩한 황국신민으로서 우리들 앞에 나타나게 되겠지요. 정말로 가슴 벅차게 감사드립니다. '덕은 외롭지 않다'는 말을 가타야마 씨가 하고 있는 일에서 절실히 느낍니다.

방한준 지당하신 말씀입니다.

데라다 작년에 기사가 나와서 관청은 물론 사회 일반으로부터도 상당히 문제시되고 또한 물질적인 동정도 많았는데, 우선 부인 단체에서는 청담회(清潭會)가 움직이기 시작했군요.

시오하라 네, 위문차가 왔습니다. 아이들이 열심히 고분고분히 고개를 끄덕이는 것을 보고 울고 말았습니다.

가타야마 청담회 분들에게는 정말로 감사하고 있습니다.

데라다 영화 이야기는 아니지만 향린원에서 도망친 아이들도 있나요?

가타야마 결국 저능아들이 도망을 칩니다. 저는 항상 아이들에게 생각을 하도록 하고 있습니다. 즉 조용히 자신에 대해 생각하고, 조용히 스스로 반성하도록 이끌어 줍니다.

니시야마(西山)   향린원에는 네 가지 생활 표어가 있다고 하네요

가타야마   네, 정직(正直), 순결(純潔), 무사(無私), 사랑(愛)입니다. 매일 아침 선청(禪聽) 시간을 정해서 전날 자신의 일을 뒤돌아보고, 이 네 가지 점에 위반되는 점이 있는지 각자 조용히 자신의 마음에 물어봅니다. 그리고 나쁜 것은 잘못 하였다고 사과하고, 좋은 일을 한 아이에게는 제가 진심으로 칭찬해 줍니다. 또 운동부, 위생부 등으로 나누어 각부의 부원이 각자의 일을 담당하는 곳에서 일어나는 일에 대해 일일이 반성하도록 하고 있습니다. 항시 감사해야 할 일은 무엇인가 라는 것에 중점을 두고 항상 감사하는 마음을 가지도록 지도하겠습니다.

데라다   아이들의 국어(国語) 국어 정도는 어떻습니까?

가타야마   비교적 잘합니다. 도쿄 출신이 네 명이나 있기 때문에 어쩔 수 없이 어울리며 매일 능숙해지고 있습니다.

마쓰다(松田)   그 영화에 나오는 아이는 나팔을 잘 불었지요?

가타야마   그 애는 우리 집 아이입니다. (웃음) (사진 = 〈집 없는 천사〉를 말하는 좌담회)

| 좌담회 참석자

총독부 사회교육과장	가쓰라 고준(桂珖淳)
국민총력조선연맹 참사(參事)	니시야마 리키(西山力)
경성부 주사(主事)	마쓰다 다카요시(松田隆義)
향린원 주(主)	가타야마 슈겐(方山洙源)[15]

---

15 향린원의 설립자이자 원장인 방수원(方洙源) 목사의 창씨명이다.

총독부 학무국장 부인   시오하라 야에코(鹽原八重子)

같은 기획부장 부인(지상출석)   니시오카 데루에(西岡照枝)

경기도 지사 부인   스즈카와 미치코(鈴川道子)

영화감독   방한준(方漢駿)

고려영화협회   김영수(金永壽)

동   야스다 야스조(安田泰藏)

여배우   문예봉(文藝峰)

동   김신재(金信哉)

본사 측   데라다(寺田) 사업부장

(1941. 2. 11)

〈집 없는 천사(家なき天使)〉와 사회 문제
악한(親方)들의 무도(非道)에 영화를 보고 미워하는 향린원 아이

데라다 문예봉 씨, 목사님 부인 역할은 어떠했습니까?

문예봉(文藝峰) 연기하기 힘들었지요. 사실은 저 아이들이 불쌍한데 그와 반대되는 마음을…

니시오카 이것은 실례되는 말일지도 모르겠습니다만, 문예봉 씨의 연기 중 마음에 들지 않는 부분을 사양하지 않고 말씀드리겠습니다. 전반부에서 정신적인 부분을 표현해야 하지만 조금 모자란 부분이 있으며, 후반부 남편의 일을 돕게 되고나서부터는 따뜻한 애정을 조금도 느낄 수 없었다고 저는 생각했습니다. 만약 문외한의 실례였다면 용서해 주십시오. 그 캐릭터만이 뭔가 따로 놀고 있는 것 같았습니다.

스즈카와(鈴川) 향린원이 홍제(弘濟) 외곽에 있을 때 한 번 다녀온 후 항상 신경 쓰이기는 하였지만 격조했습니다. 영화도 아직 보지 않았습니다만, 요즘에는 상당히 아이들을 많이 수용하고 있는 것 같네요. 도대체 어떠한 처지의 아이들이 많은가요?

가타야마 다양합니다. 한쪽 부모가 없는 아이, 또는 부모가 있어도 가 난해서 어쩔 수 없이 내쫓기거나 시골에서 경성으로 나와 한몫 벌려 고 하였으나 성공하지 못한 아이 등 다양합니다. 하지만 반년 정도의 훈련으로 모두 훌륭해 집니다. 처음에는 서로 싸우기도 합니다만, 점 차 좋아지고 있습니다.

데라다 〈집 없는 천사〉의 시사회를 보고 향린원의 아이들은 뭐라고 말했습니까?

가타야마 악한들이 다리에서 떨어지는 장면이 가장 유쾌하고 재미있 었다고 합니다. 악한을 미워하는 마음은 모두 같아, 항시 악한을 미워 합니다.

마쓰다 그러한 아이들을 지도할 때 부드러운 태도로 대하는 것이 좋 은지, 아니면 조금 강압적이고 엄격하게 하는 것이 좋습니까?

가타야마 양쪽 모두 필요합니다. 얼마 전에도 옷을 훔쳐 판 경우가 있어 아이들이 그 죄를 묻고 때리던 중에 '어머니'가 들어와 너무 가 혹하게 하지 말라고 말렸지만, 때로는 벌하는 것도 필요합니다.

데라다 어머니라고 하는 이는 당신의 아내를 말하는 것입니까?

가타야마(方山) 그렇습니다. (웃음) 벌을 주는 것보다 칭찬하는 일이 많 습니다. 또한 저도 때로는 잘못을 하고 그때에는 아이들에게 사과합 니다.

문예봉 어쨌든 가타야마 씨의 부인 역할은 어려웠습니다. 화를 내고 싶지 않은데 화를 내야 하는 것이 힘들었습니다.

가쓰라 남편에게 싫은 내색을 보이면서도 가방을 건네는 장면은 반도 부인의 성격을 잘 나타내었습니다. 조선 가정에서 흔히 있는 일입니다. 그것을 노련하게 표현하고 있는 것에 감탄했습니다.

방한준 그러한 감정을 잘 표현했지요. 그러한 점이 문 씨 연기의 훌륭한 점입니다.

가쓰라(桂) 몸이 성하지 않은 아이를 남편이 자신의 침대에 재우는 장면이 있었지요. 거기서 아이가 깨었을 때 침대에서 떨어져 있었는데 그 의미가 조금 이해되지 않았습니다.

문예봉 네, 그 장면은 좋지 않았습니다. 실은 그 아이는 어렸을 때 길바닥에 누워 있다가 취한에게 팔을 밟혀서 불구가 되었기 때문에 제대로 잘 수 없는 버릇이 있습니다. 그래서 처음 깨끗한 침대에 눕혀졌어도 다시 아래로 내려가려는 것이 그러한 병을 갖고 있음을 나타낸 것이겠습니다만, 도리어 일반적으로는 이해할 수 없었던 것입니다.

가쓰라 또한 남편과 아이들의 생활이 너무 동떨어진 느낌이 들었습니다. 자신의 아이들과 함께 생활하려고 하는 사람이 자기는 깨끗한 이불에 훌륭한 침대에서 잠을 자고 아이들은 헛간에서 재우는 등 모순이 있었습니다. 또한 당신이 피아노를 치고 있는 등이 있어요.

(1941. 2. 12)

〈집 없는 천사(家なき天使)〉와 사회 문제
향린원(香隣園)의 영화가 비일반으로 된 이유

니시오카 저도 이번 〈집 없는 천사〉의 그림은 정말로 아름답고 세련되었으며, 영화로서는 매우 성공하였다고 생각합니다. 그렇지만 한 부유한 목사가 그 감격성(感激性)만으로 아이들을 대하고 생활을 함께 하면서도 자신의 귀족적인 생활과 아이들의 생활을 엄격하게 구분하는 데에서, 소위 자선 사업일 뿐이라는 느낌을 전면적으로 받았습니다, 사회에 호소하는 의식은 조금도 받지 못하였고 그저 쉬운 일처럼 박력이 없었습니다. 이렇게 느낀 것은 저뿐만이 아니고 제 측근의 사람이 "쳇 뭐야 자기들만 사치를 부리고 아이들은 돼지 사육장 생활?"이라고 했습니다. 홍제리(弘済里)의 생활은 어느 정도 그러하였을지 모르지만, 가타야마 씨의 생활이 바로 아이들의 생활이었다고 생각합니다.

가쓰라 궁성요배(宮城遥拝), 황국신민의 서사(皇國臣民の誓詞)도 기독교

처럼 되어야 합니다. 그 점 미나미이즘(南イズム), 시오하라이즘(鹽原イ
ズム)이 있으니 부인께서도 한번 봐주십시오.

시오하라(鹽原) 그렇습니까? 그거 좋네요. 저는 아직 영화를 보지 않았
습니다만, 남편이 보았다고 하니 "저희가 위문하러 왔을 때, 영화사
분들이 자꾸 뭔가 곤란해 하고 있어 혹시 저희가 화면에 나오지 않았
습니까?"라고 물었습니다. 그것이 걱정이었는데 다행히 나오지 않아
서 안심했습니다.

데라다 그 의사가 일본어를 썼다가 조선어를 썼다가 하는 것이 재미
있네요.

가쓰라 요즘 조선 가정에서는 거의 대부분 일본어와 조선어를 섞어
서 사용하고 있는 추세니까요. 제작을 시작하고 어느 정도 시간이 걸
렸습니까?

야스다(安田) 약 3개월간입니다. 도중에 호우로 일시 중단되었기도 하
고 예정보다 늦어지게 되었습니다.

스즈카와 그렇습니까? 그래도 우리가 생각하고 있었던 것보다 빨리
완성된 것 같습니다만….

가타야마 영화가 그렇게 어려운 줄은 몰랐네요. 아이들은 성공을 위
해 열심히 기도를 하고 있었어요. 그리고 그것이 불쌍한 아이들에게
반드시 도움이 되도록 기도를 하며 촬영을 하였군요.

방한준 촬영 중에는 음식도 가타야마 씨 공간에 있을 때보다는 웬만
큼 괜찮았고, 또한 생활 태도가 바뀌었기 때문에 건강이 걱정되었지
만 끝까지 무사해서 그 점은 정말로 다행이었습니다.

가타야마 그것은 저도 감사드리고 있습니다, 이야기는 다르지만 여러분에게 꼭 부탁하고 싶은 것은 그러한 아이들이 있어도 길가에서 한두 푼을 건네주지 말아달라는 것입니다. 아이들을 데리고 와도 그 한두 푼을 갖고 싶어서 도망가는 경우도 있습니다.

스즈카와 그래도 졸라대는 것을 어떻게 합니까? 또 그렇게 하고 싶지만, 아니 안 된다고는 생각하지만 딱 붙어 따라오기에 곤란합니다.

가타야마 그 버릇은 좀처럼 고쳐지지 않습니다. 그래서 우리 쪽에서도 처음에는 일부러 돈을 쥐어주고, 이후 서서히 고치게끔 힘쓰고 있습니다. 거리를 방황하고 있는 아이들은 반드시 어디인가에 수용되어 있다가 돈을 갖고 싶어서 도망친 아이들입니다.

니시야마 그렇게 훌륭한 일을 하였는데 이 영화가 일반적이지 않다고 인정되는 것은 기독교적인 냄새가 나기 때문이라고 합니다만, 사실입니까?

가쓰라 아니, 그것은 매우 잘못되었습니다. 저도 그 영화를 보았고, 예술적, 사상적으로도 근래의 걸작이라고 생각했으며, 특히 기독교적이라고 해도 그러한 기독교라면 건전하여 오히려 추천하지 않으면 안 될 정도입니다. 단지 부랑아가 신발을 훔치는 장면이 있는데 그 하나의 부분만이 일반적이지 않게 된 이유입니다. 아버지와 형에게 이끌려 영화를 보는 아이라면 그들에게 비판이나 주의 등을 듣게 되니 걱정이 없습니다만, 아무 생각이 없는 아이 혼자서 보는 경우 그만 도둑질을 흉내 내지 않는다고 단정할 수 없기에 이를 우려하는 것입니다. 거듭 당부를 드리지만, 이 〈집 없는 천사〉는 훌륭한 작품이며, 원래대로라면 일반 영화로 인식되어야만 합니다. 그러나 그 훔치는 장면 하나로 눈물을 삼키고 일반적이지 않게 된 것이기에 오해가 없도록 부탁드립니다.

니시오카 이러한 사회 상태에서는 영화이든 연극이든 무엇인가 호소라는 것이 없으면 아무것도 되지 않는 것이 아닐까요? 특히 그러한 상태이기 때문에 모처럼 아름답게 완성했더라도 그 때문에 오히려 사회 사람들은 향린원 그 자체에 대해 잘못 생각하게 되는 것이 아닐까요? 향린원이 그렇게 잘못 생각되어도 하는 수 없습니다. 하지만 이 일에 대해서까지 잘못 생각될 것이라는 염려가 없다고는 할 수 없습니다. 그 점이 아쉬웠습니다. 그것을 만들어지기 이전에 한번 관계자를 모아 왜 이야기를 해 주지 않으셨는지 유감스럽게 생각합니다. 무리하게 교육적인 것으로 하라는 의미가 아닙니다. 그렇지만 이제는 어찌할 수도 없습니다.

(1941. 2. 13)

반도와 영화계 (1)
관민(官民)이 무릎을 맞대고 말하다

가쓰라(桂) 사회교육과장 아시는 바와 같이 조선영화령이 시행되었고, 이에 따라 영화령의 가장 큰 부분인 인정(認定) 또는 선장(選奬)이라고 하는 방면은 학무국의 사회교육과가 관할하게 되었습니다. 법령 자체도 공포된 지 얼마 되지 않아 여러분의 만족할 만한 인정, 그 외의 것들이 잘 되지 않고 있는 경향이 있기 때문에, 친히 여러분들의 의견을 듣고 또 저희의 의견도 말씀드리고 싶다는 취지에서 모임을 요청하게 된 것입니다. 영화의 교육 가치에 대해서는 아시는 바와 같으며, 특히 국민총력운동 등을 주시하여 고려해 볼 때 매우 의의가 깊지만, 아무튼 반도의 경우 영화 시설, 그 외의 것들이 충분하지 않다는 점이 많습니다. 앞으로 이것을 어떻게 개선해 나아갈 것인가에 대해 의견도 있으실 것이고, 또한 조선의 경우 관청이 영화의 제작, 기획 방면까지 진행할 수 없는 부분도 있습니다만, 인정 방면에 관해서는 조금 더 나은 방법이 있지 않을까 하는 생각도 갖고 있습니다. 저희들은 향후 행정 상 이 방면의 전문적인 진용을 갖추어 적극적으로 해 나갈 생각이 있으니, 여러분의 직간접적인 지도와 편달을 부탁드립니다. 좌담의 진행은 평소 이 방면에 관계가 깊은 경성일보사의 데라다 씨에게 선창을 부탁드리며, 매우 짧게 인사드려 죄송하지만 여러분들 잘 부탁드리겠습니다.

데라다(寺田) 경일(京日)[16] 학예부장 그럼 대강 요점만 말씀드리고 이야기의 진행은 여러분께 맡기도록 하겠습니다. 먼저, 이러한 이야기는 조금 거북할 수 있는 상당히 통속적인 이야기입니다만, 과거의 영화 이야기, 무성 시대부터 녹음에 들어갈 때의 이야기, 그러한 이야기 가운데 지금은 추억이 될 만한 것에 대해 이창용 군이 처음 말씀해 주시지 않겠습니까?

이창용(李創用) 고려영화협회장 조선영화의 경로가 아닌 우스갯소리만 말해서는 안 되니까…

데라다 그래도 괜찮아요.

이 무성에서 발성영화로 전환하였을 때 기계나 기술은 지극히 조악했습니다. 첫째로 내지에서 기술자를 초빙해서 제작한 것이 아니라, 여기 있는 사람이 전부 모색하여 처음으로 〈춘향전(春香傳)〉을 만들었습니다. 그래서 시사회를 할 때까지 모두의 예상은 제대로 소리도 나지 않으리라 생각하고 있었는데, 간신히 알아들을 수 있을 정도의 목

---

16 경성일보(京城日報)의 약자이다.

소리가 나왔습니다. 군데군데 소리와 화면이 맞지 않는 곳도 있었지만, 당시 첫 작품이기도 하였기에 일반 사람들은 애교로 봐주었습니다. 그것이 종래에 없는 상영 성적을 올려 급속히 발성영화 시대로 전환하게 된 것입니다. 그 뒤 연속적으로 경성촬영소에서 56편을 제작하였습니다만, 그것이 제1기라고 할까요? 비교적 괜찮았습니다. 그런데 이후 4, 5년 동안 지루한 경쟁 시대가 되어 제작은 3, 4배가 되었지만 작품 수는 매우 적어졌습니다. 제1기는 작품 수에서 보자면 3분의 1 정도에 달합니다.

(1941. 2. 13)

반도와 영화계 (2)
관민(官民)이 무릎을 맞대고 말하다

데라다 작품 수가 적어진 것은 어떻게 된 관계입니까?

이 그것은 역시 처음에는 모색하는 단계임에도 사는 분도, 보는 분도 충분히 그 노고를 이해해 주셨다고 생각합니다. 그런데 점점 시대가 지나도 기술이 그에 동반되지 않게 되었습니다. 또한 새로운 기계도 사야 하는 등 경영 상의 어려움과 손님이 언제까지나 동정심만으로 봐줄 수는 없다는 것, 즉 실력이 동반하고 있지 않다는 것이 작품 수로 나타난 것이라고 생각합니다. 즉 이상(理想)은 점점 높아지는데 반대로 자본에만 매달리는 것이 작품에 나타난 것입니다.

데라다 제작비는 어느 정도 드나요?

이 무성 시대에는 천 원이 있으면 제작에 들어갔습니다. 그리고 2천 원이나 3천 원이 있으면 어떻게든 변통하였는데, 지금은 3만 원 정도가 없으면 불가능합니다. 이보다 잡지사 따위를 경영하는 편이 아직 편하니까요.

백철(白鉄) 사회교육 방면에서는 영화가 상당히 중요한 것이 되어, 일본 전국에서는 1년에 4억 명의 사람들이 영화를 보고 있습니다. 즉 전체 인구의 4배로, 평균 1인 4회는 영화를 본다는 것인데, 조선에서는 연인원 1억 명의 사람이 영화를 본다고 생각할 수밖에 없습니다.

가쓰라 문화, 교육의 향상에 따라 영화를 보는 사람이 매우 많아졌습니다. 그래서 앞으로의 사회 교육은 영화를 통해서 하는 것이 필요합니다만, 지금까지는 영화에 관한 국책이라는 것은 경찰이 단속할 뿐 적극적인 방면은 아무것도 없었습니다. 앞으로는 이 방면에 많이 힘을 쏟아야 합니다. 그렇기 위해서는 기술의 방면과 관청의 관심, 그에 대한 자본의 관계, 이렇게 다양한 점들이 진행되어야 합니다.

백철 문학 따위와 비교하면 영화는 직접 대중에게 호소할 수 있으니까요.

가쓰라 맞아요. 문학은 문자를 읽어야 하니까….

데라다 아까 문화라는 말이 나왔는데, 문화라는 말은 좁게도 넓게도 해석할 수 있습니다만, 먼저 보통 의미의 문화, 그 문화에서의 영화의 지위라는 것에 대해 쓰무라 씨, 한마디 부탁드립니다.

쓰무라(津村) 조선문화영화협회장

우리는 주로 문화적인 영화를 만들고 있습니다만, 제작 방면의 화면에 채색하는 것에 관해서는 우리 쪽에서도 더욱 적극적으로 해야 하고 또한 관청 방면의 지도도 충분히 받지 않으면 안 됩니다. 아직 완성된 것이 ■■■한 것이 많다고 생각합니다. 따라서 우리 쪽에서도 검열을 받는 때마다 부끄러운 일도 자주 있습니다. 아무래도 문화영화는 극영화와 달리 수입이 풍족하지 못하고, 극영화 쪽은 몇 번이나 할 수 있지만 문화영화는 한 번으로 끝나버립니다. 그러나 문화영화가 통제 조령(條令)에 들어가 있는 이상 하루도 소홀하게 할 수 없습니다. 우리들의 책임 상, 조금이라도 이익이 있는 것을 제작해야 한다고 생각합니다. 다만 안타깝게도, 소자본으로는 잘 진행이 되지 않는 것을 점점 느끼고 있습니다. 이에 대해서는, 예를 들어 영화 은행이라고 할 만한 것이 있어서 제작에 들어가기 전에 내용을 보고 몇 천 원 정도 빌려주는 것이 가능하게 되는 정도라면 문화영화가 조금 더 성장하지 않을까 생각합니다.

(1941. 2. 14)

반도와 영화계 (3)
관민(官民)이 무릎을 맞대고 말하다

데라다 방금 극영화의 경우 조선에서는 3만 원이 없으면 불가능하다는 말씀이 있었는데, 문화영화는 그것보다 훨씬 척수(尺數)가 없는 편이라고 생각합니다만, 보통 문화영화의 척수는 어느 정도입니까?

쓰무라 문부성에서는 대개 1권입니다. 2권으로 하면 너무 많습니다. 2백 미터에서 3백 미터 정도가 가장 적당합니다. 1권 정도이면 ■■ 2천 원쯤으로 가능할 듯합니다. 문부성에 물어보았는데, 문화영화는 하나의 것을 단편적으로 그린 것, 예를 들어 조선의 12개월이라는 것을 ■해도 전체적으로는 조선의 풍속이라고 하는 등으로도 볼 수 있습니다. 하지만 그렇다면, 돈이란 돈을 다 모아서 그린 것, 그것이 문화영화인 듯 말하고 있었습니다.

데라다 총력연맹에도 새롭게 문화부가 생겼는데, 총력연맹 문화부에 영화 쪽에서는 어떠한 것을 바라고 계십니까?

백철 영화를 선전에 사용하는 것은 좋다고 생각합니다만, 역시 자연과 사람의 마음에 스며드는 것을 그려야 합니다. 너무 노골적인 선전은 오히려 효과가 없으니까요.

데라다 총력연맹이 총력운동을 민중에게 선전하는 경우는 그것으로 충분하다고 생각하지만, 그것은 오히려 선전부의 일로 문화부에 바라는 것은 따로 있다고 생각합니다만….

■합(■合) 빈약하게나마 조선에서도 제작할 수 있게 되었으니, 하나의 총력운동 선전영화라도 예산이 있으면 조선의 제작소에서 만들게 하여 지방을 순회하며 보여주고, 또 연맹 집회 등의 경우에도 영업시간 이외에 상설관을 이용하여 보여준다면 매우 좋지 않을까 생각합니다.

쓰무라 관청, 대회사, 조합 등에서도 가능한 한 영화를 이용하여 직원, 사원, 조합원의 교육을 합니다. 그리고 농촌 쪽에도 순회하며 상영하는 기구를 만들어, 그곳에서 총력연맹이 기획하는 것을 포함하도록 만듭니다. 또한 상설관에는 5분간의 휴게 시간이 있으므로, 그 시간을 노려 연맹의 중앙에서 교화적인 지령을 방송합니다. 이러한 것이 전(全) 조선에서 가능하다면, 아니 적어도 경성에서라도 한다면 유효하지 않을까 생각합니다.

데라다 휴게 시간을 그러한 것에 사용하는 안건은 연맹에 만들어져 있는 것 같습니다. 특히 애국일(愛國日)에는 이러한 것들을 실행해 줄 것을, 일전에 가와기시(川岸) 씨에게 제안했습니다.

가이(甲斐) 이러한 시국에 경성일보사 쪽에서 조선총독의 뉴스영화 등을 제작하려는 계획은 없는지요?

데라다 실은 그 조선 내 뉴스영화에 관해서는 경성일보사에서도 미리 총독부 당국과 절충을 계속하여 이번에 이미 양해를 얻었습니다. 경성일보사가 지도적 입장에서 여기에 오신 쓰무라 씨의 조선문화영화협회(朝鮮文化映畵協會)를 별동대(別働隊)로 두고 총독 시정(施政)의 선전이나 국민총력, 그 외 일반 시사 등의 여러 재료를 제공하고 촬영하게 하여 〈조선뉴스(朝鮮ニュース)〉라는 이름으로 매월 2회, 각 권 500척 이상의 것을 7편(本)씩 만들어, 1월부터 경일(京日)[17]에 납부시키고 경일에서는 본부의 검열 절차부터 전 조선 각지의 배급까지를 알선하며 때로는 내지 방면에도 순회 상영을 하도록 했습니다. 총독에게 부탁드려 놓고 싶은 것은 장래 촬영 등이 있을 때에는 무엇인가 편의를 받을 수 있었으면 합니다만, 또한 이러한 것을 촬영하면 어떨까하는 것이 있으시면 사양 말고 알려주시기 바랍니다.

(1941. 2. 15)

---

17 1939년 12월 개관한 경일문화영화극장(京日文化映畵劇場)을 가리킨다.

반도와 영화계 (4)
관민(官民)이 무릎을 맞대고 말하다

데라다 그럼 이쯤에서 영화법 내용의 개요를 오카다 씨가 설명해 주시지 않겠습니까?

오카다(岡田) 검열관 벌써 충분히 이해하셨다고 생각하는데요….

데라다 아니, 자 사회교육과 쪽을 교육한다는 생각으로 한마디. (웃음)

오카다 그렇다면 정말 간단하게 말씀 드리겠습니다. 내지에 영화법이 제정되었으므로 곧 조선에서도 제정되겠지요. 이를 위해서는 내지의 영화법을 그대로 갖고 올 것인지, 조선 특유의 영화령을 만들 것인지, 그 내용을 어떻게 할 것인지에 대해서 두루두루 연구했습니다만, 결국 국내의 영화법을 그대로 제령으로 가져와서 그것을 조선의 특수 사정에 맞도록 실행 세칙을 고려하여 실정에 맞추어야 합니다. 그러나 전쟁과 문화라는 것을 어떻게 영화령에 맞추어야 하는가? 게다가 조용히 그 싹이 트려고 하는 총력연맹(總力聯盟)의 문제를 고려하여 어떠한 방향으로 나아가야 하는가? 이것은 좀처럼 급하게는 갈 수 없기에 서서히 신체제(新體制)를 만드는 방향으로 나아가고 있는데, 요컨대 진정한 영화 국책 수립의 전제가 있어 전면적으로 영화령의 활용을 보지 못하고 있으나 장래에는 실로 이 영화령을 활용하여 훌륭하게 영화계를 일으켜 세우기 위해 연구하고 있습니다. 예를 들면 종래에는 자유 기업이 영화 발달의 근원이라고 불리었는데, 이 제작업과 그것에 부수하는 배급업을 허가 제도로 하였습니다. 그리고 종래 사회에 토각(兎角)[18]의 문제를 제기하여, 자질 향상을 외치며 사회로부터 "저 사람은 영화인이다."라는 세평(世評) 대상이 된 영화인에게 등록제를 선포한 것인데, 제1회 등록은 1941년 1월까지 하도록 되어 있습니다. 그리고 영화의 내용을 필두로 경찰적뿐 아니라 문화적으로 향상 발전시키기 위해 사전 검열 제도를 마련하여, 적극적으로 진정 문화의 지도라는 측면에서 폭넓게 나아가게 되었습니다. 또한 우수한 영화는 추천하고 더 나아가 그 중 우수한 작품은 상금을 주는 선발 제도를 마련하며, 검열의 내용을 문화적인 측면에서 널리 조망한다는 것 이외, 종래 그 필요성이 제기되었음에도 지지부진하였던 문화영화의 지도를 조장하도록 도모하여 영화관에 들어오는 사람에게 전부 보여주자고 한 것입니다. 게다가 우수한 영화는 영구히 문화 보존을 위해 복사하여 관청에 보존할 수 있는 제도를 마련한 것

---

18 '토끼의 뿔'이라는 의미로, 현실에서는 절대로 일어나지 않음을 비유하는 표현이다.

입니다. 문화영화 250미터 이상의 것을 1회에 1편은 반드시 더할 것, 종래 4시간에서 5시간까지 하고 있던 흥행 시간을 제한해서 3시간으로 할 것, 일반용과 비일반용을 구별하여 비일반용의 경우 아동의 입장을 거부할 것 등을 포함하여, 영사기의 제한이라든가 여러 가지 세세한 규정이 마련되어 있습니다. 사회교육과의 인정이라는 것에 관해서도 추천이라고 하는 것은 사실 지금까지 한 편도 없었습니다. 하지만 이것은 영화를 검열하고 인정할 당시 즉시 추천해야 하는 것도 아니기 때문에, 사회교육과 및 그 외의 기관과 잘 상담하여 이왕이면 추천을 해도 좋다고 생각합니다.

(1941. 2. 16)

반도와 영화계 (5)
관민(官民)이 무릎을 맞대고 말하다

데라다 인정위원회(認定委員會)라는 것은 마련되어 있습니까?

가쓰라 현재의 단계에서는 아직 없습니다. 지금까지의 소극적인 단속과 이번의 적극적인 지도 장려 이 두 가지 면을 보게 됩니다만, 결국 인정이라든지 선장(選奬)이나 보존이라든지 하는 것에 대해서는 적극적인 태도로 임하고 있습니다. 그러나 영화령이 시행된 지 얼마 되지 않은 상태이기에 우리 사회교육과로서는 직접 사용할 설비가 없는 관계로, 현재는 경무국 쪽에 협력하고 있다기보다도 오히려 경무국 분의 힘을 빌려 함께 하고 있는 것과 같은 상태입니다. 따로 위원회를 설치한다기보다는 현재는 관계 각과의 협의하며 나아가야 한다고 생각하고 있습니다.

데라다 최근에 있어서, 사회교육과와 경무국 분들과 이 문제에 관해 긴밀하게 교류를 하신 적이 있습니까?

오카다　영화령이 생긴 이후로 가끔 있습니다.

시미즈(清水) 경무국 이사관　선정의 문제입니다만, 이것은 둘로 나누어 조선에서 나온 영화를 선정하는 것이 표면 상의 원칙이지 않을까 하고 생각합니다. 예를 들어 문부성이 지금까지 추천한 〈불타는 대공(燃ゆる大空)〉이나 〈각하(閣下)〉 같은 것을 조선에서 다시 하면 중복이 되는 것입니다. 그래서 조선의 영화란 무엇인가 하는 문제는 상당히 어렵게 됩니다. 조선영화는 시작된 지 30년이고 내지에서는 40년이므로 조선영화가 10년 정도 뒤처집니다만, 제작 면에서는 20년이나 뒤처지고 있는 듯한 느낌이 듭니다. 신문, 출판물, 기타 축음기, 레코드도 마찬가지로 조선영화를 어떻게 발전시키고 조장해야 하는가에 대해서, 현재 생각하고 있는 것이, 선장 제도로 장래에 해야 할 일이 상당히 많다고 생각하고 있습니다.

백철　〈심청전〉이라는 영화가 있군요. 그것은 일반용 영화로 인정할지 말지를 둘러싸고 문제가 되었다고 합니다만….

시미즈　그것은 비일반으로 되어 있습니다.

백철　내용 상 좋은 영향을 미칠 것이라고 생각됩니다만.

시미즈　효자(孝子) 미담이지만요. 그러나 〈심청전〉은 조선영화의 독특한 애수가 전면적으로 감돌고 있어 아이에게 보여주는 것은 어떠한가 하고 생각했습니다. 또 일본어가 하나도 없었기 때문에, 일본어의 장려라는 점에서 생각해 보고 여러 방면에서 검토한 뒤 결국 비일반으로 결정되었습니다.

백철　일본어 사용의 문제는 어떻게 됩니까? 내용이 좋아도 일본어가

들어가 있지 않으면 비일반이 되는 것인가요?

시미즈 그러한 것은 결코 아닙니다. 단지 현대물에서는 가능한 한 일본어를 사용하는 편이 자연스럽지는 않을까 하고 생각됩니다. 〈수업료(授業料)〉같은 것은 국어로 된 영화이고, 이미 기회는 무르익었다고 생각합니다.

가쓰라 역시 영화도 한 번 추천이 되면 이후의 경영이라는 점에서 다르게 되겠지요.

이 역시 흥업의 문제에 상당히 영향을 줍니다. 그러나 공공연한 추천영화는 오히려 안 됩니다. 가령 총력연맹에서도 절약이라는 것을 노골적으로 선전하기 위해서 절약 선전영화를 만들게 되면, 상설관에서도 기쁘게 받아들이지 않고 손님도 기쁘게 볼 수 없습니다. 지금까지의 관청영화가 인기가 없었던 것도 그러한 점 때문이라고 생각합니다.

(1941. 2. 18)

반도와 영화계 (6)
관민(官民)이 무릎을 맞대고 말하다

데라다 옛날에는 내무성, 문부성의 추천을 받았다고 하면 관객 분을 바보 취급하고 있는 기미가 있었지만, 요즘은 추천의 인정(認定)이 발전하였다고 할까, 관객 분도 안심하고 있어요.

구마타니(熊谷) 그만큼 추천의 시야가 넓어지고 있으니까요.

가쓰라 어떻습니까? 훌륭한 영화가 하나 있으면 이쪽에서 바로 하려고 하지 않을까요?

오카다 총독부가 앞으로 일원적으로 추천하는 것을 보여주어야 합니다. 조만간 하지 않을까요?

데라다 그래서 무엇인가 인정이라는 것에 대해 제작자나 일반 쪽에서 당국에 주문 또는 희망하는 것이 없습니까?

오카다 문화영화의 인정은 내지보다는 조금 힘드네요. 내지에서는 문화영화가 별로 없기 때문에 최근에는 매우 대충하는 경향이 있었습니다. 조선의 인정은 이상대로 되고 있다고 생각합니다.

가쓰라　어떻습니까? 제작과 배급에 관계하고 계시는 분 중에 인정이나 경영에 관해 희망 사항이 있으시면 한마디…

이　지금 우리가 제작한 작품 수가 매우 적고 현재 아직 그 정도로 요구할 만한 일을 하고 있지 않기에 구체적인 요구는 말씀드릴 수 없지만, 지금 사회과장님도 말씀하셨듯이 문화영화에 대해 보다 적극성을 바라고 있습니다. 그것은 영화령에 따라 제작, 배급을 강화하여 흥행협회(興行協會)를 설립하는 것입니다. 부분적인 문제는 논의되고 있으나 제작과 배급과 흥행 세 가지 문제의 전면적 재편성이라는 것은 현재 당국에서 그다지 논의되고 있지 않습니다. 지금 조선영화계에서 가장 중요한 것은 전면적으로 재편성하는 것이라고 생각합니다.

가쓰라　자본가가 영화에 더욱 투자하지 않으면 안 되겠네요.

이　그것을 총독부 쪽에서 말씀하시면, 우리들은 왜 지금까지 그냥 놓아두었던 것입니까 하고 묻고 싶어집니다. 사회 및 당국이 더 그러한 영화와 정치, 영화와 문화라는 것에 대해 일찍부터 사회에 호소하였다면 자본가도 움직였고 예술가도 더욱 발달하였다고 생각합니다.

가쓰라　일반적으로 반도 자본가에게는 영화 사업에 투자하는 것을 문화 사업에 투자한다는 것이 아니라 무엇인가 벌이에 손을 대는 것과 같은 인식이 있어서, 성실한 사람은 손을 대지 않는 경향이 있어요.

이　최근 저희들은 쓰무라 씨 쪽의 찬성도 얻으며 새로운 큰 계획을 추진하고 있습니다만, 투자액이 백만이나 2백만이 되면 현재 조선의 기술자, 종업원 멤버로는 시간을 맞출 수 없게 됩니다.

가쓰라 종래에는 극영화를 중심으로 한 관계여서 문화성이 빈약한 때가 있었다는 점은 많이 생각하지 않으면 안 되겠지요.

이 1편을 만드는 데 1년 동안 먹지도 마시지도 못하는 성실한 사람도 있지만, 개중에는 품행이 나쁜 인간, 즉 예술적 양심은 뒤로 하고 먹고 살기 위해 하는 자도 있습니다. 성실한 사람에게 정말로 안심하고 일을 시키기 위해서는 역시 처음부터 신경 쓰지 않으면 안 되고, 그렇지 않으면 좋은 것은 생기지 않는다고 생각합니다.

(1941. 2. 19)

반도와 영화계 (7)
관민(官民)이 무릎을 맞대고 말하다

노부하라(延原) 인정관(認定官) 조금 전 어떤 분인가가 말씀하셨는데, 〈심청전(沈淸傳)〉의 인정에 대해 경무국과 학무국 간에 의견이 달랐다는 소리가 나왔습니다만, 학무국도 매우 신중을 기하여 당시의 학무과장을 맡은 지금의 경무과장님도 보시고, 또한 보안과장님도 보신 후 결국 비일반용이 되었습니다. 일반용으로서 아이에게 보여주어도 되지만, 원칙적으로 아이가 영화관에 출입하는 것은 별로 바람직한 일은 아닙니다. 시대에 뒤떨어진 사고방식일지도 모르지만, 발탁하여 이렇다 할 이익도 없는 것을 일반용으로 인정해서 아이에게 보여주면 아이도 볼 수 있는 일이라고 해석하여 막 몰려들게 될 것입니다. 사실 적극적으로 아이들에게 보여주어야 할 아동영화를 생각하고 있는데, 〈심청전〉은 내용으로는 효녀를 다루고 있지만 거기에 나오는 노래는 조선 사회에서 술을 마시고 작부를 상대로 하고 있어 도저히 아이들에게 보여서 이익이 없다는 데 의견이 일치한 것입니다. 조선어로 되어 있기 때문에 안 된다고 하는 것이 아니라, 내용 그 자체에 적극성이 없어 비일반용으로 된 것입니다. 결국 일반용 영화는 소학생에게 보여주어도 되지만, 이전부터 부민관의 맹우영화회(盟友映畫會) 같은 것도 있기 때문에, 학무국으로서는 새로운 일을 시작할 계획은 없다고 생각하고 있습니다. 앞으로 아이들에게 어떠한 식으로 영화 교육을 해 나갈까 하는 것에 대해, 상당히 고루한 의견일지도 모릅니다만, 더욱 아이들에게는 영화를 보여주어서는 안 된다고 생각합니다. 그렇게 해서 제대로 된 경우를 기억하지 못 합니다. 예를 들어, 얼마 전에 내지에서 추천된 영화를 아이에게 보여주었는데 집에 돌아와서 배우의 이름 정도는 기억하고 있어 아이들에게 영화를 보여주어도 괜찮다는 분들도 있습니다. 하지만 이미 영화법도 완성되었고 문화적 의미도 높아졌기 때문에 이를 통해 교육을 한다는 의미에서 학무국은 소학생이 보더라도 지장 없는 영화를 원하며 학무과장도 매우 고심하고 있습니다만, 현재 이렇다 할 구체적인 것은 알고 있지 않으나 생각해 보겠습니다.

오카다 지금까지 영화의 폐해라고 하는 문제를 너무 심히 간과해 왔기에, 좋은 방면에서의 영화의 영향은 등한히 여겨지기 일쑤였던 것은 아닐까요?

노부하라 전혀 다른 입장에서, 그러한 학도 신분인 사람이 영화관에 가서 불순한 공기를 마셔서는 안 되고 그 시간에 공부하거나 몸을 단련하는 편이 좋다고 하는 견지를 학무국에서는 통지를 하고 있습니다만, 영화법과는 관계는 없습니다.

데라다 이것은 본부 학무국의 이야기가 아닐지 모릅니다만, 예를 들어 뉴스관(ニュース館)의 출입을 허락하는 학교도 있고, 절대로 가지 말라고 하는 학교도 있다고 하는데, 그것은 다른 교육적 의미 때문이지요.

노부하라 영화법과는 관계없지만, 그러한 곳에 14세 미만의 사람을 들이고 싶지 않다는 마음이 있지 않을까요?

데라다 그것은 영화에 따라 다르지 않을까요? 예를 들어 〈올림피아〉 등은 부모 쪽이 나서서 아이들에게 보여주면 좋겠습니다. 부모들도 유쾌하게 보고 싶지 않을까요? 꼭 영화관의 분위기가 좋지 않다던가, 밤에 외출하는 문제와는 다른 것이 아닐까요? 그것이 아니라면 학무 당국의 태도가 너무 지나치게 소극적이라고 생각합니다만….

오카다 다른 이야기입니다만, 일반 분은 영화를 보면 눈이 나빠진다고 생각하는데 저처럼 오래 관계한 사람의 입장에서 말하자면 (웃음) 눈이 나빠지지 않습니다. 특히 아이들은 회복력이 빠르기 때문에 살짝 피곤해도 즉시 회복됩니다. 지금과 같이 환기 장치가 완전한 영화관에서는 그러한 점은 고려하지 않아도 된다고 생각합니다.

(1941. 2. 20)

반도와 영화계 (8)
관민(官民)이 무릎을 맞대고 말하다.

데라다 니시야마 씨, 금후 총력운동 쪽에서 영화를 어떠한 식으로 활용해 가고 싶다고 하는 의견은 없으십니까?

니시야마(西山) 총력연맹 전무이사

제가 지금 방송을 약간 하고 있는데, 앞으로는 영화와 라디오와 신문, 이 세 가지를 활용하지 않으면 일을 거의 할 수 없다고 생각합니다. 이 세 가지를 잘 활용해야 문화적 의미에서 승자가 되리라고 생각하고 있습니다만, 지금까지 총력연맹의 예산은 지극히 빈약해서 새해부터는 예산 방면을 윤택하게 하고 특히 영화 방면에 진출하려 생각하고 있습니다.

가쓰라 총력연맹에서 문화영화를 하나 만드는군요.

데라다 선장(選奬) 제도에 관해서는, 조금 전 앞으로는 사회교육과와 경무과에서 연락을 취해 나간다는 이야기가 있었습니다만, 이에 따라 상금에 대해서도 현실적인 문제로 접근하여 진행하실 의향은 없으십니까?

가쓰라 이것은 결국 예산의 문제이군요. 올해는 재무국 분과 교섭을 해 보았지만 받지 못했습니다. 하지만 점차 영화령의 시행에 따라 당연히 고려될 수 있는 것이 아닐까 생각합니다. 장래에는 선장금을 내어 장려를 하고, 경우에 따라서는 조선의 현상으로서 이쪽에서 자금을 조달하여 제작하도록 해야 한다고 생각합니다.

데라다 만약 상금을 낸다면, 어느 정도가 되겠습니까?

나가누마(長沼) 내지에서는 2만 원을 건다고 하네요.

오카다 내지에서 영화법을 의회에 제출하였을 때 문부성의 예산은 2만 원밖에 없었습니다. 그래서 각 의원으로부터 집중 공격을 받은 것입니다. 2만 원의 상금으로 무엇을 할 수 있겠습니까? 10배로 소급하지 않으면 안 된다는 데 각 의원의 의견이 일치하여 상당히 증액되었고, 정확히 1등 1만 원, 그 외 5천 원이라는 금액을 지급하고 있기 때문에 조선도 그것에 준하여 가야 하지 않을까 생각합니다.

데라다 그러나 조선영화는 제작 수가 적기 때문에 상금을 준다고 해도 그렇게 많이는 필요가 없네요.

이 혹시 예산이 없더라도 어떻게든 상금을 줄 방법은 없을까요?

가쓰라 상장(賞狀) 정도는 총독부에서 내고, 부상(副賞)은 다른 단체에서 낸다고 하면…

데라다 실제 사용한 제작비를 그것으로 상환한다는 의미가 아니고, 무리하지 않는 선에서 당사자로서는 어느 정도 갖고 싶을까요? (웃음)

이 상금이라는 이름이 붙으면 최소한 3천 원이군요.

시미즈 언젠가의 이야기에서는 5십 원이든 백 원이든 좋다는 말이 있었네요. (웃음)

이 물론 내지만 원한다는 것은 틀림없습니다만, 그것보다 금액은 낮더라도 범위는 넓게 하는 편이 좋습니다.

데라다 가능성이 있는 한도 내에서 이야기를 진행해 나가야만 해요. 갖고 싶은 것은 많을수록 좋겠지만….

이 그러니까 적어도 3십 원이네요.

오카다 예산은 없더라도 지금의 방법으로 하면 됩니다. 머지않아 사회교육과에서도 고려해 주실 것이라고 생각하지만, 상금을 내지 않을 수 없을 만큼 훌륭한 영화를 많이 만들어 주셨으면 합니다.

데라다 그밖에 누군가 하실 말씀은 없습니까?

미치다(道田) 조금 전 14세 이하의 아이에게 보여줄 영화 이야기가 나왔지요. 제가 어렸을 때 〈지고마(ヂゴマ)〉가 유행해서 그것을 본 아이들은 지고마 놀이를 하고 놀았지만 모두 커서 도둑이 되지는 않았기 때문에 (웃음) 어른들이 생각하는 만큼 아이는 엄격히 감독하지 않아도 된다고 생각합니다.

데라다 대체로 이야기는 다 된 것 같으니, 이 정도로 끝내는 것으로 하겠습니다. 크랭크가 참으로 좋지 않아 실례했습니다. (박수)

(1941. 2. 21)

태동하는 영화 합동 (1)

다카시마 긴지(高島金次) [경성발성영화(京城發聲映畵) 대표자]

작년에 반도에서 영화령이 실시되자 반도의 영화인들은 일제히 새롭게 움직이기 시작하였다. 그 중에서도 계속해서 게으름을 피웠던 영화 제작자들은 여기에 문화 기업으로서의 영화 제작 사업에 대해 심대한 결의와 시간에 선처하는 방안을 수립하는 것이 급선무였다.

×

오늘날 일본영화가 외국영화에 뒤처지고 반도영화가 국내 영화의 경지에 이르지 못한다는 것에 대해 영화 자체가 지닌 특이성을 이해하는 사람들에게 이론(異論)은 없을 것이다. 당국이 조선에 영화령을 실시할 계획을 세웠을 때 내무성의 모 영화계 간부는 '조선에는 아직 이르다'고 말하며 웃어넘겼으나, 그것과 같은 의미로 호주에서 과거 일본에 제작되었던 작품을 잘 알았더라면 일본의 영화법 등에 일소(一笑)를 보였을지도 모른다.

×

긴급히 무슨 일인지 반도에 문화 입법과 같은 영화령이 시행되었다. 그리고 모든 반도 영화인들은 여기서 자랑스러운 출발의 길 위에 선 것이다. 카메라, 감독, 연출 모두 이 영화령에 따라 각각 자성과 연마가 필요한 것은 물론이지만, 그 모체가 되는 영화 제작자의 장래야말로 반도영화의 흥폐를 좌우한다는 점에서, 미증유의 대전환기와 조우하였다고 말하지 않을 수 없다.

×

반도에 있어 영화 제작자의 과거는 너무나도 비문화적이었고 비참하였으며 또한 불우한 암야행무(暗夜行務)의 연속이었다. 물론 하나둘의 예외는 인정하나, 약진 조선의 모든 부문과 비교하여 실로 참담한 상태였다. 실제로 우리가 알고 있는 반도영화인의 땀과 살로 만든 작품 여러 편이 완성되었음에도, 세상에 확실히 나오지는 않고 있다. 우리는 그 죄가 어디에 있는지 과거를 논의하고 싶지 않다. 영화인에게도, 또한 이것을 원조하는 자본가에게도 말하고 싶은 것이 있지만, 결론적으로 그것은 너무나도 명료한 과거의 질서와 절조 없는 비과학적 경영의 결과이다. 나는 푸념을 늘어놓을 여유마저 없을 정도로, 장래의 증진에 기대와 희망을 쏟아놓고 있다.

×

나는 여기 새롭게 태동하는 반도영화 대(大) 합동의 미래에 절대적인 희망과 광명을 갖고 싶다. 조선영화제작자협회(朝鮮映畫製作者協會)는 작년 영화령 시행을 전후로 하여 당국의 알선으로 만들어진 문화 단체이지만, 벌써 대 합동의 태동을 보이고 있다. 경제, 산업, 기업

의 모든 부문이 비상시 일본의 국책선에 따라 통제, 강화, 합리화되어
가고 있는 오늘날, 영화만이 폐인(廢人)처럼 홀로 남겨질 이유는 없다.
대중 지도의 최전선인 영화의 질적 향상, 기획의 국책화야말로 초미
의 급무라고 하지 않을 수 없다.

(1941. 3. 18)

태동하는 영화 합동 (2)

다카시마 긴지(高島金次) [경성발성영화(京城發聲映畵) 대표자]

작년 말 시세(時勢)를 보는 데 민감한 제작자협회가 정무총독, 경무국장 이하 당국자에 대해 시국 하 영화 보고의 입장에서 이를 강화, 합동할 뜻이 있다는 의사를 밝힌 이후 활발한 발전을 이루었다. 돌아와서 100일 동안 서로 상극한 일이 몇 차례 있었고, 각각 국책적 입장에서 대중적 정신으로 대동단결을 결의하여 당국의 방침과 표리일치의 문화 기강이 될 대(大) 영화사(映畵社)의 실현에 매진하게 되었다.

×

생각해 보니 영화 통제의 묘미는 제작, 배급, 흥행이 삼위일체에 있다. 제작, 배급, 흥행 부문 각각에 대해 당국이 오늘날과 같은 배타적 행동을 용인할 리도 없고, 또한 업자 자체도 구태의연한 현상으로 만족하면 안 되는 것은 자명한 것이다.

이러한 삼위일체적 피라미드의 각을 세워 영화 제작업자 계약을 맺었고, 당국이 찬조, 지도하게 된 이유도 여기에 있다.

×

반도에 있어서 영화 제작의 대(大) 합동이 국책적 견지에서 절대 불가피한 문제라는 것을 과거 반도영화계를 알고 초비상시에 영화가 지닌 역할을 인식하는 누구라도 이론이 없다면, 나는 자진하여 제작 업자의 대동적 마음가짐, 당국에의 희망, 자본 계통에의 기대에 관해 이야기하고 싶다.

×

현재 반도에 있는 영화 제작자는 과거 수년 무성영화 시대에서 오늘날에 이르는 오랜 시간 동안 각각 그 지반을 사수하고 악전고투를 계속하여 각자 제 각각의 이데올로기를 갖고 있어, 그 중에는 물과 기름처럼 융화되지 않는 존재도 있었다. 또한 물질적으로는 이루 말할 수 없는 고통을 맛보고 영구히 지울 수 없는 무거운 짐이 되어, 현재 더욱 고민의 씨앗이 되고 있다는 것도 사실이다. 그러나 과거를 이야기하며 죽은 아이의 나이를 세보고 있기에는 현재 너무나도 초비상시이고, 거센 물줄기처럼 흐르는 쇼와(昭和) 시대의 문화 부문으로서 급격한 각도의 전향을 필요로 하며, 과거 일절의 관계를 끊어 '목숨을 버릴 각오로 일에 임하면 오히려 살 길이 열리는 법'이라는 고어를 인용할 것도 없이 용연(聳然)하게 국책에 협력하는 한편, 합리적 경영과 대동단결로 발족해야 한다. 물론 각각의 입장에서 당사자가 선처해야 하는 것은 당연하나, 각자가 대승적 견지에 입각하였다면 어떠한 어려운 문제도 해결해야 한다. 만일 어떤 자가 합동의 궤도를 벗어났다고 하면 이유를 불문하고 그것은 아직도 영화 제작자로서 시국을 인식하지 못하는 자로, 영구히 남겨질 것이라 생각한다. 따라서 나는 내가 아는 현재 영화 제작자 중에 누구 하나 걱정하고 두려워할 사람이 없는 것을 기쁘게 생각한다. 일어나라 영화 제작자들이여. 멸사봉공(滅私奉公), 직역봉공(職域奉公)의 모범을 보여라.

(1941. 3. 19)

태동하는 영화 합동 (3)

다카시마 긴지(高島金次) [경성발성영화(京城發聲映畵) 대표자]

다음으로, 반도의 문화 기업이 총독 정치와 표리일체가 되어야 함과 마찬가지로, 당국의 지도와 원조가 없이는 성립하지 않다는 것도 당연하다. 활자로 대중을 지도하는 신문지의 통제 강화에 당국이 진지한 행동을 취하고 있는 것과 같이, 눈과 귀로 대중의 절대적 지지를 얻고 있는 영화에 대해 당국이 무관심할 리가 없다.

　　×

영화령 제1조 '본법은 국민문화 발전에 이바지하고 영화의 질적 향상을 촉진시키며 영화 사업의 건전한 발달을 도모할 것을 목적으로 한다'는 것은, 바로 당국의 영화에 대한 불멸부동(不滅不動)의 대(大) 방침이다. 중요한 것은, 이 조문을 당사자가 어떻게 운용하고 어떻게 의의 있게 할 것인가에 있다. 내지에서는 반도보다 앞서 영화법이 실시되었다. 그러나 오늘날까지 문화영화 부문에 대해 다소 구체적인 결론은 얻었으나, 동법의 전면적 운용은 아직까지 없다. 한편 반도는 반도 자체의 발전성을 갖고 있어, 영화법의 실제적 운용도 내지와 비교하여 매우 쉽게 실현될 이유가 있다.

×

나는 당국이 이미 영화 배급 부문에 대해 가장 이상적인 개혁안을 갖고 있으며 적극적으로 합리적 배급의 기초적인 안건의 실현을 서두르고 있다는 것을 듣고 기뻐할 따름이다. 영화 제작과 배급은 수레의 양 바퀴와 같아 절대적으로 불가분의 관계에 있다. 하루라도 빨리 반도의 현상에 즉시 반응하여 영화 배급 기구의 실현을 기다리고 바라는 것이지만, 이리하여 영화를 애호하는 대중은 보다 좋은 영화를 공정한 요금으로 관람하는 한편 제작업자도 배급 기구의 완비를 기다림으로써 명랑하고 쾌활한 제작 태도를 얻을 수 있다.

×

마지막으로 영화 기업에 대한 자본가의 입장에 관해 언급하고 싶다. 일체의 기업이 채산을 도외시하고는 성립하지 않는 것처럼, 영화 사업에 있어서도 완전한 채산이 필요하다. 나는 영화 합동을 실현하는 데 당국의 지지, 지도에 의한 대형 영화회사의 기업적 형편에 대해 조금도 불안감을 갖고 있지 않다. 필요한 것에 무의미한 것은 없다. 반도에서 실현하려 하는 하나의 영화회사는 그 경영의 장점을 얻는다면 반도 유일의 대(大) 국책회사로서 반도 문화에 공헌하고 찬란한 각광을 얻을 수 있음을 믿는 것이다.

×

현재까지 반도영화에 부족한 것은 자본과 배급망의 확립이었다.

후자에 있어서는 전술한 바와 같이 당국에서 착착 그 완비를 서두르고 있으며, 전자의 경우 자금에 따라 사람의 지혜와 기계를 동원한다면 기업으로서의 영화 사업에 조금의 불안도 없다는 것은 거듭 논할 필요도 없다.

　　　×

나는 따뜻한 봄날에 도래하려 하는 반도의 봄에 앞장서서 하루라도 빨리 영화 대동단결 회사의 탄생을 바라며, 당국의 적극적 지도와 영화 사업에 관심을 갖고 있는 선배 여러분의 긍정적인 조력을 바란다. (3월 13일 기록)

(1941. 3. 20)

영화와 군대 (1)
사노 슈지(佐野周二) 군조(軍曹)에게
전선(戰線)을 묻다

(사진 = 오른쪽부터 야기 기하치로 군, 사노 슈지 군, 데라다 학예부장)

| 대담자(對談者)

사노 슈지(佐野周二) 군 (군조)

야기 기하치로(八木喜八郎) 군 (같음)

데라다 아키라(寺田瑛) (경일(京日))

천변(川邊)에서

데라다　사노 씨, 경성은 어떻습니까?

사노　좋네요.

데라다　전쟁터에서 돌아왔더니 상당히 변했지요?

사노　화폐가 변한 것에 놀랐습니다. 맨 먼저 백금이나 니켈 등은 본적이 없고, 알루미늄 화폐는 5전인지 1전인지 구별이 가지 않습니다. 그쪽은 군표(軍票)뿐이니까요. 그쪽에서는 전부 지폐입니다. 화폐 그 자체를 사용하지 않습니다.

사노 내지에 돌아가 상륙하였을 때, 먼저 오랜만에 한 잔 거하게 마실 생각으로 간 곳에서 거절당했습니다. 대낮이라 그렇다는 것이었지요.

데라다 그쪽에서는 총후(銃後)가 어떠한 식으로 보도되고 있었습니까?

사노 그것에 대해서는 제 팬이 어느 정도 알려주었습니다.

데라다 팬으로부터의 편지에서는 어떠한 것을 말하고 있었습니까?

사노 그중에는 과장된 것도 있었습니다. 신발, 나막신이 없어 짚신을 신고 있다든지. 그런데 돌이켜보면 신발이 더 쓸데가 없지요. 저쪽의 병사는 단순해서 진짜로 믿습니다. 있는 그대로를 말해 주는 것이 가장 좋아요. 내지는 이러한 상태라고 걱정시키는 것은 좋지 않다고 생각합니다. 정직하고 솔직하게 총후를 있는 그대로 말해 주는 것이 가장 좋습니다.

데라다 위문봉투는 어떤 부대에도, 개인에게도 갑니까?

사노 네, 위문봉투는 대개 20일 사이에 도착합니다. 항공편은 1일, 늦어도 2일이에요.

야기 난징(南京)보다 오히려 남지(南支) 쪽이 빠릅니다.

사노 뉴스가 퍼지는 것은 빠르네요.

데라다 제일 기쁜 것은 편지와 위문봉투입니까?

사노 요즘 편지는 특이해서, 최근에는 사진이 들어가 있으면 기쁩니다. 내지에 대한 뻔한 보고보다도, 가족들이 이렇게 건강하고 친구들은 이렇게 지내고 있다는 사진을 넣어주면 기쁩니다. 편지를 앞에 두고 한 잔 마시면서 이야기를 나누는 기분보다도 사진을 앞에 두고 이야기를 들려주는 듯한 기분으로 술을 마십니다. 술을 마시는 것은 극단적이지만 그러한 기분이 되기 때문에 매우 기쁩니다.

데라다   다른 사람들은 가족이나 친구로부터 편지가 오겠지만, 당신은 모르는 사람으로부터 오지요?

사노   나의 경우는 고맙게도 내지의 팬으로부터도, 대만의 팬으로부터도, 미국의 팬으로부터도 통신이 밀려들어 감격하고 있습니다.

야기   그중에는 심한 사람들도 있어요. 편지 안에 브로마이드를 넣어 거기에 사인을 해서 보내달라는데, 정말 질렸습니다.

사노   사인해 달라고 하는 경우는 정말 적습니다만, 있기는 있지요.

데라다   당신들은 계속 함께했습니까?

야기   2년 정도 함께했었는데, 돌아온 것은 제가 조금 더 빨랐어요.

데라다   이것은 영화 군중 군인으로서의 이야기입니다만, 어떠한 것이 가장 기뻤습니까?

사노   영화인으로서는 이케지마(池島) 씨를 만났을 때와 카메라맨 아오키(青木) 군을 만났을 때가 가장 기뻤지요. 저는 저쪽에 갈 때 군도와 권총도 갖고 가야겠다고 생각했습니다만, 하사관이기 때문에 아무것도 갖고 가면 안 된다고 해서 아무것도 갖고 가지 않았습니다, 저쪽에서는 발이 묶여 있었기 때문에 나갈 수 없었습니다. 그런데 아오키 씨가 베이징(北京) 여기저기서 이것저것 사 모아서 저에게 반드시 써 달라며 매일 같이 왔습니다.

(1941. 5. 2)

영화와 군대 (2)
사노 슈지(佐野周二) 군조(軍曹)에게
전선(戰線)을 묻다

데라다 감독 오즈(小津) 씨를 만난 것은?

사노 난징에 있을 때입니다. 한커우(漢口)에 갈 때 저도 각오하고 있었습니다. 오즈 씨 쪽이 한커우에 먼저 간다고 해서 난징의 태평로 안에 있는 태평루(太平樓)에서 지나(支那)요리를 하면서 먹고 마시며 8시경에 화이허(淮河)라는 강에 작은 배를 탔는데, 마침 그날 밤은 8월에 달이 떠서 마치 베니스의 밤의 영화에 있는 것처럼 아름다운 밤이었습니다.

데라다 단둘이서 말입니까?

사노 둘 뿐이었습니다. 그 전에 태평루에서 받은 전표가 있어 이것이 마지막이 될지도 모른다고 둘이서 사인을 하고, 거기에 '한커우 공략전에 어느 쪽이 빨리 입성할지 모르겠지만 여러분의 상상에 맡긴다'

고 써서 여기저기 보냈는데, 제가 먼저 난징을 떠나게 되어 주장(九江)에서 다예(大冶)를 거쳐 우창(武昌)으로 갔습니다.

야기 그때 우창은 매우 위험했습니다.

사노 우창이 함락되고 얼마 되지 않았을 때라 어쩔 수 없었으며 지뢰가 도처에 있었지요. 그래서 비행장의 격납 고지에서 일동이 내지의 뉴스를 들으면서 한 잔하고 있었을 때 옆에 다른 부대가 와자지껄 들어왔습니다. 그렇게 사닥다리로 된 계단 내려오는 것을 보았더니, 오즈 씨였습니다.

야기 너덜너덜한 외투를 입고 있었는데, 오즈 씨는 정월 소나무 장식(松飾)을 사러 온 것이었습니다.

데라다 어느 정도의 곳에서 온 것입니까?

사노 30리 가량의 곳에서였습니다. 여러 가지 정월 준비에 필요한 것을 사러 왔던 것이었습니다. 아무리 벽촌이라도 일본인은 일본인다운 정월을 보내기 위해 부대를 대표해서 오즈 씨가 사러 온 것입니다.

데라다 저쪽에 있을 때 영화를 본 적이 있습니까?

사노 영화는 보고 있었습니다.

데라다 뉴스영화입니까?

사노 무엇이든지 봅니다.

데라다 어떠한 것이 가는 것입니까? 위문대가 갖고 가는 것입니까?

사노 관에서도 하고 있고, 정보부에서도 해 줍니다. 나는 영화인으로서 영화 이야기를 하고 싶지 않지만, 산시성(山西省) 몽골 지방의 운조(運城)라는 곳에 갔을 때 당일은 군의 손으로 유성영화를 들려주겠다

고 하여 나도 재빨리 가서 곧바로 좋은 곳을 점령했습니다. 그 안에 병사들이 기관총을 갖고 산을 넘어오거나 영화를 보러 자동차에 기관총을 준비해서 오는 것을 보고, 정말 영화의 힘은 무섭다고 생각했습니다. 그만큼 현지에 있는 자들은 내지를 생각하고 있었지요. 그런데 상영되는 영화는 16mm로 작고 병사들은 너무 많아 왁자지껄하는데다가, 기계는 낡아 전혀 들리지 않고 영화는 쇼치쿠물(松竹物)과 신코(新興)의 우에야마 시게토(上山重人)나 아키레타 보이즈(アキレタボーイズ) 등 무엇인가가 나오는 것이었습니다.

야기 어떠한 것이던가요?

사노 검도의 사범이 되거나 귀신이 나오거나 했지요.

(1941. 5. 3)

영화와 군대 (3)
사노 슈지(佐野周二) 군조(軍曹)에게
전선(戰線)을 묻다

데라다 병사들은 즐거워했지요?

사노 그런데 도중에 비가 내렸고, 그래도 병사들에게 보여주고 싶었습니다. 그러나 계속해서 위문하지 않으면 안 되는데, 비를 맞으면 기계가 녹슬어버리고 기계가 녹슬면 그것이 가능하지 않게 되므로 오늘은 이것으로 중지하겠다고 기사(技師)가 말했습니다만, 병사들은 움직이지 않습니다. 조금만 기다려 달라고, 비가 그칠 것 같다고 하면서 그곳에 가만히 있었습니다만, 결국 비 때문에 중지되어 버렸습니다.

데라다 오후나(大船) 영화에 옛 지인이 나오는 것은 좋은 일이지요.

사노 그것은 그리운 것이지만 모르는 사람뿐이면 쓸쓸하게 느껴지지요. 내 부대에는 간사이(關西) 사람이 많았는데, 〈아이젠 가쓰라(愛染かつら)〉에서 사부리(佐分利) 군과 다카스기 사나에(高杉早苗)가 모터보

트를 타고 비와호(琵琶湖) 주변을 도는 장면이 나오면 박수를 치며 반겼지요. 군인들이 있는 현지는 식수가 나빠 마실 수 없기에, 내지의 깨끗한 물을 보고 그리워하며 자기 고향이라고 매우 환영하면서 기뻐하는 것이었습니다.

야기　한커우에서 영화를 보았는데, 에노켄(エノケン)의 사루토비(猿飛)[19]를 보고 모두 기뻐하며 펄쩍 뛰고 있었습니다.

데라다　희극영화라고 해도 작품에 따라서는 보기 힘든 것이 있군요.

사노　그렇습니다. 그런 바보 같은 짓을 하고 있지만, 우리들은 목숨을 목표로 하고 있지 않는가 하고 잘도 바보 같은 짓 흉내를 낼 수 있다는 생각이 들 때가 있어요.

데라다　아직 만담(漫才) 쪽이 좋죠.

사노　현지에 있어서는 오히려 때 묻은 영화는 우리에게 보여 주고 싶지 않지요.

데라다　때 묻었다고 하는 것은?

사노　예를 들면 〈땅(土)〉이라는 영화는 문부성의 추천영화로, 예술적으로는 우수하지만 현지에서 그것을 보면 무엇인가 총후의 국민이 그러한 처지에 있는 것이라 생각하고, 또 지나(支那)의 민중은 보다 더 그렇게 생각하지요. 우리에게는 예술 사진이지만, 그것은 내지에서만 보여주는 것으로, 적어도 전쟁터로 가져갈 영화는 아니라고 생각했

---

19 사루토비 사스케(猿飛佐助)의 약자로, 고단(講談)이나 소설(小說) 등에 나오는 가공된 등장인물을 지칭한다.

습니다.

데라다 〈대지〉도 그러하네요.

사노 펄벅의 지나 민중에게는, 예를 들면 마루빌딩(丸ビル)이라든지 아사쿠사(淺草)라든지 단지 넓고 번화한 곳, 일본은 지금 외국과 전쟁을 하고 있어도 이렇게 평화롭다는 것을 선전하는 편이 좋다고 생각합니다.

데라다 경박한 장면은 내보내지 않은 편이 좋지요.

사노 펄벅의 〈대지〉는 지나에서 상영할 수 없었지요. 실제의 생활을 보여주는 것은 곤란하겠지요.

데라다 〈대지〉를 보러 간 사이에 내가 있는 곳이 도난당한다면 그것은 원한을 살 영화입니다.

사노 내가 베이징에 있었을 때, 고바야시 치요코(小林千代)가 불쑥 놀러 왔습니다. 그때 우연히 만나서 "고바야시 씨, 군 쪽에 위문을 가주지 않겠습니까?"라고 하였는데, 마침 폴리도르(Polydor Records) 무리가 와 있어 밴드 공연을 하여 우리 군대를 위로해 준 적이 있습니다. 병사들이 정말로 기뻐했습니다. 고바야시 치요코 씨와 나는 처음 만났지만, 고바야시 씨도 열심히 노래하고 춤추면서 병사들이 와와 하며 떠들썩했습니다.

(1941. 5. 4)

영화와 군대 (4)
사노 슈지(佐野周二) 군조(軍曹)에게
전선(戰線)을 묻다

데라다　당신이 제일 마지막에 한 영화는 무엇입니까?

사노　〈그녀는 무엇을 기억하였는가(彼女は何を覺えたか)〉라고 생각합니다.

데라다　돌아와서 이때까지 함께하고 있던 배우 가운데 사라진 사람도 있지요?

사노　미우라 미쓰코(三浦光子), 고쿠레 미치요(木暮實千代), 미하라 준(三原純), 고다마 이치로(兒玉一郎), 시마자키 하쓰(島崎瀇) 군 등은 내가 출정한 후에 들어간 사람입니다.

데라다　미토 미쓰코(水戶光子)는?

사노　그 사람은 저보다 오래되었어요. 이야기가 조금 다릅니다만, 쇼치쿠 무리들은 모두 전쟁터에 가서 탄환을 맞고 있습니다. 오즈(小津)

씨가 그러하지요. 카메라를 맡은 아카사키(赤崎) 군도 마찬가지입니다. 〈황성의 달(荒城の月)〉을 촬영한 카메라맨으로, 기관총 때문에 전장에서 영광의 상처를 입었지만, 지금도 크랭크를 하고 있습니다. 저는 전쟁터에 가 보기만 한 사람으로, 그러한 것을 해 보고 싶다고 생각합니다, 바깥의 캐스터를 넣지 않고, 쇼치쿠만 그렇게 합니다. 그것은 군부로부터도 그 외에서도 고장은 나지 않는다고 생각합니다. 전쟁터에 갔던 감독이 연기를 도와주며 전쟁터에 갔던 카메라맨을 쓰고 전쟁터에 갔던 배우가 출연하는 것이라면 가능하다고 생각합니다. 여기에 큰 것은 필요 없습니다. 일개 소대뿐인 군인들이 계속해서 부락을 점령해 가는 사이에, 지나라는 곳은 이와 같은 나라가 됩니다. 지나의 대중은 우리들에게 어떠한 감정을 갖고 있는가? 가장 처음으로 품어온 마음은 무엇인가? 그것은 아이들이다. 무엇으로 인해 품었나? 캐러멜이다. 그 다음에 온 것은 잔반(殘飯)으로 인한 빈민이었다. 그 다음은 무엇인가? 우리들이 출병하게 되고나서부터 따라온 것은 인텔리 계급이었다. 앞으로는 그러한 영화가 아니면 안 된다고 생각합니다.

데라다 이번 〈건강하게 갑시다(元氣で行かうよ)〉라는 것은 어떠한 영화입니까?

사노 글쎄, 이것은 제 입으로 말하는 것보다 보시는 편이 더 좋겠네요.

데라다 그쪽에서 무엇인가 하셨습니까?

사노 저는 영화배우니까요, 영화 속에 밥을 하는 장면이 있으면 곤란해질 것 같아서 무 썰기를 배웠는데, 그 통통거리는 소리가 매우 좋았습니다. 밥을 아주 잘 하는 사람은 그 소리로 아마추어인지 전문가인지 알 수 있으니까요. 그러한 것을 한다고 생각해서 했습니다만, 오히려 고생했습니다.

데라다　그럼, 이번 전쟁에 가서 배운 것은 무 썰기인가요?

사노　그렇지도 않습니다만. (쓴웃음)

야기　저는 처음으로 떡방아를 찧었습니다만, 손에 물집이 생겨 아파서 질려버렸습니다, 그때 14석(石) 정도 찧었는데 힘들었습니다. 각 ○대(隊)에서 20인씩 12개의 ○대로 나누어 20인으로 약 1석 3말(斗)쯤 찧는데, 가마솥이 3승(升) 5합(合) 밖에 없기 때문에 1석 2말을 찧는 것은 힘들었습니다, 둘이 완전히 뻗어버렸어요. 그리고 완성한 것을 오가가미떡(お鏡)으로 하든지 오모찌떡(小餠)으로 하라면서 일일이 명령합니다. 그것을 곧바로 밖으로 갖고 가서 얼려버립니다. 이것이 가장 좋은 방법으로 내지에서는 아주 잘 두지 않으면 식어버리는데 저쪽에서는 밖에 두면 얼어버립니다. 그 언 것을 불에 올리면 막 찧은 떡처럼 되는 것입니다. 그 얼어버린 떡을 가마니에 채워 이것은 제 몇 ○대라고 명찰을 붙여서 금일은 1인당 얼마 등이라는 식으로 합니다.

(1941. 5. 6)

영화와 군대 (5)
사노 슈지(佐野周二) 군조(軍曹)에게
전선(戰線)을 묻다

데라다 귀환 명령을 받고나서 마시는 술은 각별했겠네요.

사노 우리가 돌아갈 때 "오늘은 꼭 해 줘."라고 대장에게 초청받았기 때문에 "많이 해 주겠습니다."라고 했습니다만, 3년이 지나면 갓 태어난 아이도 세 살이 되어 집에 돌아가면 아버지라고 불리는 것처럼 전쟁터에 와서 3년이 지나면 대장이 우리 아버지가 되어 대장을 아버지라고 부르고 있었습니다. 아버지의 아들이 지금까지의 따뜻한 아버지로부터 멀어져, 아울러 전우와의 따뜻한 가정에서 헤어져 내지로 돌아가게 되어도, 이것은 내지로 돌아가는 것이 아니라 내지를 향해 산업전사의 사람으로서 출정한다는 마음입니다. 아버지에게 "아들의 장래를 기원해 주세요."라고 하니 매우 기뻐하셨어요. 출정하고 3년, 우리들은 실제 그러한 기분이 되었습니다. 대장은 그때 "일본은 지금 중대위기이다. 너희들은 적어도 3년이나 노력해 왔다. 지나사변을 마무리 하려면 언제든지 가능함에도 그것이 아직까지도 마무리되지 않은 것은 다소 속이 타지만 현상유지를 해야 한다. 어쩔 수가 없다. 총후의 국민에게 이중의 책임을 지도록 하고 싶지 않다, 지금 태평양의 파도와 대륙의 지나사변이라는 폭풍을 안고 있지만, 지나사변만은 현지에 있는 황군장사(皇軍將士)의 손에 의해 자급자족할 수 있을 정도의 생활을 하고 싶다."라고 열심히 말해 주었습니다. 그래서 빈 술병, 깡통, 상자 회수 등 전부를 현지에서도 하고 있어요. 내가 돌아와 놀란 것은, 쌀에 보리가 2할 들어가 있는 것을 매우 곤란해 하는 마음이었습니다. 행군하여 9리 정도를 갔을 때 군인이 지쳐 버립니다. 앞으로 1리만 가면 목적지에 도달하는 경우 다른 사람이 도와주어 목적지까지 데려가주면 매우 힘이 납니다. 그것과 마찬가지로, 보리를 조금 더 늘려도 괜찮다고 생각합니다. 5할 정도로 하면 오히려 마음을 단단히 하여 확 변할 것이라고 생각합니다. 현지의 쌀은 돌과 겨가 매우 많기에, 군인들은 씹으면 서걱서걱한 쌀을 먹고 있습니다.

데라다　일본에 돌아와서 가장 많이 느낀 것은 무엇입니까? 총후는 열등하다고 느꼈습니까? 아니면 총후는 생각하였던 것보다 당신들의 기분을 배신하고 있다고 느꼈습니까?

사노　우리들이 돌아와서 총후의 국민은 차갑다고 말하고 있지만, 여기서는 어느 정도 강력한 국방 국가 건설을 위해 매진하고 있기 때문에 그러한 기분은 알고 있습니다. 긴자(銀座)만 해도 예전의 긴자와는 아주 다릅니다. 10시가 되면 가게를 닫아버립니다. 그러한 것은 현지에서는 모릅니다. 그러한 것이 각 방면에서 엄중히 실시되고 있다는 것을 저쪽에서는 모릅니다. 돌아와서 긴자의 어묵집이나 카페 등을 보아도, 술은 한 병, 가게는 10시에 닫아버리고 취한 사람은 한 명도 걸어 다니지 않아요. 이것을 보아도 총후는 꽤 긴장하고 있다고 생각합니다.

데라다 조선은 내지보다 아직은 극히 복 받은 상태입니다. 그것에 안주하지 말고 싸우러 가지 않으면 안 됩니다.

사노 그런데 독일, 소련 등의 조직을 보면 아직도 일본은 행복합니다. 유치원 계단의 제일 첫 번째 단에 있는 정도이지요.

데라다 조선의 인상은 어떻습니까? 지금이 가장 좋은 계절입니다만.

사노 정말 그러하네요.

데라다 조선과 대만, 지나 중 어느 곳에 미인이 많습니까?

사노 그것은 물론 조선 쪽이 많지요.

데라다 그것은 참 감사한 일이네요. 자, 이쯤에서 이야기를 마치고 식사하러 가시지요. (끝)

(1941. 5. 7)

영화 시평(時評) (1)
연극화 되고 있는 영화

이마무라 다이헤이(今村太平)

최근의 극영화를 보고 있으면 영화가 다시 무대극으로 돌아가고 있다는 생각이 든다. 왜 그러한 제재를 요즘 영화로 만들어 보이는 것인가 하고 생각하게 하는 작품이 많다. 요즘의 주요 영화인 미조구치 겐지(溝口健二)의 〈예도일대남(芸道一代男)〉 등은 완전한 신파극이라고 할 만하다. 이미 〈마지막 국화 이야기(残菊物語)〉 때부터 신파적이라는 비난이 일고 있다. 그러한 것에 대답할 작정인지, 〈오사카 여인(浪花女)〉에서는 인물이 무대에서 보고 있는 정경을 따라 움직이고 정면에서 들어가는 것은 가급적 피하려는 듯하다. 그 때문에 대사나 근사(近写)를 사용하고 카메라의 위치도 바꾸어, 이에 따라 장면도 가까워지고 있다. 〈예도일대남〉에서도 같은 태도가 엿보인다. 예를 들면 가모가와(鴨川) 강변에서 노를 젓는 인물을 실경의 중심에 두고, 더 나아가 그들이 이야기하면서 걸어가는 것을 위에서 내려다보며 찍고 있다. 과연 이러한 각도가 연극에는 없다는 뜻에서 이것은 영화적이라 할 만하다. 그러나 특별히 왜 여기서 실경이나 부감을 필요로 하였는지를 알 수가 없다. 그것은 아마도 〈오사카 여인〉에서 조루리(浄瑠璃)를 하는 바닷가 장면과 마찬가지로 전체가 너무 연극적이라는 우려 때문에 기교적으로 도입한 실경과 부감인 것 같다.

해서 보면, 인물을 최대한 가까이 찍는다든지, 긴 대사를 피한다든지, 장면을 짧게 자른다든지, 억지로 실경을 집어넣는다든지 하는 것은 모두 영화 기교를 부리는 일일 뿐, 이러한 기교가 눈에 띄게 느껴지는 만큼 역으로 전체 구조가 영화적이지는 않는 것이 되고 만다.

이러한 영화 기교를 아무리 축적해도 영화적으로 되는 것은 아님을 아는 것이 중요하다. 아름다운 말을 늘어놓는 것이 십중팔구 아름다운 것을 그린 문학이 되지 못하는 바와 같다. 즉, 영화 기교적이라는 것이 반드시 영화적이라는 것으로 되는 것은 아니다. 전자는 후자의 무한한 결과의 몇 가지를 피상화하는 것에 지나지 않는 것이다. 우리는 영화적이라고 하는 것을 그것이 어떠한 내용을 의미하는 한, 새로운 사상 활동이라고 생각한다. 그래서 영화적 관점에 선다는 것은, 단순히 대물렌즈만 설치하면 그것이 곧바로 지금까지 문학이나 연극에 없었던 새로운 관객성을 찾아내는 일이 되지 않으면 안 된다.

영화적이라고 하는 것은 결국 그동안의 문학이나 연극에 대해 비판적이라고 하는 일이 되는데, 그것은 곧 영화 이전의 구시대에 대한 비판을 의미한다. 그러므로 연극에 대해서 말하면 신파나 가부키나 신극이 긍정하고 있던 곳의 봉쇄적, 아니면 개인주의적인 구시대의 인간 생활을 비판함으로써 영화가 성립하는 것이다. 이 비판을 포함하는 한, 신파의 영화화라고 할 수 없으며, 가부키를 영화화하지 않아도 충분히 영화적이다. 사실 이타미 만사쿠(伊丹万作)가 〈아카니시 가키타(赤西蠣太)〉에서 그린 하라다 가이(原田甲斐)는 그 분장, 언동 모든 것이 가부키 그 자체이다. 그럼에도 이 영화는 문예영화 중 가장 영화적인 작품이 될 수 있었던 것이다.

그러나 미조구치 겐지의 최근작에서 보이는 것은, 그 영화의 기교적인 고려에도 불구하고 완전한 신파극이라는 점이다. 총체의 관점이 대물렌즈로 보는 일에 모순되고 신파적인 구시대 인간관계의 긍정이라고 하는 것보다 그러한 것에 대한 맹목적인 애정(溺愛)에 빠져 있기 때문이다.

(1941. 5. 27)

영화 시평(時評) (2)
특히 기교가 돋보이는 작품

이마무라 다이헤이(今村太平)

　　오즈 야스지로(小津安二郎)의 〈도다가의 형제자매들(戸田家の兄妹)〉
도 영화 기교적인 작품이다. 미조구치 겐지(溝口健二)의 경우와 마찬가
지로 촬영 장치에 열중하고 있다. 그러나 그것은 지나치게 장식적이
어서 효과를 살리지는 못하였다.

　　집 구조가 복잡하고 말끔한 집 안을, 혈연관계가 없는 냉정한 남
자나 여자가 들락날락한다는 느낌만이 남는다. 조금 오만하게 말하
자면, 이 영화의 장점은 조화(造花)의 장식일지도 모른다. 사실(写実)이
세세히 들어가는 만큼, 점점 진짜로부터 벗어나 생기를 잃어 가고 있
는 것이다.

　　원인은 역시나 주제의 거짓말에 있다. 부자 아버지가 죽자, 갑자기
형, 누나, 여동생 부부가 어머니에게 냉담해지기 시작한다. 아버지의
1주기에 대륙에서 돌아온 동생이 불전(仏前)에서 이러한 형수를 매도

한다. 그렇게 해서 그들은 맥없이 물러서는데, 이 매도는 언뜻 보기에 통쾌하다. 그러나 시나리오는 이 장면까지 무리하게 가져갔다는 느낌이 든다. 이 동생은 앞선 이야기에서 기념 촬영 때에도 무엇인가 될 대로 되라는 식으로 모두를 기다리게 하였고, 아버지가 죽었을 때에는 낚시를 하러 가 간사이(関西)의 여인숙에서 뒹굴뒹굴하고 있었다고 한다. 나중에 친구와 술을 마시면서 하였다는 이야기로는, 아버지의 물건을 어지간히 훔쳐 놓고 있었다고도 한다. 그다지 자류감(自類感)이 없는 사나이이다. 왜냐하면 대륙에 잠깐 다녀왔을 뿐인데 국민복(国民服)인지 무엇인지를 입고 형제를 같이 매도하거나 여동생의 뺨을 때린다는 것은 기괴하다. 이러한 주제에 대한 불신에 관해 이미 많은 사람들이 말하고 있다.

이처럼 주제가 불확실하다는 점에서 기교한 느낌만이 유독 돋보인다. 이 영화도 서너 장면을 빼고는 전부 세트에서 촬영되었다. 그리고 특히 공을 들이는 것은 인물의 발성법이다. 그것만 보면, 과연 확실히 지금까지의 일본영화에는 없는 템포가 대사에 있다. 이들 대사나 세트에 대한 특별한 노력과 이 정도의 내용이라면, 내게는 역시 영화의 연극화로밖에 비추어지지 않는다.

〈도다가의 형제자매들〉에 비하면 옛날 오즈 야스지로의 작품, 예를 들어 〈태어나기는 했지만(生まれてはみたけれど)〉이나 〈도쿄의 여인숙(東京の宿)〉은 훨씬 현실감이 있었지만, 동시에 이러한 영화가 대사보다도 다른 것에 힘쓰고 있었던 일이 지금 생각나는 것이다. 〈도쿄의 여인숙〉은 후카가와(深川)의 벌판을 무대로 하고 있다는 점에서 장

식적인 세트를 부정하는 영화이지만, 그 부정이 단순히 영화 기교에서가 아니라 주제의 필요에서 왔다는 것은 우선 영화적이라는 것이 영화 기교적이지 않음을 나타낸다. 오히려 〈도쿄의 여인숙〉이나 〈외아들(一人息子)〉은 위트가 없고 템포가 느린, 둔한 작품인 편이다. 그러나 그것들은 충분히 영화적일 수 있었다.

시부야 마코토(渋谷実)의 〈열흘간의 인생(十日間の人生)〉은 당연히 이노우에 마사오(井上正夫)의 작품이 영화화된 것으로, 그 고풍스러운 것은 20년 전의 일본영화를 보고 있는 느낌을 준다. 줄거리는, 홋카이도(北海道)의 어항(漁港)에서 실패한 어부가 투신을 하는데 뒤에 남아 쩔쩔매는 딸을 늙은 선장이 맡아 자신의 아들과 이어준다는 이야기이다. 늙은 선장이 이노우에 마사오이고, 아들이 다카다 고키치(高田浩吉)이며, 우스유키(薄幸)의 딸이 다나카 기누요(田中絹代)이다. 신파극과 현대극의 연기가 심하게 통일되지 않은 채 짜여 있다. 사이토 다쓰오(斎藤達雄)의 〈의사(医者)〉 등은 마치 예전의 가마타(蒲田) 영화이다. 시부야 미노루(渋谷実)라고 하면 〈엄마와 아이(母と子)〉 이래 우리가 가장 기대하고 있던 신인 중 한 명이지만, 그러한 그도 마찬가지이다. 하나야기 쇼타로(花柳章太郎), 이노우에 마사오를 비롯하여 에노켄(エノケン), 롯파(ロッパ)의 활약에 이르기까지 영화가 점점 무대극에 가까워짐에 따라 그 독창성을 잃어가는 것처럼 보인다.

(1941. 5. 28)

영화 시평(時評) (3)
영화적인 것의 내용

이마무라 다이헤이(今村太平)

　최근의 외국영화도 내가 볼 때 그 예외는 아니다. 예를 들어 파이트 할란(Veit Harlan)의 〈청춘〉 등은 할베(Halbe) 무대극을 영화화한 작품이다. 안행이라는 딸이 자살하는 늪의 풍경을 제외하면 나머지는 모두 어두컴컴한 실내 세트만으로 진행된다. 독일의 좋은 연극을 일본에서 볼 수 있다는 고마운 마음도 물론 있지만, 이것은 영화 예술이 아니다. 〈예도일대남〉이나 〈열흘간의 인생〉과 마찬가지로, 영화에 대한 연극의 농락일 뿐이다. 그러나 여하튼 〈청춘〉은 다시 좋은 연극을 본 듯한 포만감을 준다.

　그런데 프랭크 로이드(Frank Lloyd)의 〈내일을 향한 싸움〉이라는 영화는 이야기의 가장 어리석은 삽화를 보여준다. 이것은 어떤 단편소설의 일부를 영화로 만든 것이라는데, 시간의 경과가 전혀 나오지 않기 때문에 끝까지 우스꽝스럽다. 처음에 한 명의 불행한 소년이 나온다. 다음에는 한 청년이 나온다. 그는 앞의 소년이 성장한 인물이다. 그 청년이 명문가의 딸과 한두 번 이야기한다. 그리고 이미 두 사람은 사랑에 빠져 결혼을 하고 벽지로 이주하여 땅을 개척한다. 다음 장면에서는 벌써 토지의 명가(名家)가 되어 있는 아이가 몇 명 있다. 그 다음으로는 국회의원(代議士)인가 무엇인가가 되었다고 하는 어지러운 전개이다. 한편, 장면이 바뀔 때마다 몇 년 혹은 수십 년이나 경과해 있어 당황스럽다. 식물의 배아 상황을 고마오치(駒落)에서 촬영한 영화가 있다. 이 경우 중간이 생략되어 있어도 전체 시간의 경과는 진실하므로 사람을 감동시킨다. 〈내일을 향한 싸움〉이라는 멜로드라마는 많은 배우와 대규모 세트를 사용하여 두 시간 동안 상영되지만, 수십 초 식물의 배아가 주는 진실감에도 크게 못 미친다.

윌리엄 웰먼(William Wellman)의 〈꺼져가는 등불〉도 역시 이야기가 삽화적인 영화이다. 웰먼답게 처음과 끝의 야전 장면은 생생하다. 그러나 가장 중요한 런던에서의 화가 생활을 다룬 대목에 이르면 베시라는 매춘부를 제외하고는 모두 시시하다. 원작 키플링(Kipling)의 소설은 아프리카 전쟁에서 입은 이마 앞부분의 상처로 실명한 화가가 모든 것을 포기하고 다시 아프리카의 오지로 돌아가 토민군(土民軍)과 싸우러 갔다가 죽는다는 줄거리의 전형성을 띠는 낭만적인 이야기이지만, 이러한 종류의 19세기적 다소 신비로운 이야기는 더 이상 현대 우리의 마음을 움직일 수 없다는 것을 깨닫는다. 그 이유는 현대가 과거의 어떠한 시대보다 훨씬 낭만적이라는 데 있는 것 같다. 그럼에도 불구하고 모든 영화가 현대를 내용으로 삼지 않고 과거로 거슬러 올라간다는 것은 영화적인 것을 포기하는 것이다. 왜냐하면 영화적이라는 것은 문학이 과거를 그리는 것에 반해 현재를 그리기 때문이다. 가장 영화적인 것을 극영화보다 〈민족의 축제〉나 〈세기(世紀)의 개선(凱旋)〉 등과 같은 기록영화에서 찾아낼 수 있다는 것, 그리고 이것이 원래 현재의 뉴스 기록이라는 것이 문제의 열쇠라고 생각한다. (완(完))

(1941. 5. 30)

영화계 촌감(寸感) (상)

다사카 도모타카(田阪具隆)

조선에는 16~17년 전, 내가 아직 조감독일 때 대구까지 온 적이 있으나, 그 이외에 조선영화를 내지에서 한두 편 본 정도에 불과할 뿐, 나 자신은 조선영화를 운운할 자격이 없다.

내각정보국의 촉탁이 되어 있고 기능검사회(技能檢査会)의 위원이라든지 영화감독협회(映画監督協会)의 임원(役員)도 되어 있기에 그쪽 일이라면 약간은 언급할 수 있는 정도이다.

실은 이번에 도쿄를 나온 본래의 목적은 다음과 같은 작품의 관계로, 규슈(九州)를 로케이션 헌팅하기 위해서였다.

히나쓰 에이타로(日夏英太郎)[20] 군이 〈그대와 나(君と僕)〉를 제작할 때에 반도의 관민(官民)이 협력하여 이를 바로 잡고 있는 것은 매우 기쁜 일이라고 생각한다.

나는 과거 20년간 영화 일에 종사해 왔지만, 그것은 영리를 본의

---

20 영화 〈그대와 나〉를 기획하고 공동각본 및 연출을 담당한 조선인 허영(許泳)이 일본에서 쓰던 이름이다.

로 한 일이다. 이곳에 오기 전 히나쓰 군과 상담하고 동의를 한 것은 이 일이 영리적이지 않기 때문이었다. 진정한 영화를 만들려면 기술과 기획이 완전히 일치해야 한다. 다행히 자본가의 동의를 얻어 우치다 도무(內田吐夢)와 미조구치 겐지(溝口健二) 이렇게 두 명과 나까지 모두 셋이서 고아영화사(興亜映画社)를 창립하였는데, 그 의미에서라도 히나쓰 군을 가능한 한 도와주지 않으면 안 된다. 연출을 전반적으로 내가 하는 것은 허용되지 않는다고 해도, 결점을 봐주는 정도로 해 가고 싶다.

〈그대와 나〉의 연출을 전반적으로 내가 맡는 것은 허용되지 않는다고 하더라도, 결점을 봐주는 정도라면 크게 협력도 가능할 것이다. 〈그대와 나〉는 기술적으로 볼 때 상당히 결점이 있지만 제작 조건은 좋다. 당사자뿐 아니라 전(全) 반도민(半島民)의 협력과 후원을 기대해 마지 않는다.

현재 내지의 영화계는 어떤 의미에서 타락해 있다고 생각한다. 다만 그것은 모든 영화인 자신이 타락하였다고는 할 수 없다. 예를 들어 물자가 부족한 결과 작품 수가 적어서 좋은 작품이 나오지 못한다고도 생각할 수 있지만, 요(要)는 영화인의 정신 문제이다. 현재 반성하지 않으면 안 되는 과도기에 접어들고 있으므로, 내년쯤부터 드디어 본도(本道)에 들어설 것으로 생각한다.

그 하나로 국민영화(国民映画)라고 하는 제창이 있다. 국민영화라고 하면 무엇인가 딱딱한 것을 상상하게 하지만, 정의에는 특별히 정해진 형식이 있는 것은 아니다. 희극영화이든 연애영화이든 괜찮은 것이다. 어떤 작품이든 상관없으나, 다만 무엇인가 얻는 바가 있는 영화이어야 한다. 품성을 갖춘 것이 아니면 안 된다. 게다가 국체의 관념을 심어줄 만한 작품이어야 하는 것도 있다. 이를 위해 지금 각계가 협력하여 적극적으로 운동하고 있기에, 내년쯤에는 화면을 통해 나올 것이다. 종래 영리만을 추구해 왔던 자본가도 점차 이러한 방향으로 움직이는 추세이니, 영화 기업 전체가 새롭게 출발하는 시기도 결코 멀지는 않을 터이다.

(1941. 7. 15)

영화계 촌감(寸感) (하)

다사카 도모타카(田阪具隆)

앞에서도 진술한 대로, 조선영화에 대해 아무런 지식을 겸비하고 있지 않기에 말할 수는 없으나, 이번에 이곳에 와서 상세히 관계하고 있는 사람들에게 그 현황을 듣고 자신이 상상한 것 이상으로 부진한 데에는 적지 않게 애석히 생각하였다.

일부 풍평(風評)에 있는 조선영화(극영화)의 무용론(無用論)에 대해서는, 나는 도저히 믿을 수 없다. 반도는 반도의 문화가 있는 이상, 조선영화의 존재는 부정할 수 없을 것이다. 조선영화의 실제 문제를 나와 같은 종래의 문외한이 알 리는 없으나, 이쪽의 설비가 빈약하고 자본이 여의치 않은 것과 같은 고민은 국내 영화에도 결코 없는 것은 아니다. 이에 앞서 어떠한 영화를 만들면 좋을지, 어떠한 영화를 국가가 요구하는지에 대해 많이 고민하고 있다.

다만 이는 영화인과 기업가의 신념의 문제로, 흥행적 영리주의의 관점을 벗어남으로써 해결되는 문제이다.

앞서 영화협회(映画協会)가 개편되었다. 그 이전에는 자본가의 대표로만 조직되고 기술가가 참가하지 않았기 때문에 감독관들의 뜻에 맞지 않는 일이 자주 있었던 것 같다. 이에, 이렇게는 안 된다, 기술가에게도 맞추어야 한다고 하여 개편안이 실현되었다. 즉 기업가의 의향에 기술가의 의향이 몇 퍼센트인가 반영되기에 이른 것이다. 바꾸어 말하면, 영화인이 직접 나서 일하지 않으면 안 되는 것이다. 오해를 살 수 있는 말일지 모르지만, 조선의 영화인도 직접 운동해 볼 필요가 있다. 다만, 인적으로나 자본적으로나 강력하지 않으면 안 된다. 은근슬쩍 자기만 좋은 감독이 되려고 하거나 영리를 얻으려 하거나 하는 잘못된 사상은 강하게 배격하고 나서야 한다.

그렇게 되면 내지의 영화회사도 가만있지 않을 것이다. 당연히 어떤 형태로든 원조나 협력을 신청해 올 것이 틀림없다. 지금까지와 같은 소규모의 기구로는 만족스러운 영화가 나올 수 없고, 특히 구미(欧米)영화의 우수성과 스케일이 큰 작품에 익숙한 사람들을 끌어들이기 어렵다. 따라서 이것에 대항하기 위해서는 커다란 스케일과 뛰어난 기술을 필요로 한다. 조선의 당사자 등이 이것을 알아채고 곧 각자가 하나로 합동될 것이라 들었는데, 하루라도 빨리 정리되었으면 한다.

(1941. 7. 16)

영화 현대 풍속 (1)

이마무라 다이헤이(今村太平)

여성 진출의 반영

최근 일본영화에서 눈에 띄는 것은 남자의 성격이 모두 미적지근하다는 점이다. 이에 대해 여자 쪽은 비교적 적극적이고 의지적인 것이 많은 듯하다. 예를 들어 시마즈 야스지로(島津保次郎)의 〈투어(鬪魚)〉에는 도시키(俊紀)라는 남자가 등장한다. 그는 쇼코(笙子)라는 약혼자가 있는데, 어떤 게이샤(芸妓)와 연애하고 있는 것이다. 그런데 이 게이샤와 쇼코는 학교 친구로, 친한 친구 정도의 관계이다. 이에 게이샤는 도시키와 자신의 사이를 쇼코에게 숨기지 못하고 밝히고 만다. 그리고 출정(出征) 중인 도시키와 관계를 끊게 된다.

도시키는 곧 돌아오지만, 이전의 게이샤를 단념할 수 없다. 그렇다고 쇼코를 싫어하는 것도 아니다. 이쪽에도 미련이 가득한 기색이다. 그러나 도시키의 부모는 어떤 일로 쇼코를 의심하기 시작하여, 다른 결혼 상대를 찾는다. 도시키는 부모가 말하는 대로 다른 여자와 약혼

한다. 그러나 머지않아 쇼코에 대한 의심이 풀려, 도시키는 혼담을 거절하고 쇼코에게 사죄한 뒤 회사에 지원하여 인도차이나로 가 버린다는 줄거리이다. 여기서 왜 도시키가 인도네시아(프랑스 영토 인도차이나)로 가버리는가는 명확하지 않다. 오히려 그가 정말 쇼코에게 사과하려 한다면 결혼하는 것이 최상의 길이라 할 수 있다. 인도차이나로 가버리는 것은 그렇게 한 다음에도 늦지 않으리라는 생각이 드는 것이다.

요컨대, 이 남자의 행동은 시종 애매하고 종잡을 수 없지만, 이는 충분히 그려내지 못해서 그러한 것 같지는 않다. 니와 후미오(丹羽文雄)의 소설에 이미 이러한 남자가 그려지고 있는 듯하다.

말하자면, 이 소설의 안목은 쇼코라는 여주인공을 가능한 한 불행하게 하여, 그 불행으로부터 극복하게 한다는 데 놓여 있기 때문이다. 해서 보면, 쇼코를 될 수 있는 한 불행하게 하는 도구가 있다. 그 도구는 도시키이다. 도시키를 단순한 도구로 삼아버리면, 그의 성격에 대해 애매한 것이 주역을 돋보이게 하는 사정으로 넘길 수 있을 듯도 하다. 하지만, 아무리 허구의 도구라 하더라도 그것이 작자(作者)의 사상적 인연(所緣)인 한, 보통의 남자와는 다르다. 물질의 조합인 이상, 나아가 작자가 작중의 어떤 하찮은 인물에게도 책임과 애정을 가진다면, 그것은 작자의 분신이 되지 않을 수 없고, 그 결과는 역시 오늘날 남성의 일면의 반영이 될 것이다.

쇼코에게는 결핵에 걸린 불량한 남동생이 있다. 이 동생을 불량한 상태로부터 갱생시켜 고가의 결핵 요양소에 넣어준다. 이 동생이 형으로 모시고 있는 사람 중에 야마노(山野)라는 불량배가 있는데, 그 또한 결핵에 걸려 아내에 의존하여 먹고 사는 존재이다. 이처럼 나오는 남자가 모두 엉터리이며 여자 쪽이 야무지다는 것은, 그것이 허구이기는 해도 그 꾸며냄 속에 약간의 현대적 반영이 있다고 생각되는 것이다.

쇼코라는 여성에게는 사변 후 특히 사회의 모든 방면에 진출해 있는 여성의 전형을 느낄 수 있다. 그녀는 영어로 말할 수 있고, 속기가 가능하며, 문장을 쓸 수 있을 뿐 아니라, 타자를 칠 수 있다. 동생의 일로 쇼코를 호출한 사법주관이 그녀의 월급이 120엔이라는 말을 듣고 눈이 휘둥그레지는 부분이 있다. 동생을 결핵 요양소에 넣기 위해서 가카야(加賀谷)의 가게에서는 2백 엔의 급료를 받고 있다. 이 높은 급료가 싸움의 근원이 되는 것이지만, 아무래도 작자 자신은 이러한 직업여성의 눈부신 활약에 주목하고 있는 듯하다. 줄거리의 진위보다도 현대 여성의 급속한 사회 진출이라는 사실, 그러한 것에 대한 세간(世間) 일반의 놀라움이 나오고 있다고 할 수 있다.

(1941. 8. 12)

영화 현대 풍속 (2)

이마무라 다이헤이(今村太平)

약한 남자와 강한 여자

요시무라 고자부로(吉村公三郎)의 〈꽃(花)〉도 여성을 주인공으로 한 것이다. 이 여인은 꽃꽂이(お花) 선생으로 상류의 부인, 양갓집 규수(令孃)를 제자로 삼아 성대히 일하고 있는 것이다. 그러다가 이복동생의 일로 젊은 치과의사와 친해진다. 두 사람이 가깝게 지내는 것을 질투한 꽃집의 젊은 주인이 그녀의 아버지에게 파문당한 앙심을 품은 어떤 꽃꽂이 선생과 짜고 치과의사와의 교제에 대해 스캔들로서 입소문을 낸다. 결국 그의 제자는 오지 않게 되고, 치과의사와의 결혼은 그 어머니의 완고한 반대로 무산된다. 그리고 외톨이가 되어 산으로 피해 꽃꽂이에 매진한다고 하는 줄거리인데, 이 경우에도 이 꽃꽂이 선생이 무엇인가 대단한 존재로 그려져 있다.

어느 정도의 수입이 있을지 모르지만, 그 생활상은 꽤 호사스럽다. 그리고 치과의사가 그녀의 뒤를 좇아오는데, 그 유혹을 이겨내고 꽃

꽃이에 매진하려고 하는 의지 강한 여자로서 그려져 있는 것이다. 이에 반해, 치과의사 쪽은 성격이 애매한 존재이다. 그 정도로 그녀에게 애정이 있다면 어머니의 반대를 무릅쓰고라도 함께하면 되기에 그러하다. 게다가 그녀의 인격은 치과의사 이외에도 그의 여동생이 보증하며, 그의 가장 친한 친구도 크게 결혼을 권유하고 있다. 그리고 어머니의 반대라고 하는 것이 누구의 눈에도 근거가 없어 보인다. 무슨 이유 없이 당초 혼자 사는 꽃꽂이 선생이라는 자를 의심하고 있는 것이다.

이러한 독단에 분개하며 치과의사는 시즈오카(静岡)의 친구에게 간 채 돌아오지 않는다. 이 경우 어머니의 생각이 틀렸다면 이를 바로 잡는 것이 아들의 의무이겠는데, 그 의무를 다하는 일은 결국 꽃꽂이 선생과 결혼하는 것이다. 이를 끝까지 밀고 나가지 않는 것은 자기 자신에 대해서도, 아니면 어머니에 대해서도 비겁하기조차 한 것이다.

〈꽃〉의 치과의사이든, 〈투어〉의 도시키이든 모두 의지와 바른 견해가 결여되어 있다. 그것이 모든 불행의 원천이다. 그러한 남자가, 지금 사변이 한창일 때 폭풍우와 같은 세계정세의 한가운데에 있는 일본영화의 영웅으로서 약속이나 한 것처럼 만연해 온다는 것은 우리를 반성하게 하지 않는가? 더구나 이러한 주인공이 영화에만 등장하지는 않는다. 그 이전에 하나는 오초(大朝),[21] 도초(東朝)[22]의 연재소

---

21 오사카 아사히신문(大阪朝日新聞)의 약칭이다.

22 도쿄 아시히신문(東京朝日新聞)의 약칭이다.

설로서, 다른 하나는 도니치(東日),[23] 오마이(大毎)[24]의 연재소설로서 전국 독자의 눈을 거의 자극하고 있는 것이다.

군변(軍変)은 벌써 5년이 되어 모든 남자들이 전쟁의 시련을 겪고 있다. 주변 생활은 결코 자기 주장이 없는 것을 허용하지 않는다. 그렇게 의지가 약해서는 살아갈 수 없는 것이 현실이다. 그럼에도 불구하고 가장 많이 읽고 보는 소설과 영화 속에서 이러한 남성이 영웅적으로 행동하고 있다는 것은 이해할 수 없는 일이다.

〈꽃〉에 나오는 호감 가는 인물로는 시즈오카의 친구가 있다. 이는 류 치슈(笠智衆)의 연기에 의한 것이기도 하지만, 그는 소박하고 믿음직스러운 인상을 주는 유일한 인물이다. 오카무라 후미코(岡村文子)가 연기한 마담이나 곤도 도시아키(近藤敏明)가 연기한 꽃집 주인, 그리고 고즈에(梢)의 후원자가 되는 가와사키 히로코(川崎弘子)가 연기한 긴쇼(金将) 부인, 이러한 사람들의 생활에는 현대의 농후한 시대 면면이 있다. 가와사키가 맡은 극중 부인이 고즈에에게 "당신이 좋아서 미치겠어."라고 하는 부분이 있다. 그리고 오카무라가 맡은 극중 마담이 꽃집의 전화를 빌려 "자, 5전."이라고 하자, "뭐야, 나에게 새전을 주는 거야?"라고 한다. 그러자 "한 통화야."라며 돌아간다. 이러한 대화에서 가장 강하게 현대 일본의 생활을 느낀다. 하지만 그것은 한심한 일이다. 퇴폐 이외에 어떤 것도 포함되어 있지 않

---

23 도쿄 니치니치신문(東京日日新聞)의 약칭이다.

24 오사카 마이니치신문(大阪毎日新聞)의 약칭이다.

기 때문이다.

(1941. 8. 13)

영화 현대 풍속 (3)

이마무라 다이헤이(今村太平)

인물의 무성격

(전체 판독 불가)

(1941. 8. 14)

출연자를 중심으로
〈그대와 나(君と僕)〉를 듣다

완성 가까운 국책영화 ⑴

데라다(寺田) 본사 학예부장 지원병을 주제로 한 내선일체(內鮮一體) 영화 〈그대와 나(君と僕)〉에 대해서는, 나는 처음부터 기획을 맡은 히나쓰 에이타로(日夏英太郎) 군에게 상담을 받은 관계도 있고, 그 동기가, 동기 목적이, 목적만으로 어떻게든 해서 성공시키고 싶다고 생각했습니다만, 그것이 드디어 육군성이나 조선군 사령부의 적극적인 협력을 받게 되어 제작진도 신체제로 결정되었으므로, 무슨 일이 있더라도 완성해야 합니다. 그렇기 위해서는 선택하는 영화의 호의이든 노력이든, 조금도 사양할 필요가 없다고 생각했어요.

아쿠타가와(芥川) 조선군 보도위원 사실을 말하면 히나쓰 군은 반도 태생의 사람이고 부인은 내지인이지만 그 사이에 태어난 아드님이 군인이 될 수 없다고 하니 히나쓰 군은 매우 낙담했었는데, 그러한 관계에서 지원병에는 상당한 동경을 갖고 있었던 것이군요. 그리고 당시 총독부 학무국장이나 시오타(塩田) 대좌 등의 주선으로 훈련소에 몸소 그 생활을 체험한 적도 있을 정도로 어떻게 해서든 지원병을 매개로 한 내선일체 영화를 만들지 않으면 안 된다고 말하면서 그 영화화의 상담을 군 쪽으로 가져갔을 때, 군 측에서도 진작부터 내지 또는 지나, 만주 방면에 지원병 제도의 일, 반도의 애국열과 같은 것을 알리고 싶은 참이었기에, 육군성과도 교섭을 하여 군의 자재로 만들자고 하는 일이 되었던 것입니다. 그러한 관계로, 이는 한 회사만의 일이 아니라고 하는 데에서 군 쪽에서도 주선하여, 파격적이기는 하지만 모든 회사에서 스태프를 동원해서 내선(內鮮) 배우가 참여하여 만들게 되었죠.

고스기 이사무(小杉勇) 고아영화사(興亜映画社) 배우 저도 육군 보도부에서 〈그대와 나〉의 이야기를 처음 들었을 때 그 제작 취지가 워낙 멋졌기에 그 자리에서 바로 맡았던 것입니다.

아쿠타가와 먼저 왔다가 돌아간 오비나타 덴(大日向博) 군도 가와즈 세이지로(河津清二郎) 군도 역시 같은 말을 했었지요. 종래의 경우라면 그 역할에 대한 불평 등이 쉽게 나오지만 이번에는 그러한 것을 초월해서 만들지 않으면 안 되는 영화라고 하면서요.

데라다 이번 총연습은 전부 군속(軍属)으로 해서 의뢰받은 형태가 되어 제작 초에 군 사령부에서 선서(宣誓)를 한 것 같은데, 그러한 일은 지금까지의 일본영화계에 있었나요?

고스기 〈땅과 병사(土と兵隊)〉 때에는 군속으로 해 주셨습니다만, 바

로 지나(支那)로 현지 촬영을 나간 관계로 선서 같은 것은 없었습니다. 하지만 장래에는 그것을 하지 않으면 안 될 것 같네요.

아노다(阿野田) 조선 군벌관(朝鮮軍閥官)   군의 일에 종사하는 사람은 항상 선서를 하는데 이번 등의 경우에는 군속의 취급을 받게 되는 것이며, 군속이 되면 군인과 마찬가지로 군 측에서 그 사람의 생명, 재산 전부를 책임지게 되는 것입니다. 그 점에서 이번에도 편집장, 군 사령관의 결제를 거쳐 관계자 일동을 군속으로 하여 그 선서를 하였는데, 그것은 단순한 배우로서가 아니라 군인의 결사적인 의기 그대로의 열의로 영화를 완성해 달라는 의미였습니다만, 실제로 선서식은 엄숙했습니다.

다카이(高井) 군 보도부 촉탁   육군성에서도 이 선서에 대해서는 그 의견이 있었던 것 같습니다만, 아직 그것을 실행하기도 전에 조선군 쪽에서 선례를 개척한 것입니다.

데라다   이야기에 따르면 나머지 세트 부분은 오후나(大船)로 돌아간 뒤 촬영한다고 합니다만, 그렇게 하면 군속이라는 직함도 현해탄을 건너 오후나에까지 갖고 돌아가는 것입니까?

아쿠타가와   물론 그렇습니다. 영화 제작을 위해 군속이 된 것이니, 그 영화가 완성될 때까지는 군속입니다.

데라다   전원이 그렇겠네요.

아쿠타가와   그렇습니다.

(1941. 9. 10)

출연자를 중심으로
〈그대와 나(君と僕)〉를 듣다

완성 가까운 국책영화 ⑵

데라다　아무래도 저의 질문은 군속의 일에 집착하는 것 같습니다만, 미야케 씨 등은 부인인 만큼 그 선서식 때는 조금 긴장했겠지요.

미야케 구니코(三宅邦子) 쇼치쿠 오후나 여배우　그것은, 이미 제가 아주 감격해서 선서서(宣誓書)에 서명할 내에는 손이 부들부들 떨려 이쩔 수 없을 정도였어요.

데라다　그러면 당신이 영화계에 들어오신 다음에 가장 긴장하고 감격한 것이 이번 〈그대와 나〉의 선서 때였다는 뜻인가요?

미야케　네, 물론 그렇습니다. 그래서 저도 무엇인가 책임을 느껴 이번과 같이 열심을 다한 적은 없습니다.

데라다　이어서 고스기 씨…

고스기　제가 조선에 와서 우선 느낀 것은, 모두가 총력을 기울여 〈그대와 나〉의 제작에 협력하였다는 점입니다. 저는 처음에 경성에 왔다가 이어서 부여(扶餘)로 갔는데, 관계자 모두 자기 일처럼 생각하고 이것은 어떻게 해서든 자기들의 힘으로 만들지 않으면 안 된다는 의기(意気)를 넣어 총력을 기울여 주셨다고 합니다. 그 점은 지금까지 10년간 저의 영화 생활에 있어 내지에서는 한 번도 경험하지 못한 일로, 내지로 돌아갈 때의 여행담이 될 것으로 생각합니다.

히나타 에이타로(日夏英太郎)〈그대와 나〉기획 제작 연출자 이번 일에는 여러 가지 유언비어도 돌았으나, 그것은 저로서는 각오한 일이었습니다. 저도 다소나마 영화계에서 일해 왔지만, 적어도 이번 일에 대해서는 한 가지 신념을 갖고 있었습니다. 아무리 비난하는 사람이 있어도 결과는 그 작품과 진실이 설명해 주리라 생각하고 열심을 다하였을 뿐입니다. 그것은 제가 일본인인 한, 또한 영화계 전체의 문제로서도 그 의의를 몸소 나타내지 않으면 안 된다고 생각하고 착수하였기 때문에 고생을 고생이라고도 느끼지 않았던 것으로, 저는 큰 희망을 갖고 일해 왔고 앞으로도 그 희망으로 일해 갈 것입니다.

모리오 테쓰로(森尾徹郎) 쇼치쿠 교토 촬영자 저도 이번에 이 일에 뛰어든 것은, 내용도 내용이고 목적도 목적이기 때문에 반드시 참가하고 싶다는 생각이 들었던 것입니다. 그러나 실제로 와서 보니 사정도 모르겠고 처음의 상상과는 꽤 달랐던 면도 있어 조금 당황했습니다만, 결국은 여행자로서의 감상뿐 아니라 안정감 있고 차분한 작품으로 만들고 싶다는 기분으로 일을 했습니다. 다만 결과적으로 그것이 가능했는지 어떠했는지는 향후의 일이 되었습니다만….

고스기 저는, 조선영화는 많이 내지의 사람들에게 보여줄 필요가 있다고 생각해요. 그러나 제작이 반드시 잘 되지 않는다고 하면 그 결함은 어디에 있는지를 찾고 그 결함을 제거하고 기구를 강화해 나가지 않으면 안 되는 것인데, 결국 바로 이 방면에 결함이 있는 것이 아닌가 싶네요. 내지 등에서도 지금 영화계는 폭풍 속에 있는 것 같습니다만, 그 점에 있어 조선의 영화계는 역사도 짧고 정보와 같은 것이 비교적 적으니, 오히려 신체제용으로 제작 기구를 정리, 통합하는 데에는 가능성이 많다고 생각해요.

(1941. 9. 11)

출연자를 중심으로
〈그대와 나(君と僕)〉를 듣다

완성 가까운 국책영화 (3)

데라다 이번 영화에 출연한 소감은요?

미야케 이쪽 여배우 분들은 문예봉(文芸峰) 씨라든지, 김소영(金素英) 씨라든지 모든 분들이 열심이라는 점에서는 놀랐습니다.

고스기 내가 반도 여배우 분들에게 느낀 점은, 명랑하지만 조용하다는 것이었지요. 그만큼 억지스러움이라고 할 만한 것은 없다는 생각이 들었습니다. 이것은 우리들끼리의 이야기이지만, 하나 웃겨 보려고 농담을 해도 좀처럼 웃어 주지 않아요. 결국 나는 그 사람들의 진짜 웃음을 본 적이 없어요. 하지만 그 훌륭한 태도나 느낌에는 감동받았지요.

심영(沈影) 극단 고협(高協) 배우 그것은 문예봉 씨의 성격이에요. 명랑함이나 귀여움은 김소영 씨에게 있지요.

모리오 배우의 비교 이야기가 나왔습니다만, 대체로 조선 사람들은 어두운 느낌이 들지 않는가 싶습니다. 어떤 사람에게 들은 이야기로는 그것이 유교의 영향이라는데, 예를 들어 엑스트라에 국민학교 아동을 쓰는 경우에도 남자와 여자가 절대로 함께 있지 않아요. 지금 현재에는 여학생 두 명과 남자아이 한 명이 나란히 있어 주기를 원할지라도, 어떻게 해도 그것이 안 됩니다. 이러한 일이 영화 방면에도 영향을 미쳐, 왠지 어둡다고 할까, 마음을 터놓지 못하다고 할까, 그러한 식으로 되는 것이 아닐까요? 그래서 저도 이번 영화 촬영에 임해서는 그 점에 고심하고 커트 할 때마다 주의하였던 것입니다.

심영 제가 영화에 나온 것은 무성 시대에 2~3회, 토키가 되고 나서는 〈복지만리(福地万里)〉에 1회 나온 상태입니다만, 이번 〈그대와 나〉에는 반도의 한 청년이 총을 잡고 제1전(第一戰)에 나서겠다는 진지한 마음가짐으로 나온 것입니다. 사실 그 부여의 훈련소에 들어가서는 갑자기 험난한 정경(情景)이 계속되어서요, 즉 군인정신이라는 것을 어렴풋하게나마 체득할 수 있었던 것 같았습니다. 처음으로 총을 잡고 행군하였을 때의 굳은 마음은 지금도 잊을 수가 없습니다. 제가 이번 영화에 나와 얻은 교훈이라고 한다면, 앞으로는 조금이라도 극단원에게 이 군인정신을 전파하고 조선연극에서도 군대물(軍隊物)을 하지 않으면 안 된다는 신념을 다진 것입니다. 즉 배우로서의 연기보다도 황국신민(皇國臣民)으로서의 정신으로 살지 않으면 안 된다는 것이었습니다. 그리고 어느 날 밤 고스기 씨와 둘이서 백마강(白鶺江)에 배를 띄우고 이런 저런 일을 밤 새워 이야기 나누었을 때, 고스기 씨의 여러 가지 고난 시대에 관한 이야기를 들었습니다만, 그리하여 저에게는 커다란 희망이 생겼습니다. 이것도 금후의 큰 수확이었습니다.

데라다 영화 상에서 내선결혼(內鮮結婚)을 하자고 하는 아사기리(朝霧) 씨의 감상은…

아사기리 교코(朝霧鏡子) 쇼치쿠 오후나 여배우 내지 여성으로서 부끄럽지 않은 여자가 되지 않으면 안 된다고 생각해서, 가능한 한 자신의 재주(芸)를 발휘하고 싶다는 마음으로 가득 차 있습니다.

데라다 당신의 데뷔 작품 〈여인전심(女人転心)〉에서는 당신은 반도 소녀가 되어 경성에서도 대단한 인기를 얻었습니다만, 다만 머리와 복장 면에서 약간 다른 점이 있었지요.

아사기리 그때에도 반도의 팬 분께 주의하시라는 편지를 받았는데, 이번에 와서 보고 실제에 대한 공부가 부족한 것을 부끄럽게 생각했습니다.

(1941. 9. 13)

(9월 12일자 석간 파일 부재)

출연자를 중심으로
〈그대와 나(君と僕)〉를 듣다

완성 가까운 국책영화 (5)

데라다　이번 영화에는 어느 정도의 비용이 들 전망인지요?

다카이　글쎄, 자세히 견적을 내보지는 않았습니다만, 아마도 돈으로 측정할 수는 없겠지요. 예를 들어 철도 쪽에서 특별 열차를 만들어 주어도 그것은 철도국 측의 독지(篤志)에 의한 것으로 돈은 받지 않은 것이고, 언제든 가능하다고는 해도 사단에서는 병사를 매우 많이 출동시켜 주고 있는데 그것들은 계산 이상의 것이니까요. 지금까지의 시점에서는 군대 외에 지원병, 애국부인, 국방부인회, 부여의 근로수련소 사람들, 학생, 생도, 더욱이 미나미(南) 총독이나 이타가키(板垣) 조선군 사령관도 나와 계신다고 해서, 종료까지 출연한 인원도 5만 명을 넘을지 모릅니다. 또한 종래 극영화의 전쟁 장면 등에서는 불꽃을 사용하여 포탄이 작렬하는 느낌을 나타내었습니다만, 이번에는 공병

(工兵)이 진짜 지뢰를 사용해 주었기 때문에 엄청나기도 엄청났으며 지금까지 없던 효과가 나타나 있을 터이지요.

호시데(星出) 경무국 사무관　그런데, 완성될 경우 프린트 등이 충분히 가능할까요?

아쿠타가와　또 국책적인 영화이니 어떻게든 하지 않으면 안 되겠지요. 배급 건도 처음의 계획 하에서는 우선 쇼치쿠(松竹)의 손길로 내지, 대만, 지나 방면에 배급하고, 조선과 만주에는 고려영화(高麗映画)에 부탁할 참에 있었습니다만, 어쨌든 내지의 영화계도 지금은 폭풍 속에 서 있으니까요.

시미즈(清水) 경무국 이사관　좋은 영화라고 하면, 배급 문제와는 별도로 영화령의 규정에 따라 도지사 권한으로 1년에 6회에 한해 1주일간 이내의 강제 상영을 하도록 하는 방법도 있습니다만.

아쿠타가와　개봉의 경우에는 도쿄와 경성에서 동시에 상영하고 싶다고 생각하고 있습니다만, 도쿄에 있는 시오바라(鹽原) 씨의 의견은 우선 총리대신 관저나 익찬회(翼贊会) 본부에서 명사(名士)에게 보여주고 싶다는 생각인 것 같고, 게다가 주제가의 발표회도 화려하게 하고 싶다고 하네요.

다카이　육군성에서는 히비야(日比谷)의 공회당 근처에서 시사회를 하고 싶다고 들었습니다만, 경성에서도 군(軍)이 주체가 되어 시사회를 할까 하는 안도 있습니다.

데라다　예술적이라는 것과는 별도로, 이것은 맞는다고 생각해요. 여하튼 고스기, 오비나다, 가와즈, 미야케, 아사기리라는 면면 외에 가수

나가타 겐지로(永田絃次郎),[25] 또한 반도 측에서도 문예봉, 김신재(金信哉), 김소영, 여기에 심영도 나오기 때문에 지금까지 아무리 보고 싶어도 볼 수 없었던 조합이니까요. 그 의미만으로도 인기는 얻을 것으로 생각합니다. 즉 예술적이라든지 어떠한지 하는 것은 별도로, 건강하고 힘찬 분위기가 만들어지면 그것으로 좋다고 생각해요.

아노다 뭐, 커다란 목적을 위해서 일체를 극복해 간다는 마음을 나타내었으면 합니다. 그 의미에서 성공을 기원해마지 않습니다. (끝)

(1941. 9. 14)

---

25 김영길(金永吉)이라는 본명을 가진, 당시 일본에서 활동하며 이름이 알려져 있던 조선인 가수이다.

임전영화(臨戰映畵) 담의(談義) (상)

다카시마 긴지(高島金次)

내지에서의 영화 제작, 배급 부문은 그야말로 핍박해져 있다.

임전체제(臨戰体制)라는 대의에 휩쓸려 총체제 속 이른바 자유주의적 영화 제작회사들은 이미 궤멸 전야의 모습을 보이고 있다. 원인이 없는 곳에 결과는 나오지 않는다. 영화의 귀문(鬼門)은 내무성이라고 전해지는 것은 과거의 꿈같은 이야기로, 지금은 군과 정보국을 중추로 문화의 첨단을 가는 영화 사업의 임전적 총동원 계획이 구체화되려 하고 있다. 요■의 모 씨는 "모든 영화사를 일단 두들겨 가루로 만들어서 2개나 3개의 경단을 만드는 것이다."라며 단언하고 있다. 구(旧) 체제의 영화인도 웃을 수 없는 사태이다.

×

이러한 내지영화 제작의 대대적인 전신(転身)과 반도영화의 관계는, 논할 것도 없이 그 장래에 위급존망(危急存亡)의 느낌을 심화시켰다. 내지 존재의 반도영화계에 있어 고군분투하는 반도인이 자랑스러워하는 반도영화의 질적 향상에 노력해 온 재세(在世) 영화인은 물론, 내지인 제작자도 내지영화계의 급변에 아연실색(唖然)한 바가 있었다고 현현(顕現)하니 누가 이를 부정하겠는가.

조선에 문화 입법과 같은 영화령이 시행되고 아직 그 실질적 시행을 일전에 둔 채, 영화 검열체제라는 큰 폭풍우가 내지에서 반도로 확대되고 있는 것이다.

　　×

그렇다면 반도영화는 어떻게 될까? 내지영화의 이른바 "두들겨 가루로 만들어 새로운 경단을 2개 만든다."라는 식으로 정리 통합되어야 하는 것인가? 또는 소문에 들리는 바대로 내지의 모 유력 제작회사처럼 아주 해산의 운명에 다다르고 있는 일 등이 재연될 것인가? 나는 판연한 이론적 근거 하에, 내지의 원숙한 영화 제작회사와 가시밭길을 계속 걸으며 빛나는 여명을 찾으려 하고 있는 반도영화 제작회사를 구별할 만한 명확한 이유를 필요로 하는 것이다.

　　×

여기까지 쓰는 동안, 내지의 영화 통제에 관한 최후의 당국안(当局案)이 드러났다. 즉, 현재 극영화 제작회사를 통합해서 3사로 하여 각각의 이데올로기를 발휘하게 하는 양상을 취하는 것이다. 결국 안정될 곳에 안정되는 것이지만, 아직도 문화영화의 통합정리, 일원적 배급 영화의 조치 등 남은 문제들이 산적해 있다. 정보국의 모 간부(과장)가 "내게 맡기면 15분 만에 해치우겠다."라고 공언한 극영화 문제가, 드디어 뚜껑을 열고 보니 업체 측의 복잡한 사정이나 관계(官界)가

영화계 사정에 대해 커다란 인식 부족 상태에 있었던 일 등을 통해 유감없이 폭로되었다고 보아도 무방하다. 독단 정치는 어떤 경우에도 안 된다는 것을 새삼 깨달은 셈이다.

×

조선에서의 영화 제작의 임전체제화도 내지의 권세와 맞물려서 이루어져야 함은 당연하다. 당국이 우리 업자를 유치하여 제시한 당국안이라는 것은 우리가 항상 역설, 강화하고 있었던 안을 한발 밀어붙인 실천적 통합안으로, 대단히 적극적으로 나서 과거의 영화인이 꿈꾸었던 것과 같은 미온적인 방책이 아니라 이른바 각종의 조건을 초월한 국책적 영화 통합안이다. 여기에 당국이 적극적으로 지도하고 관여하는 이유가 존재하므로, 반도영화계의 역사적 대전환기가 우리의 눈앞에 전개된 것이다.

나는 진정으로, 탄생하려 하는 반도 유일의 영화 제작회사에 대해 많은 기대와 경의를 갖고 있으며, 또한 그 새로운 회사의 성립 방법, 수단 및 금후의 운영에 대해 당국이 과연 어느 정도의 적극성을 보일지에 중대한 관심을 갖고 있다. 나는 당국에 대해 솔직하게 여러 각도에서 희망을 말씀드리고 싶다.

(1941. 10. 7)

임전영화(臨戰映畵) 담의(談義) (중)

다카시마 긴지(高島金次)

　　우선 나는 당국에 대해 영화 제작에 대한 전면적인 적극성을 희망
한다. 즉 당국으로서 독자의 영화 정책 확립을 요망한다는 의미이다.
과거 단속의 입장에서 종종 업계와의 충돌은 있었지만, 대국적 견지
에서 영화계를 지도하고 영화 제작 향상에 힘을 실어주는 태도는 거
의 보이지 않았다고 해도 좋을 것이다. 당국의 영화 제작이 일방적이
었음은 확실히 말할 수 있다. 신흥 만주국에서조차 이미 고토쿠(康德)
4년(쇼와 12년(昭和十二年), 1937년) 칙령 만주영화검열법(満州映画検閲
法)을 공포하고, 이에 근거하여 현재의 만영(滿映)이 탄생하였다. 나는
만영을 전면적으로 찬미하는 것은 결코 아니다. 많은 결점도 갖고 있
지만, 만영의 탄생 자체에 대해서는 만주국 당국 및 관동군(関東軍) 당
국의 '영화 국책 확립'이라는 문화적 정책을 왕도악사(王道楽土)의 건
설과 병행한 점에 진심으로 경의를 표하는 바이다.
　　만영의 경우는 차치하고, 현재 조선에서는 당국의 적극적 지도를 기

다리는 일만큼 오늘날 보다 급하고 또 중요한 것은 없다고 생각한다.

　　×

　반도에 임전적 견지에서 하나의 제작회사가 실현될 경우, 자재, 주로 생필름의 획득이라는 것이 장래 이 회사를 운영해 가는 데 중대한 관계를 지니는 일이 된다. 이 문제는 상당히 중대한데, 나는 조선의 특수성, 조선 통치의 정치적 의미를 포함한 당국의 노력에 의해 충분하지는 않을지라도 자재의 확보는 전망이 가능할 것으로 기대하고 있다.

　내지에서는 영화 제작 통제의 방편으로 생필름 스톡(stock)이라는 비상수단을 사용하였다. 이것에는 어떤 회사도 단번에 손을 들었다. 조선도 그것에 봉변을 당하였다고 하면 사람들은 이의를 제기할지 모르지만, 실제로 그러한 경향이 엿보였다. 생필름의 베이스가 셀룰로이드이며, 비상시 중요 자재임은 이제 와서 밝혀진 바는 아니다. 그럼에도, 영화 통제의 방편으로 생필름을 들고 나와 "필름보다도 폭탄이다."라며 급전직하(急轉直下) 80%, 90%의 배급 정지를 한다고 하는 것은, 이유는 따로 있으며 정작 노리는 것이 따로 있다(敵は本能寺)는 느낌이 강한 것은 아닐까? 그러나 전시 하 자재의 제한도 물론 필요하고 또한 시국 하 긴급한 조치라 해야 하지만, 이리하여 정보국과 군부는 영화 통제와 자재 제한의 제1보를 내디딘 것이다.

　따라서 조선에 있어 장래의 생필름 확보라는 문제는, 제작회사가 하나의 회사로 통합되고 작품도 당국안과 같이 제한된다면 할당 수량은 어떻게든 받을 수 있을 것이라고 생각한다. 당국의 적극적 영화 정책의 수행을 이 점에서도 많이 요망하지 않으면 안 된다.

◇

다음으로는 제작 기관의 성격과 진용에 대해 희망하고 싶다. 성격은 물론 임전체제이며, 반도 독자(独自)의 입장에서는 총독 치정의 일익으로서 어느 때에는 반도 대중을 계몽하고 어느 때에는 선동하는 반도 대중에게 비상시국을 인식시키는 한편 건전한 오락도 제공하지 않으면 안 된다. 영화가 지니는 사명이 극히 광범위하다는 것은 활자의 의한 출판물에 비할 바가 아니다. 이들 중요한 사명을 지닌 영화의 제작은 전적으로 인지(人智)와 기계(機械)의 종합 예술이다. 명랑한 제작진의 노력과 기술자로부터 늘 자기 자식처럼 사랑받는 기계가 혼연일체가 되어 깎아내는 숭고한 예술품이다.

×

신 기구의 인적 요소는 여전히 반도영화계 인사들의 노력에 힘입은 바가 많다. 반도의 정서와 개성과 색채란 하루아침에 내지영화인이 만들 수는 없다. 인재가 부족한 업계에 있어 이러쿵저러쿵 논한다면 조금 반발을 느끼겠지만, 그렇다고 해서 내가 내지의 신인 등용을 거부하는 것은 결코 아니다. 나아가 신 기구에서 내지의 전문가와 기술가를 초빙하고 교류하는 것은 당연하나, 제작의 근본적 축의 응원은 어디까지나 전술한 바대로 하지 않으면 안 된다고 생각한다.

(1941. 10. 8)

임전영화(臨戰映畫) 담의(談義) (하)

다카시마 긴지(高島金次)

다음으로 이번에 생기는 영화 제작 기구에 있어서는, 당국의 의사가 상당히 강하게 담겨지는 것은 상상하기 어렵지 않고 또한 당연한 일이다. 그러나 그 경영 주체와 제작 부서의 제작 태도, 제작 의욕과는 양립하지 않는 경우가 많다. 내지영화계의 거인이 어제까지의 옛 보금자리를 오늘은 떠나거나 혹은 3인, 5인으로 묶이게 된 이합집산의 현실을 보면, 경영자와 제삭사의 이상(理想) 위에 깨지지 않는 여러 가지의 것이 잠재되어 있다는 사실을 알게 되는 것이다.

    ×

나는 반도에서의 신체제 영화 기구 하에 있어, 사리사욕이나 한 개인의 명예, 자기만족 등을 위해 영화인다운 신념을 저버리는 듯한 동지가 나타나는 것은 예상도 하지 않지만, 피차 스스로 나중에 후회가 없도록 임해야 한다고 생각한다.

    ×

여기서 내가 신 기구에 대해 희망하는 것은, 그 운영과 제작 계획을 심의 검토하는 '기획심의회(企画審議会)' 또는 '기획연구회(企画研究会)'(가칭)를 설치하는 일이다. 이 기구는 총독부 당국, 예를 들어 출판과장, 문예과장, 사회교육과장, 군부에서 보도부장, 국민총력연맹의 선전부장, 문화부장, 또는 헌병 사령부 당국, 기타 반도의 대표적 문화인과 경영자 측의 간부로 해서 조직한다. 이 기구는 신 회사의 제작 계획 내용을 심의하는 기구이지만, 한편으로는 또한 신 회사의 운영에 관해서도 발언하여 군, 관민이 일체가 되어 영화 임전사상(臨戰思想)의 철저를 기한다는 취지의 것이었으면 한다.

×

조선에서의 영화 제작회사는, 비록 주식 조직이라고 해도 한 사람 마음대로의 경영은 허락되지 않는다. 자재의 관계, 작품의 배급, 기타 검토하면 할수록 이른바 민관일치(官民一致)의 존재이지 않으면 안 되는 반도 회사와 같은 색채를 띠는 것으로 상상되는 이유가 많다. 당국의 영화 정책의 적극화가 여기까지 와서 그 제작 방법이 기획심의회와 같은 기구에서 결정되어 완비된 최적화와 반도 독자의 진용으로 제작된 경우, 그 작품은 과거와 같이 좁은 시장에서 신음하는 일 없이 전 일본 시장에의 진출이 약속되고 있다.

×

여기서 관변영화에 대해 한마디 하고 싶다. 내지에서도 영화의 임전 태세 실시와 동시에 관변영화의 전폐를 단행하게 되었다. 관변영화는 원래 자기 만족감에 빠지기 쉬운 습성을 갖추고 있다. 그것은 착수부터 완성까지, 또한 완성 이후 그 영화의 움직임에 대해서 제작자에게 불안이 없다. 또한 영화의 노림수와 초점이 동시에 맞추어질 경우에도 하나같이 대중을 벗어나 있다. "배가 부르면 구역질이 난다.", "허기진 배 상태에서 만든 것이 볼만하다."라는 식으로. 조선에서도 관변영화의 완성은, 비난을 들을지 모르지만 감탄스럽지 않다. 이는 역시 제작회사와 기구의 문제라고 생각한다. 오늘날의 경우 임전주의에서 말하더라도, 당연히 관변영화는 폐지해야 하며 관변영화라는 이름조차 탐탁지 않다. 관(官)이 민(民)을 지도하는 이상, 현재 우리가 제작하고자 하는 임전적 영화야말로, 환언하면 관변영화의 대중화이자 영화를 통한 상의하달(上意下達)의 역할도 맡고 있는 것이다.

　　　×

당국의 속뜻에 근거하여 신 제작 기구의 창립에 관한 계획안은 이미 제출이 끝난 상태이다. 조만간 구체적 방책에 대한 명확한 당국안이 발표될 것으로 생각한다. 나는 경무국 혼다(本多) 도서과장의 정중하고 친절하며 임전 영화의 장래에 관한 탁월한 의견이나 노부하라(新原) 문서과장의 명확한 찬조 의지를 거쳐, 조선반도의 경제력을 바탕으로 해서 미래의 반도영화에 불타는 정열을 기울이는 것이다. 또한 이 신 기구의 경제적 중심이 되는 인재도 머지않아 클로즈업될 것이고 이 인선 역시 당국의 방침에 따르겠지만, 나는 일본영화를 오늘의 수준까지 끌어올린 수많은 경영자의 모습을 떠올리면서 우리의 중심 인물은 '경제인임과 더불어 문화를 이해한다'는 것을 절대 조건으로 하여 미세한 두뇌보다도 ■■와 ■■를 두루 갖춘 아량 있는 걸

출한 인물을 요망한다. 백만이나 2백만의 회사로 얕보지 말라. 게다가 반도 유일의 영화 사업은 거기에 있는 천만이나 2천만의 열■(쎄■)를 추구하는 회사와는 그 정신과 투혼을 달리한다.

마지막으로 나는 임전 영화 체제에 관한 당국의 정식안을 목 빠지게 기다리며 펜을 놓는다.

(1941. 10. 9)

영화 〈그대와 나(君と僕)〉
시사를 본 후의 감상 (상)

데라다(寺田) 본사 학예부장 드디어 영화 〈그대와 나(君と僕)〉도 완성되었습니다만, 조선군 보도부 제작, 육군성 보도부와 조선총독부의 제안으로 내선(内鮮) 양쪽 각 회사의 일류 스태프가 참가해서 나온 총력적 국민영화라고 한다면 아무튼 문제시해야 할 작품이라고 생각하는바, 시사를 보신 감상을 말씀해 주시기를 바랍니다.

마키야마(牧山) 조선연극협회장 저는 이 영화가 제작되려 한 당초부터 그 경과를 알고 있기 때문에 보면서도 이까짓 것에 끌려 들어가지 않으려 노력하였지만, 어느 새인가 끌려들어 가고 말았습니다. 즉, 그만큼 당당한 대작에 경복(敬服)한 셈입니다.

구와나(桑名) 일관조(一官組) 내선일체(内鮮一體)를 그려 감명 깊었다는 한마디로 끝날 것으로 생각합니다. 이러한 대(大) 영화가 왜 보다 빨리 만들어지지 않았던 것인지가 이상할 정도입니다. 앞으로도 척척 모든 각도에서 조선을 다룬 영화를 만들었으면 합니다.

이헌구(李軒求) 조영(朝映) 기획부장 조선영화의 과거는 비참한 연극과 같은 것이 너무 많았다고 생각합니다만, 이 〈그대와 나〉가 밝고 희망에 차 있다는 점은 향후 조선영화에 시사하는 바가 많겠지요.

데라다 무엇인가 구체적인 의견은 없으신지요?

다나카(田中) 지원병 훈련소 교관 최초로 주연을 맡은 나가타 겐지로(永田絃次朗) 군은 아마추어여서 연기가 딱딱해지지 않을까 걱정했습니다만, 상당히 좋은 연기로 그 점이 오히려 의외로 느껴졌습니다.

고지마(小島) 미쓰코시(三越) 출납부장 아무도 눈에 띄는 연극을 하고 있지 않았지만, 그러면서도 대단한 박력을 보이고 있었습니다. 즉, 지금까지 조선의 영화배우는 연극을 너무 많이 하였다고 할 수 있겠지요.

스즈키(鈴木) 조영 총무부장 나가타 군이라면, 이 사람은 음악가인 만큼 배 안에서 노래하는 〈양삼도(陽三道)〉에서도 그 군창(軍唱)은 본격적이고 멋진 것이었습니다.

고지마 저는 문예봉 씨가 심영(沈影) 군이 연기한 기노시타(木下) 지원병이 돌아온 것을 안 뒤 세탁하던 손을 멈추고 뛰쳐나가는 장면에서 참을 수 없는 감동을 받았습니다. 절정에 이르는 것을 느꼈어요.

가라시마(辛島) 경성제대 교수 실로, 눈물 나는 배우의 열연에는 경의를 표하지 않을 수 없습니다. 그렇기 때문에 유머러스한 부분도 꽤 있습니다만, 그 흐뭇함은 자신들이 지원병이 되었다는 기분이 표현되어 완전히 화면에 녹아든 느낌이 있습니다.

마키야마 미나미(南) 총독이나 이타가키(板垣) 군 사령관, 여기에 훈련

소장인 우메다(梅田) 대좌 등 실존의 인물이 다수 출연하고 있습니다만, 모조품(作り物)으로서의 단순한 극영화가 아니라는 그 점이 대중에게 어필하는 것이라고 생각합니다.

데라다 훈련소 졸업식 부분은 실로 교묘히 배치되어 있었습니다만, 특히 미나미 총독이 〈바다에 가면(海ゆかば)〉을 노래할 때 클로즈업되는 화면이 참을 수 없게 반가워 보였습니다.

다나카 제가 화면에서 감격한 것은, 가네코(金子) 집안의 어머니가 기쁜 나머지 부자연스러운 국어를 조선어에 섞어서 천황 폐하에게 충의를 다하라고 이야기하는 대목에서 눈물이 멈추지 않고 흘렀습니다.

고가와(子川) 헌병 중위 관청의 목소리가 섞인 영화라는 것은 지금까지 대개 시세가 정해져 있어서 고집불통인 대중에게는 익숙해질 수 없다는 것이 공통된 폐해(通弊)였습니다만, 〈그대와 나〉는 보기 좋게 그것을 깨뜨리고 있다고 생각합니다.

(1941. 11. 22)

영화 〈그대와 나(君と僕)〉
시사를 본 후의 감상 (하)

다나카　이러한 영화에서는 아무튼 무턱대고 명소와 유적을 내보이고 싶을 것입니다만, 이 영화에는 그것이 없고 부여의 경관은 멋지게 촬영되어 있었습니다.

스즈키　선전영화라는 느낌 등은 전혀 없습니다. 혼이 들어간, 힘이 담긴 역작입니다.

다나카　특히 장면과 장면의 연결이 실로 교묘한 데에는 감탄하게 되었습니다.

스즈키　장면 중에서는 마지막 연회 때의 음악이 좋았다고 생각합니다.

고지마　음악은 효과적으로 나무랄 데 없지만, 특히 부여에서 근로봉사(勤勞奉仕)하는 장면의 음악이 아름답게 들렸네요.

가라시마　이 영화의 기획에 있어서 처음부터 내용적으로도 주문이 꽤 넘쳤던 것 같습니다만, 그럼에도 불구하고 그것을 ■히 ■하고 있는 ■■■■■에도 ■되어 있다고 생각합니다.

데라다 시사회 처음에 ■타(■田) 소좌는 예술적, ■■적 성과보다도 이것을 만들어내기까지의 노력적인 부분을 사주었으면 한다고 말했습니다만, 나는 그렇게 애원할 필요는 조금도 없다고 생각했습니다.

가라시마 부분적인 결함이라든지 미진한 점을 지적하기 전에, 여기서 다루어진 내선(內鮮)의 문제를 먼저 재고해 주셨으면 합니다. 즉, 앞으로 이 영화가 미칠 무형의 영향이 지극히 크다는 것을 생각하지 않으면 안 됩니다.

마키야마 이 영화를 보고 앞으로 지원병이 되고 싶은 사람이 더욱 더 많이 나오리라 생각합니다.

아쿠타가와(芥川) 조선군 보도부 지금 도쿄에 가서 (이하 11행 판독 불가)

데라다 (이하 2행 판독 불가) 화면에 녹아든 편안함에서 오는 웃음이겠지요.

아쿠타가와 물론 그렇겠지요. 저는 이 두 가지의 분위기를 접하고 제 뜻을 얻었다고 생각했습니다.

문예봉(文芸峰) 여배우 내지 쪽은 이 영화를 보고 정오의 묵도(正午の黙祷) 부분을 어떻게 생각하셨을까요? 무엇인가 조선을 뽐내보고 싶은 것 같은 기분이 들었습니다.

다카이(高井) 조선군 보도부 제작자 측에서 말하는 것은 이상합니다만, 일본영화로서 여러 가지 의미에서 올해의 문제작이며 그것이 반도에서 만들어졌다고 생각하면 유쾌합니다.

다나베(田邊) 총독부 경무국 분명히 훈훈한 희망을 제시해 줍니다. 〈그대와 나〉는 일본영화사(日本映画史)에 금자탑을 쌓아준 것이에요.

가라시마 군(軍)이 이러한 의미 깊은 일에 움직여 주신 일은 감사해마지 않습니다.

데라다 우리 집 딸도 시사를 보고, 이렇게 감동한 적은 없었다며 자기 엄마에게도 권했습니다. 좀처럼 권하거나 하지 않는 딸입니다만, 그렇게 보더라도 저는 이 영화가 일반에도 감명을 줄 것이라고 생각합니다.

아쿠타가와 부디 그렇게 되어주면 좋겠네요. (끝)

(1941. 11. 23)

해제

　본 번역서의 제2부는 중일전쟁 이후 『경성일보』에 실린 영화 담론으로 채워져 있다. 여기서 영화의 '담론(談論)'이라 함은 영화계 소식을 담은 단순 기사 성격의 글도 포함되나, 대체로 특정 작품에 대한 평론을 비롯하여 동시기 조선영화(계)와 일본영화(계)의 전반적인 동향을 둘러싼 견해, 영화의 예술론과 매체론, 정책 및 제도, 교육 관련 논의 등이 주를 이룬다.

　주지하다시피 중일전쟁은 1937년 7월 7일 발발하여 일본이 패망하는 1945년 8월 15일까지 이어진다. 그럼에도, 『경성일보』 내 영화 담론은 1937년을 기점으로 크게 증가하다가 1942년부터는 급속히 활력을 잃게 된다. 물론 1941년 이후에도 영화 관련 글이 실리기도 하였지만, 그것은 거의 영화계의 동정이나 정책 변화, 신작(新作) 등을 설명하는 단편 기사에 국한되는 양상을 보이기에 그러하다. 1941년

12월 8일 태평양전쟁 발발 이후 영화계에서도 '새로운 체제(新體制)'로의 개편이 본격화되었음을 고려할 때, 『경성일보』 속 영화 담론의 흐름에도 시대적 환경이 작용하였음을 알 수 있다.

이는 연도별 글의 분포를 통해서도 재차 확인 가능하다. 즉, 1930년대에는 중일전쟁 발발 다음해인 1938년에, 1940년대의 경우 1941년 중에서도 태평양전쟁 발발 직전까지에 가장 많은 영화 담론이 포진하고 있는 것이다. 게다가 시간이 갈수록, 특히 1941년에 이르면 글의 성격 또한 전쟁 상황을 한결 직접적으로 드러내는 경향을 띠기도 하였다. 여기서 『경성일보』가 조선총독부의 일본어 기관지였다는 사실에 주목할 필요가 생긴다. 시국(時局)적 소재를 다룬 조선과 일본의 합작영화 〈군용열차(軍用列車)〉(서광제 감독, 성봉영화원-도호(東寶) 제작)가 만들어지는 등 중일전쟁 발발을 계기로 '제국 일본'과 '식민지 조선' 사이의 영화 교류가 보다 활성화되던 때가 1938년이었으며, 태평양전쟁의 기운이 드리워지던 1941년에는 조선군 보도부에서 제작된 허영 감독의 〈그대와 나(君と僕)〉를 통해 조선영화계와 일본영화계의 협업이 더욱 적극적이고 광범위하게 행해졌기 때문이다. 아울러, 그 사이에 일본과 연동을 이루며 조선영화(계) 역시 정책 당국에 의해 제도적으로 통제되어 갔다는 점도 중요하다. 1939년 조선영화인협회의 결성, 1940년 조선영화령의 공포 및 시행 등을 거쳐 1941년을 통과하며 진행된 영화 제작사 및 배급사, 흥행계의 통폐합 과정에 조선총독부가 깊숙이 관여하였음은 결코 우연이 아니다. 그리고 이는 당시 『경성일보』에 실린 전시체제 하의 영화 정책 및 제도, 제작 및 흥행 관련 논의 등에 직간접적으로 반영되어 있다.

그렇다고 당시의 영화 담론이 전황(戰況)과 직결되는 당위적 내용에만 초점을 맞춘 것은 아니었다. 뉴스영화의 유행 현상이나 기록영화론, 문화영화론과 더불어 당대의 일본영화의 제작 경향 및 조선영화(계)의 문제점 등은 물론이고 영화 일반론에 관한 이론적, 실제적 사항들을 두루 포괄하고 있었던 것이다. 또한, 그 과정에서 일본영화를 위시한 다양한 외지 영화가 소개되는 한편, 비록 완성되지는 못하였으나 제작 시도의 과정에서 화제를 불러 모은 〈춘향전(春香傳)〉과 조선과 일본에서 커다란 반향을 일으킨 〈집 없는 천사(家なき天使)〉(최인규 감독, 1941) 등의 조선영화 관련 글이 좌담회 기록이나 심층 기사 등의 형식을 띤 채 연속적으로 게재되곤 하였다.

흥미로운 점, 중일전쟁 이후 『경성일보』지면을 통해 영화 담론을 개진하던 필자의 구성이 민족, 지역, 분야별 다양성과 함께 비중의 차이를 동시에 나타내고 있었다는 사실이다. 유력 영화 감독 스즈키 시게요시(鈴木重吉)와 다사카 도모타카(田坂具隆), 저명한 시나리오 작가 야기 야스타로(八木保太郎), 이름 있는 영화 평론가 이마무라 다이헤이(今村太平), 거물급 영화 제작자 기도 시로(城戸四郎), 연극계와 영화계의 유명 인사 무라야마 도모요시(村山知義) 등 일본 본토에서 활동하던 일본인이 다수를 점하는 가운데, 서광제, 박기채처럼 일본영화계를 경험한 뒤 조선에서 활동 중이던 조선인 영화 감독이나 영화 행정가 다카시마 긴지(高島金次), 대학 교수 가라시마 다케시(辛島驍)와 같은 재조선 일본인이 더불어 진용을 이루었던 것이다.

이렇듯, 1937년부터 1941년까지의 『경성일보』 속 영화 담론은 그 이전 및 이후와는 구별되는 나름의 특징을 보이면서 당대의 역사적 배경과 문화적 지형을 고스란히 표출시킨다. 뿐만 아니라 『조선공론(朝鮮公論)』이나 『조선급만주(朝鮮及滿洲)』 등 식민지 조선에서 발행되던 유력 종합잡지 내의 영화란이 급격히 축소되던 시기 일본어 신문 및 잡지 내 영화 담론의 양상을 파악하는 데 기여할 수 있다는 점에서, 그 사료적 가치가 인정된다. 이에, 1940년 동아일보와 조선일보의 폐간 이후 총독부의 조선어 일간지로서 위상이 높아진 『매일신보(每日申報/1938년 이후: 每日新報)』 속 영화 담론과의 비교 작업 등이 동반된다면 향후 그 학술적 중요성은 더욱 커지리라 여겨진다.

1부 중일전쟁 이전 시기 영화 시나리오 및 평론

편역 **강태웅**

광운대학교 동북아문화산업학부 교수. 서울대학교 동양사학과에서 학사를, 히토쓰바시 대학교 사회학연구과에서 석사를, 도쿄대학교 총합문화연구과 표상문화론에서 박사학위를 받았다. 일본문화, 일본영상문화론에 대해 연구하고 있다. 저서로는 『이만큼 가까운 일본』, 『싸우는 미술: 아시아 태평양전쟁과 일본미술』(공저), 『일본대중문화론』(공저), 『제국의 교차로에서 탈제국을 꿈꾸다』(공저), 『대만을 보는 눈』(공저), 『전후 일본의 보수와 표상』(공저), 『물과 아시아의 미』(공저) 등이 있고, 역서로는 『화장의 일본사』, 『일본영화의 래디컬한 의지』, 『복안의 영상』이 있다.

2부 중일전쟁 이후 시기 영화 담론

편역 **함충범**

    한양대학교 연극영화학과에서 영화학 박사학위를, 고려대학교 중일어문학과에서 문학 박사학위를 받았으며, 고려대학교 일본연구센터 연구교수, 나고야대학교 대학원 문학연구과 객원연구원을 거쳐 2016년부터 한양대학교 현대영화연구소 연구교수로 재직하고 있다. 주요 연구 분야는 한국영화사, 북한영화사, 일본영화사 등을 아우르는 동아시아영화사이다. 주 전공은 식민지 시대를 중심으로 하는 한일 영화 교류·관계사이고, 계속해서 그 시기와 지역을 확대하며 연구의 지평을 넓혀 가는 중이다. 최근의 발표 논문으로는 「도호의 특수촬영 기술과 한일 영화 교류·관계사의 양상」(『인문학연구』 30, 인천대학교 인문학연구소, 2018), 「핵무기의 기술 표상과 시대적 함의: 1950년대 전반기 일본영화를 통해」(『영화연구』 80, 한국영화학회, 2019), 「해방기 한국영화의 기술 여건과 입지 변화의 양상 연구」(『석당논총』 77, 동아대학교 석당학술원, 2020) 등이 있다.

『경성일보』 문학 · 문화 총서 ⓫

시나리오 및 영화 평론 선집

초판 1쇄 인쇄 2021년 1월 20일
초판 1쇄 발행 2021년 1월 29일

편 역   강태웅 · 함충범
펴낸이   이대현
편 집   이태곤 권분옥 문선희 임애정 강윤경 김선예
디자인   안혜진 최선주
마케팅   박태훈 안현진
펴낸곳   도서출판 역락
주 소   서울시 서초구 동광로 46길 6-6 문창빌딩 2층
전 화   02-3409-2060(편집), 2058(마케팅)
팩 스   02-3409-2059
등 록   1999년 4월 19일 제303-2002-000014호
전자우편   youkrack@hanmail.net
홈페이지   www.youkrackbooks.com

ISBN   979-11-6244-516-7 04800
        979-11-6244-505-1 04800(세트)